Samantha Young

E ADESSO CI SEI TU

Un amore a Jamaica Lane

Traduzione di Federica Garlaschelli

MONDADORI

Questo libro è un'opera di fantasia. Personaggi e luoghi citati sono invenzioni dell'autrice e hanno lo scopo di conferire veridicità alla narrazione. Qualsiasi analogia con fatti, luoghi e persone, vive o scomparse, è assolutamente casuale.

www.librimondadori.it

ISBN 978-88-04-64780-5

This edition published by arrangement with NAL Signet,
a member of Penguin Group (USA) LLC, a Penguin Random House Company

Titolo dell'opera originale
Before Jamaica Lane
I edizione marzo 2015

E ADESSO CI SEI TU

A Tammy Blackwell

Perché, se non fosse stato per te, forse Olivia non sarebbe mai diventata una bibliotecaria... e anche perché avrei proprio dovuto infilare da qualche parte in questo libro la frase "Fammi mettere un codice Dewey al tuo decimale"...

Care lettrici,

spesso mi mandate tweet e messaggi con le fotografie dei vostri giri nelle vie reali di Edimburgo. Che siate state immortalate in Dublin Street o mentre scherzavate accanto al cartello di London Road, le prove del vostro amore per questa serie, i suoi personaggi e i suoi luoghi mi lasciano sempre a bocca aperta. Se dopo aver letto la storia di Nate e Olivia doveste decidere di aggirarvi per le strade di Edimburgo in cerca di Jamaica Lane, vi renderò le cose più facili. Per garantire la continuità dei titoli mi sono presa una licenza creativa e ho cambiato il nome della via. Tecnicamente Jamaica Lane non esiste. Nella realtà la via si chiama Jamaica Street North Lane, ed è qui che potrete trovare il piccolo bilocale in cui la nuova coppia protagonista della serie sta per scoprire che la vita, nella maggior parte dei casi, può portarti dove meno te l'aspetti…

1

Stirling, Scozia, Febbraio

Ogni volta che svoltavamo un angolo, il vento gelido si abbatteva su di noi quasi perfidamente, come se il fatto che ogni tanto un edificio ci offrisse riparo lo facesse infuriare. Le sue dita a forma di ghiaccioli aguzzi mi pungevano le guance arrossate, così, incurvando le spalle, mi abbracciai i fianchi con maggior forza e affrontai l'attacco.

«Per la quinta e ultima volta... dove ci stai portando?» domandò Joss stringendosi di più a Braden, il suo fidanzato, che si era aperto il cappotto di lana in modo che lei potesse rannicchiarvisi e le aveva messo un braccio intorno alla vita per tenerla accanto a sé. Joss indossava una giacca corta e alla moda sopra un abito rosso attillato. Come tutte noi, portava scarpe con il tacco a spillo. In realtà l'unico capo della sua mise in grado di proteggerla dall'inverno scozzese era la sciarpa.

Ellie e Jo erano più o meno nella stessa condizione: abito, tacchi e giacca leggera. Io avevo un po' meno freddo, avendo optato per un paio di pantaloni neri eleganti, ma il top di seta e la giacchina stile smoking non mi riparavano affatto. Poiché, a differenza delle mie amiche, non ero abituata a camminare sui tacchi, procedevo più lentamente in coda al gruppo guidato da Jo, che ci stava conducendo verso la nostra misteriosa destinazione. «Manca poco» promise girandosi a lanciarci un'occhiata mentre ci precedeva lungo la via principale del centro. Cam, il suo fidanzato, le teneva un braccio stretto intorno alla vita per scaldarla il più possibile, e dietro di loro Ellie e Adam, rispettivamente la sorella e il migliore amico di Braden, erano a loro volta abbracciati per combattere il freddo. Si erano fidanzati anche loro, in realtà da pochissimo tempo.

Io invece non avevo nessun fidanzato a proteggermi dal vento che ci tormentava. «Manca poco?» canzonai Jo. Da quando ero arrivata a Edimburgo, poco più di nove mesi prima, io e lei eravamo diventate intime come sorelle, quindi non avevo alcun problema a prenderla in giro dopo che ci aveva trascinati fuori città senza spiegarci nulla. Per questo avevamo sbagliato la scelta dei vestiti. «Hai perso il diritto di dire "Manca poco" quando hai detto ai taxi di portarci alla stazione ferroviaria di Waverley.»

Il sorriso di scuse di Jo svanì improvvisamente, sostituito da un'espressione accigliata, quando giungemmo a un incrocio. «Okay, credo che ci siamo.»

«Sei sicura?» domandai cominciando a battere i denti.

«Ehm...» Jo lanciò un'occhiata a un cartello sul lato opposto della strada e tirò fuori il cellulare. «Solo un attimo, ragazzi.»

I miei amici si radunarono, mentre io rimasi poco più indietro a studiarli. Mi resi conto che non mi importava davvero di avere tanto freddo, ero semplicemente felice di essere lì con loro, e addirittura mi stupivo ancora di quanto fosse profondo il legame che si era creato tra noi. Mi avevano accettata nelle loro vite senza la minima riserva, in parte grazie a Jo ma anche grazie a Nate, l'amico di Cam che di recente avevo eletto mio migliore amico.

Mentre mi abbandonavo ai ricordi, Nate, che stava parlando con Adam ed Ellie, si girò verso di me per rivolgermi il suo bellissimo sorriso.

Sbattei le palpebre, distratta dalla fitta di attrazione che provai. Ero diventata bravissima a ignorare sentimenti del genere, ma adesso ero stata colta alla sprovvista. Ecco qual era il problema di essere amica di un ragazzo che mi capiva alla perfezione e che, guarda caso, era l'uomo più sexy che avessi mai incontrato in vita mia.

Quella fitta, quella sensazione inattesa, mi fece ritornare con la mente al mio primo incontro con Nate. A essere sincera, avrei meritato una medaglia per la mia capacità di fingere che lui non esercitasse alcun fascino su di me...

Sette mesi prima...

La madre di Ellie, Elodie Nichols, e suo marito Clark avevano accolto me e mio padre nella loro famiglia come se ne facessimo parte da sempre. Era stato bello e mi aveva reso più facile legare sia con Jo sia con i suoi amici. Dal momento che io e mio padre avevamo deciso di fare della Scozia la nostra casa, era importante per noi trovare un posto nella vita di Jo. Era una ragazza davvero fantastica, e negli ultimi anni aveva dovuto affrontare situazioni molto difficili. Si meritava di avere qualcuno che si prendesse cura di lei, e sapevo che Cam era l'unico in grado di farlo.

Io e Cole ci trovavamo in casa di Cam. Mentre lui e Jo erano fuori a comprare qualcosa da mangiare, avevo pensato di occuparmi del ragazzo in modo che loro due potessero stare un po' da soli. Quella sera avevamo in programma di vederci con gli amici di Cam, Nate e Peetie, che non avevo mai incontrato, e avevo immaginato che sarebbe stato carino lasciare a Jo e Cam un po' di tempo senza nessuno intorno prima dell'arrivo degli altri. Appena eravamo entrati nell'appartamento, Cole era andato subito in soggiorno, dove c'era la console per i videogiochi, mentre io mi ero diretta in cucina, dove avevo cominciato a darmi da fare in cerca di ciotole e vassoi per gli stuzzichini. Stavo lavando le stoviglie quando una voce profonda, scozzese e molto virile disse: "Ehm... tu non sei Cameron".

Mi girai per vedere chi fosse l'intruso e le parole che avrebbero potuto scendere i gradini che collegavano il mio cervello alla mia lingua inciamparono e ruzzolarono a terra, riportando un trauma.

Oh.

Oh, mio Dio.

Appoggiato allo stipite della porta con le braccia conserte c'era l'uomo più sexy che avessi mai visto.

Il mio cuore cominciò a battere a una velocità incredibile.

Poiché non aprivo bocca, lo sconosciuto inarcò un sopracciglio. "Ti hanno tolto l'audio?"

Era una battuta divertente, per cui, senza smettere di contemplarlo, riuscii ad abbozzare un sorriso un po' da squilibrata. Percorsi il suo corpo con lo sguardo e, mentre lo ammiravo in tutto il suo splendore, sentii uno strano guizzo al basso ventre, così in basso che fu presto seguito da una serie di fremiti di desiderio tra le cosce.

Oh.

Oh, okay.

Questa era nuova.

Mi sforzai con tutta me stessa di non badare ai fremiti, ma invano, e cercai di costringermi a interagire con lo sconosciuto nonostante l'eccitazione e la timidezza. Sconosciuto che, da quel che immaginavo, doveva essere Nate. Jo mi aveva raccontato tutto dell'amico supersensuale di Cam, e non aveva esagerato.

Bello come un divo del cinema, aveva un'abbronzatura naturale che nessuno si sarebbe mai aspettato in uno scozzese e occhi così scuri da sembrare praticamente neri, sebbene in quel preciso istante uno sguardo malizioso li stesse facendo luccicare. Sorrideva anche lui, sfoggiando due fossette sexy e denti bianchi e perfetti, a cui si aggiungevano un naso affilato e ben definito e labbra che stavo fissando spudoratamente perché mi ricordavano quelle di un attore eccentrico dalla carnagione scura. E, a giudicare dai bicipiti sodi e muscolosi lasciati scoperti dalla T-shirt, il ragazzo aveva anche un fisico scolpito.

Miracolo dei miracoli, fu proprio quella T-shirt a distrarmi dai suoi muscoli.

Sopra c'era stampato: LA RESISTENZA È INUTILE.

La timidezza paralizzante che di solito mi invadeva quando mi trovavo di fronte a un ragazzo avvenente si dissolse mentre scoppiavo a ridere. "Ti consideri un Borg?" dissi indicando la scritta, che era il motto di una razza aliena di Star Trek.

Sorpreso, lui abbassò lo sguardo sul petto, e quando lo rialzò verso di me i suoi occhi scuri stavano sorridendo. "Hai colto il riferimento? La maggior parte delle donne crede che io sia un bastardo presuntuoso."

Risi ancora di più, appoggiandomi al bancone della cucina. "Forse non hanno tutti i torti. Ed è comprensibile che cadano in errore: non sembri certo il tipico fan di Star Trek."

Nei suoi occhi apparve qualcosa di profondo, di intenso. Fui percorsa da un brivido mentre mi scrutava dall'alto in basso per poi tornare a guardarmi in viso. La sua voce era più grave, roca, mentre rispondeva: "Neanche tu".

Quello sguardo penetrante fu come una carezza lenta. Se non fossi stata la persona che ero, avrei pensato che volesse ottenere proprio quell'effetto.

Eppure... restai senza fiato. D'un tratto l'atmosfera mi parve troppo rarefatta, spezzata da una strana elettricità tra noi, che non riuscivo bene a capire.

"Sei un'amica di Jo?"

Cercai di vincere la timidezza che stava cominciando a impadronirsi nuovamente di me. "Non te l'ha detto Cole?"

"È Peetie quello che si è fermato di là con il ragazzo. Io volevo qualcosa da bere, per cui sono venuto direttamente in cucina." Mi stava divorando di nuovo con gli occhi, e sembrava che il mio corpo fosse stato addormentato fino a quando lui vi aveva posato lo sguardo, visto che adesso ero tutta fremiti, brividi e vampate di calore. "Di sicuro la scelta migliore che abbia fatto da un po' di tempo a questa parte."

Ehm... sì?

"Oh, be', io sono Olivia."

Nate inarcò le sopracciglia e si schiarì bruscamente la gola, staccandosi di scatto dalla porta, e all'improvviso l'atmosfera in cucina iniziò a tornare normale. "Tu sei Olivia? Ma certo. L'accento. Chiaro."

Annuii, spiazzata dalla sua reazione. "Immagino che tu sia Nate, giusto?"

Il suo sorriso era amichevole, platonico, più adeguato alla circostanza. "Già."

"Cam e Jo stanno arrivando. Stavo mettendo un po' di ordine."

"Okay." Fece un passo avanti in cucina e io, senza nascondere quanto fossi affascinata da lui, lo osservai versarsi una bibita. "Ne vuoi?" domandò alzando un bicchiere verso di me.

"No, grazie."

Dopo aver bevuto, mi sorrise di nuovo e io mi resi conto che il motivo per cui non stavo facendo scena muta in sua presenza non era solo la sua maglietta da nerd, ma anche il suo sguardo, così gentile da farmi sentire... non proprio a mio agio ma, ecco, neanche a disagio. Ed era decisamente insolito che mi capitasse di sentirmi così con un ragazzo che avevo appena conosciuto, soprattutto se si trattava di un ragazzo che trovavo attraente.

"Ti piacciono i videogiochi, Liv?" chiese in tono amabile.

"Mmh, sì."

"E allora smetti di lavare i piatti e vieni a giocare con noi" disse come per punzecchiarmi.

Ridacchiai. "Mi stai proponendo un tête-à-tête davanti ai videogiochi?" Non appena le parole mi furono uscite di bocca, mi pentii di averle pronunciate. Non volevo fare la civetta. Non ne ero capace! Era solo il mio senso dell'umorismo, e adesso questo tizio avrebbe pensato che stavo...

Nate scoppiò a ridere, interrompendomi. "Solo perché hai colto il riferimento a Star Trek. Di norma le ragazze non hanno il permesso di giocare con noi. Sono insopportabili."

Impassibile, incrociai le braccia sul petto. "Be', anche i ragazzi sono insopportabili."

Con un enorme sorriso, Nate disse: "Vero", e poi fece un cenno con la testa in direzione della porta. "Forza, americana. Se devo annientarti, voglio che per te sia rapido e indolore. Sono un tipo clemente."

"Annientarmi?" ripetei con una risata sguaiata. "Devi avermi confusa con qualcuna che non sta per massacrarti."

"Almeno sai a cosa giocheremo?"

Scossi la testa. "Che importa, a questo punto? Ti batterò qualunque sia il gioco. Quindi, prima ci insultiamo, poi cominciamo a massacrarci."

Ridendo, Nate buttò la testa all'indietro. "Oh, cielo! Su, simpaticona." Mi prese per il gomito e io cercai di non fargli notare che, toccandomi, mi aveva fatta arrossire. "Devo presentarti Peetie."

Lo seguii fuori dalla cucina, commossa dalla rapidità con cui mi aveva coinvolta. Intuivo anche che sarei stata classificata come "uno di loro", e lo intuivo perché succedeva sempre. La cosa mi stava bene, significava soltanto che avrei dovuto soffocare il frullio *d'ali di farfalla che si levava nel mio stomaco ogni volta che guardavo Nate. E con "soffocare" intendevo che avrei dovuto schiacciare quelle fastidiose bestioline fino a cancellarne l'esistenza...*

«Liv? Liv, stai bene?»

Sbattei di nuovo le palpebre e ritornai sul marciapiede di Stirling, al gelo.

Davanti a Nate, che adesso mi guardava con le sopracciglia aggrottate in un'espressione preoccupata. «Dov'eri finita?»

Sorrisi. «Scusa, il freddo deve avermi intorpidito il cervello.»

«Su, vieni qui» disse prendendomi sottobraccio e attirandomi a sé «prima che ti si stacchi un dito.»

Mi abbandonai con gratitudine contro il suo corpo robusto. «Non avresti potuto farlo prima? Non so, tre vie fa per esempio.»

«E perdermi lo sguardo terrorizzato sulla tua faccia ogni volta che svoltavamo un angolo?» mi canzonò sfregandomi il braccio.

Feci una smorfia, ma ero abituata alle sue prese in giro, quindi lasciai perdere.

«Mi dispiace, ragazzi» commentò Jo gettandoci da sopra la spalla una rapida occhiata piena di senso di colpa. «Avrei dovuto assicurarmi che indossassimo tutti il cappotto.»

«S-s-siamo s-s-scozzesi» cinguettò Ellie affondando le dita nel giaccone di Adam. «P-p-possiamo f-f-farcela.»

Mentre ci rimettevamo in cammino, strizzai il braccio di Nate. «Io sono americana» ricordai ai miei amici. «Dell'Arizona, per giunta.»

«Io sono americana e sto bene» disse Joss con un tono molto più rilassato del suo aspetto, prima di cominciare a barcollare perché le si era incastrato un tacco tra i ciottoli. Braden la aiutò a raddrizzarsi mentre lei imprecava contro il selciato.

«Sì, ovvio, sei rannicchiata contro uno scudo di due metri per uno» risposi sarcastica.

Joss rise e si raggomitolò ancora di più contro il suo scudo. «Forse.»

«Anche noi abbiamo freddo» si intromise Nate. «Ci siamo semplicemente abituati e non ci lamentiamo.»

«Nessuno si sta lamentando» ribatté Joss. «Questo è solo il nostro modo di avvertire Jo che, se non si sbriga a portarci a destinazione, la useremo come legna da ardere.»

Jo scoppiò a ridere. «Ci siamo quasi... credo...»

Lasciammo la strada principale per imboccarne una secondaria e, mentre la percorrevamo, Jo guardava gli edifici con la fronte corrugata. Era una normalissima via lungo la quale erano parcheggiati furgoni e auto.

Oggi era il ventottesimo compleanno di Cam, e mentre avevamo dato tutti per scontato di doverci agghindare per una serata di festeggiamenti a Edimburgo, Jo aveva in serbo un programma segreto. Per qualche ragione eravamo finiti a Stirling, un posto stupendo con un castello meraviglioso e viuzze pittoresche, che però molto probabilmente era anche la città più piccola della terra.

Non avevo idea di cosa Jo potesse tramare trascinandoci lì.

D'un tratto, fermandosi a un angolo della strada di fronte a un locale, fece un sorriso a trentadue denti. «Eccoci qui.»

Guardammo tutti il locale scambiandoci occhiate perplesse. Non aveva nulla di particolarmente bello. Era... semplicemente un locale.

«Qui dove?» domandò Cam sottovoce mentre le sue labbra si increspavano divertite.

«Qui» rispose Jo indicando verso l'alto. Seguimmo il suo gesto e vedemmo il cartello con il nome della via fissato sui mattoni sopra l'ingresso del locale.

CAMERONIAN PLACE

Scoppiai a ridere, mentre tutto cominciava ad avere un senso.

«Ci hai portati fino a Stirling per un cartello?» le domandò Nate incredulo.

Con un'espressione incerta, Jo annuì. «Non è un cartello qualunque. Oggi è il compleanno di Cameron, che si merita di brindare nella *sua* via.»

Il ragionamento di Jo parve lasciare un po' perplessi tutti

i ragazzi a eccezione di Cam, che la attirò a sé. Quando vidi lo sguardo con cui la fissò dritto negli occhi, il mio cuore si strinse per l'emozione. «È meraviglioso, piccola» disse baciandola dolcemente. «Grazie.»

Un misto di felicità e invidia mi paralizzò per un istante. Mi faceva tantissimo piacere che nella vita di Jo ci fosse una persona che la adorava così, ma spesso mi domandavo se sarebbe mai arrivato il giorno in cui un ragazzo avrebbe guardato negli occhi *me* come se al mondo non esistesse nient'altro che valesse la pena di guardare.

Strappata a queste riflessioni dai miei amici che prendevano in giro Jo, risi insieme a loro mentre tutti insieme entravamo nel locale, al caldo. Forse eravamo troppo eleganti per l'atmosfera informale del posto, ma visto che eravamo un gruppo piuttosto rilassato nessuno di noi era davvero seccato per la miniavventura nella quale Jo ci aveva coinvolto. Anzi, credo che persino i ragazzi in segreto pensassero che fosse stato carino da parte sua.

In effetti era stato *molto* carino da parte sua. Jo era un tesoro, per cui non mi stupivo mai quando faceva cose incredibilmente carine come trascinarci di peso in un'altra città solo perché Cam potesse bersi un drink in una via che portava il suo nome.

Mio padre mi aveva parlato di lei sin da quando l'avevo conosciuto. All'inizio ero risentita nei confronti di quella bambina che aveva avuto mio padre per i primi tredici anni della sua vita mentre io ero cresciuta in compagnia solo del suo fantasma. Mia madre non aveva mai parlato male di mio padre, e poiché ero piuttosto precoce e circondata di amiche i cui genitori divorziati dicevano peste e corna l'uno dell'altro, mi sembrava un po' strano che la mamma non fosse furibonda con l'uomo che se l'era data a gambe quando lei era rimasta incinta di me. Così avevo cominciato a indagare, stressando mia madre per mesi finché, stremata, aveva ceduto.

Ricordo la furia cieca che avevo provato nei suoi confronti dopo avere saputo che non aveva mai nemmeno detto a mio padre della mia esistenza.

L'aveva conosciuto durante il suo periodo di studio all'estero, all'Università di Glasgow, e aveva avuto con lui una storia intensa, che aveva però interrotto tornando a Phoenix alla conclusione del programma. Era stato solo dopo essersi ristabilita negli Stati Uniti che aveva scoperto di essere incinta di me. Non avrebbe confessato fino a parecchi anni dopo che il motivo per cui non si era messa in contatto con mio padre era che lo amava così tanto da non volere che rientrasse nella sua vita solo perché si sentiva in obbligo di farlo. Volevo un bene dell'anima a mia madre, ma non era infallibile. Era giovane e aveva preso una decisione egoistica. All'epoca avevo tredici anni, e per un po' non ero riuscita a vedere altro. Ci era voluto del tempo prima che il nostro rapporto si riaggiustasse.

Tempo che, più tardi, mi sarei pentita di aver sprecato.

Decidendo di mollare tutto ciò che aveva in Scozia per venire a occuparsi della ragazzina che non aveva mai nemmeno saputo di avere fino a quando lei non l'aveva cercato, mio padre aveva dimostrato che tipo di uomo era. Si era lasciato alle spalle la sua vita per diventare parte della mia, ma così facendo aveva abbandonato Jo.

Quando Cam aveva rintracciato mio padre per proporgli di rimettersi in contatto con Jo, avevo riflettuto su quanto le mie azioni avessero cambiato la vita di quella ragazza. Per Jo, che aveva un padre in carcere e una madre alcolizzata, mio papà, un amico di vecchia data del suo, era stato l'unica figura genitoriale stabile che lei e suo fratello Cole avessero mai avuto. Naturalmente papà aveva scoperto soltanto quando ci eravamo trasferiti a Edimburgo che Fiona, la madre di Jo, aveva sviluppato una gravissima dipendenza dall'alcol e che aveva quindi lasciato a Jo la responsabilità di crescere il fratello da sola. Adesso io e mio padre ci portavamo dietro i nostri piccoli fardelli di senso di colpa.

Tuttavia mi sentivo sempre meno colpevole ogni volta che stavo in compagnia di Jo e Cam. Dopo tutto quello che aveva passato, Jo aveva finalmente trovato un ragazzo che si era reso conto di quanto lei fosse incredibile e che la trattava con il rispetto e l'amore che meritava.

Mentre sorseggiavo la birra che Nate aveva ordinato per me, guardai i miei amici. Eccomi qui, circondata da persone che avevano vissuto situazioni difficilissime, ma che ne erano uscite e avevano trovato la persona con cui volevano trascorrere il resto della loro vita.

Oltre a Jo e Cam c'era Joss, mezza americana e mezza scozzese come me, che si era rifugiata a Edimburgo per scappare da una vita ormai vuota in Virginia. Quando pensavo a tutto ciò che aveva perso, sinceramente non mi spiegavo come potesse andare avanti. Sapevo cosa significava perdere la propria madre all'età di ventun anni, ma non riuscivo a immaginare cosa dovesse avere provato Joss perdendo l'intera famiglia quando ne aveva solo quattordici. Da quello che avevo sentito dire era ancora piuttosto scombussolata quando era andata a vivere con Ellie e aveva conosciuto suo fratello Braden. Sembrava che i due avessero avuto i loro alti e bassi per via dei problemi di Joss, ma erano riusciti a superare tutto. Di lì a tre settimane si sarebbero sposati.

Poi, naturalmente, c'erano Ellie e Adam. Ero molto legata a Ellie: aveva un idealismo romantico simile al mio e mi aveva raccontato tutta la sua storia con Adam. Era innamorata del migliore amico di suo fratello da una vita, ma lui non l'aveva notata fino a quando lei aveva compiuto diciotto anni. A ogni modo, si era fatto avanti solo alcuni anni dopo, e persino allora aveva detto che era uno sbaglio. A quanto pareva, non voleva rovinare la sua amicizia con lei e con Braden. C'erano stati così tanti tira e molla che Ellie era stata sul punto di voltargli le spalle per sempre. Poi però alla mia bellissima e forte amica era stato diagnosticato un tumore al cervello, e a quel punto Adam si era finalmente dichiarato. La fortuna per tutti noi era stata che il tumore di Ellie era risultato benigno, e la fortuna per Adam era stata di rinsavire giusto in tempo da riuscire a conquistare Ellie una volta per tutte. Ormai erano fidanzati da un po', ma ce l'avevano detto solo da poco, cioè da quando Ellie aveva un anello che luccicava all'anulare sinistro.

Ero circondata da amore: non da quel genere di amore affettato, soffocante e sfacciatamente falso, ma da un sentimento vero e intimo, della serie "Conosco tutte le tue manie e abitudini e ti amo comunque".

«Joss, lunedì hai l'ultima prova dell'abito» disse all'improvviso Ellie bevendo un sorso del suo mojito.

Era seduta vicino a Adam, schiacciato accanto a Jo e Cam sull'unica panca libera in fondo alla sala. Io, Joss, Braden e Nate eravamo in piedi, pigiati intorno al tavolo, e io stavo maledicendo me stessa per essermi lasciata convincere da Jo a mettermi i tacchi da dieci centimetri.

Appoggiandosi a Braden, Joss rispose: «Grazie per avermelo ricordato. Dovrò prepararmi alle osservazioni caustiche di Pauline».

Cam aggrottò la fronte. «Perché hai comprato un vestito da lei se è una simile strega?»

«Per il vestito» rispondemmo io, Jo ed Ellie in coro.

Dopo soli tre mesi che vivevo a Edimburgo, era stato un onore per me che Joss mi avesse chiesto di essere una delle sue damigelle. La sua amica dei tempi dell'università, Rhian, era venuta da Londra per il fine settimana e tutte insieme eravamo andate alla ricerca dell'abito per Joss e di quelli per le damigelle. Dopo alcune discussioni con Ellie, Joss aveva stabilito che il vestito delle sue damigelle sarebbe stato color champagne. Eravamo finite in un negozio di abiti da sposa a New Town dove la proprietaria, Pauline, si era messa a commentare con ferocia la nostra mancanza o sovrabbondanza di qualità.

Eravamo troppo pettorute, troppo piatte, troppo magre o troppo grasse...

Stavamo per andarcene quando Joss era uscita dal camerino con un abito che la strega le aveva consigliato, ed Ellie era scoppiata in lacrime.

Sì, era di una bellezza commovente.

Pauline era evidentemente molto brava a vestire le spose, ma non sapeva come interagire con loro, né con le persone in generale, peraltro. Io, che non ero una campionessa di fiducia in me stessa e avevo una cospicua dose di insicurezze riguardo al mio fisico, dopo essere uscita dal negozio mi sentivo un elefante. "Grazie, Pauline."

Joss rise e guardò Braden. «A quanto pare il vestito è bello.»
«L'avevo capito» mormorò lui. «Anche se quel giorno sarò più che altro ansioso di togliertelo.»
«Braden» si lagnò Ellie «non in mia presenza.»
«Tu smetti di baciare Adam davanti a me e io smetterò di fare commenti sessuali su mia moglie davanti a te.»
«Non è ancora tua moglie» gli ricordò Nate. «Non c'è bisogno di affrettare le cose.»
Sbuffai. «La tua fobia degli impegni si è materializzata di nuovo, Nate.»
Lui si voltò verso di me con un'espressione fintamente terrorizzata. «Dov'è?» domandò picchiettandosi ansiosamente le guance. «Toglimela di dosso.»
Gli passai il pollice su una macchia immaginaria sullo zigomo e lo rassicurai. «Fatto. Sparita.»
«*Fiuuu.*» Bevve un sorso di birra e gettò uno sguardo verso il bancone. «Non mi porterò mai a letto nessuna con quella roba in vista.»
«Affascinante» borbottai.
Lui mi rivolse un sorriso sfacciato e indicò un gruppo di donne davanti al bancone. «Il dovere mi chiama.»
Attraversò il locale con disinvoltura e si fermò accanto a una ragazza in compagnia delle sue amiche, che si fecero da parte mentre lei e Nate cominciavano a flirtare alla grande. La tipa era uno schianto, naturalmente: lineamenti bellissimi, capelli lunghi e scuri, pelle vellutata, corpo molto formoso. Forse era un po' sovrappeso, come me, ma, a differenza di me, portava bene i suoi chili di troppo. Bisognava dire che Nate non aveva un tipo di ragazza preferito: non gli importava che fossero magre, cicciottelle, prosperose o atletiche. Purché fossero carine e donne, si sentiva attratto da loro.
Gli bastò sorridere alla mora per farla cadere ai suoi piedi.
Non mi stupii minimamente. Con il suo metro e ottanta, Nate non era altissimo, ma grazie alle arti marziali aveva un fisico snello, abbinato a un viso meraviglioso e a un genere di carisma che non si può acquisire. Per questi motivi alla maggior parte delle donne non importava di sovra-

starlo quando indossavano i tacchi, se questo significava poter passare una serata al suo fianco.

Io non ero tra quelle donne, però. Nate non mi avrebbe mai desiderata sessualmente, quindi non aveva senso concedere ai miei pensieri di andare in quella direzione. Probabilmente conoscevo il vero Nate meglio di chiunque altro, quindi non era difficile collocarlo nel reparto "amici". Riuscivo a spegnere l'attrazione che provavo per lui perché sapevo che non avrebbe mai portato a nulla. Preferivo che facesse parte della mia vita come amico piuttosto che non ne facesse parte del tutto. Nonostante la sua reticenza a impegnarsi e la sua spudorata mentalità da dongiovanni, in fondo era davvero un bravo ragazzo e un ottimo amico.

«È spacciata» commentò Joss sottovoce.

Quando mi girai verso di lei e la vidi sogghignare in direzione di Nate e della ragazza, inarcai un sopracciglio. «Guarda che lui non promette mai niente a nessuna.»

Joss rise. «Non c'è bisogno che tu lo difenda. So che Nate mette sempre le cose in chiaro, ma qui parliamo di donne. A volte sentono solo quello che vogliono sentire.»

«Sì, ma per Nate questa è un'arte ormai. È come il sesto senso o qualcosa del genere. Non appena avverte anche un minimo cambiamento nel loro modo di comportarsi con lui, se la dà a gambe.»

«Non vedo l'ora che qualcuna lo metta al tappeto» intervenne Ellie con un sorriso malizioso in direzione di Nate.

«Anch'io» disse Jo scoccandomi un'occhiata eloquente prima di distogliere lo sguardo. Io finsi di essere troppo stupida per coglierne il significato.

Cambiai rapidamente argomento. «Ehi, avete visto il nuovo tatuaggio di Cam? L'ha disegnato Cole» dissi orgogliosa.

Cole Walker era il miglior ragazzino sulla faccia della terra. Jo aveva fatto un magnifico lavoro nel crescerlo, e la cosa più bella che fosse mai successa a loro due, oltre al fatto di esistere l'uno per l'altra, era stata Cameron MacCabe. Lui e Cole erano incredibilmente simili – entrambi artisti, entrambi nerd ma non sfigati – e Cam aveva affidato a Cole il compito di disegnare il suo nuovo tatuaggio.

Era stupendo.

Nascoste tra le foglie di vite e i ghirigori puntuti del disegno tribale di Cole, c'erano una "C" e una "J" stilizzate.

«Ooh, vediamo» implorò Ellie con un sorriso.

Cam scosse la testa. «Ce l'ho sul torace.»

«E dài, non sverremo mica alla vista dei tuoi addominali» lo canzonò Joss.

«Ehi, non sono niente male» rispose Jo dando dei colpetti sul ventre di Cameron con aria fiera.

Braden bevve un sorso del suo whisky. «Io non voglio vedere i suoi addominali. Potrei essere... invidioso.»

«Anch'io» annuì Adam con un'aria imperturbabile.

«Andate al diavolo» mormorò Cam con un sorriso divertito.

«Oh, se Cam deve proprio fare il guastafeste...» brontolai, mettendomi a frugare nella borsa. Quando sentii il pezzo di carta tra le dita, lo tirai fuori e lo aprii, mostrando il disegno del tatuaggio firmato da Cole. «Eccolo qui.»

Mentre gli altri lo guardavano, Jo mi sorrise. «L'hai conservato?»

«Certo, e me lo sono anche fatto autografare da Cole.»

Scoppiò a ridere. «Se fai così, la cotta che ha per te potrà solo peggiorare.»

Mi strinsi nelle spalle, con aria incurante. «Si merita di sapere quanto è fantastico.»

«Nulla da ridire.»

Ci scambiammo un sorriso mentre gli altri elogiavano il talento di Cole.

Poco dopo Nate tornò da noi e la mora raggiunse le sue amiche senza però staccargli gli occhi di dosso.

«Non...?» domandai curiosa, guardando la ragazza in modo che Nate capisse.

«Ah, sì sì» rispose lui con un sorriso da ragazzino. «Ma le ho detto che era il compleanno del mio amico e volevo stare con lui per un po'.»

Mantenne la promessa e rimase con noi fino alla fine della serata. Mentre ci preparavamo a uscire, mi sussurrò all'orecchio. «Io vado.»

Mi voltai per guardarlo e scorsi la mora con la coda dell'occhio. «Okay. Divertiti.»

Nate ammiccò e mi diede un bacio sulla guancia. «Come sempre.»

Dopo aver salutato gli altri, prese la ragazza per mano e lasciò il locale. Mi sentii trafiggere dalla gelosia mentre fissavo la porta dopo che i due se n'erano andati. Il mio amico era un maestro di seduzione. Se voleva fare sesso, ci riusciva.

Purtroppo, per alcuni di noi era molto più difficile.

2

Edimburgo

Mio padre e io avevamo deciso di rimanere a Edimburgo non solo per il buco nero che la morte di mia madre aveva lasciato nella nostra vita in Arizona – sebbene avesse sicuramente giocato un ruolo importante –, ma anche perché avevo perso il lavoro, la rotta e l'entusiasmo per quasi qualunque cosa. Alla mamma era stato diagnosticato un cancro quando io avevo sedici anni. L'aveva sconfitto, ma tre anni dopo era tornato. Quando avevo vent'anni e frequentavo il primo anno all'Università dell'Arizona, avevo interrotto gli studi per qualche mese per tornare a casa e starle vicina.

Era morta due giorni dopo il mio ventunesimo compleanno.

Mio padre aveva faticato parecchio per convincermi a riprendere l'università, ma alla fine l'avevo fatto e qualche anno dopo avevo conseguito la laurea specialistica in biblioteconomia e scienza dell'informazione. Avevo trovato lavoro in una piccola biblioteca pubblica nel quartiere in cui abitavamo a Phoenix, che però aveva chiuso per mancanza di fondi tre mesi prima che Cam si mettesse in contatto con noi, e mi ero ritrovata disoccupata.

Con un tempismo davvero pessimo, ciò era successo proprio mentre cominciavo a riprendermi dopo la morte di mia madre. Il viaggio a Edimburgo non sarebbe potuto capitare in un momento migliore.

«Ehm, scusi.»

Sbattei le palpebre, ritornando alla realtà, e mi protesi sul banco delle informazioni della biblioteca, rivolgendo un sorriso paziente alla ragazza esasperata di fronte a me.

La biblioteca era divisa in due sezioni: Servizi agli utenti e Biblioteca e raccolte. Io lavoravo ai Servizi agli utenti e facevo parte di uno staff di circa quarantacinque persone, di cui almeno nove, come me, avevano una laurea in biblioteconomia. Soltanto due di loro, però, erano bibliotecari: il mio capo, Angus, e il mio supervisore, Jill.

Il patrigno di Ellie, professore di storia antica all'Università di Edimburgo, aveva dato le mie referenze alla biblioteca centrale del campus, aiutandomi così a ottenere un colloquio. Purtroppo i posti da bibliotecario erano pochi, ed ero stata sì assunta, ma come assistente di biblioteca, il che non mi dispiaceva più di tanto. Ero felice di lavorare nel mio settore, e mi bastava.

Di solito passavo o la mattina o il pomeriggio al banco delle informazioni nel cuore della biblioteca o al reparto consultazione, e l'altra metà della giornata in ufficio a sbrigare faccende amministrative, sebbene preferissi lavorare a contatto con il pubblico e interagire con gli utenti. Ero lì solo da otto mesi, ma ero già in confidenza con diversi studenti e avevo un ottimo rapporto sia con loro sia con i colleghi.

«Posso aiutarti?» domandai ad alta voce per sovrastare il chiacchierio e il rumore nella parte centrale della biblioteca.

Vicino alla scala, prima dei tornelli di sicurezza dell'ingresso principale, c'era una zona che gli studenti avevano preso l'abitudine di usare come ritrovo. In fondo alla sala c'era il banco delle informazioni, dove si potevano prendere in prestito i libri manualmente, e alle nostre spalle c'era il reparto consultazione, dove si poteva prendere in prestito il materiale per un periodo compreso fra tre ore e una settimana in base a quanto stabilito dal docente titolare del corso. Le sanzioni che facevamo pagare in caso di ritardo nella restituzione erano a dir poco salate. Si parlava di due pence al minuto, ovvero circa tre centesimi. Non sembra molto, ma se uno studente non riportava il materiale per una settimana, o due o un mese... be', avete capito dove voglio arrivare. La parte che più odiavo del mio lavoro era dire agli studenti a quanto ammontavano le loro multe nel reparto consultazione.

Le guance in fiamme, la ragazza si protese in avanti. «Sono nel gruppo di lavoro di una studentessa che ha accesso a una sala per disabili, ma purtroppo non riusciamo a entrarci per via di... alcuni studenti e di certe attività che stanno svolgendo.»

Vedendola arrossire ancora di più, capii all'istante a cosa si riferiva e gettai uno sguardo da sopra la spalla a Angus, che stava prendendo una cartelletta da uno schedario. Angus, un uomo sulla quarantina calvo e di bell'aspetto con due occhi gentili e uno spiccato senso dell'umorismo, aveva sentito le parole della ragazza e, con le labbra piegate in una risata, disse: «È il tuo turno».

Feci una smorfia, ma prima di voltarmi di nuovo verso la studentessa assunsi un'espressione del tutto serena. «Ma certo.» Girando intorno alla scrivania principale, raggiunsi la ragazza, che si era irrigidita dalla testa ai piedi per l'imbarazzo. Oddio, speravo di imbattermi in una pomiciata non troppo spinta anziché in una vera scopata. Piccoli bastardi arrapati! «Deduco che la tua amica si è dimenticata di chiudere la sala l'ultima volta che l'ha usata, giusto?»

Le sale per disabili erano piccole stanze private al primo piano dotate di porte che si potevano chiudere a chiave, ed erano riservate per l'intero semestre a tutti i nostri studenti con una qualche disabilità; tuttavia, più spesso di quel che mi piace ricordare, ero stata incaricata di cacciare da quelle sale alcuni studenti non solo perché le stavano usando senza averne diritto, ma anche perché le avevano scambiate per camere d'albergo.

A ogni modo, dopo aver sorpreso due studenti che ci davano dentro in un ambiente assai poco igienico come il bagno degli uomini, non mi stupivo più di nulla.

Mentre salivamo le scale, dovetti costringermi a ignorare il profumo del caffè che, dal bar, giungeva fino alle mie narici. Avrei di gran lunga preferito starmene lì seduta a sorseggiare un bicchiere di latte piuttosto che rivestire il ruolo opposto della tenutaria di un bordello, comunque si chiami.

«Sì, dev'essersene dimenticata» rispose la ragazza stringendo le labbra. «Ma non è certo questo il punto.»

Immaginavo di doverglielo concedere.

Quando arrivammo al primo piano, mi buttai i lunghi capelli dietro le spalle e mi infilai a passo di marcia nella sala principale, superando postazioni di studio individuali e di gruppo e un drappello di studenti che ridacchiavano seduti di fronte alle sale per disabili. Cercando di assumere l'aria di chi faceva sul serio, mi voltai verso la ragazza. «Qual è?»

Lei indicò la sala numero tre.

Feci un respiro e proseguii. Afferrai la maniglia e aprii la porta con un gesto deciso, trattenendomi a stento dallo strizzare gli occhi per non vedere.

Sentii una ragazza strillare mentre un ragazzo brontolava: «Ma che c...?».

Con le braccia conserte, rimasi a guardare lui che in fretta si tirava su la cerniera dei pantaloni e lei che si sistemava il vestito prima di scendere dal tavolo, aggrappandosi al ragazzo, con gli occhi che brillavano divertiti.

«Questa non è una camera d'albergo» dissi in tono tranquillo. «E la biblioteca non è una casa d'appuntamenti. *Intesi*?» dissi con un tono da mafiosa.

«Chi sei, Al Capone?» ribatté il ragazzo ridendo e spingendo piano la ragazza verso di me e verso la porta.

Feci un profondo sospiro. «Abbiate solo un po' di rispetto per gli altri utenti, okay?» Lo scrutai rapidamente e, per nulla colpita, inarcai un sopracciglio. «Nessuno vuole vedere certe cose.»

La ragazza sogghignò, mentre lui mi passava davanti ridendo apertamente.

Con questa era la quinta volta da quando avevo cominciato a lavorare all'università che sbattevo fuori qualcuno da una di queste sale per condotta inadeguata.

E poi dicono che lavorare in biblioteca è noioso.

Compiuto il mio dovere, ritornai al mio posto per lavorare al reparto consultazione. Mentre mettevo in ordine, senza perdere d'occhio il banco delle informazioni e pensando nel frattempo a cosa avrei cucinato quella sera per me e Nate, che sarebbe venuto a lavorare da me, apparve Benjamin Livingston.

Sforzandomi di apparire rilassata, passai di soppiatto oltre gli scaffali e andai in fretta al banco delle informazioni per essere lì nel caso in cui avesse avuto bisogno di assistenza. Un'enorme parte di me sperava che fosse così, mentre l'altra era terrorizzata all'idea.

Benjamin era bellissimo, e la sua non era una bellezza maschile palese come quella di Nate, ma un tipo di bellezza rude, da amante dell'aria aperta, da uomo capace di spaccare la legna a mani nude.

In passato lo avevo aiutato alcune volte. Ovviamente ero riuscita a spiccicare solo poche parole, e sottovoce, nel caso in cui mi fossero uscite nell'ordine sbagliato, cosa che di solito mi capitava in presenza di un ragazzo da cui ero attratta. Dal materiale che Benjamin prendeva in prestito sapevo che stava frequentando il corso di laurea specialistica in storia. Di solito lo vedevo alcune volte alla settimana, e negli ultimi tempi avevo cominciato ad aspettare con grande impazienza che si presentasse.

Con i suoi due metri di altezza, Benjamin Livingston aveva spalle larghe, un sorriso sghembo e due occhi verde chiaro in cui si poteva sguazzare. L'ultima volta che era stato qui, avevo fantasticato di fare sesso con lui dietro gli scaffali, e dopo che se n'era andato mi ero resa conto che forse avevo una leggera cotta per lui. Stavo cercando di superare la timidezza, augurandomi di riuscire a intrattenere una vera conversazione con lui.

Non so da dove nascesse la mia incapacità con l'altro sesso. Poiché mia madre era stata malata per buona parte della mia adolescenza e io avevo avuto la tendenza ad accudirla con dedizione, non avevo potuto disporre di tutto il tempo libero dei miei coetanei. In più ero timida con i ragazzini a scuola. Al liceo avevo avuto due appuntamenti e solo uno si era concluso con una sessione di sbaciucchiamenti che era stata memorabile esclusivamente per l'estrema goffaggine che l'aveva caratterizzata.

All'università era andata praticamente allo stesso modo fino a dopo il secondo anno. Stupidamente avevo deciso di liberarmi della mia verginità ubriacandomi e andando a letto con un ragazzo dell'ultimo anno che conoscevo appena. Era stato terribile. Mi aveva fatto male, era stato imbarazzante, e lui, una volta finito, era rotolato dall'altra parte del letto e se n'era andato. Non ricordavo di essermi mai sentita più umiliata, vuota o insignificante di allora, e la mia sicurezza in me stessa aveva ricevuto un duro colpo. A dire il vero avevo solo avuto così tanta paura di riprovarci che non l'avevo mai fatto. E poi, al terzo anno, era diventato chiaro che la mamma non stava migliorando, così avevo lasciato gli studi per occuparmi di lei.

Tornata all'università, la consapevolezza della mia inesperienza con gli uomini mi aveva trasformata dalla donna socievole che ero in una preadolescente con un disturbo del linguaggio. Inoltre, anche il fatto di essere molto a disagio con il mio fisico influiva grandemente sulla mia scarsa abilità di seduzione.

«Ciao.»

Mentre Benjamin si avvicinava al banco sistemandosi lo zaino in spalla, osservai il piacevole spettacolo dei suoi bicipiti che si contraevano sotto la camicia azzurra e sgranai leggermente gli occhi.

Lui mi rivolse quel suo adorabile sorriso sghembo. «A quanto pare, ho una multa da pagare» disse porgendomi della documentazione, che presi fissandolo negli occhi.

"Puoi farcela."

In realtà, perché la cosa funzionasse, avrei dovuto distogliere lo sguardo. Adesso invece mi sentivo come se fossi rimasta a fissare il sole troppo a lungo.

Con le dita che tremavano, registrai la restituzione e sussultai quando vidi l'importo che apparve sullo schermo.

«Accidenti, è così alta?»

Ho già detto che parlava con un accento scozzese talmente divino che mi faceva venire voglia di leccarlo?

Feci un respiro profondo, archiviando quel pensiero. «Il prestito è scaduto da tre giorni, quindi sono ottantaquattro sterline.»

Lui trasalì. «Non lo farò mai più. Che razza di tariffe applicate?»

"Non è colpa mia! Sono i piani alti della biblioteca a decidere!" «Due pence al minuto» risposi sottovoce.

«Ah, okay.» Con un sorriso rassicurante, mi allungò la carta di credito. «Colpa mia che non conoscevo il regolamento del reparto consultazione.»

Mi ci volle meno di un minuto per mandare a buon fine il pagamento della multa, ma durante quei pochi istanti avrei potuto chiedergli qualsiasi cosa. Invece svolsi il mio lavoro in silenzio e non riuscii nemmeno a guardarlo negli occhi quando gli restituii scontrino e carta.

«Be', grazie.»

Lo sguardo fisso sul suo mento, feci spallucce. "Spallucce? Ma che diavolo..."

«Ciao.»

Lo salutai con un piccolo cenno del capo.

Poi lui sparì.

Alla faccia della conversazione.

Con un lamento profondo mi voltai e cominciai a picchiare lentamente la testa contro il muro, avanti e indietro, avanti e indietro.

«Ehm, Liv, stai bene?» domandò la voce di Angus alle mie spalle.

Arrossendo per essere stata colta sul fatto, mi girai di scatto verso il mio capo. «Sto solo controllando la stabilità dell'edificio. Tutto a posto.»

Angus inarcò un sopracciglio. «E della tua stabilità mentale cosa mi dici?»

«È sicuramente la prossima cosa che controllerò.»

3

Ogni settimana io, mio padre, Jo, Cam e Cole cercavamo di cenare insieme, e quella sera eravamo al mio ristorante italiano preferito, il D'Alessandro's, in India Street, proprio dietro l'angolo di casa mia. Cam e papà spesso discutevano per pagare il conto, ma mio padre era più alto e più vecchio, quindi di solito vinceva lui.

Amavo moltissimo queste cene, e non solo perché andavo pazza per la cucina del D'Alessandro's, ma anche perché Jo, Cam e Cole erano davvero diventati una famiglia per me e papà, e noi lo eravamo diventati per loro. Soprattutto per Cole. Da quello che avevo saputo della sua vita, prima che Cam entrasse a farne parte, il ragazzino non aveva avuto nessun altro all'infuori di Jo. Adesso invece aveva una famiglia surrogata, una famiglia che si meritava. Jo aveva detto che era davvero raro che suo fratello legasse subito con qualcuno come aveva fatto con me, e tutti sapevamo che in realtà si era preso una piccola cotta. Comunque era troppo in gamba per lasciare che la sua infatuazione creasse imbarazzo, e io fingevo sempre di esserne del tutto inconsapevole. Un osservatore esterno avrebbe potuto prendere Cole per un diciottenne. Negli ultimi nove mesi era cresciuto ancora e adesso, a quindici anni, era già alto un metro e ottanta. Da quando prendeva lezioni di judo con Cam e Nate, le sue ampie spalle si erano irrobustite, e il suo vissuto gli conferiva un'aria matura che la maggior parte dei suoi coetanei non aveva. Per me comunque era soltanto un ragazzino adorabile e sapevo che lo stesso valeva per Jo, dal momento che ne avevamo parlato. La cosa a volte lo mandava su tutte le furie, visto che quasi tutti gli altri lo trattavano come il giovane adulto che sembrava.

«Hai letto qualche libro nuovo che potrebbe interessarmi?» domandò l'oggetto delle mie riflessioni mentre bevevo un sorso di vino.

«Sì, in effetti sì. Angus mi ha consigliato un romanzo di fantascienza su una società distopica segreta. Ti piacerà un sacco.»

«Figo. C'è anche in e-book?»

«Sì, ti mando il link.»

«Okay, grazie. A proposito, ho finito *La guerra dei mondi.*»

Inarcai un sopracciglio. «E? Cosa ne pensi?»

Lui si strinse nelle spalle. «L'ho trovato abbastanza realistico per quello che è e per l'epoca in cui è stato scritto. È piuttosto tetro. Mi è piaciuto.»

Cam, seduto dal lato opposto del tavolo, intercettò il mio sguardo e sorrise della recensione di Cole. «Ancora con questa storia del tetro.»

Mi portai due dita alla fronte e feci il saluto militare. «Afferrato.»

Cole alzò gli occhi al cielo. «Non è una cosa da emo o che. I libri con un finale triste o cupo, ecco... ti fanno solo... non so, ti fanno provare qualcosa di più...»

Poiché sembrava in imbarazzo per aver ammesso di avere dei sentimenti – orrore! – avvertii il bisogno di rassicurarlo. «Ti capisco. I finali tristi o agrodolci tendono a restarti dentro, e continuano a toccarti anche molto tempo dopo che hai finito il libro.»

«Ellie potrebbe avere qualcosa da ridire in proposito» mormorò Jo scambiando un sorriso sfrontato con mio padre.

«Togli pure il condizionale» ridacchiai. «Comunque difendo la mia posizione. Sebbene apprezzi anch'io le belle storie d'amore a lieto fine, devo ammettere che i finali tristi hanno più impatto su di me.»

Sentii che mio padre mi stava fissando, e quando mi voltai vidi che si era accigliato.

«Lascia perdere quell'espressione» dissi con aria di rimprovero, indicando il suo cipiglio. «Sto benissimo.»

«Preferisci le storie tristi a quelle a lieto fine» ribatté.

«In letteratura. Non nella vita. Let-te-ra-tu-ra.»

Mio padre si protese verso di me. «Se ci fosse qualcosa che non va, me lo diresti?»

«Oh, mio Dio.» Lanciai uno sguardo implorante a Jo.

«Olivia sta bene» intervenne lei in mio soccorso. «È una donna realizzata, bellissima, ha una casa tutta per sé, molti amici e un padre che le sta con il fiato sul collo e che la ama. Adesso lasciala in pace.»

Mentre Jo lo prendeva in giro, mio padre aveva uno sguardo torvo, ma dopo qualche istante parve elaborare le sue parole e si rilassò. «Mi preoccupa saperti sola in quella casa, tutto qui» osservò voltandosi verso di me.

«È raro che sia sola. Nate ha spostato il suo ufficio da me.»

Per qualche motivo questa risposta lo fece imbronciare, e Jo per poco non si strozzò dal ridere. Le scoccai una rapida occhiataccia e lei si strozzò ancora di più.

Non sapevo proprio come farle capire che tra me e Nate c'era un rapporto assolutamente platonico. Quando ci eravamo conosciuti, eravamo andati d'accordo all'istante. A volte si incontrano persone con cui ci si trova semplicemente a proprio agio, e Nate era una di quelle. Ci sentivamo liberi di essere noi stessi l'uno con l'altra e avevamo legato grazie a due cose: una era il nostro senso dell'umorismo – eravamo tutti e due un po' svitati – e la seconda era l'indole eccentrica che ci accomunava e che adoravamo entrambi.

Nate era un fotoreporter free-lance ma guadagnava bene anche scrivendo recensioni di film e videogiochi per una rivista internazionale di cinema e intrattenimento. Guardandolo molti avrebbero detto che fosse un attore, ma in realtà era più simile a un esemplare della mia specie: un eccentrico. A diciannove anni aveva avviato un blog in cui pubblicava le proprie opinioni su film, libri e videogiochi. Nel tempo il blog era cresciuto così tanto che, quando Nate aveva compiuto venticinque anni, erano in migliaia a seguirlo. Questo, insieme ai suoi commenti acuti, spiritosi e ricchi di personalità, aveva attirato l'attenzione della rivista, che gli aveva offerto un lavoro. Per me era stata una fortuna che lui avesse preso l'abitudine di guardare i film a casa mia. Poteva essere piuttosto spassoso, ed era risaputo che anch'io avevo i miei momenti. Alcune delle mie osservazioni avevano persino trovato posto nelle sue critiche.

«Allora, Olivia, aneddoti divertenti dalla biblioteca questa settimana?» domandò Cam cambiando argomento per aiutarmi.

Gli rivolsi un sorriso riconoscente. «Ho dovuto cacciare un'altra coppia di piccioncini da una sala per disabili.»

«Oddio, sono proprio...»

Ma non udii il resto della frase di Cam perché la porta del ristorante si aprì e il mondo intorno a me svanì mentre entrava *lui*.

Benjamin Livingston.

Restai senza fiato mentre si dirigeva al banco d'ingresso in compagnia di una coppia più anziana. I suoi genitori, forse?

Non lo sapevo, e francamente non me ne importava. L'unica cosa che contava era che Benjamin era lì e poteva vedermi. Se mi avesse vista, avrebbe potuto riconoscermi e cercare di intavolare una conversazione. Oppure avrebbe potuto vedermi e non riconoscermi. Non sapevo cosa sarebbe stato peggio, sapevo soltanto di non volere che i miei familiari e i miei amici assistessero al terribile crollo di Olivia-Holloway-che-si imbatte-in-un-bell'uomo.

«Liv, sicura di sentirti bene?» domandò Jo costringendomi a smettere di fissare Benjamin e a voltarmi verso di lei. I suoi magnifici occhi verdi erano sgranati per la preoccupazione. «Sembri... ubriaca.»

Mi scusai con Cam per averlo snobbato, dopodiché il mio sguardo guizzò di nuovo verso Benjamin.

Merda! La direttrice di sala lo stava accompagnando nella nostra direzione.

«Devo aver...» Picchiando di proposito il gomito sul tavolo feci cadere a terra il cucchiaio da dessert. «Oops, scusatemi.» Spinsi indietro la sedia e mi chinai con decisione, infilando la testa sotto la tovaglia. Con il cuore che mi martellava nel petto, rimasi a osservare un paio di stivali familiari allontanarsi.

Benjamin era fuori portata. O, più precisamente, *io* ero fuori portata.

La tovaglia si sollevò e davanti a me apparve il volto di mio padre. «Ti sei fumata il cervello?»

Strinsi forte le labbra per non scoppiare a ridere, poi scossi la testa e raccolsi il cucchiaio con mano tremante. Avrei dovuto farmelo cambiare, perché non avrei saltato il dolce per nessuna ragione al mondo. Il tiramisù del D'Alessandro's era buono da morire. Naturalmente, però, prima che per il dessert sarei potuta morire per l'imbarazzo. «Sto solo recuperando la posata che mi era caduta.»

«Ti comporti in maniera più strana del solito.»

Sbuffai e nella foga sbattei la testa contro il tavolo. «Potremmo evitare di parlarne qui sotto?»

Il viso di mio padre sparì e io mi affrettai ad alzarmi a mia volta, allungando il collo in cerca di Benjamin. Non vedendo traccia di lui mentre mi raddrizzavo sulla sedia, capii che la direttrice li aveva portati nell'altra sala e, sollevata, mi rilassai.

Adesso che se n'era andato, mi sistemai sulla sedia con aria felice e sorrisi mentre alzavo il cucchiaio in direzione di una cameriera che passava di lì. «Potrei averne uno pulito, per favore?»

Quando lei annuì, sorrisi di nuovo e mi voltai verso i miei commensali.

Mi stavano fissando tutti. Trasalii nel notare i loro sguardi inquisitori. «Cosa c'è?»

«Mick ha ragione» disse Cam inarcando un sopracciglio con aria interrogativa. «Sei più strana del solito.»

Guardai Cole in cerca di aiuto, ma lui si limitò ad alzare le spalle. Questo doveva significare che era d'accordo con gli altri. Poiché non volevo che scoprissero la mia cotta senza speranza per Mr Biblioteca, cercai una spiegazione, e alla fine ne scelsi una che non brillava per creatività: «Ho bevuto tre Red Bull oggi».

Funzionò, comunque, e presto smettemmo di parlare di me e del mio comportamento assurdo.

Purtroppo, però, prima del dessert, avvenne il disastro.

Dovevo andare in bagno, e con una certa urgenza.

Sfortunatamente le toilette erano in fondo al corridoio, davanti all'altra sala del ristorante, per cui sarei potuta finire sulla traiettoria di Benjamin.

Tuttavia, poiché la mia vescica era sul punto di scoppiare, dovetti ignorare le mie preoccupazioni e fiondarmi in bagno.

Una volta lì, mi chiesi di che cosa avevo avuto paura. Avevo camminato così in fretta per raggiungere il bagno che nessuno avrebbe potuto vedere altro che una chiazza indistinta. Benjamin non avrebbe mai potuto riconoscermi. "Mmh, ripetilo velocemente cinque volte."

Per quanto adesso fossi più calma, ero fermamente decisa a trasformarmi di nuovo in una chiazza indistinta anche nel tragitto di ritorno. Malauguratamente non avevo considerato che, uscendo dal bagno, avrei potuto scontrarmi con un muro.

Arretrai incespicando e sbattei rapidamente le palpebre nel fissare quel muro blu scuro. Il mio cervello realizzò molto in fretta che in realtà non si trattava di un muro... ma di un petto. L'ampio petto di uomo.

Il mio cuore cominciò a martellare mentre alzavo lentamente lo sguardo, e quando la bellezza familiare e virile di Benjamin Livingston oscurò il mio mondo, i battiti accelerarono e mi ritrovai con i palmi delle mani sudati e formicolanti.

Ero piuttosto certa di avere la bocca spalancata in maniera tutt'altro che attraente mentre lui sorrideva. I suoi occhi si illuminarono: mi aveva riconosciuta.

"Oh, merda."

«Tu lavori alla biblioteca dell'università, vero?»

Deglutii e provai la risposta nella mia mente, dopodiché riuscii a fare un cenno di assenso con la testa. «Biblioteca di assistente.» "No, sbagliato." «Cioè, assistente di biblioteca.»

E meno male che l'avevo provata.

Il suo sorriso si allargò mentre mi si avvicinava un po' di più, interrompendo il rifornimento di ossigeno al mio cervello già boccheggiante. «Sei sempre molto disponibile.»

E poi, non so come, Maggie Smith si impossessò di me. «È il mio lavoro» risposi solennemente con un accento scozzese.

Un maledetto accento scozzese.

Piuttosto buono, per fortuna.

Ma non era questo il punto.

Avevo le guance letteralmente in fiamme per l'imbarazzo mentre Benjamin ridacchiava piano. «Giusto.»

Dovevo andarmene di lì. Dovevo andarmene di lì subito! «Be', il mio tavolo mi sta aspettando alla famiglia.»

Gli feci un sorriso tirato e, ignorando le sue labbra che si increspavano divertite, gli sfrecciai davanti e mi precipitai lungo il corridoio fino all'altra sala. Sentii piatti e bicchieri tintinnare mentre mi abbandonavo sgraziatamente sulla sedia e annunciavo ad alta voce: «Credo che dovremmo farci confezionare il dessert da asporto e andare a casa mia. Tipo... adesso». Feci un cenno di assenso, a mo' di incoraggiamento. «Okay?»

4

Ero frustrata.

Erano passati alcuni giorni e non mi ero ancora ripresa dall'umiliazione. L'oggetto della mia cotta era apparso in biblioteca, e non appena avevo visto la sua testa bionda muoversi su e giù attraverso la sala principale ero fuggita in amministrazione e avevo convinto la mia collega Rachel che, sì, in realtà avrei preferito aggiornare il sito e rispondere alle e-mail di lamentele piuttosto che stare a divertirmi al banco delle informazioni.

Alla fine di quella giornata di lavoro non ero proprio di buonumore, ma quando svoltai l'angolo per imboccare Jamaica Lane e vidi una sagoma familiare appoggiata contro il portone del mio palazzo, il mio passo si fece più leggero e il mio morale si risollevò.

Con un sorriso che, come al solito, fece spuntare le fossette sul suo volto, Nate alzò un sacchetto bianco. «Cibo cinese e film su un'invasione aliena con qualche attore fighetto che probabilmente mi farà venire voglia di ficcarmi una penna in un occhio.»

Lo guardai con un sorriso confuso mentre il profumo della cena d'asporto faceva risvegliare il mio appetito con un brontolio famelico. «Non avevi un appuntamento con una ragazza stasera?» domandai infilando la chiave nella serratura e precedendo Nate sulla scala buia e umida.

«Mi ha telefonato oggi pomeriggio per chiedermi se avevo voglia di andare alla festa di fidanzamento di sua sorella invece che a cena. A quanto pare, la festa era "un'improvvisata"» rispose facendo il segno delle virgolette con le dita. Quel gesto, insieme alla sua espressione impassibile, mi fece capire che non ci aveva creduto nemmeno per un secondo.

«Un evento di famiglia al primo appuntamento?» boccheggiai con finto orrore. «Come osa?»

«Spiritosa.»

«Lo so.» Gli scoccai un sorriso veloce ed entrai nel mio minuscolo bilocale che adoravo nonostante le sue dimensioni.

Cucina e soggiorno erano abbinati. La cucina era a forma di L e occupava gran parte della stanza, lasciando appena lo spazio per un divano, una poltrona e un televisore. Per fortuna, la camera da letto era abbastanza grande ed ero riuscita a infilarvi un paio di librerie, anche se la maggior parte dei miei libri era sparpagliata per la casa. E non avevo una vera e propria stanza da bagno, ma solo un piccolo vano con gabinetto e doccia.

Per me andava bene.

Era confortevole.

Mentre mi toglievo il cappotto, osservai Nate dirigersi in cucina e cominciare a tirare fuori i piatti su cui disporre la cena. «Ti ho preso il pollo all'arancia, piccola. Va bene?»

Mi chiamava sempre "piccola" con quella sua voce profonda e piena. Ogni volta cercavo di non farmi venire i brividi, ma molto spesso non ci riuscivo.

«Il mio preferito!» esclamai andando in camera a lasciare il cappotto e a togliermi le scarpe. «In frigo c'è della birra, se vuoi.»

«Presa. Tu vuoi la birra o ti verso un bicchiere di vino?»

«Vino, grazie.»

«Ti ho portato una vaschetta di gelato al cioccolato per dopo. La metto in freezer.»

Sul serio, avrei potuto sposarlo. Tornando nella zona giorno, gli rivolsi un sorriso riconoscente. «Ti promuovo a mio migliore amico.»

Lui aggrottò la fronte mentre mi versava un bicchiere di rosé. «Credevo di avere avuto la promozione secoli fa.»

«Eri stato promosso a mio migliore amico allo stesso livello di Ellie e Joss. Adesso hai raggiunto quello di Jo.»

«Che è più alto?»

«Sì.»

Nate parve riflettere sulla cosa. «E questa promozione mi dà dei vantaggi in più?»

«Sì: puoi portarmi cibo cinese e gelato al cioccolato tutte le volte che vuoi» risposi in tono solenne.

Lui mi guardò con aria inespressiva.

«Non preoccuparti, puoi farcela. Stai già andando benissimo.» Gli massaggiai affettuosamente le spalle mentre giravo intorno al bancone della cucina. «Vuoi un caffè prima?»

«Ci penso io.»

«No, no, tu vai a sederti e prepara il film. Il caffè lo porto io.»

Nate sistemò il mio piatto sul tavolino al suo fianco e andò a mettere il DVD nel lettore. Si era appena accomodato sul divano con il suo piatto in mano quando lo raggiunsi con il caffè.

«Preferiresti morire dopo essere diventata una cavia degli alieni oppure essere mangiata dai cannibali?» chiese Nate con naturalezza portandosi una forchettata di carne e riso alla bocca e senza staccare gli occhi dallo schermo.

Soppesai la domanda mentre posavo la tazza sul tavolino prima di rannicchiarmi nell'angolo del divano con il mio piatto. «Sono stata anestetizzata?»

«Conta qualcosa?»

«Be', sì. Se sono stata anestetizzata, allora non importa cosa scelgo perché non mi accorgerò di quello che mi sta succedendo.»

Nate scosse la testa. «Non è vero, importa sì. Facendo esperimenti su di te, gli alieni potrebbero trovare qualcosa da usare per distruggere tutta la razza umana. O per infiltrarsi tra noi come nell'*Invasione degli ultracorpi*. I cannibali, d'altra parte... ecco, immagino che non vogliano fare altro che... mangiarti.»

Il suo ragionamento non faceva una grinza. Agitai la forchetta verso di lui in segno di approvazione. «Giusta osservazione.»

«Allora? Alieni o cannibali?»
«Alieni.»
«Anch'io. Al diavolo il genere umano... I cannibali sono brutti bastardi ripugnanti.»
Scoppiai a ridere e per poco non mi strozzai con il riso mentre, divertita, cercavo di prendere fiato.
Nate ridacchiò con gli occhi scuri che brillavano, colmi d'affetto. «Hai una risata bellissima, lo sai?»
Quando ridevo schiamazzavo in maniera tutt'altro che femminile, ma se lui trovava che la cosa fosse bellissima non avrei ribattuto. Mi strinsi nelle spalle piuttosto timidamente, come ogni volta che mi faceva un complimento inaspettato, poi indicai la sua borsa per cambiare argomento. «Non prendi carta e penna?»
Nate accennò con la testa al suo telefono sul tavolino. «Sto registrando» rispose.
Stava registrando la nostra conversazione? «Allora sarà meglio che io tiri fuori tutta la mia arguzia.»
«I soliti commenti andranno bene.»
Ignorando la vaga insinuazione che non fossi arguta, presi un altro boccone di pollo e mugolai: «Mio Dio, è fantastico».
«Sì?»
«Davvero fantastico.»
«Ti piace, piccola?»
«Oh, sì.»
«Quanto ti piace?»
«Credo sia il migliore che abbia mai provato.»
«Addirittura?»
«Sì.» Il pollo era tenerissimo e il sugo all'arancia era perfetto, né troppo dolce né troppo piccante. «Mmh.»
«Bene. Prendilo, piccola.»
Avevo chiuso gli occhi per assaporare il cibo, ma a quel punto li spalancai, scoprendo che Nate stava sussultando, scosso da una risata silenziosa. Spostai di colpo lo sguardo sul suo telefono e ripetei mentalmente lo scambio di battute che avevamo appena avuto, pensando a come sarebbe suonato nella registrazione.
Con una smorfia, tenni il piatto con una mano e con l'al-

tra lanciai il cuscino del divano addosso a Nate. «Molto divertente.»

Lui scoppiò in una risata fragorosa e deviò il cuscino impedendo che intercettasse il suo piatto. «Hai reso tutto troppo facile.»

«Sei uno stronzo» dissi dandogli uno spintone nel fianco con il piede. «Sarà meglio che cancelli la registrazione.»

Lui guardò di nuovo lo schermo senza smettere di sorridere. «Non ci penso nemmeno. È assolutamente da conservare.»

Scoprimmo poi che Nate aveva ragione. Il fighetto protagonista del film faceva davvero venire voglia di ficcarsi una penna in un occhio. «Che schifo» commentai mentre Nate estraeva il DVD dal lettore. «Ma immagino che non tutti i film possano essere come *Il mago di Oz*.» Il mio film preferito. «O *Il padrino*.» Il film preferito di Nate.

Gli angoli delle sue labbra si incresparono. «Questa è la tua opinione da esperta? Ricorda che ti sto registrando.»

«Sì, questa è la mia opinione da esperta.» Sbadigliai e appoggiai la testa contro il divano. «Ho fatto alcuni commenti di alto livello nel corso del film, e ti concedo il permesso di rubarli.»

«Allora quando parlerò delle doti di attore del ragazzino che vestiva i panni del fratello morente dell'eroe credo proprio che userò: "La morte dovrebbe essere triste, e io mi sento triste come un liceale vergine in un motel giapponese con una prostituta e una mazzetta di soldi".»

A Nate era quasi andata di traverso una nuvola di drago quando l'avevo detto. Dopo che ebbe ripetuto le mie parole, arricciai il naso e osservai: «Devo decisamente lavorare di più sulla forma. "Vergine con una prostituta" sarebbe stato sufficiente».

«Ma non sarebbe stato altrettanto esilarante, neanche lontanamente. È proprio il tuo modo di blaterare a renderti esilarante.»

«Io non blatero.»

«Oh, sì, piccola.»

Decisi di lasciar perdere e gli feci un sorriso stanco. «Lo scriverai davvero nella tua recensione?»

«Cosa? Che blateri?»

Contraccambiai la sua deliberata ottusità con un'espressione impassibile, e lui scosse la testa, facendo ondeggiare i meravigliosi ricci scuri e morbidi. Erano più lunghi del solito, ma gli stavano bene. Benissimo. Addirittura divinamente. «Tra i lettori della rivista ci sono molti adolescenti.»

Mentre si infilava la giacca, mi alzai dal divano e gli porsi il cellulare. «Hai tutto quello che ti serve per la recensione?»

«Ho abbastanza elementi per stroncare il film» rispose prima di darmi un bacio sulla guancia. Il profumo caldo e speziato della sua colonia aveva un potere tranquillizzante. «'Notte, Liv.»

Sorrisi e feci un passo indietro per lasciarlo passare, poi lo seguii fino alla porta. «Grazie per la cena e per il gelato.»

Nate contraccambiò il sorriso. «Grazie per le citazioni.»

La porta si era quasi chiusa alle sue spalle quando d'un tratto afferrai la maniglia. «Nate.»

Dal secondo gradino della scala, lui si voltò e inarcò le sopracciglia con aria interrogativa.

Guardando la sua chioma, alzai le spalle e mi appoggiai alla porta. «Non tagliarti i capelli, okay?»

Mi rivolse un sorriso lento, sfrontato e incredibilmente bello, e io ignorai di proposito il fremito che mi pervase nelle parti intime da tempo trascurate. «Ti piaccio così, eh?»

Ridendo, mi ritrassi e mi preparai a chiudere la porta. «Sto solo aiutando un amico. So che vuoi apparire al meglio per le donne.»

Avevo praticamente chiuso il battente quando Nate disse: «Liv».

Sbirciai dalla fessura rimasta aperta.

I suoi occhi brillavano maliziosi. «Non smettere di lasciare la tua biancheria rossa e bagnata in giro quando hai un uomo per casa. A noi piace. Sto solo aiutando un'amica, sai com'è.»

"Cosa?"

Sgranai gli occhi in preda allo sgomento mentre mi voltavo per guardare dentro casa. Qualcosa di rosso attirò la mia attenzione e fui sopraffatta dall'umiliazione: il mio completo intimo di pizzo era appeso al calorifero ad asciugare. Come avevo fatto a non accorgermene?

«Uccidimi, uccidimi adesso» gemetti con le guance che ardevano per l'imbarazzo mentre sussultavo nel sentire la risata di Nate che riecheggiava per le scale.

Dopo aver chiuso la porta a chiave, cominciai a sistemare l'appartamento, gettando di tanto in tanto un'occhiataccia letale alla biancheria, come se fosse sua la colpa dell'agitazione che provavo per il fatto che adesso Nate conosceva la mia predilezione per la lingerie sexy.

Alla fine alzai gli occhi al cielo ed esortai me stessa a prenderla con spirito.

Mentre mi spogliavo e tiravo fuori il pigiama grigio di jersey dal comò in camera, scorsi la mia immagine allo specchio. Indossavo il mio completo intimo preferito di raso verde smeraldo. Nel comò e in una scatola di vimini nell'armadio ce n'erano molti altri. Amavo la bella biancheria, ma non amavo guardarmi mentre la portavo. Mi piaceva solo la sensazione che dava.

Come pietrificata, mi concessi un lungo sguardo allo specchio e studiai la mia espressione sgomenta. Ciò che vidi mi demoralizzò. Cancellò il buonumore che avevo ritrovato grazie a Nate e mi ricordò perché non sarei mai riuscita a raggiungere un ragazzo come Benjamin Livingston.

Non ero brutta, lo sapevo. Era solo che quando mi guardavo allo specchio non vedevo nulla di speciale: un volto comune, a eccezione degli zigomi alti che avevo ereditato da mia madre e degli stessi insoliti occhi dorati di mio padre, e braccia flaccide che non sopportavo. Con il mio metro e settanta non ero bassa, ma non ero nemmeno abbastanza alta perché la mia statura potesse dirsi adeguata ai fianchi, che diventavano sempre più larghi, al sedere piuttosto grosso e alla pancetta tonda. Per fortuna, avevo la vita sottile, ma non si poteva dire altrettanto del piccolo rigonfiamento nel basso ventre che si rifiutava di diventare piatto.

Dopo che il cancro si era portato via mia madre, sapevo ed ero convinta che un corpo sano era molto più importante di un corpo magro e adeguato alla moda. Lo sapevo. *Lo sapevo.*

Eppure per qualche motivo non mi sentivo né sexy né attraente. Era davvero frustrante, doloroso anzi, sapere ciò che era giusto ma provare la sensazione sbagliata.

Era triste che io – una ragazza intelligente, abbastanza simpatica, eccentrica, leale e buona – avessi un'opinione così negativa di me stessa nascosta sotto i sorrisi e le battute, e a quel pensiero sentii le lacrime bruciarmi negli occhi. Ciò che provavo nei confronti del mio aspetto fisico era odio, odio profondo.

Con i pugni serrati lungo i fianchi, fissai la mia figura mediocre.

Oh, sì, domani mattina mi sarei messa a fare Pilates sul serio.

Il profumo del pranzo che si diffondeva nella stanza mi stava facendo venire l'acquolina in bocca. Dopo tre giorni in cui avevo eliminato tutti i cibi che mi facevano male e mi ero faticosamente sottoposta a un corso di Pilates in DVD, ero prontissima a divorare il sostanzioso arrosto della domenica di Elodie Nichols.

«Giuro che adesso mi mangio un dito» mormorai osservandomi la mano.

«Come?» domandò distrattamente Ellie mentre guardava le foto delle composizioni floreali che Braden e Joss avevano scelto per il matrimonio: erano state selezionate mesi prima, come tutto il resto. Dopo un inizio disastroso con Ellie come wedding planner (non perché non fosse all'altezza del ruolo, ma perché lei e Joss avevano gusti diversissimi), Braden si era assunto la responsabilità di organizzare il matrimonio e Joss l'aveva aiutato a prendere le decisioni.

«Perché stai esaminando di nuovo quelle foto?»

«Io avrei scelto le rose.»

«Be', io ho scelto i gigli» ribatté Joss, che era dall'altra parte della stanza, seduta sul bracciolo della poltrona su cui Braden si stava rilassando mentre parlava con Adam.

Clark era sull'altra poltrona accanto al televisore e, non so come, riusciva a correggere gli scritti dei suoi studenti nonostante le nostre chiacchiere. Suo figlio Declan, un ragazzino di dodici anni e mezzo patito di computer, era rannicchiato per terra con Cole a giocare con la Nintendo DS mentre Mick e Cam erano all'estremità opposta del divano su cui eravamo sedute io ed Ellie. Jo era sparita al piano di sopra con Hannah, la sorella sedicenne di Ellie. Le due erano molto intime, e prima di pranzo avevano l'abitudine di rintanarsi insieme in camera di Hannah per farsi una chiacchierata.

Ellie sorrise a Joss. «Sono davvero carini, ma per il mio matrimonio sceglierò le rose, tutto qui.»

«Adam, a te piacciono le rose?» chiese Joss, rivolgendo a Ellie un sorriso birichino.

Distolto dalla sua discussione con Braden, Adam sbatté le palpebre e disse: «Cosa?».

«Rose? Per il tuo matrimonio? Ellie vuole le rose.»

«Ellie può fare quello che preferisce.»

«Tu non hai voce in capitolo?» domandò Joss con aria un po' perplessa.

Lui aggrottò la fronte. «No. Il mio unico compito sarà presentarmi quel giorno e dire "sì".»

Joss fece una smorfia a Braden, che sembrava impegnatissimo a cercare di non ridere. «Com'è possibile che Adam abbia ottenuto il ruolo che volevo io per il *nostro* matrimonio?»

Braden increspò le labbra in una smorfia. «Avresti potuto ottenerlo. Io mi sono offerto di fare tutto da solo.»

«Ma...» attaccò Joss spostando lo sguardo da lui a Ellie e poi a Adam. «Era chiaro che mi stavi manipolando emotivamente. Ellie non sta facendo altrettanto con Adam.»

Adesso Braden rideva. «Manipolando emotivamente? Credo di aver detto qualcosa come: "Bene, allora mi occupo io di organizzare il matrimonio". Niente di più. Sei stata tu a diventare sdolcinata e riconoscente e a decidere di darmi una mano.»

«Sdolcinata?» ripeté Joss mentre le sopracciglia le schizzavano fino all'attaccatura dei capelli.

«Oh-oh» mormorò Ellie sottovoce.

Io sogghignai e, diabolica, gettai benzina sul fuoco. «Sì, Joss, puoi essere un tantino sdolcinata. Fai di tutto per nasconderlo, ma qualche volta salta fuori.»

«Oh-oh» ripeté Ellie. «Incauta Olivia.»

Mi strinsi nelle spalle, sorridendo in attesa della reazione di Joss, che era quasi sempre uno spasso.

Ma Joss si limitò a fissarmi come se non riuscisse a trovare una risposta. Alla fine si abbandonò contro il braccio che Braden le aveva messo intorno alla vita. «Non sono sdolcinata» borbottò. «Sono tenera. C'è una differenza.»

«Tenera?» domandò Adam con aria incredula.

Adesso Joss sembrava proprio offesa. «Sì, so essere tenera. Braden, diglielo.»

Il suo fidanzato fece un ampio sorriso e quando si protese per darle un affettuoso bacio sulla spalla il mio cuore fece la solita capriola dolorosa. Oddio, quanto avrei voluto avere anch'io ciò che c'era tra loro.

Joss voltò la testa per guardarlo. «Era una conferma?»

Braden rise piano e gettò un'occhiata eloquente a Adam. «Jocelyn ha il suo modo di essere tenera.»

Dato che il tono in cui pronunciò quelle parole era molto allusivo, Joss alzò gli occhi al cielo e si raddrizzò, staccandosi da lui. «Adesso sei irritante.» Ci rivolse uno sguardo indignato e insisté: «So essere tenera».

«Io ti credo» dichiarai, cercando di non ridere.

Adam riportò in fretta la conversazione sull'argomento di cui stava parlando con Braden, mentre Joss finse di ignorarli e tirò fuori il telefono per controllare le e-mail.

«Secondo te, di cosa stanno parlando Hannah e Jo di sopra?» domandai a Ellie dandole una gomitata.

Lei alzò lo sguardo al soffitto e sbuffò. «Hannah è taciturna ultimamente, e sospetto che ci sia di mezzo un ragazzo. Ha l'aspetto che ha e sprizza gioia da tutti i pori pur senza aver avuto un solo appuntamento.» Els sembrava incredula. «C'è qualcosa che non quadra. Credo che ci stia tenendo nascosta una storia d'amore.»

«Starai sicuramente morendo dalla voglia di sapere.»

«Oh, sì.» I begli occhi azzurri di Ellie erano sgranati per la curiosità. «Ma la cosa più importante è che Hannah abbia qualcuno con cui parlare, anche se non sono io.»

Mi accigliai, pensierosa. «Perché non sei tu?»

«Immagino che Hannah pensi che mi lascerei coinvolgere e non riuscirei a darle dei veri consigli. È molto più realista di me. Credo che, se si tratta di un ragazzo, si senta più a suo agio a confidarsi con Jo, che ha un approccio assai più pratico a queste cose. Io invece potrei entusiasmarmi troppo. Voglio dire, la prima storia d'amore della mia sorellina... è roba grossa.»

«Muori dalla voglia di scoprire cosa sta succedendo, eh?»

«Già, non sto più nella pelle.»

«È pronto!» annunciò Elodie e tutti scattammo in piedi come se fossimo a digiuno da giorni.

Ci affrettammo a raggiungere la sala da pranzo, dove ci lasciammo inebriare dal profumo dei manicaretti. Tre mesi prima Elodie e Clark avevano comprato un tavolo più grande perché, da quando Joss era entrata nella loro vita, gli invitati al pranzo domenicale erano andati rapidamente aumentando.

«Il lavoro va bene?» mi domandò mio padre mentre prendevamo posto vicini.

«Mmh-mmh» risposi distrattamente, tenendo in mano la ciotola calda del purè come se fosse un oggetto d'oro puro.

Mio padre rise. «Hai un filo di bava alla bocca.»

«Non è vero» ribattei mettendomi una cucchiaiata di purè nel piatto con entusiasmo e passandogli la ciotola, per poi prendere senza indugio il sugo.

«Cos'è quello sguardo affamato? Non mangi come si deve?»

«Sto facendo una stupida dieta» mormorai.

Sentii mio padre irrigidirsi accanto a me. «Perché?»

«Per torturarmi. Sono diventata masochista.»

«Liv, sai che non mi piacciono queste fisime. Non hai niente che non vada.»

Oh, no. Probabilmente con la mia confessione mi ero appena aggiudicata una delle famose spedizioni al supermercato di mio padre. Quando studiavo all'università, di tanto in tanto si presentava al pensionato con vari sacchetti zeppi di cibo pur sapendo che non potevo metterlo da nessuna parte. «Ho il frigo pieno, papà. Non pensarci nemmeno.»

«Mmh, vedremo.»

Mi misi in bocca una forchettata di purè cremoso e chiusi gli occhi, in preda a un dolce sollievo. «È così buono che tutto il resto non conta» commentai poi. Peccato che lo dissi con la bocca piena, per cui la frase suonò come un mugolio indistinto.

«Allora Dee verrà con te al matrimonio, Mick?» chiese Elodie da un'estremità del tavolo. «L'ultima volta che abbiamo parlato hai detto che non ne era sicura.»

Lanciai un'occhiata a mio padre, desiderosa di sentire la risposta. Sebbene fossi una ventiseienne adulta e vaccinata, dovevo ammettere che trovavo ancora strano vedere mio padre insieme a una donna che non era mia madre.

Circa quattro mesi prima lui aveva cominciato a frequentare Dee, un'attraente artista di quasi quarant'anni. Mio padre aveva riaperto la sua ditta di imbiancatura e decorazione a Edimburgo, la M. Holloway, e aveva assunto Jo. Si era già creato una buona reputazione e negli ultimi tempi aveva ampliato la squadra con altri due ragazzi. All'inizio, quando erano ancora soli, papà e Jo erano stati ingaggiati da una coppia di giovani benestanti che avevano comprato la loro prima casa a Morningside, dove c'erano parecchie cose da sistemare. Era stato in quell'occasione che avevano conosciuto Dee, un'amica dei due proprietari ingaggiata per dipingere una fiaba sulle pareti della cameretta dei bambini. Papà e Dee erano entrati subito in sintonia. Era la prima donna con cui usciva seriamente dalla morte della mamma.

Sapevo benissimo che avrei dovuto essere grata a Dee. Da quando c'era lei, mio padre aveva meno tempo di preoccuparsi per me, come suo solito. Quando avevamo deciso di rimanere a Edimburgo, avevo stabilito che dovevo trovarmi una casa tutta per me. Io e lui vivevamo fianco a fianco da troppo tempo, e sentivo l'esigenza di avere il mio spazio. Volevo un bene dell'anima a mio padre, ma a volte la sua apprensione mi faceva pensare di avere davvero qualcosa che non andava. L'arrivo di Dee mi confondeva e al contempo mi dava sollievo. Immaginavo che avrei dovuto cercare di conoscerla un po' meglio, perché tutto ciò che sapevo al momento era che non assomigliava per nulla alla mamma. Mia madre era una bellissima donna con i capelli scuri e gli zigomi pronunciati che tradivano la sua discendenza dagli indiani d'America: queste erano le sole qualità fisiche interessanti che mi aveva trasmesso. Per qualche ragione un Dio crudele non si era degnato di concedermi la sua bellezza. Era stata proprio la sua avvenenza a catturare l'attenzione di mio padre, oltre al senso dell'umorismo caustico e spesso contorto, che avevo ereditato, e alla pace che si creava sempre intorno a lei. La mamma riusciva a placare l'atmosfera di qualsiasi stanza solo con la sua presenza. Era una persona incredibilmente tranquilla e rilassante, ed era capace di contagiare con il suo atteggiamento tutti coloro che la circondavano. Il suo era un dono.

Nonostante le sue colpe – le decisioni sconsiderate che aveva preso in gioventù – era premurosa, compassionevole e paziente in qualunque situazione, e per questo era un'ottima infermiera. Aveva affrontato la malattia con una dignità che mi faceva venire un nodo in gola ogni volta che mi abbandonavo ai ricordi. Era piuttosto riservata, non troppo sicura di sé ma nemmeno insicura o timida, solo mite. Possedeva una calma innata, un genere di calma che non si può insegnare. Lo so perché sono abbastanza certa che provò a trasmettermela, ma *evidentemente* le sue lezioni non attecchirono. Non avevo nessuna intenzione di cercare di vessare la mia indole eccentrica in cambio della possibilità di essere calma. No, grazie. Io e la mia eccentricità eravamo fedeli l'una all'altra. Lo eravamo da quando avevo otto anni e mia madre mi aveva detto che potevo essere chiunque avessi deciso di essere.

"Mamma, Arnie Welsh continua a chiamarmi eccentrica. Dice che è una brutta cosa. È vero?"

"Certo che no, zuccherino. E non badare alle etichette. Non contano nulla."

"Cosa sono le etichette?"

"Un adesivo immaginario che gli altri ti appiccicano addosso e su cui è scritta la parola che credono ti descriva. Non importa chi pensano che tu sia. Ciò che importa è chi pensi di essere tu."

"Penso che potrei essere un'eccentrica."

Lei rise. "Allora siilo. Fai semplicemente ciò che ti rende felice, zuccherino, e sarò felice anch'io."

Dio, come mi mancava.

«Dee doveva andare a trovare dei parenti al Sud, ma ha annullato tutto per poter venire al matrimonio.» La risposta di mio padre mi riportò saldamente al presente.

«Oh, bene» disse Elodie con un sorriso. «Devo proprio invitarla di nuovo a bere qualcosa. E credo che potrei avere un altro lavoro per lei. Una mia collega vorrebbe un dipinto su una parete della veranda. Vuole trasformarla nella stanza dei giochi dei nipoti.»

«Glielo riferirò.»

«Tu verrai con qualcuno, Liv?» domandò Clark con naturalezza, tanto per fare conversazione.

Per qualche ragione, però, la cosa mi irritò. Provavo sentimenti strani riguardo alla solitudine che sopportavo ormai da tempo. Clark, comunque, non ne aveva colpa, per cui mi impressi in faccia un sorriso radioso e scossi la testa. «Io e Nate abbiamo deciso di evitare la scocciatura di un compagno e di limitarci a venire insieme.»

Vidi Jo sogghignare con lo sguardo fisso sul pollo.

«Smettila» la ammonii sottovoce.

Lei alzò la testa, guardandomi con un'espressione innocente e facendomi gli occhi da cerbiatta. «Non ho detto nulla.»

«Il tuo sorrisino ha parlato al posto tuo.»

«Credo solo che sia bello che tu e Nate siate diventati così intimi.»

Feci un sonoro sospiro e cercai Cam con lo sguardo in cerca di aiuto, augurandomi che non fosse anche lui in vena di prendermi in giro. «Cam, per favore, diglielo tu.»

Lui lanciò un sorriso dispiaciuto alla fidanzata. «Tesoro, sono solo amici, lascia perdere. Non succederà nemmeno tra un milione di anni, mai e poi mai.»

"Accidenti, è categorico."

«Nate è sexy» intervenne all'improvviso Hannah. Quando la guardai, vidi che la bella sorellina di Ellie mi stava fissando con la fronte aggrottata. «Perché non esci con lui? Voglio dire, è molto, molto, molto sexy. Io ci uscirei.»

Adam impallidì e implorò tutti i commensali: «Vi prego, ditemi che quelle parole non sono appena uscite dalla sua bocca».

«Ehi, ho un nome» ribatté Hannah inarcando un sopracciglio con fare autoritario.

Joss stava cercando di non strozzarsi con il cibo. «Oh, l'ha detto eccome.»

«Mi sanguinano le orecchie» esclamò Braden guardando Joss per chiederle di intervenire. «Ho l'impressione che stiano sanguinando. Stanno sanguinando?»

Hannah alzò gli occhi al cielo. «Ho sedici anni, quasi diciassette, ho le tette, un mucchio di ormoni e mi piacciono i maschi. Fatevene una ragione.»

«Ecco, mi è passato l'appetito» disse Clark allontanando il piatto con un'aria così abbattuta che mi dispiacque per lui.

Nel vedere la sua espressione, e con ogni probabilità comprendendolo meglio di chiunque altro al tavolo, mio padre puntò un dito contro Hannah. «Sei stata crudele, Hannah Nichols» la ammonì.

Invece di sentirsi intimorita, lei sfoderò un meraviglioso sorriso sfrontato e impenitente, al quale mio padre reagì con una risatina sommessa.

«Bene» disse Elodie con un sospiro «visto che Hannah è riuscita a guastare l'appetito ai suoi parenti maschi, significa che ci saranno porzioni di dessert più abbondanti per noi donne. Si mangia *sticky toffee pudding* e gelato.»

«Oh… be'… ecco, all'improvviso mi sento molto meglio.» Adam indicò Braden, le cui guance avevano ripreso colore nel sentire nominare il dessert. «Un po' di dolce potrei mangiarlo.»

Braden annuì con un cenno solenne. «Che strano, anch'io.»
Determinata a rimpinzarmi di leccornie prima di tornare al mio frigo pieno di cibi dietetici, non ero sicura di voler condividere il *pudding* con i ragazzi. No, non ne ero affatto sicura. Guardai Hannah e domandai in tono aggressivo: «Cos'era quella storia delle tette e degli ormoni?».

5

I Proclaimers stavano cantando a squarciagola che avrebbero percorso cinquecento miglia e poi altre cinquecento solo per inginocchiarsi davanti alla mia porta. Ero commossa, sul serio.

«Vedi?» dissi gesticolando energicamente. «Questi sono due uomini che hanno capito cosa conta davvero!»

Quando urtai il tavolo, Nate mi prese per i fianchi. Il suo volto meraviglioso mi apparve piuttosto sfocato, ma riuscii a distinguervi un sorriso. «E cos'è che conta davvero?»

Gli posai le mani sulle spalle e piegai la testa verso di lui. «L'amore, Nate, ecco cosa conta davvero. *Tutto* ruota intorno all'amore.» Mi strinsi le spalle in un gesto triste e, sì, molto ubriaco. «Il che significa che io ho una montagna di *niente*.»

«Oh-oh. La sbronza allegra si sta trasformando in una sbronza piagnucolosa. Credo che sia ora che ti riportiamo a casa, piccola» disse alzandosi e spingendomi indietro.

«E la ragazza al bancone?» domandai barcollando e appoggiandomi a lui, che mi circondò la vita con le braccia e mi strinse saldamente.

Dopo avermi dato un bacio sul naso, si staccò da me e mi strizzò i fianchi. «Posso portarmi a letto chi voglio quando mi pare, tesoro. Adesso desidero assicurarmi che tu arrivi a casa sana e salva.»

«Come ci riesci, Nate?» chiesi con un sospiro. Il ricevimento non era altro che un vortice di colori e rumori intorno a me.

«A fare cosa?»

«A portarti a letto chi vuoi quando ti pare.»

«Cosa intendi dire?»

«È solo che...» risposi intenzionata a indicare il bancone ma tirando invece uno schiaffo sul mento a Nate. «Oops, scusa. Riesci sempre a farti dare i numeri di telefono. Io non so nemmeno parlare con un uomo, figuriamoci farmi lasciare un numero. O portarmelo a letto. A leeeeeetto.»

«Chi va a letto con chi?»

Mi voltai di scatto agitando un braccio e quasi colpii Joss in faccia, ma lei si tirò indietro in tempo. «Ottimi riflessi, bellezza» le dissi con un sorriso sciocco.

Joss scoppiò a ridere trasformandosi in un turbinio luccicante di forme. «Nate, credo che sia ora che riaccompagni a casa la mia damigella, cosa ne dici?»

«D'accordissimo.»

«È stato un matrimonio meraviglioso, Joss!» esclamai gettandole le braccia al collo e stringendola forte. «Ma non mi sono portata a letto nessuno!»

Sussultò, scossa dalle risa, mentre si liberava con delicatezza dalla mia presa mortale. «Be', non mi sembra per niente giusto. Gli invitati al mio matrimonio devono essere ciechi.»

«Aaah» risposi imitando mio padre «lo dici solo per dire!» Le diedi una spinta scherzosa ma evidentemente più decisa di quanto volessi, visto che barcollò all'indietro e ridacchiò.

«Nate, falle buttare giù un po' d'acqua prima di metterla a dormire.»

Sentii il corpo caldo di Nate contro la mia schiena. «Mi prenderò cura di lei, non preoccuparti.»

«Ehi, amico» dissi girando la testa per guardarlo in faccia «prima devi insegnarmi a portarmi a letto qualcuno.»

Nove ore prima

Mentre percorrevo la navata verso l'altare, un chitarrista e un violinista suonavano una versione strumentale di *You Do Something to Me* di Paul Weller. Rivolsi un sorriso rassicurante a Braden, bellissimo e fiero con indosso il suo kilt. Lui, Adam, Clark e Declan portavano una giacca Prince Charlie grigia con gilet a tre bottoni abbinato, camicia grigio scuro con cravatta di seta color champagne dal nodo complicato, e poiché i Carmichael discendevano dagli Stewart, il loro kilt grigio chiaro era realizzato nel tartan di quel clan. Avevano un aspetto fantastico.

Braden contraccambiò il sorriso, e in lui non scorsi nemmeno l'ombra di un fremito di nervosismo. Sorridendo anche a Adam, il testimone di Braden, presi posto dall'altra parte dell'altare accanto a Hannah, Jo, Rhian ed Ellie.

Il volume della musica parve aumentare quando Joss arrivò a metà della navata e posò gli occhi su Braden, aggrappandosi con forza a Clark, che era onorato di accompagnarla all'altare. La sposa era stupenda, e io, dopo aver spostato lo sguardo da lei a quello che di lì a poco sarebbe diventato suo marito e averne visto l'espressione, per poco non ci rimasi secca.

Wow.

Era mai esistito un uomo più innamorato di Braden Carmichael?

Stava fissando Joss nel suo abito bianco e avorio come se fosse la sola cosa al mondo che potesse contare e che sarebbe mai contata. Feci un respiro, e un'emozione stupida e adolescenziale mi fece pizzicare il naso.

Quando lanciai un'occhiata a Ellie, che aveva il viso rigato di lacrime, mi sentii molto meno stupida. Le sorrisi e la guardai tirare su con il naso mentre le sue guance si arrossavano.

Rhian – una ragazza piuttosto diretta e, in tutta onestà, rompipalle – mi stupì prendendo Ellie per mano e stringendogliela per tranquillizzarla.

Portavamo tutte un abito di seta color champagne lungo fino ai piedi e senza maniche, con le spalline larghe e una scollatura a cuore drappeggiata. Il vestito si stringeva in vita e scendeva dritto a terra senza fasciare troppo il corpo. Era di gran classe e stava bene a tutte, inclusa Hannah, che sembrava molto adulta, considerato che mi superava di cinque centimetri abbondanti sebbene indossassimo entrambe i tacchi bassi.

L'abito della sposa era di un'eleganza sobria. Privo di spalline e con uno scollo a cuore, aveva la metà superiore del corpetto color avorio decorato di perline di cristallo e pizzo, mentre sulla parte restante lo chiffon di seta bianco e sofisticatissimo descriveva un drappeggio aderente che sottolineava la vita ultrasottile di Joss. La gonna di chiffon striata di argento scendeva fino ai piedi fluttuandole intorno, né troppo gonfia né troppo dritta, semplicemente perfetta. Quanto ai capelli, Joss aveva un'acconciatura in stile vagamente greco fatta di riccioli morbidi e trecce alla francese.

Quando raggiunse Braden, il suo sorriso era tremante e vulnerabile come non l'avevo mai visto. Diede un bacio sulla guancia a Clark e gli mormorò qualcosa mentre lui le metteva la mano in quella del suo futuro marito.

Braden rivolse un cenno a Clark e, tornando a concentrarsi sulla sposa, con la sua grossa mano avvolse quella di lei e la attirò al suo fianco, incurante degli invitati.

Le sussurrò alcune parole all'orecchio e lei rispose sussurrando a sua volta. Qualunque cosa gli avesse detto, lui rise e si chinò per baciarla sulle labbra. Per qualche istante rimase lì a bisbigliare frasi segrete con la bocca contro la sua.

Il pastore dovette schiarirsi la gola per ottenere la loro attenzione così da poter cominciare a celebrare il rito, e gli invitati, seduti sulle panche di legno, ridacchiarono.

La musica si fermò e la cerimonia ebbe inizio. Non riuscivo a distogliere lo sguardo da Joss e Braden, e mi sarei stupita se qualcuno dei presenti ci fosse riuscito. Naturalmente, essendo il loro matrimonio, la maggior parte delle persone avrebbe osservato gli sposi, ma c'era qualcosa nel modo in cui stavano lì, l'uno accanto all'altra, che ti portava altrove.

Il loro amore era epico.

Tutti avrebbero dovuto avere quel tipo di amore.

«Ti sei ripresa dai discorsi?» domandai a Joss quando venne al nostro tavolo. Nel frattempo era finita anche la cena. Adam, il testimone dello sposo, ci aveva fatto morire dal ridere con il suo discorso e aveva mantenuto un tono divertente e concreto, tutt'altro che sentimentale. Clark era stato altrettanto concreto nel discorso che aveva fatto al posto del padre di Joss, ma era stato sentimentale eccome, oltre che molto benevolo e pieno di compassione, e probabilmente non ero stata l'unica donna ad asciugarsi gli occhi quando Joss aveva abbassato la testa per trattenere le lacrime e Braden le aveva accarezzato la nuca con fare rassicurante.

Da ultimo si era alzato a parlare Braden e, be', se alla fine tutte le rappresentanti del gentil sesso presenti in sala non si erano ritrovate un po' innamorate di lui, allora io non mi chiamavo Olivia Holloway.

Joss aveva un'aria radiosa e rilassata. «Quasi» disse in risposta alla mia domanda. «Ho la sensazione che il discorso di Braden sarà il suo "uscite gratis di prigione" per almeno tutto il primo anno del nostro matrimonio.»

«A me è piaciuto.»

«A chi lo dici.» Joss sorrise e il suo sguardo divenne riservato in un modo che mi fece sospettare che stesse pensando cose sconce su suo marito.

«Allora, com'è?» domandò Jo. I suoi occhi si illuminarono mentre, senza rendersene conto, toccava il proprio anello di fidanzamento. «Chiamare qualcuno "marito" intendo?»

«Strano» rispose secca Joss.

Nate sbuffò e Cam rise. «Tutto qui?»

Joss fece spallucce. «È la prima parola che mi viene in mente.»

Risi a mia volta. «Non "fantastico", "meraviglioso", o "giusto". Solo "strano".»

«Sì, "strano" ha la meglio su tutti.»

«Essere sposata con me è già strano? Buono a sapersi.» Braden si fermò dietro a sua moglie con gli angoli della bocca sollevati in un sorriso sardonico.

«Be', non vorrei che fosse "normale"» rispose Joss.

«Sono d'accordo, normale sarebbe noioso» dissi assentendo con energia.

«Ovvio» mi sorrise Nate. «Non sapresti cos'è la normalità nemmeno se ti mordesse il sedere.»

«Oh, tu invece sì?»

«Non ho detto di non essere strano. Sono solo più bravo di te a nasconderlo.»

«E perché mai dovrei nasconderlo?» domandai a tutto il gruppo con un'espressione impassibile. «Sono un vero mito.»

«Nessuno lo mette in dubbio» ribatté Nate con gli occhi che brillavano divertiti.

Joss ridacchiò. «Se ci scusate, dovremmo proseguire il giro dei tavoli.»

Salutammo gli sposi e ci mettemmo a chiacchierare del più e del meno.

«Ehi, giovani» disse mio padre avvicinandosi a noi. Indossava un abito grigio scuro che gli dava un'aria elegante e stringeva con forza i fianchi formosi di Dee, bellissima nel suo vestito azzurro ampio e morbido e con i lunghi capelli biondi che le ricadevano ondulati sulle spalle. «Io e Dee andiamo a ballare. Vi va di unirvi a noi?»

«Magari tra un po'» rispose Jo osservando la coppia con uno sguardo dolce, dal quale si intuiva che era felice che mio padre avesse trovato Dee. Mentre constatavo quanto lui fosse rilassato, fui certa di essere felice anch'io.

«Divertitevi» augurai loro con un ampio sorriso.

Dee mi sorrise a propria volta. «Stai benissimo, Olivia» disse prima di passare in rassegna il resto del tavolo. «Tutti quanti state benissimo.»

«Anche tu» replicai, raggiante nel vedere il sorriso di approvazione di papà.

Li guardai mentre si dirigevano verso la pista da ballo e sentii che dentro di me stava cambiando qualcosa.

Poco dopo Cole andò in cerca di Hannah e Dec per non annoiarsi troppo, e Jo e Cam si allontanarono dal tavolo per raggiungere Ellie e Adam.

«Vuoi qualcosa da bere?» domandò Nate indicando il mio bicchiere vuoto.

«Sì, una birra.»

«Te la porto.»

Lo osservai farsi strada tra la folla degli invitati con disinvoltura e sicurezza. Si era tolto la giacca, restando in camicia e gilet. Aveva le maniche arrotolate e si era allentato la cravatta. Vidi la maggior parte delle donne seguirlo con lo sguardo e non mi stupii quando una ragazza incantevole che indossava un abito azzurro, corto e aderente, gli si accostò al bancone del bar e si presentò.

Dovetti aspettare venti minuti per la mia birra.

Se avessi avuto la stessa fiducia in me stessa che aveva Nate ciò non sarebbe successo. Avrei potuto semplicemente avvicinarmi a un ragazzo attraente, iniziare a flirtare, e lui mi avrebbe offerto da bere. Se avessi creduto in me stessa come sapevo di dover fare, avrei potuto darmi una mossa ed entrare in azione.

Sì, l'avrei fatto.

Scrutai la sala in cerca di uomini attraenti e finsi di non trovarne nessuno.

Mi abbandonai contro lo schienale della sedia, dandomi un calcio mentale negli stinchi, ancora una volta frustrata da me stessa.

Quand'ebbe finito di fare il cascamorto, Nate tornò al tavolo e avvicinò la sedia alla mia mentre mi porgeva la birra.

«Era sexy» osservai.

Il lato sinistro della bocca di Nate si sollevò facendo comparire una delle sue fossette. «Scusa se ci ho messo tanto.»

«Almeno sei riuscito a farti dare il suo numero? O a farle promettere che vi rivedrete a fine serata?»

"Secondo te?" domandava il suo sguardo.

Restammo seduti in un silenzio amichevole a guardare gli invitati. Non conoscevo quasi nessuno.

«Cosa preferiresti?» chiese Nate voltandosi all'improvviso verso di me con l'intenzione di fare quattro chiacchiere. «Rimanere bloccata in eterno al ricevimento di nozze di qualcun altro o alla veglia funebre di una persona con cui non avevi un rapporto stretto?»

Riflettei. «Conosco bene chi si sposa?»

«No.»

«Ricevimento e veglia sono all'aperto o al chiuso?»

Nate bevve un sorso di birra. «È una questione climatica?»

«Sì.»

«Parità di condizioni: al chiuso.»

Mi girai leggermente verso di lui, pronta a dargli la mia risposta. «Okay, scelgo la veglia funebre. Al matrimonio dovrei continuamente fingere di essere felice, ed è molto più estenuante fingersi felici che tristi. E poi non conosco molto bene gli sposi, quindi non conoscerò bene nemmeno gran parte degli invitati, e a un ricevimento di nozze questo è imbarazzante. In più, ci sarà di sicuro un sottofondo incessante di musica sdolcinata, e di conseguenza anche un'emicrania incessante. No, grazie. Alla veglia funebre di qualcuno che non conosco posso almeno passare una parte del tempo che sembra non scorrere mai ad ascoltare le storie che ciascuno dei presenti ha da raccontare sul morto. Chi lo sa, forse il defunto era un incredibile avventuriero vissuto fino alla veneranda età di cento anni. Si potrebbero sentire un mucchio di aneddoti interessanti. Non ci sarebbe musica orribile. Potrei essere abbattuta se lo volessi, ma se non riuscissi a fingere di esserlo nessuno mi criticherebbe visto che non conoscevo bene il defunto. Di solito a una veglia funebre c'è un banchetto, quindi avrei più probabilità di trovare qualcosa da mangiare che mi piaccia davvero. Inoltre, la morte fa sempre sì che le persone si comportino in modo strano, quindi potrebbe persino esserci un avvenente ragazzo in lutto disposto a fare sesso con me nel bagno del piano di sopra. Così non mi annoierei.»

Nate era rimasto seduto con il bicchiere di birra appoggiato alle labbra per tutto il tempo in cui avevo parlato, sgranando leggermente gli occhi di fronte al mio sproloquio. «Ti sei impegnata parecchio.»

Mi strinsi nelle spalle. «Bisogna riflettere bene quando si tratta dell'eternità.»

«Giusto.»

«E tu cosa sceglieresti?»

«Il matrimonio.»

«Perché?» domandai arricciando il naso.

Il suo sorriso era sfrontato mentre scrutava la sala per poi posare lo sguardo sulla ragazza con il vestito azzurro. «Ci sono sempre donne che si sentono tristi perché sono single e che sono felicissime di mettere fine alla loro tristezza con il primo uomo papabile nei paraggi.»

«Sei disgustoso.»

«Ehi, non sono io quello che vorrebbe approfittare di un parente in lutto per fare sesso in bagno durante una veglia funebre.»

«Sì, be', almeno io potrei andare in bagno. Tu dove porterai queste donne tristi e sole se sei bloccato al ricevimento?»

«Credo che il bagno potrebbe andare bene anche per me.»

«Un bagno pubblico?» chiesi con aria scettica. «Ti è già capitato?»

«Non fare domande di cui non vuoi conoscere la risposta.»

«Oh, sì che voglio» risposi studiandolo con curiosità.

Nate mi ignorò e si mise a fissare la pista. «Ti va di ballare?»

Sospirando di delusione tra me e me, lasciai perdere e agitai la mia birra verso di lui. «Portami qualcun'altra di queste e forse mi andrà.»

Lui sorrise e si alzò. «Torno subito.»

D'un tratto la stanza cambiò e mi trovai sdraiata sul morbido materasso del mio letto a guardare il soffitto della mia camera. Sentendo qualcosa che mi sfiorava il piede, mi tirai su puntellandomi sui gomiti e vidi che Nate mi stava togliendo una scarpa. Dopo che avevo quasi atterrato Joss con un gesto maldestro, lui aveva mantenuto la parola e, sbronza com'ero, mi aveva infilata in un taxi per poi portarmi praticamente di peso su per le scale fino in casa mia.

«Non faccio sesso da sette anni» dissi all'improvviso. Non mi importava che Nate venisse a conoscenza di questo dettaglio imbarazzante sulla mia vita.

La mia confessione gli fece alzare di scatto la testa. «Stai scherzando?»

Scossi il capo con aria leggermente imbronciata.

«Sette anni?»

«Sette anni. Sono stata a letto con un solo ragazzo, Nate, una volta. È stato orribile. Io sono stata orribile. Sono una frana a letto, non so flirtare. Sono una sfigata.» Con gli occhi che si riempivano di lacrime, mi lasciai cadere sul cuscino.

Nate finì di togliermi l'altra scarpa, poi il materasso si abbassò mentre lui si sedeva al mio fianco. «Ehi, vieni qui.» Mi attirò a sé, posandomi dolcemente il mento sulla testa, e io mi abbandonai tra le sue braccia. Prese a massaggiarmi la schiena con le sue mani calde per confortarmi, e io cominciai a piangere in silenzio.

«Non sei una sfigata» mi disse con la voce roca. «Non potrai mai esserlo, Liv, e non voglio mai più sentirtelo dire.»

«Okay» mormorai.

Restammo seduti in silenzio per un po' e poi, visto che ormai sapeva parecchie cose, decisi che avrebbe anche potuto sapere tutto.

«C'è un ragazzo in biblioteca, uno studente della specialistica. Mi piace, ma sembro Rain Man ogni volta che cerco di parlargli.»

Nate emise un suono strozzato e gutturale.

«Stai ridendo?»

Lui si schiarì la voce e rispose incerto: «Mai».

Stava ridendo eccome.

«Non è divertente» gli dissi in tono severo divincolandomi stancamente dal suo abbraccio per buttarmi di nuovo sul cuscino e chiudere finalmente gli occhi. «Morirò da sola, Nate.»

E mentre Morfeo mi attirava nel suo mondo, mi parve di sentire Nate sussurrare: «Non finché ci sarò io a prendermi cura di te, piccola».

6

Come ci era finito del cotone nella mia bocca?

Spinsi la lingua contro il palato nel tentativo di liberarmi di quel senso di secchezza e non appena, con uno schiocco delle labbra, riuscii ad aprire la bocca, la testa mi si inchiodò al cuscino, mentre una fitta mi trafiggeva la fronte, si irradiava lungo la tempia e raggiungeva la nuca.

Il mio alito non emanava un buon odore.

Quando feci appello a tutto il mio coraggio e mi costrinsi a muovermi, il dolore e la nausea che si levarono dal mio stomaco debole furono solo due ulteriori conferme della stessa conclusione: quelli non erano semplicemente i postumi di una sbornia. Erano i postumi di una sbornia colossale.

Uuuuuh. Con un gemito mi voltai sul fianco e, a fatica, aprii a poco a poco le palpebre, augurandomi di essere stata abbastanza intelligente, la sera prima, da lasciare un bicchiere d'acqua sul comodino prima di perdere conoscenza. Nell'attimo in cui i miei occhi incontrarono il bicchiere capii che sarei stata più intelligente se avessi lasciato un'intera *caraffa,* visto che il bicchiere l'avevo già svuotato.

Per qualche istante feci avanti e indietro con lo sguardo dal bicchiere alla porta della camera, sperando in un miracolo ogni volta che tornavo a guardare il comodino.

Ma il miracolo non avvenne. A quanto pareva, sbronza e maleodorante com'ero, mi sarei dovuta alzare per andare a riempirmi il bicchiere da sola. Quando riuscii a tirarmi su a sedere, la stanza cominciò improvvisamente a girare e un ricordo mi attraversò di colpo la mente, facendomi sbattere la testa contro la spalliera del letto.

Nate che mi riaccompagnava a casa e mi metteva a dormire.

Quel ricordo fu come una chiave che aprì la porta a tutti gli altri, e mentre ogni parola che avevo detto mi affiorava alla memoria in ondate successive, arrossii per l'umiliazione. Afferrai il cellulare sperando di trovarvi la prova del fatto che il mio cervello si stava inventando tutto, ma c'erano solo un paio di messaggi di Jo ed Ellie che mi chiedevano se fossi arrivata a casa sana e salva.

Buttai il telefono sul comodino e sussultai di dolore nell'udire il fracasso che fece.

"Oh, merda."

Avevo confessato a Nate che non facevo sesso da sette anni, che l'avevo fatto solo una volta, che a letto ero una frana e che mi ero presa una cotta colossale per Mr Biblioteca.

«Olivia Holloway, sei una cretina. Cre-ti-na.» Guardai il soffitto e sentii gli occhi gonfiarsi di lacrime. Avevo raccontato a Nate qualcosa che non avevo mai detto a nessuno. Ubriaca fradicia, avevo rivelato la parte più intima di me al più grande dongiovanni che avessi mai conosciuto. Adesso ogni volta che l'avrei visto mi sarei ricordata di essermi messa a nudo con lui.

Ero una ferita aperta ambulante e avevo dato a Nate Sawyer la possibilità di gettarmi addosso tutto il sale che voleva e qualsiasi altra cosa desiderasse.

Strinsi le palpebre con forza, ignorando le lacrime calde che mi rigavano le guance, e cercai di rassicurare me stessa sulla lealtà di Nate. Gli avevo confidato tutti i miei segreti, era vero, ma non dovevo fare altro che parlargli e fargli promettere che li avrebbe tenuti per sé e che non sarebbe più tornato sull'argomento. Mai più.

Si trattava di Nate, un mio amico. Un buon amico. Potevo contare sul fatto che ci avrebbe messo una pietra sopra.

Il suono del citofono mi trafisse il cervello e io gemetti, affondando il viso nel cuscino. Dopo un istante squillò il cellulare.

Lo cercai a tentoni e, quando lo trovai, me lo portai all'orecchio. «Cosa c'è?» domandai con la bocca contro il cuscino. Quello che ne uscì parve piuttosto un grugnito.

«Apri la porta» mi ordinò Nate sottovoce riattaccando.

Arrossii di nuovo. Pensavo che avrei almeno avuto l'opportunità di essere sobria e, be', *pulita*, quando avessi avuto occasione di riaffrontarlo. Ancora nel mio abito da damigella, rotolai giù dal letto, caddi e incespicai nel tentativo di ritrovare un goffo equilibrio. Nate ricominciò a suonare il citofono e giuro su Dio che quel rumore stava per farmi vomitare il delizioso cibo che avevo mangiato al ricevimento di Joss e Braden.

«Va bene» gridai sollevando il ricevitore e sbattendo il palmo della mano sul pulsante di apertura.

Per risparmiarmi l'irritazione di sentirlo bussare, mi scostai i capelli dal viso e con gesti impacciati girai la chiave nella serratura, aprii la porta e udii i passi di Nate riecheggiare sulle scale e poi vidi apparire il suo volto.

«Sei uno straccio» osservò in tono allegro. Aveva un aspetto troppo sobrio e felice per essere uno che aveva bevuto la sera prima.

Borbottai qualcosa, con la pelle che formicolava per l'imbarazzo.

«Ti ho portato aspirina, succo energetico e ciambelle» disse lui alzando un sacchetto.

Dovevo essere diventata verde, visto che Nate sospirò, mi passò davanti e si diresse in cucina. «Devi mangiare qualcosa» mi avvertì.

Borbottai di nuovo ed entrai nel bagno. Vedendo riflessa nello specchio una donna con i capelli da pazza, i grumi di mascara sotto gli occhi, il viso smorto e la bocca imbrattata di rossetto, mi lasciai sfuggire un grido.

«Stai bene?» chiese Nate guardingo.

Mi ero presa una sbronza così formidabile che, mentre mi chinavo sul lavandino, mi tremavano le dita. «Sembro la moglie di Frankenstein dopo una notte di bagordi alcolici.»

«Anch'io sarei conciato malissimo se fossi dovuto andare a letto con Frankenstein.»

Ridacchiai mio malgrado, e poi gemetti quando il suono della mia risata rimbalzò dolorosamente da una parte all'altra della mia "zucca", come la chiamava mio padre. Feci un paio di respiri profondi e lottai contro i tremori e la nausea mentre mi sciacquavo velocemente, mi lavavo i denti, mi staccavo i capelli dal viso e correvo in camera per infilarmi un paio di pantaloni della tuta e una maglietta.

Nate mi sorrise da dietro il bancone della cucina quando lo raggiunsi. «Eccoti.»

Senza riuscire a guardarlo in faccia, abbassai lo sguardo e osservai il bicchiere di succo d'arancia, la bottiglia di bevanda energetica, l'aspirina e le ciambelle che aveva preparato per me. Mormorai un "grazie", buttai giù l'aspirina e, sedendomi su uno sgabello, sbocconcellai una ciambella. Dopo cinque minuti di silenzio, Nate si protese in avanti e mi costrinse a guardarlo sollevandomi il mento con le dita.

Quello che era successo la sera prima aleggiava tra noi.

«Ti prego» sussurrai con le labbra tremanti mentre mi sforzavo di trattenere le lacrime che avrebbero tradito la mia vulnerabilità. «Ti prego, non dirlo a nessuno, Nate.»

«Allora è vero?» disse sgranando leggermente gli occhi scuri.

Invece di rispondere gli gettai uno sguardo truce.

«A chi posso dirlo?» sospirò Nate.

«Nate.»

Lui alzò le mani in segno di resa. «Va bene, promesso.»

Mi rimisi a sbocconcellare la ciambella con la pelle che bruciava sotto lo sguardo di Nate.

«Com'è possibile, Liv? Sei una donna attraente, estroversa... Come...?» Sembrava sbalordito. A dire il vero, era carino da parte sua e ne ero lusingata.

Probabilmente fu per questo che riuscii finalmente a guardarlo in faccia mentre rispondevo: «Sono sempre stata timida con i ragazzi che mi piacciono, ma più che altro non sono mai entrata nel gioco. Mai. Durante la mia adolescenza mia madre era malata, e mentre le mie coetanee sperimentavano i ragazzi, i baci, gli appuntamenti e il sesso, io ero impegnata a preoccuparmi per lei. Poi, quando sono andata all'università, si è ammalata di nuovo». Lo fissai con un'espressione intensa. «Lo sai, Nate.»

Lo sapeva eccome.

Un senso dell'umorismo fuori dal comune e una personalità eccentrica non erano le sole cose per cui Nate e io avevamo legato all'inizio. Ce n'era stata una terza: il cancro.

Mentre io avevo perduto mia madre a causa della malattia, Nate aveva perduto la sua migliore amica d'infanzia a causa di un linfoma. Avevano solo diciotto anni quando era morta.

Non erano in molti a saperlo, e avevo la sensazione di essere tra i pochi privilegiati che avevano appreso tutta la storia direttamente da Nate. Questo spiegava molto di lui.

«È qualcosa che ti consuma» sussurrai. «Non t'importa di nient'altro. Per me contava solo passare ogni attimo che potevo con lei.»

Lui deglutì a fatica e abbassò la testa. «Capisco, Liv.»

«Una volta finita l'università, ero inibita dalla mia insicurezza, e lo sono ancora.» Distolsi lo sguardo. «Il fatto di avere così poca esperienza... ha mandato in frantumi la scarsa fiducia in me stessa che avrei potuto avere.»

Restammo in silenzio per un momento, durante il quale Nate parve elaborare le mie parole. Alla fine mi sollevò di nuovo il mento affinché lo guardassi negli occhi, e quando lo feci mi accorsi che la sua espressione era grave e pensierosa. «Eri davvero triste ieri sera, Liv. Ti conosco da quasi un anno e probabilmente sai molte più cose sul mio conto della maggior parte delle persone. Eppure ieri sera è stato come se io avessi l'opportunità di vedere una parte enorme di te che hai tenuto nascosta a me e a tutti gli altri.»

Mi si riempirono gli occhi di lacrime e mentre cercavo di trattenerle avvertii un bruciore in gola. «Non voglio essere il genere di persona che si guarda allo specchio e odia ciò che vede né il genere di persona che si lagna di non sapere interagire con un ragazzo abbastanza a lungo da ottenere un appuntamento. Non è bello essere così, Nate. Io voglio solo essere come tutti gli altri, avere una relazione con l'altro sesso, e tuttavia non ci riesco. È patetico, ma perlomeno non sono così patetica da lamentarmene.»

«Non è patetico» sbottò lui con un lampo negli occhi. «Ne hai passate tante, Liv, non puoi aspettarti di essere normale. E al diavolo la normalità: è noiosa. E tu, piccola, sei tutto tranne che noiosa.»

Gli feci un debole sorriso, grata per il suo tentativo di tirarmi su il morale, anche se in realtà non aveva funzionato.

«E quel ragazzo?» proseguì Nate con voce roca. «Quello che frequenta la biblioteca. Ti piace?»

Annuii e abbassai la testa, prendendomela tra le mani e gemendo per la situazione schifosa in cui mi trovavo. «Sì, mi piace.»

Nate ci rifletté sopra e, quando mi sembrò che non avrebbe detto nulla, mi scoprii il viso e lo fissai con aria interrogativa. Lui sogghignò.

«Cosa c'è?»

«Tu praticamente non hai esperienza, mentre io ne ho troppa.»

Seccata, storsi la bocca. «Non è certo un buon momento per vantarsi di queste cazzate, Nathaniel.»

Lui sorrise. «Non mi sto vantando, ti sto solo aiutando.»

«Aiutando?»

«Sì, ti sto aiutando.»

«E come?»

«Ti sto aiutando a portarti a letto qualcuno.»

Arrossii. «Ehm... cosa?»

Nate si appoggiò con la schiena al bancone, incrociando le braccia e le gambe. Pareva piuttosto soddisfatto di sé. «Io sono esperto di sesso, tu no. Quindi ti insegnerò.»

Sentii una vampata di... *qualcosa...* e arrossii ancora di più. «Come... Come si...?»

«Prima lavoreremo sulla tua sicurezza, poi sulla tua capacità di flirtare. Ti porterò al punto in cui avrai abbastanza fiducia in te stessa da avvicinare il ragazzo che ti piace e chiedergli di uscire.»

A quel pensiero il mio cuore prese a battere all'impazzata. «Non credo che tu ti renda conto di quanto sono incapace in fatto di uomini.»

«Be', questo non è l'atteggiamento giusto con cui cominciare.» Scosse la testa e si protese sul bancone, piegandosi in avanti in modo che il suo naso fosse vicinissimo al mio. «Potranno anche non piacermi fiori, cuori e tutte quelle cazzate romantiche, ma tu sei mia amica, e io mi considero il genere di persona a cui un'amica può sempre rivolgersi. Gli amici sono importanti per me, Liv, e ieri sera un'amica ha pianto tra le mie braccia ammettendo di essere infelice» disse accarezzandomi la guancia in un gesto affettuoso. «Ti meriti di trovare la felicità, piccola. Cosa c'è di male a permettermi di aiutarti a farlo?»

«Nate» sussurrai sottovoce con la gola serrata per l'emozione. Era così maledettamente carino da parte sua che mi ritrovai sul punto di scoppiare a piangere a dirotto come una stupida.

«Faremo un passo alla volta. Cominceremo cercando di capire come mai non ti senti abbastanza sicura di te da riuscire a parlare con gli uomini che ti attraggono.»

Annuii e subito dopo sussultai poiché quel movimento mi aveva provocato un'atroce fitta alla testa. «Non oggi però, okay? Perché potrei vomitarti addosso.»

Lui sorrise e si raddrizzò. «Sexy. Ma no, grazie. Tieniti pronta, comunque» disse strizzandomi l'occhio mentre prendeva la giacca e si preparava per andarsene. «Le lezioni iniziano domani.»

Stavo ancora riflettendo sulla piega presa dalla nostra conversazione, per cui fu solo quando Nate era ormai sulla soglia di casa che mi resi conto di non averlo ringraziato per ciò che mi stava offrendo.

«Nate.»

Lui, la mano sulla maniglia, si fermò. «Sì?»

Gli feci un sorriso lento, ma pieno di gratitudine. «Grazie.»

Mi sorrise a sua volta e aprì la porta con decisione. «Per te questo e altro, piccola.»

Al lavoro ero stata nervosa e maldestra e avevo cercato di dissimulare la goffaggine e la distrazione dovute al secondo giorno di postumi della sbornia. Angus era stato comprensivo e mi aveva lasciato passare gran parte della giornata in ufficio a svolgere tranquilli lavori di amministrazione, ma la cosa non mi aveva impedito di combinare pasticci, e ben presto il suo atteggiamento bendisposto era svanito. Nell'aggiornare il sito della biblioteca avevo sbagliato a pubblicizzare le nuove postazioni di studio. Al primo piano disponevamo già di alcune postazioni separate le une dalle altre e dotate di un computer, che parecchi studenti potevano utilizzare per lavorare insieme a qualche progetto o seminario. Erano state poi predisposte ulteriori postazioni al secondo piano, che potevano ospitare un numero inferiore di persone. Era tutto spiegato nel testo principale, corredato di una fotografia della postazione e di una piccola didascalia che avrebbe dovuto riportare "Accesso: sei persone". Invece di "accesso", però, avevo scritto "sesso".

Non ce n'eravamo accorti fino a quando Janey, una giovane collega che controllava ossessivamente su Facebook la pagina della biblioteca dell'Università di Edimburgo – usata soprattutto dagli studenti per invitare a uscire persone incontrate in biblioteca, ma anche per scrivere di altri studenti che, sempre in biblioteca, li avevano fatti infuriare o che avevano commesso una delle mille azioni disgustose riportate online –, l'aveva scoperto proprio lì. Gli studenti l'avevano trovato divertentissimo. Il mio capo no.

Mi aveva mandata a casa prima, e una volta rientrata avevo bevuto circa sei tazze di tè nella speranza di trovare quella tranquillità interiore che, secondo gli inglesi, la bevanda era in grado di conferire. Ma non trovai nessuna tranquillità interiore.

Nate sarebbe venuto da me per cominciare le lezioni ed ero pronta a vomitargli addosso il poco cibo che avevo ingerito.

Circa venti minuti prima dell'ora cui sarebbe dovuto arrivare, mi telefonò mio padre. Era a casa di Dee e volevano invitarmi a cena.

«Mi piacerebbe, papà, ma non posso. Sta per venire qui Nate.»

«È sempre lì» replicò lui come se la cosa lo infastidisse.

«Nate è mio amico.»

«*Pfff.*»

«Papà.»
«È un dongiovanni.»
«Siamo solo amici» lo rassicurai, pur sentendomi formicolare la pelle alla prospettiva di ciò che sarebbe potuto succedere quella sera. Che diavolo avrebbe potuto insegnarmi Nate? E come l'avrebbe fatto? Sarei morta di vergogna, ne ero sicura. Lui era tutto sesso e carisma. Probabilmente era sfrontato. Anzi, lo era sicuramente. Si sarebbe aspettato che mi rivolgessi ai ragazzi nel modo in cui lui si rivolgeva alle ragazze?
Al pensiero sgranai gli occhi.
«Liv, ci sei?»
«Sì, papà.»
«Dee chiede se ti andrebbe di venire a cena mercoledì sera allora.»
«Perfetto, ci sarò.»
«Come stai oggi? Ti stai riprendendo dalla sbronza? Eri piuttosto ubriaca al matrimonio.»
Mi passai nervosamente le dita tra i capelli mentre cercavo di ripensare al ricevimento. «Ho... ehm... detto qualcosa di imbarazzante?»
Mio padre scoppiò a ridere. «No, eri un'ubriaca divertente, tesoro. A proposito, chi ti ha riaccompagnata a casa? Non me l'hai scritto quando ti ho mandato quel messaggio ieri.»
«Nate. È una persona gentile, sai?» gli ricordai in tono caustico.
«Se lo dici tu.»
Il citofono suonò e io sussultai. «Devo andare, papà. È arrivato Nate.»
Ci salutammo in fretta e riagganciai mentre correvo ad aprirgli. Aspettai che salisse picchiettando un piede per terra con impazienza. Il rumore dei suoi passi sui gradini di cemento sembrava accordarsi con il battito del mio cuore, e quando Nate apparve sulla porta stavo praticamente per perdere i sensi.
Nel vedermi si stupì. «Cristo, sembri sul punto di svenire.»
Deglutii sonoramente. «Sono nervosa.»
«E perché mai? Sono solo io» rispose con una smorfia chiudendosi la porta alle spalle.

Lo fulminai con lo sguardo.

«Okay, sii nervosa.» Mi passò davanti, si tolse la giacca, la gettò sul divano e andò a prendere due birre dal frigo. Me ne lanciò una, che presi al volo. «Per calmare i nervi» disse stappando la sua e indicandomi con la bottiglia.

Poiché non parlò per cinque minuti – cinque *lunghi* minuti – mi sedetti sul bracciolo del divano e bevvi un sorso di birra.

«Dài, spiegami bene» disse all'improvviso. La sua voce sembrava così tonante nel mio piccolo appartamento che per poco la birra non mi andò di traverso. «Cosa ti succede esattamente quando un ragazzo da cui sei attratta ti rivolge la parola?»

Nel tentativo di non apparire più stupida di quanto fossi già, cercai di reprimere il rossore che aveva deciso di tingermi le guance. «Ammutolisco.»

«Perché?»

«Sono molto tentata di darti una risposta sarcastica, ma mi limiterò a una semplice alzata di spalle» dissi, alzando per l'appunto le spalle.

«Non rifilarmi queste stronzate della serie "Non lo so e se lo sapessi non avrei bisogno di te". Perché ammutolisci?»

Mi stavo davvero sforzando di non andare su tutte le furie. Non sarebbe stato un buon inizio. Strinsi i denti e risposi, come se fosse ovvio: «Non mi sento molto sicura». Il che era perfettamente vero.

Nate rifletté per un momento. «Di te stessa? Del tuo aspetto fisico? Della tua esperienza sessuale? Di cosa?»

«Hai idea di quanto sia umiliante tutto questo?» ribattei accigliandomi.

Chiaramente seccato, Nate mi scoccò un'occhiataccia. «Sono qui non per deriderti, ma per aiutarti.»

Ci fu un attimo di silenzio, mentre trovavo il coraggio di essere sincera. Tremando, bevvi un sorso di birra, poi abbassai lo sguardo e dissi sottovoce: «Sai già che non sono sicura di me stessa per via della mia scarsissima esperienza sessuale, ma... è anche che... non mi sento sessualmente appetibile».

Il suo silenzio mi portò ad alzare gli occhi su di lui. Ancora una volta mi stava guardando con aria incredula.

«Cosa c'è?»

Mise giù la birra e si appoggiò con le mani al bancone con l'aria di chi fa sul serio. «Cominciamo dal perché non ti senti sessualmente appetibile.»

«Va bene» risposi boccheggiando.

«Cazzo, mi stai prendendo in giro?»

Sentendolo imprecare mi ritrassi, disorientata dal tono rabbioso della domanda. «Come?»

«Alzati» intimò con durezza. «Su, alzati.» Girò intorno al bancone della cucina e mi passò davanti.

Lentamente obbedii, domandandomi cosa avessi sbagliato.

«Seguimi.»

Seguirlo... okay. Le mie gambe vacillarono quando mi accorsi che eravamo diretti in camera. Con il cuore che mi martellava in gola, mi fermai sulla porta e lo fissai senza riuscire ad aprire bocca.

Nate si mise davanti al mio specchio a figura intera e lo indicò. «Dimmi cosa vedi.»

Deglutii per far tacere i battiti. «Nate...» Feci un passo indietro e lui reagì entrando subito in azione. Come un fulmine, mi afferrò e mi trascinò in camera per piazzarmi di fronte allo specchio, dopodiché si mise dietro di me a guardare la mia immagine.

«Dimmelo. Fidati di me.»

Feci un respiro profondo e lasciai che i miei occhi si concentrassero sul mio riflesso e studiassero il mio viso prima di scendere lungo il corpo e risalire nuovamente.

«Liv?»

«Vedo... una donna dall'aspetto ordinario con...» Mi strinsi nelle spalle, talmente imbarazzata che non c'era nulla di divertente. «Con le b-braccia flaccide, la pancia e il sedere grosso.»

Poiché la mia risposta incontrò soltanto silenzio, alla fine trovai il coraggio di guardare Nate attraverso lo specchio. Aveva di nuovo un'espressione truce. «Qualcosa di positivo?»

Tornai a osservare il mio viso. Gli occhi, come sempre, erano l'unica cosa che mi piacesse. Li avevo ereditati da mio padre, ed erano straordinari, insoliti, color nocciola chiaro, con così tante striature che, sotto una certa luce, sembravano dorati. Avevamo entrambi ciglia scure che li mettevano in risalto. Sia a me sia a lui era stato detto, in più di un'occasione e da parecchie persone, che erano esotici, quasi felini. Mio padre sfruttava bene i suoi occhi, che sul suo bel viso dai tratti marcati erano duri e perspicaci. Sul mio volto comune, invece, erano l'unica cosa che ravvivasse i lineamenti. «Gli occhi» sussurrai piano.

«Questo è certo, piccola. Cos'altro?»

In preda alla tensione, cercai una risposta e poi dissi con prudenza: «Okay, la pelle. Ho una bella pelle».

Nate mi fece un sorriso incoraggiante. «Hai una pelle meravigliosa.» Sospirò come se fosse in difficoltà. «Affrontiamo il resto.» Ero piuttosto sicura che avesse borbottato sottovoce: "Le donne sono tutte pazze" prima di prendermi un braccio. «Dov'è che sarebbe flaccido?»

Palpai il grasso sui tricipiti, facendo arrossare la pelle.

Nate mi lanciò uno sguardo della serie "Ma che diavolo dici?". «Quella non è ciccia, è pelle. Senti, le tue braccia non sono scolpite ma non sono neanche flaccide. Regola numero uno...»

Con gli occhi spalancati, ansiosa di imparare, gli feci cenno di proseguire.

«... non usare la parola "flaccido" con un uomo che vuoi scoparti. Ora, se un ragazzo è come me, può chiudere un occhio sull'insicurezza e decidere di credere che tu sia carina, ma ci sono un mucchio di ragazzi là fuori che non la pensano così e che vogliono una persona sicura di sé nel letto. Non so se questo tizio della biblioteca sia uno di loro, ma non rischiamo. Vietato parlare di cose flaccide.»

Per qualche motivo mi venne una gran voglia di ridacchiare, ma volevo anche far capire a Nate che lo stavo prendendo sul serio, così strinsi le labbra e annuii.

«Okay. Prossimo punto.»

Sbattei le palpebre, di nuovo confusa. «Prossimo punto?»

«Il presunto sedere grosso?»

Il tocco di Nate sul mio didietro mi fece fare un balzo, ma lui non si spostò, anzi mi accarezzò le natiche e poi gli diede una strizzatina.

"Wow, okay allora."

Sentii la pelle formicolare e mi sforzai con tutta me stessa di ignorare il sospetto senso di pienezza che avvertii nel seno e nel basso ventre.

«Non è grosso.» Nate si protese verso di me e, con una voce bassa che non fece nulla per placare la reazione fisica del mio corpo, mi sussurrò nell'orecchio: «È formoso. E ti rivelerò un piccolo segreto: esistono ancora uomini a cui piace toccare una donna che non sia secca, ma che abbia curve, fianchi, tette e culo». Mi diede un piccolo colpo sul didietro con il palmo della mano. «È un bel sedere, piccola. Non voglio sentirti definirlo in nessun altro modo.»

Lo shock mi inchiodò al pavimento. Non era dovuto solo alle cose fantastiche che Nate stava dicendo, ma anche ai fremiti che mi percorsero il corpo quando mi accarezzò il sedere e poi fece scorrere la mano verso l'alto, me la infilò sotto la maglietta e me la passò intorno alla vita per sfiorarmi l'addome. Inspirai a fondo.

Era impossibile negare che mi stava eccitando, ma non dovevo assolutamente farglielo capire.

Inconsapevolmente, Nate mi salvò. Spostò la mano verso il basso e, quando intuii dove era diretto, emersi dalla nebbia erotica che mi aveva avvolta.

Puntava verso la mia pancia!

Gli afferrai le dita per fermarlo ma, nel momento in cui i nostri occhi si incontrarono nello specchio, il suo sguardo era ammonitore. «Lasciami, piccola» disse scuotendo piano la testa.

Scossi la testa a mia volta.

«Liv.»

«Nate...»

Il panico della mia voce fece sì che la sua espressione si addolcisse all'istante. «Fidati di me.»

Tremando, gli lasciai andare la mano e trattenni il respiro mentre mi si avvicinava ancora di più. Avvertii il calore della sua fronte sulla schiena, e d'un tratto, quando la punta ruvida delle sue dita scese verso il mio ventre, trattenni di nuovo il respiro, ma per un motivo del tutto diverso.

Non ero mai stata tanto grata a un reggiseno con la coppa preformata come in quel momento. Il tocco di Nate mi stava eccitando al punto che i miei capezzoli si erano induriti fino a diventare due piccoli puntini.

"Oh, accidenti."

Non c'era bisogno che sapesse che le sue lezioni mi stavano facendo *quel* tipo di effetto. Per la prima volta da quando ci eravamo conosciuti, desiderai davvero che il mio amico non fosse così maledettamente sexy.

Mi appoggiò la mano sulla pancia e la mosse avanti e indietro, familiarizzando con le mie forme, finché le mie guance divennero così rosse che avrebbero potuto guidare fino a casa un marinaio che aveva smarrito la rotta.

«Sarebbe questa la pancia?»

Annuii, incapace di parlare. Ero certa che se l'avessi fatto le parole mi sarebbero uscite in un tono sensuale alla Greta Garbo, che avrebbe sicuramente lasciato capire la tempesta ormonale che mi stava squassando.

Nate spostò la mano dal mio ventre al mio fianco e me lo strizzò con un gesto rassicurante. «È bello toccarti. Sei morbida, sexy» mi mormorò di nuovo nell'orecchio. Io mi sforzai invano di frenare un brivido. «La tua pelle è come la seta.»

Stavo ansimando mentalmente ed ero molto vicina a farlo anche nella realtà, così quando Nate si staccò di colpo da me fu quasi come se mi avesse rovesciato addosso un secchio di acqua gelida.

"Grazie. Mi ci voleva proprio." Mi scrollai e mi diedi uno schiaffo immaginario sulla guancia. "Riprenditi!"

«Ora» attaccò Nate con voce controllata e di nuovo normale «io sono un uomo e, come sai, non dico cazzate che non penso. Quindi, questo è ciò che vedo.»

"Oh, cielo."

«Una chioma stupenda, occhi meravigliosi, pelle superba, un sorriso in grado di mettere al tappeto chiunque, tette fantastiche, bel sedere e gambe lunghe e sexy. Scopabile. Molto, molto scopabile.»

Una risata mi fece increspare le labbra, e devo ammettere che mentre ascoltavo la sua analisi fui travolta da un'ondata di vero piacere. «Conciso.»

Nate si strinse nelle spalle e studiò la mia espressione radiosa. «Sto solo cercando di farti entrare in testa che non ci sono moltissimi uomini che non vorrebbero venire a letto con te. E te lo sta dicendo un uomo che parecchie donne trovano attraente» concluse con un sorriso rapido e arrogante.

Alzai gli occhi al cielo. Era consapevolissimo della sua avvenenza. Immaginavo che per chi aveva l'aspetto di una star del cinema fosse quasi impossibile non rendersi conto della propria bellezza. «*Tutte* ti trovano attraente.»

«Sul serio?» domandò incrociando le braccia sul petto e appoggiandosi al letto mentre aggrottava le sopracciglia con aria costernata. «Credevo che ammutolissi in presenza di uomini che ti piacciono.»

"Ho punto la sua vanità?"

Dentro di me sghignazzai di soddisfazione a quell'idea, ma nella realtà fui molto più carina. «Razza di sfacciato che non sei altro, sai benissimo che ogni donna etero del pianeta ti trova attraente.»

Nate mi ricompensò con un altro sorriso arrogante e le sue fossette fecero capolino in quella maniera deliziosamente sexy che riusciva davvero a deconcentrarmi. «Allora non ammutolisci sempre?»

«Tu sei diverso. Io e te siamo amici, quindi cerco di non pensarti in quei termini.»

«Lo stesso vale per me, piccola.»

"Mmh. Carino." Fino a un attimo fa stavo volando, ma adesso precipitai di colpo: non sapevo cosa dire.

Sembrava che Nate stesse trattenendo una risata. «Ma non significa che non lo faccia.»

«Cosa?» domandai aggrottando la fronte.

Percorse lentamente il mio corpo con uno sguardo che mi fece stringere le gambe, come se volessi negare. «Pensarti in quei termini.»

Il cuore mi martellò il petto. «Davvero?»

Lui rise. «Be', l'ultima volta che ho controllato, io ero un uomo e tu una donna attraente. Il fatto che non facciamo sesso non significa che io non ci abbia pensato. È così che funzionano gli uomini.»

Cercando senza successo di nascondere un sorriso, annuii con disinvoltura. «Lo stesso vale per me. Ma» mi affrettai a spiegare «dal momento che sei mio amico... non lo so. Mi sento a mio agio con te, non c'è tensione sessuale, quindi posso essere semplicemente me stessa quando sono in tua compagnia.»

Nate rifletté sulle mie parole e poi si raddrizzò scostandosi dal letto. «Nei prossimi giorni dovrò lavorare, ma giovedì sera tornerò per continuare.»

Feci un cenno di assenso.

«Spero che adesso tu ti senta più sicura» disse con un sorriso sfrontato.

Sospirando, guardai di nuovo lo specchio. «È bello sapere che là fuori ci sono ragazzi che potrebbero pensarla come te, Nate, ma non tutti i ragazzi sono come te. Io ti ho visto.» Sorrisi tristemente. «A te piacciono le donne in generale. Non è una brutta cosa, anzi, è fantastica. Vorrei che tutti gli uomini fossero così facili da soddisfare.»

Nate scosse la testa con un'aria di vaga insofferenza. «Non mi piacciono tutte le donne, credimi.» Fece un passo verso di me e mi venne talmente vicino che dovetti piegare leggermente la testa all'indietro per guardarlo negli occhi, che adesso ardevano in un modo che mi mozzò il fiato. «Se fossi una sconosciuta incontrata in un locale, ti sceglierei tra tutte le altre, ti porterei a casa e ti scoperei così selvaggiamente che la mattina dopo non riusciresti a camminare dritta.»

Boccheggiai.

In realtà, forse avevo avuto un miniorgasmo.

«Olivia?»

«Ricevuto» riuscii a sussurrare. «Ti piaccio.»

Le sue labbra si incurvarono e i suoi occhi scuri si illuminarono divertiti. «Ma tu ti piaci?»

Con gli occhi sgranati, annuii in fretta. «Oh, sì, sono sicuramente sulla strada giusta adesso.»

Aprendosi in un enorme sorriso, Nate mi diede una pacca scherzosa sul sedere e poi si diresse verso la porta. «Bene. A giovedì, piccola.»

7

"Una chioma stupenda, occhi meravigliosi, pelle superba, un sorriso in grado di mettere al tappeto chiunque, tette fantastiche, bel sedere e gambe lunghe e sexy. Scopabile. Molto, molto scopabile."

Da lunedì sera, la voce di Nate continuava a risuonarmi in testa in tutti i momenti di tranquillità. Ogni volta che ricordavo i suoi complimenti, arrossivo di piacere sorridendo come una sciocca, e poi mi arrovellavo domandandomi se lui fosse stato serio o meno. Ero certa che se l'avesse scoperto sarebbe andato su tutte le furie, ma non potevo farci nulla. La mia fiducia nel mio aspetto fisico non sarebbe certo aumentata di colpo da un giorno all'altro solo perché il bellissimo Nate Sawyer aveva dichiarato di trovarmi attraente.

Comunque non mentivo quando gli avevo detto che ero sulla strada giusta.

Mi aveva aiutata davvero.

O almeno mi aveva messa di buonumore per i giorni successivi.

«Hai sentito che Jude e Mari della sezione Raccolte speciali si sposano?» domandò Ronan, uno dei miei colleghi, mentre pranzavamo insieme nella sala del personale.

Pensando a quella vecchia strega di Mari, risposi in tono sarcastico: «Oh, che bello».

«Accidenti, sei proprio rancorosa» ridacchiò lui masticando rumorosamente il suo panino mentre mandava un messaggio alla moglie. Sapevo che il destinatario era lei perché i due non facevano altro che scambiarsi SMS per tutta la giornata. Erano sposati da cinque anni e si comportavano ancora come se fossero freschi di nozze.

Indignata, spalancai la bocca. «È stata davvero perfida con me.»

La sezione Raccolte speciali era al sesto piano della biblioteca e vi si poteva accedere solo su appuntamento. Era gestita dal personale che si occupava dei libri rari, composto da Jude, Mari e un piccolo gruppo di colleghi addestrati a maneggiare libri antichi e introvabili. Era un lavoro davvero bello, e a detta di tutti anche il posto era davvero bello. Quando avevo cominciato a lavorare in biblioteca avevo chiesto a Mari di potervi fare un giro, ma mi era stato subito detto che i dipendenti normali non avevano il permesso di entrarvi a meno che non avessero un appuntamento, che doveva essere richiesto per un motivo valido.

"Questa non è una biblioteca di paese, signorina Holloway" mi aveva schernita guardandomi da sopra gli occhiali. "E anche se lo fosse, cosa mai potrebbe esserci di degno di nota per una provinciale come lei nella sezione Raccolte speciali?"

Ronan rise mentre gli ricordavo cosa mi aveva detto Mari. «Devi darle dei punti per essere riuscita a infilare la parola "provinciale" nella frase.»

«Oh, sai bene che intendeva "americana". Snob...»

«Snob cosa?»

«Niente» mormorai abbassando la testa verso il mio e-reader. «Mia madre ripeteva sempre: "Se non puoi dire nulla di carino, allora non dire nulla".»

«Mia madre ripeteva sempre: "Se non puoi dire nulla di carino, allora di' qualcosa di memorabile".»

«Potrei rubargliela» commentai ridendo.

La porta della sala del personale si aprì ed entrò la nostra collega Wendy con un enorme sorriso. «Un'altra persona mi ha appena invitata a uscire. Questo posto è magnifico per la mia autostima. Non riesco a credere di non avere pensato prima di venire a lavorare qui.» Si strinse nelle spalle mentre si riempiva un bicchiere di plastica dal dispenser dell'acqua. «Naturalmente il fatto che sia la terza volta che a provarci con me è una donna mi lascia un tantino perplessa.»

Gettando un'occhiata furtiva a Ronan, vidi che si stava sforzando di non ridere e la cosa, ovviamente, mi fece esplodere. Dopo che ebbi perso il controllo, scoppiò a ridere anche lui. Wendy aveva trentatré anni ed era sposata, nonché madre di due figli. Era una donna attraente, affabile, divertente, in una parola: gradevole. E a quanto pareva piaceva alle donne.

Ci osservò ridacchiare con un sorriso bonario. «Cosa c'è? Credete che stia facendo qualcosa per incoraggiare tutto questo?»

Scossi la testa. «Non lo so. Prendili solo come i complimenti che sono.»

«Tu dovresti saperne qualcosa» mi disse Ronan sogghignando. «Ci provano sempre tutti con te.»

Aggrottai le sopracciglia. «Sì, i ragazzini che hanno a malapena superato l'adolescenza e che si scoperebbero qualunque cosa a condizione che sia dotata di tette e vagina.»

«Adesso usiamo la parola "vagina" al lavoro?» Nell'udire la voce di Angus distolsi lo sguardo da Ronan e voltai di scatto la testa. Il mio capo era appoggiato alla porta e ci stava scrutando con aria divertita e rilassata.

Gli rivolsi un sorriso imbarazzato. «Stiamo parlando di riviste di medicina.»

Angus mi ignorò e si diresse verso la macchinetta del caffè. «Io qui ho conosciuto Michael, sapete» disse all'improvviso, facendoci così capire che era sulla porta da un po' e sapeva esattamente di cosa stavamo parlando. «La socializzazione con gli studenti non è un'attività che incoraggiamo, ma io avevo ventitré anni e lui ne aveva venticinque e frequentava la specialistica.» Mi sorrise da sopra la spalla. «A volte si entra in sintonia con qualcuno e basta, e non si può decidere con chi. A te non è mai successo, Liv? Con uno studente magari?»

La sua domanda mirata fece sì che il cuore cominciasse a martellarmi in gola. Oh, mio Dio... che Angus sapesse della mia cotta per Benjamin? «No» risposi scuotendo velocemente la testa.

«Mmh.» Mi rivolse un sorrisino furbo appoggiandosi al bancone. «Be', ho notato un paio di specializzandi che ti mangiavano con gli occhi... nel *reparto consultazione*.»

Stava dicendo che aveva visto *Benjamin* mangiarmi con gli occhi?

«Sul serio?» squittii.

Ridendo, Angus rispose: «Sei praticamente la persona più inconsapevole che abbia conosciuto in vita mia».

«Mangiavano con gli occhi... *me*?» Volevo che si spiegasse.

«Sì, te» disse aggrottando la fronte. «Perché lo chiedi come se fosse impossibile?»

«Ehm...» Oh-oh. Non volevo far sapere ai miei colleghi che tutta l'autostima che avevo si stava aggrappando alla mia personalità con una stretta mortale.

Angus mi gettò un'occhiata dalla quale intuii che mi trovava davvero stramba (mi guardava spesso in quel modo), prese il suo caffè e si diresse verso la porta. «Cerca di non usare la parola "vagina" fuori dalla sala del personale.»

Ronan e Wendy scoppiarono a ridere, ma avevo quasi smesso di ascoltarli, immersa com'ero nei miei pensieri.

"Se fossi una sconosciuta incontrata in un locale, ti sceglierei tra tutte le altre, ti porterei a casa e ti scoperei così selvaggiamente che la mattina dopo non riusciresti a camminare dritta."

La deliziosa voce di Nate prese a riecheggiarmi di nuovo in testa insieme ai commenti di Angus. Forse Nate era davvero sincero con me. Era effettivamente possibile che gli *uomini*, gli *uomini* veri – non gli adolescenti o i giovani studenti universitari –, mi trovassero attraente e che non avessero alcun problema con una donna leggermente sovrappeso e ben dotata di curve e sedere.

E dire che ero convinta che Sir Mix-a-Lot avesse deciso di cantare *I Like Big Butts*, "Mi piacciono i culi grossi", solo perché era una frase orecchiabile.

«Uh.»

«Cosa c'è?» domandò Ronan inarcando le sopracciglia con aria interrogativa.

«Niente» mormorai. «Sto avendo un'illuminazione che potrebbe cambiarmi la vita.»

«Vuoi condividerla?»

Scossi il capo con un sorriso e mi alzai. «Sarà meglio che torni al lavoro.» Sistemai il piccolo caos che avevo creato, sciacquai la tazza e andai verso la porta, cantando inconsciamente ad alta voce.

Un attimo prima che la porta si chiudesse alle mie spalle, sentii Ronan fare un profondo sospiro. «Fantastico, adesso avrò Sir Mix-a-Lot in testa per tutto il giorno.»

Mentre Nate si appoggiava al bancone della mia cucina a sorseggiare una Coca-Cola, mi concessi di guardarlo come non avevo mai fatto da quando tra me e lui si era instaurata questa amicizia intima. Era giovedì sera e lui era appena arrivato per continuare le nostre lezioni. Con una maglietta nera, un paio di jeans dello stesso colore e un orologio sportivo, era attraente senza sforzo. Ero sicura che avrebbe odiato sapere che stavo pensando a lui in questi termini, ma erano perfetti. Sembrava sempre pronto a calcare il tappeto rosso o a posare per i paparazzi. Quando si era messo il completo a tre pezzi per il matrimonio di Joss e Braden era davvero bellissimo. Avrebbe potuto far sfigurare qualsiasi attore di Hollywood.

E la bellezza di Nate non era solo esteriore. Sotto la scorza da playboy c'era un ragazzo più leale della maggior parte degli altri, schietto, compassionevole e – ammettiamolo – premuroso. Eccolo qui, a sottrarre tempo alla sua vita per aiutarmi a uscire da una situazione piuttosto imbarazzante. E finora aveva fatto del suo meglio per assicurarsi che questa esperienza non fosse una tortura per me. Quanti uomini erano così gentili e pazienti?

Nate era fantastico sotto ogni punto di vista, e solo adesso mi rendevo conto che un uomo *così* fantastico aveva detto di trovarmi attraente.

«Allora, ti è entrato in testa qualcosa?» domandò in tono cauto dopo aver bevuto il primo sorso di Coca-Cola.

«Da ventiquattr'ore a questa parte non faccio che cantare *I Like Big Butts*.»

La sua risata riempì il mio minuscolo appartamento e mi colpì allo stomaco come non mi succedeva da tempo. Soffocai tenacemente la sensazione e proseguii. «A essere sincera, la lezione ha fatto breccia. Se non altro sono stata di buonumore e ho pensato che forse, in effetti, ho una percezione leggermente distorta del mio aspetto fisico. Comunque non diventerò sicura di me stessa dall'oggi al domani. Il pensiero di flirtare con Benjamin e di fare qualunque cosa con lui mi rende nervosissima.»

Nate si strinse nelle spalle. «Devi avere pazienza. Ci arriveremo. Volevo solo sapere se avevi almeno riflettuto su quello che ho detto. Non voglio che questa sia una totale perdita di tempo per me.»

Mi sforzai di non sussultare. Nate era diretto, era fatto così, non si autocensurava, e quando ci si sentiva un po' sensibili era facile prendere le sue parole nel verso sbagliato. «Non stai perdendo tempo» lo rassicurai.

Piegò un angolo della bocca e una fossetta fece capolino sulla sua guancia destra. «No, non sto perdendo tempo.»

Cercando di non lasciarmi incantare da quella fossetta, feci un sospiro un po' tremante e chiesi: «Il prossimo argomento qual è?».

«Prima discutiamo di come flirtare, poi di abbigliamento.»

Sbattei velocemente le palpebre nel tentativo di trovare un senso a quella frase, ma senza successo. «Ehm... abbigliamento?»

Nate percorse il mio corpo con uno sguardo eloquente. «Ce l'hai una gonna? Un vestito? Qualcosa di scollato?»

D'un tratto capii esattamente a cosa si riferiva. Non che non fossi alla moda, o almeno lo speravo, ma ero un po' conservatrice nelle mie scelte in fatto di vestiario. In ogni caso, dovevo pur avere qualcosa di scollato...

Ci misi troppo a rispondere e Nate disse in tono compiaciuto: «Appunto».

«I miei vestiti non sono così tremendi.»

«No, ma l'unico abito che ti ho mai visto addosso è stato quello da damigella per il matrimonio. Non ti ho nemmeno mai vista con una gonna corta.»

Lo osservai bere un altro sorso di Coca e tenni gli occhi incollati sul suo collo robusto, seguendone il movimento. Mi strinsi distrattamente nelle spalle. «Non mi sono mai sentita molto a mio agio nel mostrare il mio corpo.»

«Perché?»

Alzai gli occhi per guardarlo in viso e feci una smorfia. «Hai davvero bisogno di chiederlo?»

In cambio ottenni un silenzio irritato. Sì, il silenzio può essere irritato. Ronzava intorno a Nate mentre lui aspettava con impazienza che rispondessi alla sua domanda.

«Okay, okay.» Con passo dinoccolato raggiunsi il bancone e spinsi via il mio bicchiere di Coca. «Perché implica la possibilità che gli uomini mi guardino, e se mi guardano, allora mi giudicano.»

Nate rifletté sulle mie parole per un momento prima di dire: «Gli altri ti prendevano in giro quando eri bambina?».

«Un po'. Ma nulla di così grave da provocare danni permanenti. Perché?»

«Sto solo cercando di capire come mai hai così paura di esporti.»

Alzai gli occhi al cielo. «Stiamo facendo una seduta terapeutica adesso?»

«È necessario?»

«Nate» dissi in tono severo in modo che recepisse il messaggio «non c'è nessuna storia drammatica qui. Mi piacerebbe che ci fosse, sul serio, così mi sentirei meno idiota. A scuola venivo presa in giro come succede alla maggior parte dei ragazzini, ma niente di importante. Mia madre mi faceva sempre sentire speciale, e mio padre, una volta entrato nella mia vita, si è fatto in quattro per assicurarsi che mi sentissi straordinaria.» Respirando a fatica per l'emozione, abbozzai un sorriso. «Ero timida, tutto qui. E con il cancro di mia madre e le pochissime occasioni che ho avuto, il sesso e l'amore mi sono semplicemente passati accanto. Più sono cresciuta, più questo è diventato un complesso, e credo di avere perso tutta la sicurezza che avrei potuto avere nella mia sessualità. Ecco tutto. Non c'è altro da sapere.»

Nate fece un sospiro profondo e si passò una mano tra i capelli scuri e scompigliati. «Scusa, Liv. Volevo solo assicurarmi che non mi mancasse nessun tassello. Voglio davvero che superi tutto questo, voglio che tu veda quanto sei fantastica.»

Gli sorrisi. «Se continui con queste sviolinate, potrei essere costretta a promuoverti a mio migliore amico numero uno.»

Contraccambiando il sorriso, Nate girò intorno al bancone della cucina e si diresse verso il divano. Dopo essersi seduto, picchiò la mano sul posto accanto a sé. «Vieni qui.»

Incuriosita, obbedii.

Il suo sorriso era diventato provocante. «Avvicinati di più.»

Non volevo avvicinarmi di più. Nate aveva un buon profumo, cosa di cui ero sempre stata vagamente consapevole. Adesso però mi rendevo conto di essere estremamente consapevole di quanto fosse buono il suo profumo. «Perché? Pensavo che mi avresti insegnato a flirtare.»

«Appunto. Il linguaggio del corpo ha un suo ruolo. Se ti siedi a un metro di distanza da un ragazzo, lui darà per scontato che tu abbia scoreggiato o che credi che l'abbia fatto lui.» Risi e lui proseguì: «Se ti interessa qualcuno, comincia con lo stargli vicino ma non addosso, caso mai *lui* non dovesse essere interessato».

Probabilmente assunsi un'aria ferita che rifletteva il mio stato d'animo e, con gli occhi sgranati e in preda al panico, domandai: «Come faccio a sapere se non è interessato?».

«Te lo farà capire chiaramente.»

«Ma io non ho esperienza. E se non cogliessi i suoi segnali?» Il tremolio rivelatore delle labbra di Nate mi fece borbottare stizzita: «Non azzardarti a ridere. Sono seria!».

«Okay» disse ridendo comunque e alzando le mani. «Tranquilla. Ti mostrerò esattamente cosa intendo. Per prima cosa dovrai flirtare con me, io reagirò e tu mi dirai se sono interessato o meno.»

Il mio battito aveva cominciato ad accelerare e avevo i palmi già sudati al solo sentir parlare di flirtare. «Sì, ma come si fa?»

Immagino che Nate avesse avvertito l'esitazione nella mia voce, perché si levò il ghigno dal viso e mi rivolse un sorrisino rassicurante. «Piccola, procederemo per gradi. Siediti accanto a me. Comincia a parlarmi in un modo che mi lasci intendere che ti piaccio.»

«Ma...»

«Liv, fallo e basta.»

Feci un respiro enorme e mi sedetti vicina a Nate, decidendo che sarebbe stata una buona idea fermarmi quando la mia coscia fosse stata sul punto di sfiorare la sua. Alzai la testa e, vedendo la sua espressione placida...

... scoppiai a ridere.

Scuotendo la testa, Nate fece uno sbuffo divertito. «Non fare mai una cosa simile con un ragazzo, per nessun motivo.»

Dopodiché iniziai ad agitarmi velocemente la mano davanti al viso nella speranza che un po' di aria fresca riuscisse a calmare me e la mia stupida risata. «Scusa» dissi deglutendo a fatica per reprimere un accesso di riso. «Ci riprovo.» Feci un altro paio di respiri e recuperai un po' di controllo.

«Pronta?»

Buttai le spalle all'indietro e dissi: «Sì».

«Okay, vai.»

Mi presi un attimo per immaginarmi la scena: non ero più a casa mia con Nate, ma in un locale con un ragazzo mai visto prima che assomigliava moltissimo a Benjamin Livingston. «Ciao, sono Liv.»

Lui mi studiò in fretta prima di guardare dal lato opposto della stanza. «Nate.»

Mmh, sembrava freddo, ma forse mi stava solo mettendo alla prova.

«È il diminutivo di Nathaniel?» "Sul serio? È la tua battuta migliore?"

Lui si limitò ad annuire senza voltarsi verso di me.

«Questo significa che non sei interessato, giusto?» Trasalii dimenticandomi che si trattava di una lezione e prendendo la cosa un po' troppo sul personale.

Come se l'avesse percepito, Nate ridacchiò. «Te l'avevo detto che saresti stata in grado di capire. Noi maschi rendiamo le cose piuttosto semplici.»

«Oddio, sarebbe imbarazzante in una situazione reale.»

Chinò la testa verso di me. «Piccola, se un ragazzo ti risponde in quel modo non vale un accidente, chiaro? Ti alzi e vai a cercartene uno che non sia un coglione totale.»

Con un sorriso riconoscente, domandai: «Va bene. E ora?».

Lui mi fece un sorriso malizioso e seducente. «Ora starò al gioco. Le tue parole non andranno più a vuoto, quindi sarà più facile.»

«Sei proprio ottimista.»

Mi sorrise nuovamente e mi diede un colpetto con il ginocchio. «Ricomincia.»

Pensando che avrei dovuto esercitarmi a sfoderare sorrisi ammalianti prima dell'arrivo di Nate (probabilmente avrei trovato un video che insegnasse a farlo su YouTube), mi affrettai a cercare di riprodurne uno. Mi sentivo strana, ma Nate non ebbe nulla da ridire. «Ciao, sono Liv.»

Il sorriso che mi restituì per poco non mi fece sciogliere sul divano. Abbassando le palpebre, percorse le mie gambe dal basso verso l'alto con i suoi occhi divini e magici, e indugiò per diversi secondi sul mio seno per poi proseguire fino al mio viso. Mi fissò come se fosse pietrificato, ed ero piuttosto certa che se mi avesse sbattuta sul divano e presa selvaggiamente mi avrebbe trovata prontissima ad accoglierlo. «Ciao, Liv, sono Nate.»

Nonostante i fremiti e l'annebbiamento sessuale che aveva scatenato in me, riuscii a sorridere di nuovo. Indicando la sua Coca domandai: «Bevi da solo stasera?».

«Prendi qualcosa con me e non sarò solo.»

«Ooh, questa era carina.»

«Non uscire dalla parte.»

Reagii al rimprovero raddrizzando la schiena. «Scusa.»

«Non scusarti. Va' avanti.»

Affannandomi per pensare a una replica, stabilii che era eccessivo cercare di immaginare che Nate fosse Benjamin, così lasciai perdere, ricordando a me stessa che si trattava solo di me e Nate. Ci frequentavamo in continuazione. Tranquillizzandomi un po', dissi: «Berrò qualcosa con te solo se indovini qual è il mio drink preferito».

«Brava: scherzosa.» Sogghignò e si calò di nuovo nella parte. «Fammi pensare» disse lasciando vagare lo sguardo su di me. «Americana. Stile casual. Rilassata... Birra, credo.»

Scossi la testa sforzandomi di non sorridere, visto che la birra era ciò che preferivo nella realtà. Ma era troppo facile per lui.

«Whisky?»

«No.»

Con lo sguardo Nate mi disse che sapeva cosa stavo facendo, ma domandò in tono paziente: «Allora cosa?».

«Rum e Coca» mentii.

«Direi che, dopotutto, il mio intuito non è all'altezza della situazione.»

«No, questo significa solo che non sei un sensitivo. Per esempio...» Gli feci un sorrisino e mi avvicinai di più a lui in modo che la mia gamba fosse a contatto con la sua. La colonia di Nate colpì tutti i miei sensi, e il mio cuore iniziò a battere un po' più velocemente mentre proseguivo: «Il tuo intuito cosa ti dice in questo momento?».

Nate abbassò lo sguardo sulle nostre gambe premute l'una contro l'altra e d'un tratto le mie mani ripresero a sudare. Ero partita in maniera troppo aggressiva? Era tutto sbagliato?

Oh, merda, non sarei mai stata brava a flirtare.

Nel momento in cui alzò la testa per guardarmi in faccia, mi stupii per un attimo nel vedere quanto i suoi occhi fossero infuocati, ma quando poi rispose: «Che dovrei offrirti rum e Coca», ricordai che stava solo recitando.

Mi rilassai e lasciai che i miei occhi brillassero mentre rientravo nella commedia. «Pare che il tuo intuito funzioni benissimo.»

L'angolo destro della sua bocca si sollevò in un'espressione divertita e sexy. «Non si tratta solo del mio intuito, sai? Mi è stato detto che faccio miracoli con le mani... e anche con altre parti del corpo.»

La palese allusione sessuale mi fece arrossire in modo evidente. Nate gemette ad alta voce, lasciandosi cadere all'indietro sul divano. «Stavi andando così bene.»

Cercai di raffreddare le mie guance con il potere della mente. «Scusa, non mi aspettavo che saltassi direttamente alla parte erotica.»

«Non capisco» disse girando la testa verso di me. «Guardiamo insieme commedie volgari, facciamo battute a sfondo sessuale, tu ridi, partecipi, e non arrossisci mai.»

«Ma quelle battute non sono rivolte a me» ribattei.

«Quindi anche il *pensiero* di trombarti un ragazzo ti imbarazza?»

«Primo, non ne avevamo già discusso? E secondo, non dire "trombare", Nate.»

«Devo usare parole *sconce* se vogliamo superare tutto questo.»

«E non essere condiscendente. Non sono pudica, è solo che non mi piace la parola "trombare", preferisco "scopare".»

Appena lo dissi, gli occhi di Nate scintillarono divertiti. Vidi gli angoli della sua bocca piegarsi in quello che sapevo sarebbe diventato un enorme sorriso. «Non provare nemmeno a...» Gli lanciai un cuscino mentre cominciava a ridere a crepapelle. «Smettila di fare l'immaturo.»

Dopo essersi sfacciatamente sbellicato dalle risate per quelli che parvero almeno cinque minuti, si ricompose e si asciugò le lacrime dagli occhi. «Dobbiamo lavorare sui discorsi spinti» disse con la voce ancora leggermente arrochita dal gran ridere. «Alcuni ragazzi sono discreti, ma altri ti diranno espressamente quello che vogliono farti.»

"Non arrossirò, non arrossirò." «Come te.»

«Non sono esattamente un tipo discreto.»

«E se non mi piacessero i discorsi di quel genere?»

«Se non ti piacciono, allora quello non è il ragazzo che fa per te. Chiudi la conversazione e te ne trovi uno che sia discreto.» Nate si chinò verso di me con un'espressione interrogativa. «Ma come fai a sapere che non ti piacciono? Dopotutto si tratta solo di preliminari.»

"Non arrossirò, non arrossirò."

"Accidenti, sto arrossendo."
Nate fece un altro sorrisino.
«Senti, forse possiamo solo lavorare perché io non arrossisca in caso di allusioni prima di vedere se riesco a gestire i discorsi spinti.»
Mi studiò per un momento. «Okay, a te la scelta.»
Annuii con decisione e rimasi seduta dov'ero.
Lui inarcò un sopracciglio.
«Torniamo a quando hai detto di essere bravo con le mani?»
Stava ridendo nuovamente di me, ma stavolta solo con gli occhi. «Mi sembra un buon punto di partenza.»

8

Dopo tre ore di allusioni ero finalmente arrivata al punto in cui non arrossivo più e riuscivo addirittura a replicare in modo piuttosto sfrontato. La cosa, comunque, non mi aveva convinta che sarei stata in grado di avvicinare Benjamin e mettermi a flirtare con lui, ma soltanto del fatto che ero talmente a mio agio con Nate che quando ero in sua compagnia le mie insicurezze, una dopo l'altra, si tuffavano giù dalla Rupe della Bassa Autostima. A ogni modo, stavo meglio di quanto mi capitasse da parecchio tempo, non solo perché Nate aveva cominciato ad alleggerire a poco a poco il peso delle mie incertezze sul mio fisico, ma anche perché mi sentivo come se stessi afferrando la vita per le palle e facendo qualcosa per cambiare una parte di essa di cui non ero soddisfatta.

Venerdì Nate era stato occupato per tutto il giorno poiché aveva in programma tre servizi fotografici per la rivista, di cui uno per una cerimonia di premiazione che l'aveva costretto a lavorare fino a mezzanotte. Quanto a me, ero stata alla solita cena settimanale con mio padre, Jo, Cam e Cole.

Questo significava niente lezioni.

Anche sabato era escluso, considerato che nel pomeriggio Nate, Cam e Cole avevano l'allenamento di judo e che di solito, dopo, passavano il resto della giornata insieme. Tuttavia, ebbi comunque occasione di vedere Nate.

Quella sera Jo mi chiamò per invitarmi da lei, e quando

arrivai trovai anche i ragazzi, compreso Peetie. La sua ragazza, Lyn, non c'era e non mi aspettavo che ci fosse. Le poche volte che ci eravamo viste avevo pensato che era carina, ma non si scomodava mai per stare in compagnia degli amici di Peetie. Lei aveva il suo gruppo, e questo sembrava stare bene a entrambi.

Nate e Cole si stavano divertendo con il videogioco di guerra di cui Nate stava scrivendo la recensione, mentre io e Peetie aspettavamo pazientemente il nostro turno. Cam era seduto alla scrivania nell'angolo della stanza a sbrigare alcune faccende di lavoro e Jo era distesa sul tappeto davanti al camino, mezza addormentata.

Io ero seduta accanto a Nate e cercavo di non sentirmi in imbarazzo a stare con lui in una situazione normale con gli amici, dopo aver passato tutta la serata di giovedì a flirtare con lui. Sebbene si fosse trattato di lezioni amichevoli, c'era comunque qualcosa di un po' piccante nel fatto che nessuno dei nostri amici sospettasse che Nate mi aveva detto di aver pensato di fare sesso con me o che ci eravamo scambiati battutine lievemente allusive per quattro ore, fino a quando non avevo cominciato a sentire un fremito tra le gambe.

«Sto cambiando idea sul mio progetto di fare il tatuatore» annunciò Cole spostando rapidamente il pollice sul joystick mentre sullo schermo appariva un nemico.

Jo si mosse e sbatté le palpebre con aria assonnata guardando il fratello. «Perché? Sono mesi che ci fai una testa così.»

Il gioco si fermò e Cole fissò la sorella con un'espressione alquanto ostinata in viso. «Non vi ho fatto una testa così.»

Cam sbuffò dall'angolo della stanza e, senza alzare lo sguardo dai suoi disegni, mormorò: «Uno a zero per Cole, tesoro».

«Okay» disse Jo sbadigliando e lentamente si tirò su a sedere. «Ne hai parlato. Per te parlarne equivale a farci una testa così.»

Cole alzò le spalle. «Adesso voglio fare lo stesso lavoro di Nate.»

«Tieniti stretti i tatuaggi, amico» rispose Nate. «Primo, il mio è un lavoretto part-time, non ci si pagano le bollette. E secondo, ho visto il tatuaggio che hai disegnato per Cam. Dovresti proprio proseguire su quella strada.»

«Dici?» Cole stava cercando di non apparire troppo contento. «Potrei disegnarne uno nuovo anche per te.»

«Uno nuovo?» Adesso Jo sembrava sveglissima mentre si scostava i capelli dal viso. I suoi occhi brillavano di curiosità. Sapevo per certo che trovava Nate un po' misterioso, dato che in passato aveva provato a estorcermi informazioni su di lui. Sebbene mi fidassi di lei, non avevo alcun diritto di raccontare la storia di Nate, quindi Jo era rimasta all'oscuro di quasi tutto. «Hai un tatuaggio, Nate?»

Di questo, a quanto pareva, ero all'oscuro anch'io.

Non avevo idea che Nate avesse un tatuaggio.

Dopo la domanda di Jo, la stanza si riempì di una strana tensione, e la risposta di Nate fu stringata e brusca. «Sì.»

«Che cos'è?»

«Niente» disse lui stringendosi nelle spalle e facendo ripartire il gioco.

«Dovrà pur avere una forma.»

«Ti ho detto che non è niente.»

«Quando te lo sei fatto?»

«Jo...»

«Dove...?»

«Cristo, ho detto che non è niente, capito?» la interruppe Nate in tono secco. Lo fissai stupita; non era da lui essere scontroso o sgarbato con qualcuno, e questo poteva significare solo una cosa: il tatuaggio aveva qualcosa a che vedere con *lei*.

Tuttavia, Jo non aveva abbastanza informazioni su di *lei* per poterlo capire, quindi parve leggermente ferita.

«Tesoro, ti va di aiutarmi a preparare qualche snack?» domandò Cam sottovoce lasciando la sua postazione alla scrivania.

Lei lo guardò e una conversazione muta ebbe luogo tra loro. «Certo» rispose Jo prendendo la mano che Cam le stava porgendo per aiutarla ad alzarsi. Anche dopo che furono usciti dalla stanza, il senso di disagio rimase palpabile.

Cole si schiarì la gola e ricominciò a giocare. «Comunque mi sembra che qui il tempo di reazione non sia il massimo» disse cercando di cambiare argomento.

Nate annuii con gratitudine. «Credo che tu abbia ragione, ragazzino.»

Si rimisero a discutere del gioco con Peetie. Per tutto il tempo osservai Nate in attesa che le sue spalle si rilassassero, ma invano. Provavo un dolore al petto per lui. Volevo che sapesse che se si sentiva giù poteva contare su di me, così come io potevo contare su di lui. Mi avvicinai a Nate, mentre Peetie dissentiva da Cole sulla grafica.

«Tatuaggio?» gli sussurrai piano all'orecchio temendo che potesse mangiarmi viva come aveva fatto con Jo.

Nate si voltò verso di me e mi rivolse uno sguardo dolce mentre scuoteva il capo. «Più tardi, piccola» mormorò. «Non avrei dovuto rispondere così a Jo.»

«Jo sta bene» lo rassicurai prima di strizzargli piano il ginocchio e alzarmi per andare ad aiutare la mia amica. Mentre stavo per lasciare il soggiorno, incrociai Cam, che aveva l'aria imbronciata.

«Tutto a posto?»

Fece un piccolo cenno di diniego. «Si sente in colpa per avergli fatto pressione.»

«Lui si sente in colpa per averla trattata male, quindi evita di dargli una lavata di capo» mormorai.

Cam gettò un'occhiata all'amico e sussurrò: «Dimentichi che io so tutto, Liv. Non avevo intenzione di dargli nessuna lavata di capo, ma a volte mi domando se qualcuno dovrebbe farlo».

Non sapendo bene come replicare, gli feci un sorriso triste e sgusciai via. Trovai Jo in cucina, intenta a svuotare sacchetti di patatine dentro alcune ciotole. Vidi delle confezioni di arachidi e dei recipienti vuoti e cominciai a darle una mano.

«Allora, come va la settimana?» domandai piano. «Mio padre ti fa sgobbare?»

Jo mi sorrise. «Siamo presissimi, ma è un bene.»

«E i nuovi dipendenti?»

«Tutto okay. Credo che Cam sia un po' preoccupato di come i ragazzi potrebbero trattarmi, ma Mick li ha scelti con cura. Sono praticamente identici a lui, quindi adesso devo fare i conti con uno zio Mick moltiplicato per tre.»

Sorrisi. «Mi è parso di capire la stessa cosa parlando con papà.»

«E tu?» Mi fissò inarcando un sopracciglio. «Stai bene? Sembri... non so... ieri sera al ristorante eri davvero silenziosa. È per via di Mick e Dee? Ti dà fastidio? Non ne abbiamo mai parlato davvero e adesso sembra proprio che facciano sul serio.»

La sera prima ero stata silenziosa sì, ma era stato soprattutto perché stavo ripensando a tutti i complimenti e ai commenti alquanto audaci che Nate aveva fatto durante la nostra lezione. «A dire il vero è solo stata una settimana stancante. Credo che Dee sia fantastica. Nessun problema.»

«Non ci sarebbe nulla di sbagliato se ti sembrasse ancora strano, lo sai vero?»

Scossi la testa, ma avevo il cuore stretto dal dolore mentre rispondevo: «Papà adorava la mamma e le è stato sempre accanto in ogni momento. Per buona parte del loro matrimonio lei è stata malata, troppo malata, talmente malata che erano più compagni che amanti, eppure papà non se n'è mai lamentato. Credo che l'amasse così tanto che non gliene importava». Con la vista improvvisamente appannata, sorrisi. «Si merita un po' di felicità adesso. Dee è davvero in gamba e lo rende felice. Non ho nulla in contrario.»

Non mi stupii di vedere che Jo aveva gli occhi lucidi di lacrime. Tendeva sempre a piangere quando lo facevano le sue amiche perché teneva così tanto a loro da provare le stesse emozioni. «Puoi sempre confidarti con me, Liv, se sei in difficoltà per qualche motivo.»

Naturalmente sapevo che era vero e sapevo che Jo ci sarebbe stata ogni volta che avessi avuto bisogno di lei, anche solo per ascoltarmi. Sapevo che avrei potuto parlare con lei se fossi stata giù di morale al ricordo di mia madre, ma l'ultima volta che mi era successo, il giorno del Ringraziamento dello scorso anno, il caso aveva voluto che fosse Nate ad aiutarmi.

Quanto ai problemi che avevo adesso...

Non potevo parlarne con Jo.

Ricominciare in Scozia, ricominciare con Jo, aveva significato ripartire da zero in molti sensi. Non avevo un gruppo di amiche intime negli Stati Uniti, ma le poche che mi ero lasciata alle spalle mi conoscevano da abbastanza tempo da essere al corrente delle mie relazioni – o della mia mancanza di relazioni – con l'altro sesso. Non lo dicevano mai apertamente, ma mi parlavano sempre di ragazzi con un pizzico di compassione, a volte anche di superiorità, che mi faceva sentire ancora peggio.

Ma Jo... Jo non sapeva nulla di tutto questo.

Quando ci eravamo conosciute stava passando un periodo piuttosto brutto a causa dei suoi genitori. Per molto tempo credo che fosse stata convinta che in qualche modo la colpa dei maltrattamenti che aveva subito da parte loro fosse sua. Il fatto che il nostro incontro fosse avvenuto in un periodo emotivamente tanto pesante per lei aveva fatto crescere la nostra amicizia più in fretta. Ero diventata una confidente per lei e, non so come, trovavo sempre le parole giuste per farla stare meglio. Per questo, oltre che per il mio senso dell'umorismo a volte impertinente, Jo mi vedeva come una donna disinvolta, forte, sicura di sé e irriverente. Lo sapevo perché me lo diceva in continuazione, diceva di ammirarmi. Quando ero con lei, mi piacevo molto più del solito. Era il solo specchio in cui mi guardassi volentieri.

Non ero pronta a perdere quelle occasioni in cui mi vedevo come avrei dovuto. Raccontarle la verità sulle insicurezze che Nate mi stava aiutando a superare avrebbe messo fine a tutto questo. Volevo prima continuare a trasformarmi nella persona che aspiravo a diventare, dopodiché mi sarei aperta con lei. La scelta di non rivelarle nulla non significava certo che non fosse una buona amica: Jo era la migliore delle amiche che si potessero avere.

«So di poter sempre fare affidamento su di te» dissi prendendole la mano e stringendogliela in un gesto affettuoso. «Sei la migliore "sorella non sorella" che abbia mai avuto.»

Jo spalancò gli occhi verdi, stupita e felice delle mie parole, e schiuse le labbra come se fosse sul punto di dire qualcosa per ricambiare quando d'un tratto dal piano di sopra giunse un forte tonfo. Il suo sorriso svanì all'istante mentre lei guardava il soffitto. «Sarà meglio che vada a controllare» mormorò con un profondo sospiro.

Lo scorso anno Jo aveva lasciato l'appartamento al piano di sopra, dove aveva vissuto con sua madre Fiona e Cole. Dopo aver scoperto che la madre, che aveva problemi di alcolismo, picchiava Cole, aveva cercato di tenere il fratello il più possibile lontano da lei, e così i due passavano molto tempo al piano di sotto, a casa di Cam. Alla fine Cam aveva chiesto a lei e al fratello di trasferirsi lì, non solo perché desiderava che vivessero insieme a lui, ma anche perché Cole doveva uscire immediatamente da quella situazione.

«Vuoi che ti accompagni?» mi offrii, sapendo che spesso per la mia amica affrontare Fiona non era piacevole.

Jo scosse la testa, con un sorriso di scuse. «Sai cosa pensa di te.»

Lo sapevo eccome. Quando l'avevo conosciuta, Fiona mi aveva trattata piuttosto male perché aveva sempre avuto un debole per mio padre e quindi era gelosa di mia madre e rabbiosa nei miei confronti. Mi aveva detto che assomigliavo alla mamma come se fosse un'offesa, anche se in realtà era una delle cose più belle che potesse dirmi.

«Vai» le dissi agitando la mano. «Penso io agli snack.»

Sospirando di nuovo, Jo uscì dalla cucina e io la seguii con un piatto di piccoli tramezzini che lei aveva preparato.

«Vado a controllare se la mamma sta bene» gridò ai ragazzi passando in soggiorno.

Rischiai di scontrarmi con Cam, che mi lasciò passare e poi urlò a Jo: «Vengo con te».

Entrando in soggiorno, cercai subito Cole con lo sguardo. Proprio come mi aspettavo, i suoi bellissimi lineamenti da ragazzino erano tesi mentre fissava il soffitto. Odiavo vedere quell'espressione sul suo viso. Mi preoccupava il pensiero di ciò che significava e di ciò che stava succedendo dentro di lui.

Cole non ne parlava mai, ma immaginavo che per lui non fosse stato più facile che per Jo crescere con una madre come Fiona. Né immaginavo che fosse stato facile crescere senza un padre per poi scoprire che suo padre era uno stronzo e un violento. A detta di tutti era stata Jo la sua vera madre, non Fiona. Tuttavia, i maltrattamenti di Fiona dovevano aver lasciato il segno, e la sola idea che Cole potesse portarsi dietro una cicatrice simile mi faceva venire la nausea. Era il miglior ragazzino del mondo. Non riuscivo a spiegarmi come qualcuno potesse fargli del male.

Avvertendo il mio sguardo, si voltò verso di me e io gli sorrisi dolcemente.

Abbozzò un sorrisino di risposta, ma i suoi occhi rimasero seri.

«Tramezzino?» domandai raggiungendolo. Prima che potesse rispondere, mi sedetti accanto a lui e gli misi il piatto sotto il naso.

Cole prese lentamente un sandwich.

Rimasi in silenzio.

Lui mi guardò come se stesse aspettando che dicessi qualcosa.

Io invece sfoderai senza fretta un sorriso sfrontato, al che Cole mi fissò come se fossi un esemplare di una nuova specie animale, poi scosse la testa e scoppiò in una risata grave. Si rilassò completamente e addentò il tramezzino.

Quando mossi la testa e i miei occhi pieni di felicità incontrarono quelli di Nate, il mio sorriso per poco non vacillò. La sua espressione era così traboccante di tenerezza che restai senza fiato. Lui mi strizzò l'occhio e io avvertii l'ormai familiare sensazione di dolore misto a piacere.

Fino a quel momento credevo che non esistesse nessuno capace di strizzare l'occhio senza sembrare stupido o sdolcinato.

Mi sbagliavo.

Nate era capace di farlo.

Le sue strizzate d'occhio erano così sexy da farti eccitare all'istante.

"Oddio, sarà meglio che tu stia attenta, zuccherino."

«Non devi per forza accompagnarmi a casa, Nate» dissi quando raggiungemmo Leith Walk.

Dopo che Jo si era occupata di sua madre e lei e Cam erano tornati, avevamo spento il videogioco per guardare una commedia. Nate aveva dato un bacio sulla fronte a Jo quando si era alzato per andare in bagno, e la tensione tra loro era svanita. Tuttavia, io non riuscivo a smettere di pensare al tatuaggio perché... ecco, ero curiosissima. Ero soprattutto preoccupata per la reazione che aveva scatenato in Nate. Avevo guardato il film senza infastidirlo, ma quando Peetie se n'era andato, lui e io ne avevamo approfittato per annunciare che dovevamo andarcene anche noi.

Nate abitava a Marchmont, una zona in cui vivevano parecchi studenti, dietro il Meadows, un grande parco pubblico che sorgeva alle spalle dell'Università di Edimburgo. Casa sua si trovava a sudovest rispetto all'appartamento di Jo e Cam in London Road, mentre casa mia era in direzione ovest e distava quaranta minuti buoni a piedi da quella di Nate.

«È mezzanotte passata» replicò dolcemente. «Non ti lascio tornare da sola.»

«Sono adulta e in grado di prendermi cura di me stessa.»

«Potrebbe essere vero, se avessi deciso di fare judo con me.»

A quel pensiero storsi il naso. «Mi piace guardarlo, ma non mi interessa praticarlo» dissi.

«Spero che non avrai lo stesso atteggiamento nei confronti del sesso» replicò con un sorriso sfacciato. «D'altra parte, però, il voyeurismo è sexy.»

Gli diedi un pugno sul braccio. «Sei proprio un immaturo.»

«Non posso farci niente se tu non rifletti su ciò che stai per dire prima di aprire bocca» ribatté con un'alzata di spalle impenitente.

«Non c'era nessun riferimento sessuale nelle mie parole, carino. Sei tu che fai sembrare tutto sconcio.»

«Tu, una donna adulta di ventisei anni, mi chiami "carino" e definisci *me* un immaturo?» disse con un largo sorriso.

«Non è di questo che stiamo parlando» ribattei in tono arrogante ignorando la sua risata. E nel frattempo decisi stupidamente di rovinare il suo buonumore. Mi schiarii la gola e gli diedi un colpetto con la spalla. «Allora il... ehm... il, ehm, tatuaggio?»

Nate rimase in silenzio mentre attraversavamo l'ampia via verso Union Street. Quando svoltammo in Forth Street, non aveva ancora detto nulla e io non avevo intenzione di fargli pressione. Non ne avevo il diritto, ma ero in pensiero per come aveva reagito e per quello che tutto ciò poteva significare.

«È una piccola A stilizzata. Me la sono fatta tatuare sul petto, all'altezza del cuore» confessò all'improvviso.

«Una A» sussurrai capendo all'istante. «Di Alana?»

Nate annuì e mi fissò come in attesa di un segnale da parte mia.

«Quando te lo sei fatto?»

«Subito dopo la sua morte.» I suoi occhi scurissimi scrutarono il mio viso più attentamente. «Tu hai mai pensato di farti un tatuaggio per tua madre?»

«Non ne ho bisogno» risposi mentre una pressione ormai familiare mi opprimeva il cuore.

«Io sono felice di averlo» disse Nate a bassa voce, quasi sussurrando. «A volte passa una giornata intera senza che pensi a lei. Poi vedo il tatuaggio allo specchio, e allora ricordo.»

Avrei voluto dirgli che era giusto che vivesse la sua vita, che ci fossero giorni su cui non gravava il peso della morte di Alana, ma mi sarei sentita un'ipocrita se l'avessi fatto. Ogni volta che mi capitava di non pensare alla mamma per un giorno intero, il senso di colpa era quasi paralizzante. Nate lo sapeva, come io sapevo la sua storia. Ricordando tutto ciò che mi aveva detto quando era venuto a casa mia lo scorso novembre, stabilii che non sarei stata io a spiegargli che era ora di guardare avanti...

Ultimo giorno del Ringraziamento, Edimburgo

Il tacchino era nel forno insieme alle patate arrosto. Le patate per il purè stavano cuocendo e le cipolle erano tagliate, pronte a essere unite alle patate, proprio come faceva la mamma. La salsa di mirtilli era fatta e le verdure stavano cuocendo.

Poiché in tutta Edimburgo non ero riuscita a trovare un solo negozio che vendesse la torta di zucca, avevo dovuto prepararla io. Mi asciugai il sudore dalla fronte perché il calore della cucina aveva riempito il mio piccolo appartamento al punto che sembrava di bollire. Le finestre erano aperte, ma avevo dovuto mettermi una canotta nonostante fosse una tipica giornata d'autunno scozzese.

Dopo avere trascorso una mattinata ricca di emozioni con mio padre, gli avevo detto che avevo bisogno di passare po' di tempo tranquilla e da sola. Avevo capito che non era d'accordo, ma ero una donna adulta, così mi aveva concesso il mio spazio, e io ne stavo approfittando per fare ciò che avrebbe fatto la mamma se la vita fosse stata giusta.

Una volta finito di preparare la torta, aprii il forno per vedere se sarei riuscita a farcela stare, ma fui travolta da una nuvola di fumo.

"Che diavolo succede?" gridai, agitando le mani per disperdere il fumo e scoprendo così che il tacchino stava bruciando.

Com'era possibile? L'avevo lasciato in forno più del dovuto? Guardai l'orologio e un'ondata di vertigini mi fece barcollare. Le sette. Come potevano essere le sette? Doveva esserci qualcosa di sbagliato.

Sentii gli occhi riempirsi di lacrime mentre osservavo il pennuto carbonizzato.

Era da buttare.

"È da buttare, maledizione!" urlai afferrando un guanto da forno. Quando avvertii il calore bruciante della teglia, gridai in preda all'indignazione e la lasciai cadere di peso nel lavello.

A quel punto suonò il citofono, così mi bloccai e trattenni il respiro.

E se fosse stato mio padre?

Corsi a rispondere. "Chi è?" domandai esitante.

"Nate. Fammi salire."

"Ehm, non è un buon momento."

"Ti ho appena sentita gridare dalla finestra aperta. Se non mi fai salire, entrerò con la forza."

Passandomi una mano tra i capelli, mi resi conto di avere la fronte bagnata e sussultai. Ero sudata e in condizioni disastrose.

Gli aprii e spalancai la porta con fare seccato e bellicoso, poi mi diressi in cucina per controllare le patate arrosto.

"Accidenti, da buttare anche quelle" piagnucolai con gli occhi che si gonfiavano di altre lacrime.

"Liv?"

Mi voltai e mi trovai di fronte Nate, che vide qualcosa nel mio sguardo e si fermò di colpo.

"Liv, stai bene?" domandò con voce dolce facendo lentamente un passo verso di me.

"È da buttare!" urlai puntando il braccio in direzione del tacchino. "È andato! Che senso ha che io prepari quella cazzo di torta se il tacchino è andato? Ho sprecato tempo a tagliare le cipolle per il purè, ma non è servito a nulla perché anche le patate arrosto sono bruciate. Non si può festeggiare il Ringraziamento con un solo tipo di patate, Nate."

"Piccola, vieni qui." Mi si avvicinò come se fossi un animale ferito. Ero così disorientata dal suo comportamento che gli permisi di prendermi il braccio con la sua mano vigorosa e di trascinarmi verso il soggiorno. Quando mi resi conto di quello che stava facendo, non riuscii a fermare un'esplosione di rabbia che di certo non avrei dovuto riversare su di lui.

"No!" gridai cercando di divincolarmi.

"Mio Dio, Liv, calmati" mi ordinò a denti stretti, afferrandomi l'altro braccio per riuscire a tenermi meglio. "Calmati e dimmi cosa sta succedendo."

"Lasciami stare." Diedi uno strattone per liberarmi, e poiché non funzionò, tentai di costringerlo ad allontanarsi da me facendogli perdere l'equilibrio. "Vattene! Devo rimediare! Devo rimediare!"

"Liv" sussurrò con la voce adesso impaurita. A quel punto mi scrollò forte, così forte che mi bloccai e sbarrai gli occhi quando allentò la stretta e mi prese il viso tra le mani. Fissai i suoi occhi scuri e ciò che vidi mi spaventò.

Mi stavo comportando come una pazza.

Feci una smorfia mentre l'angoscia ormai familiare si diffondeva nel mio petto. Iniziai a singhiozzare, percorsa da violenti brividi. "Lei non è qui e non può rimediare." Mi abbandonai contro di lui cercando di prendere fiato.

Nate mi fece scivolare le braccia intorno ai fianchi mentre io piangevo, e in quel momento fu come se quelle braccia fossero la sola cosa che mi impedisse di sgretolarmi.

"Era dura per lei" sussurrai tra le lacrime, facendo un respiro profondo e cercando di calmarmi "ma ha sempre lottato fino in fondo, a ogni giorno del Ringraziamento." Sentendo le parole che Nate mormorò per consolarmi, mi rilassai contro il suo petto. Lasciai che il ritmo regolare del suo respiro si impadronisse di me, e a poco a poco anch'io ricominciai a respirare normalmente.

Quando finalmente riacquistai consapevolezza di ciò che mi circondava, scoprii di essere sul divano con Nate. Lui era seduto e io ero rannicchiata al suo fianco, la testa ancora appoggiata sul suo petto e la mano destra stretta nella sua mano sinistra.

"Scusa" gracchiai con gli occhi gonfi e le guance che bruciavano d'imbarazzo per il crollo che avevo avuto. A essere sincera, ero in crisi già da alcune settimane, da quando il giorno del Ringraziamento aveva iniziato ad avvicinarsi. Avevo cercato di nascondere la cosa a mio padre, e così la tensione che avvertivo era salita alle stelle.

"Non devi scusarti" mi rassicurò Nate. "Perché proprio oggi, Liv?"

"È il giorno del Ringraziamento negli Stati Uniti" risposi con un filo di voce, temendo che se avessi parlato anche solo un po' più forte avrei potuto avere un'altra crisi isterica. "Per quanto potesse stare male, per il Ringraziamento la mamma lottava sempre e cercava di rendere tutto perfetto anche se non lo era." Mi tremarono le labbra mentre nuove lacrime prendevano a scorrermi sulle guance. "Era la mia migliore amica. La mia anima gemella."

"Oh, piccola." Il suo tono comprensivo e addolorato mi confortò.

"È morta cinque anni fa esatti, il giorno del Ringraziamento. È il primo anno dalla sua morte che non vado sulla sua tomba" proseguii scoppiando in un pianto ancora più disperato. "Non voglio che pensi che mi sono dimenticata di lei."

Nate mi strinse più forte nel suo abbraccio mentre continuavo a singhiozzare, inzuppando la sua maglietta già bagnata.

"Liv..." disse Nate stringendo il braccio intorno a me. "Piccola, non le passerebbe nemmeno per la testa."

"Le sono stata sempre accanto" spiegai, asciugandomi il naso. "Ho rinunciato a essere una ragazzina, ho interrotto gli studi, ho fatto tutto ciò che potevo per aiutarla a combattere. E non siamo riuscite a vincere. La sua vita... svanita. La mia adolescenza... svanita. Deve aver significato qualcosa. Deve significare qualcosa."

"Certo che significa qualcosa: tua madre ti ha insegnato a combattere anche quando la situazione sembra davvero senza speranza. Non sono molti i genitori che riescono a trasmettere questa lezione ai figli, ma lei l'ha fatto. Ti ha insegnato a essere coraggiosa, Liv, e che la vita è fragile. Lo ripetono tutti in continuazione, ma non lo capiscono mai davvero, fino a quando non si trovano a piangere sulla tomba di una persona che amavano e con cui solo un attimo prima stavano ridendo. Io lo capisco, lo capisco perché me l'ha insegnato Alana. Penso a lei ogni singolo giorno, e lei lo sa. Non serve che vada sulla sua tomba."

Confusa e preoccupata, con il cuore che batteva più forte di prima, mi asciugai le guance e alzai la testa dal petto di Nate per guardarlo in faccia. "Alana?"

Un dolore che non avevo mai visto nel suo sguardo offuscò i suoi occhi facendoli diventare più scuri che mai. Doveva aver subito una perdita enorme, e la sua sofferenza era così grande che la sentii penetrare dentro di me. Come fosse riuscito a nascondermelo per tutti questi mesi, non l'avrei mai saputo. "Cam ti ha detto che siamo di Longniddry?"

Annuii.

"È un piccolo paese fuori Edimburgo. Un posto carino sulla costa. Io, Cam, Peetie e Alana siamo cresciuti lì insieme. Siamo stati migliori amici finché, quando avevamo tredici anni, un ragazzino che non mi piaceva ha chiesto ad Alana di uscire. Sono andato su tutte le furie con lei e abbiamo litigato." Sorrise mestamente al ricordo. "Odiavo litigare con lei. Era la ragazza più dolce del mondo, e quando discutevi con lei, piangeva e tu non potevi fare altro che sentirti una merda. Così quella volta abbiamo litigato, lei è scoppiata in lacrime e io le ho dato un bacio per chieder-

le scusa." Alzò le spalle e fece una risata cupa. "Non è servito altro: stavamo insieme. Era nato qualcosa tra due amici d'infanzia."

Deglutii per liberarmi dell'enorme nodo che avevo in gola mentre il dolore che provavo per Nate aumentava. "La amavi."

Quando vidi i suoi occhi lucidi, mi si mozzò il respiro. "Sì. Era la mia migliore amica."

"Cosa è successo?"

Nate restò in silenzio per qualche istante, poi i suoi occhi incontrarono i miei e il legame tra noi si intensificò mentre rispondeva: "Cancro. Linfoma. Stava per compiere diciassette anni". Distolse lo sguardo e mi strinse di nuovo, con più forza. "Le sono rimasto accanto sempre. Ogni volta che una speranza sfumava, ogni volta che una cura non dava risultati, io c'ero. E credevo davvero che avremmo sconfitto la malattia, che se solo avessi continuato a respirare al suo posto, lei ce l'avrebbe fatta." Le parole gli si bloccarono in gola e io mi irrigidii. "Era speciale, Liv. Pura. Alla fine la sola cosa che mi faceva andare avanti era la convinzione che fosse troppo buona per questo mondo. Quando è morta, due giorni dopo il suo diciottesimo compleanno, sono riuscito a resistere solo grazie a questo pensiero: era troppo buona per questo mondo."

"Oddio, Nate." Gli posai la fronte sul petto e gli strinsi il braccio con la mano. "Mi dispiace."

"Anche a me, piccola."

Rimanemmo per un po' senza parlare, fino a quando trovai il coraggio di dire qualcosa che in realtà non volevo dire. "Dài, mi alzo, così potrai andare."

Sentii le sue labbra tra i miei capelli, poi Nate replicò sottovoce: "Se a te non dà fastidio, preferirei fermarmi qui per stanotte".

Mi rilassai all'istante. "Nessun fastidio."

Eravamo passati davanti a casa di mio padre in Heriot Row e avevamo svoltato in Howe Street. Ci trovavamo a meno di un minuto dal mio appartamento e tutto il tragitto era stato carico di un silenzio sereno, nato dal legame profondo che si era creato tra noi il giorno del Ringraziamento dello scorso anno. Eppure nel mutismo di Nate c'era un peso che mi metteva a disagio.

Finalmente, quando ci fermammo davanti al mio palazzo, lui parlò. «Ho un paio di scadenze questa settimana, quindi potrei non riuscire a passare fino a mercoledì sera dopo la lezione di judo.»

Scrollandomi di dosso una sgradevole sensazione che assomigliava alla delusione, dissi: «Non c'è problema». Gli feci un sorriso impudente ma forzato. «Mi eserciterò a flirtare con lo specchio.»

La sua risatina bassa e profonda mi rallegrò, e un piacevole calore mi scaldò il cuore mentre parte dell'oscurità che rabbuiava i suoi occhi si diradava.

«A presto, piccola. Sogni d'oro» disse dandomi un dolce bacio sulla guancia.

«'Notte.» Entrai nel palazzo e, girando la testa, gli feci un ultimo sorriso prima di chiudere la porta e salire le scale. Sebbene capissi esattamente perché Nate si comportava così, un peso mi gravava sullo stomaco mentre mi infilavo il pigiama. Sapevo che stasera Nate non avrebbe avuto bisogno di vedere il tatuaggio allo specchio per ricordarsi di Alana.

No. Alana era dentro di lui in questo momento; nei suoi occhi c'era uno sguardo tormentato che non avevo mai visto prima. C'era qualcosa che lo angustiava, e temevo che, se gli avessi fatto troppa pressione, sarei diventata come tutte le altre donne della sua vita e che a quel punto lui avrebbe smesso di confidarsi con me.

9

La preoccupazione per Nate mi tormentò per ore, finché non mi addormentai, troppo esausta per aspettare che il mio cervello si spegnesse. Essere in apprensione non era mai divertente, soprattutto quando trovare una soluzione sembrava impossibile, per questo fui contenta che il giorno dopo ci fosse il solito pranzo domenicale dai Nichols.

Joss e Braden si trovavano in luna di miele alle Hawaii e quindi non c'erano, ma non riuscii a sentire la loro mancanza per via del melodramma in corso. E con "melodramma" intendo che Ellie era su di giri perché la sera prima Hannah aveva avuto un appuntamento.

Mentre mio padre, Cam, Adam, Cole e Dec erano al piano di sotto e Elodie si dava da fare in cucina con l'aiuto di Clark, io ero appoggiata alla specchiera della camera di Hannah e la osservavo reagire con una smorfia all'entusiasmo di Ellie e lanciare occhiate a Jo per implorarla di accorrere in suo soccorso.

«Non capisco» disse Ellie alzando le mani sconcertata. «Io ricordo che al mio primo appuntamento ero davvero elettrizzata. Certo, Braden e Adam lo hanno rovinato e sono tornata a casa in lacrime, ma il tuo primo appuntamento sarà sicuramente andato meglio del mio.»

Ero troppo impegnata a sorridere e a domandarmi cosa avessero mai fatto Braden e Adam per rovinarle il primo appuntamento per accorgermi che Hannah era sempre più a disagio.

«Ellie, non potresti lasciar perdere?» Il tono lamentoso della ragazza mi fece voltare la testa e mi accigliai quando vidi la sua espressione cupa.

Oddio. Era successo qualcosa? Che lui avesse...? «Non so tu, Els, ma io comincio a preoccuparmi.»

Sentendo il mio tono così serio, Ellie si irrigidì e i suoi grandi occhi azzurri si posarono sulla sorella. «Hannah, quel ragazzino ti ha fatto qualcosa?»

«Oh, per l'amor del cielo» intervenne Jo incrociando le braccia sul petto e rivolgendo a Hannah un'occhiata impaziente. «Diglielo e basta.»

«Jo» ribatté lei fulminandola con lo sguardo. «No.»

Jo guardò Ellie, pronta a ignorare il fatto che Hannah fosse seccata. «È stranamente convinta che le porterà sfortuna se altre persone sapranno di lui. Ma tesoro» si girò verso la ragazza «dopo ieri sera credo che non sia più un problema.»

Ellie incrociò a sua volta le braccia sul petto e aggrottò la fronte: «Di cosa sta parlando Jo?».

Aspettammo pazientemente – perlomeno io e Jo – che Hannah si decidesse a confidarci il suo segreto. «Però... non dirlo alla mamma.»

«Perché no? Stai facendo qualcosa di illegale?» sbuffò Ellie. «Incomincio ad allarmarmi sul serio.»

Conoscevo Hannah abbastanza bene da essere sicura che si stava trattenendo a stento dall'alzare gli occhi al cielo. «Niente del genere. È solo che non voglio che lo sappiano tutti. È troppo deprimente.»

«Va bene, non lo dirò alla mamma. Adesso vuota il sacco.»

Con un grande sospiro, Hannah si abbandonò sui cuscini e fissò il poster sul soffitto. Si trattava di uno scatto sexy in bianco e nero del cantante di uno dei gruppi rock più famosi del mondo. «Due anni fa ho fatto amicizia con un ragazzo, Marco, che ha qualche anno in più di me e mi ha aiutata con un paio di bulli della scuola che mi prendevano in giro ogni volta che perdevo l'autobus. Comunque, un giorno l'ho baciato.» Roteò gli occhi. «Credevo che avrebbe contraccambiato, invece mi ha respinta e mi ha evitata per un po'. Poi ha ricominciato a parlarmi, ma facendo finta che non fosse successo nulla. L'anno scorso si è diplomato.» Girò la testa sul cuscino per guardare prima Ellie e poi me. «Abbiamo continuato a sentirci, via SMS o Facebook. Ogni tanto ci vediamo solo per stare un po' insieme e fare quattro chiacchiere. Non c'è mai stato niente tra noi, anche se penso di avergli fatto capire chiaramente che mi piace.» L'espressione sofferente e profondamente afflitta che velò lo sguardo di Hannah mi colse di sorpresa, e d'un tratto mi resi conto che non si trattava di una stupida cottarella da adolescenti. Questo Marco le piaceva *davvero*. «So che ci sono state altre ragazze, non sono scema, ma è diverso quando vedi con i tuoi occhi.»

«Cos'è successo?» domandò Ellie allungando il braccio per prenderle la mano.

Il labbro di Hannah tremò e lei deglutì, sforzandosi di controllare le emozioni. «Qualche settimana fa l'ho visto baciare una ragazza fuori dal cinema. La stava baciando sul serio.»

Ellie sospirò con aria comprensiva e, ricordando quello che mi aveva raccontato sul suo passato con Adam, credo che capisse davvero. «Quindi alla fine hai deciso di voltare pagina e hai accettato un appuntamento. Ho un déjà vu» borbottò stringendo la mano della sorella.

«Scott» disse Hannah lanciandomi un'occhiata. «È con lui che sono uscita ieri sera. È un bravo ragazzo e ha un anno in più di me. Piace a molte ragazze, quindi ho detto di sì.»

«Com'è andata?»

«Aspetta» mormorò Jo seccata storcendo la bocca. «È tipico, accidenti. Uomini» sbuffò.

«Marco si è trasferito qui da Chicago. Ora vive con i suoi zii, i proprietari del D'Alessandro's.»

«Oh, io adoro quel posto.»

«Liv...» mi rimproverò Ellie sbarrando gli occhi. «Non divagare.»

«Ah, scusate.» Mi irrigidii. «Continua.»

«Marco lavora per suo zio al ristorante, ma non me l'aveva mai detto.» Sembrava perplessa. «Adesso frequenta il Telford College, studia per diventare falegname. Non sapevo che nel frattempo lavorasse.»

Restò in silenzio per un momento, perdendosi nei suoi pensieri.

«Hannah» disse Ellie dandole una spintarella alla gamba. «Il resto della storia?»

«Scott mi ha portata al D'Alessandro's.»

Trattenemmo tutte il fiato, rendendoci conto all'improvviso di come sarebbe andata a finire.

«Marco stava sparecchiando. Ci ha visti insieme e sembrava...» Alzò le spalle, come disorientata. «Sembrava furibondo. Quando Scott è andato in bagno, ho cercato di parlargli ma lui... quasi non mi ha guardata e poi è andato via di corsa. Sparito.»

Rimanemmo in silenzio per qualche istante. «Sembra una faccenda complicata» dissi alla fine, inutilmente.

«Sembra una faccenda *fantastica*» ribatté Ellie sorridendo alla sorella.

«Ecco perché non ho detto nulla.» Hannah gettò un'occhiataccia a Jo indicando Ellie.

«Ehi» ringhiò Ellie, cosa che non faceva spesso, visto il suo carattere piuttosto solare. «Smettila di trattarmi come una romanticona svampita. Posso essere utile, sai? Anzi, sono un'esperta di ragazzi che ti respingono per ragioni inspiegabili quando invece è evidente che sono attratti da te.»

Sua sorella la osservò con attenzione. «Questo è vero.»

«Suggerisco di tenerlo sulle spine» disse Ellie stringendosi nelle spalle. «È stato quando ho cominciato a ignorare Adam che lui si è deciso a muoversi.»

«Non è stato per via del tumore?»

Ellie la incenerì con lo sguardo. «Il tumore è stato un catalizzatore ma, credimi, la mia assenza lo stava logorando già da prima.»

Hannah si morse il labbro nel sentire il suo tono. «Scusa. Non volevo sembrare insensibile verso la tua malattia.»

«Perdonata» fece Ellie con uno sbuffo. «Allora? Cosa si fa con... Marco, giusto?»

Per un po' discutemmo di quale fosse la mossa migliore e tutte ci riflettemmo seriamente, poiché era evidente che per Hannah non si trattava di una semplice cotta. Questo misterioso Marco per lei era importante, e io volevo che me lo descrivesse in modo da poter andare al D'Alessandro's e osservarlo. Hannah non sembrava interessata a fare giochetti con lui e propendeva per il consiglio di Jo di cercare di convincerlo a parlarle. Mentre le altre mi precedevano fuori dalla stanza dopo che Elodie ci aveva chiamate dal piano di sotto, all'improvviso mi resi conto di una cosa che mi colpì.

Hannah, che non aveva ancora compiuto diciassette anni, aveva una vita amorosa più intensa della mia.

«Questo sì che è deprimente» mormorai scendendo le scale.

«Cosa è deprimente?»

Mi voltai e vidi Cole uscire dal bagno con le sopracciglia inarcate in un'espressione interrogativa.

«Le tartarughe» mentii, dal momento che la verità era imbarazzante e decisamente troppo complicata da spiegare a un quindicenne. «Hanno un aspetto così scontroso.»

Cole mi fissò come se fossi pazza, il che poteva anche essere vero. «Sei un po' strana, Liv. Lo sai, vero?»

Rassegnata, annuii e proseguii verso la sala da pranzo.

«Ma sulle tartarughe ti sbagli.»

Fui travolta da un'ondata di affetto e mi girai verso di lui con un sorriso dubbioso. «Ah, sì?»

«Non sono scontrose, ma solo riflessive. Ecco perché si prendono tempo per raggiungere la loro meta: meditano costantemente sulle cose.»

Il mio sorriso si allargò, inducendo Cole a sorridere a sua volta. «È ufficiale, sei eccentrico come me, Cole Walker.»

«Sì, se adesso essere straordinari significa essere eccentrici» borbottò.

Ridendo, lo seguii in sala da pranzo. «Passi troppo tempo con Nate. La sua sfacciataggine ti sta contagiando.»

«Immagino che tu non stia sistemando i libri di storia, vero?»

La voce pacata e familiare mi colse completamente alla sprovvista, e mentre voltavo la testa di scatto verso Benjamin la mia lingua si arrotolò istantaneamente e si annodò.

Era lunedì pomeriggio e mi ero allontanata un attimo dal

banco delle informazioni deserto per andare nel reparto consultazione a mettere in ordine i libri restituiti. Benjamin mi aveva raggiunta di soppiatto mentre ero accovacciata a disporre alcuni volumi sul ripiano più basso dello scaffale in fondo alla sala.

I suoi occhi verdi erano cordiali e indagatori. «Sto cercando un libro in questa sezione.»

Facendo un profondo respiro, cercai di ricordare tutto ciò su cui io e Nate ci eravamo esercitati, eppure adesso che ero ai piedi di questo ragazzo continuavo a sentirmi incredibilmente inadeguata. Avrebbe dovuto essere il mio momento, avrei dovuto cominciare a flirtare e dare il via al primo giorno del resto della mia vita.

Invece riuscii giusto a snodarmi la lingua mentre mi alzavo e ad allungare la mano verso il carrello dei libri e delle riviste come se potesse darmi forza. «Cosa ti serve?»

Benjamin gettò uno sguardo a un pezzo di carta che teneva tra le mani e poi mi guardò negli occhi. «*Sex Crimes, Honour, and the Law in Early Modern Spain*.»

Non appena la parola *sex* gli uscì di bocca, mi sentii avvampare.

La mia reazione pudica gli fece increspare le labbra e io, umiliata, chinai la testa sui volumi nel carrello e cominciai a rovistare. «Ehm...» Era così orribile rendermi conto di essere ancora impacciata con gli altri come lo ero due settimane fa che mi tremavano le mani. «Eccolo.» Afferrai il libro rilegato in pelle e glielo porsi in fretta senza riuscire a guardarlo negli occhi.

«Grazie» disse con un sospiro. «Credevo che non sarei riuscito a metterci sopra le mani.»

Mi limitai ad annuire, senza replicare.

«Okay. Be', grazie.»

Annuii di nuovo e aspettai che la sua ombra se ne andasse. Quando non sentii più il rumore dei suoi passi, alzai la testa e fissai lo spazio dove poco prima si trovava Benjamin.

Ero ufficialmente una sfigata!

E Nate stava davvero sprecando il suo tempo.

Nei giorni successivi feci in modo di non dover ascoltare i miei pensieri. Al lavoro era piuttosto semplice perché mi tenevo occupata e non facevo che chiedere a Angus di assegnarmi nuovi compiti. Non mi sarei stupita se avesse pensato che avevo iniziato una dieta a base di Red Bull... o di crack. Visto che però non aveva fatto controlli casuali negli armadietti, immaginavo che propendesse per l'ipotesi della Red Bull. Oppure, be'... credeva che fossi semplicemente pazza.

Quella sera cenai con mio padre e Dee e non rincasai fino a quando non mi sentii talmente stanca che praticamente collassai sul letto appena misi piede nel mio appartamento. Il martedì feci un po' di shopping dopo il lavoro e mi comprai un mucchio di commedie in DVD. Non volevo nulla di deprimente, di sentimentale o di angosciante. Volevo che la mia mente evitasse tutto ciò che avrebbe potuto riportarmi a quel minuto da regina delle sfigate in sala consultazione con Benjamin.

Prima che Nate arrivasse mercoledì sera poco dopo le otto per la nostra lezione, ero pronta a mollare.

Basta prendere la vita per le palle.

Sapendo che il mio amico poteva mangiarsi un intero supermercato dopo la lezione di judo, gli avevo preparato parecchi snack sul tavolino e avevo messo un film di Steve Carell in sottofondo. Mentre entrava in casa con i capelli ancora bagnati – doveva essersi fatto una doccia veloce prima di venire –, studiai il suo passo sicuro. Nate non camminava: si muoveva come un predatore. Era fiero del suo corpo e sapeva come usarlo.

Caspita, lo invidiavo!

«Ehi» disse con un gran sorriso guardando gli stuzzichini e sedendosi in fretta sul divano in modo da averli a portata di mano.

«Birra?»

«Sì, grazie.»

Gliela portai e mi lasciai cadere accanto a lui.

Alzò subito un sopracciglio con aria interrogativa. Non mi stupii di vederlo prendere una miniciambella al cioccolato: era goloso di dolci. «Cosa c'è?»

Mentre lo osservavo mangiare, mi domandai se fosse il caso di dirglielo o no. Prima che arrivasse ero pronta ad alzare le mani in segno di resa, a scusarmi e a spiegargli che era stata tutta una perdita di tempo per lui. Adesso che era qui, però, cominciai a chiedermi se così facendo l'avrei deluso. Non avrei fatto una bella figura se mi fossi arresa così in fretta, soprattutto se Nate si rifiutava di farlo.

«Benjamin è venuto in biblioteca lunedì.»

Mi fece cenno di proseguire mentre beveva un sorso di birra.

«È stato un disastro totale, Nate. Mi ha chiesto un libro che si intitolava *Sex Crimes, Honour, and the Law in Early Modern Spain*. Sono arrossita dalla testa ai piedi.»

Nate fece una smorfia.

«Ha cercato di parlarmi, ma io ero così mortificata per essere arrossita che non ho fatto altro che fissarmi i piedi come una bambina di cinque anni che si è presa una cotta per il suo vicino di dieci.»

«Merda, cosa ti succede con questo ragazzo?» domandò Nate appoggiandosi allo schienale del divano.

«Non lo so» dissi stringendomi nelle spalle. «Credo che sia un blocco mentale.»

«Un blocco mentale?»

Proprio così. Non era poi tanto difficile capire perché non riuscivo a flirtare con Benjamin. Il motivo era lo stesso per cui nei giorni scorsi avevo evitato di pensare alla cosa. Era troppo deprimente. «Un blocco mentale» ripetei. «È ciò che viene dopo l'aver flirtato a provocarmelo.» Abbassai lo sguardo torcendomi nervosamente le dita. «Se andasse bene e riuscissi in qualche modo ad avere un appuntamento con Benjamin... sarei terrorizzata.»

«Terrorizzata?»

«È l'inesperienza, Nate. Mi fa sentire inadeguata, per niente sexy. Per quanto tu mi dica che sono attraente e noi ci esercitiamo a scambiarci stupide battute, l'inesperienza è sempre lì a beffarsi di me, mi impedisce di fare qualsiasi cosa.» Con le guance in fiamme, mi preparai a spiegargli quanto fosse grave la situazione. «Ho baciato due ragazzi,

Nate. Due sere in tutto. Fine. E una di quelle sere ero completamente ubriaca e ho perso la verginità. Due ragazzi in ventisei anni di vita. Non so nemmeno se sono brava a baciare oppure no.»

In casa regnava un silenzio assoluto fatta eccezione per il mormorio della tv. Avevo abbassato il volume quando Nate aveva citofonato, e adesso il film non era altro che un ronzio fastidioso in un momento di tensione.

«Nate?»

Mi si avvicinò di più, studiandomi con attenzione. «È piuttosto facile scoprirlo.»

«Cosa vuoi dire?»

«Baciami.»

Mi ritrassi di scatto. «Cosa? No!»

Sogghignò. «Cercherò di non prenderla sul personale.»

«No» mi affrettai a rassicurarlo. «Non che tu non sia baciabile, sai di esserlo, brutto bastardo avvenente, è solo che sei Nate. Siamo amici. Potrebbe diventare imbarazzante.»

La mia risposta lo fece sorridere. «Liv, siamo adulti. Dovremmo essere in grado di gestire una pomiciata sperimentale senza andare in paranoia e raccontarlo a tutti i nostri amici.»

«Divertente» replicai con una smorfia.

«Bene» disse lui lanciandomi un'occhiata della serie "Cosa aspetti?". «Baciami.»

Il cuore prese a martellarmi in gola. «Dici sul serio?»

«Assolutamente sì.»

Abbassai lo sguardo sulla sua bocca. Era bellissima, praticamente perfetta. «Adesso?»

«Adesso.»

Tremando, mi spostai sul divano fino a quando le nostre ginocchia si toccarono. «Ti bacio e basta?»

Vidi comparire una fossetta sul suo viso ma ignorai il fatto che Nate stava ridendo di me. Ero troppo occupata ad andare in iperventilazione domandandomi se stavo per dare a Nate Sawyer il peggior bacio della sua vita.

Cominciai ad ansimare mentre cercavo di fare un bel respiro.

«Tranquilla» mormorò Nate.

Cercando di seguire il suo consiglio, inspirai a fondo, inalando il profumo fruttato del suo shampoo. Non si era messo la solita colonia inebriante, ma odorava di fresco e pulito.

Per qualche ragione, la cosa mi fece pensare a lui nudo.

"Oddio, Nate nudo."

Accaldata, vidi l'espressione interrogativa nei suoi occhi, come se avesse intuito che avevo fatto un pensiero indecente e volesse sapere esattamente di cosa si trattasse.

Per evitare domande, raddrizzai la schiena e posai le mie labbra tremanti sulle sue.

Nate si irrigidì per un attimo, come se volesse che prendessi il comando.

Le sue labbra erano calde e morbide quando, esitante, le sfiorai con le mie. Rendendomi conto che non si sarebbe mosso finché non l'avessi baciato *davvero*, mi protesi verso di lui, sfiorandogli appena il petto con il seno, premetti con più decisione la bocca sulla sua e insinuai dolcemente la lingua tra le sue labbra chiuse.

Lui aprì la bocca, lasciandomi entrare. La mia lingua saettò contro la sua, e all'improvviso non fui più sola. Nate cominciò a muovere le labbra sulle mie, leccandomi piano la lingua finché non sentii altro che il sapore dello zucchero, della birra e di lui. Il nostro bacio diventò più appassionato.

Mi venne la pelle d'oca sulle braccia e il seno mi si inturgidì.

Nate gemette e il suono riverberò nella mia bocca.

Gli affondai le dita tra i capelli: non ricordavo di avergli preso la testa tra le mani.

Il mio petto era premuto contro il suo: non ricordavo nemmeno che mi avesse abbracciata e attirata a sé.

Dio, se baciava bene.

E la sua lingua...wow. Sapeva davvero come servirsene. Il pensiero di lui che la usava su altre parti del mio corpo gettò benzina sul fuoco che era divampato dentro di me e che stava diventando rapidamente incontrollabile. Avevo la pelle in fiamme, sentivo che sarei esplosa da un momento all'altro, e non me ne importava. Tutto ciò che contava era il sapore di Nate.

La pressione tra le mie gambe aumentò, e così pure la frustrazione. Volevo di più. In un modo o nell'altro, volevo di più. Gli afferrai la nuca e gli infilai un ginocchio tra le cosce per avvicinarmi di più a lui e, poiché volevo assaporarlo meglio, gli succhiai la lingua.

Dal fondo della sua gola giunse un lamento e d'un tratto Nate mi spinse via. Il distacco dalla sua bocca fu quasi doloroso. Mi ci volle un minuto per emergere dalla nebbia del desiderio e rendermi conto che lui mi stava fissando con gli occhi sgranati, ansimando.

La realtà si ricompose intorno a me.

Per un momento avevo dimenticato perché avevamo cominciato a baciarci.

Strinsi i pugni per impedire alle mie dita di tremare. «Andava... andava bene?» domandai con la voce bassa e roca.

L'espressione di Nate cambiò e divenne incredula. Era forse per la mia domanda? Senza dire una parola, mi prese la mano, mi aprì le dita e me le mise sulla sua coscia. Catturata dai suoi occhi scuri, con il cuore che batteva ancora forte per l'eccitazione, senza opporre alcuna resistenza lasciai che mi facesse scivolare il palmo sulla sua gamba, e mi paralizzai, scioccata, quando lo posò sull'erezione che premeva contro la cerniera dei jeans. «Tu cosa ne pensi?» chiese con la voce a sua volta arrochita dalla libidine.

Inarcaii violentemente le sopracciglia.

Quando sentii il suo sesso turgido sotto la mia mano e mi resi conto di essere stata io a provocare quella reazione, tutto il mio corpo fu travolto da un'ondata di esaltazione. Non solo ero in preda a un forte desiderio sessuale, ma provavo anche un senso di liberazione adesso che avevo capito che *sapevo* baciare e che, anzi, i miei baci potevano far sì che un ragazzo meraviglioso ed esperto come Nate Sawyer si eccitasse per me.

Di riflesso premetti la mano sul suo membro e lui socchiuse gli occhi mentre gli si mozzava il fiato. La parte più profonda del mio basso ventre fece la solita capriola rivelatrice. Volevo le sue dita su di me. Volevo...

«I BELONG WITH YOU. YOU BELONG WITH ME...» "Io appartengo a te. Tu appartieni a me..."

«Merda!» boccheggiai mentre la canzone dei Lumineers usciva a tutto volume dal mio telefono diffondendosi nella stanza e catapultandomi di nuovo nella realtà. Tolsi di colpo la mano dal grembo di Nate, e non riuscii a guardarlo negli occhi mentre rovesciavo la scatola di miniciambelle nel tentativo di raggiungere il cellulare. «È mio padre» borbottai prima di prendere la chiamata.

Non ero obbligata a rispondere, ma papà si preoccupava sempre se non lo facevo e, a dire il vero, in questo momento mi serviva una via di fuga. «Ehi» dissi. Sembravo affannata, e in effetti lo ero abbastanza. Arrossii al pensiero di parlare con mio padre dopo avere palpato Nate.

«Stai bene? Sembri senza fiato» domandò papà in tono apprensivo.

Mi sforzai di trovare una scusa. «Sono nel pieno di una lezione di Pilates.»

Sentendo un colpetto sul ginocchio, sollevai con riluttanza lo sguardo verso Nate, il quale indicò la porta e si alzò. "Vado" mimò con le labbra.

Scrutai i suoi occhi in cerca di un indizio su come stesse reagendo a ciò che era appena successo, ma se pensava qualcosa lo nascondeva bene. Lo salutai con un cenno della mano un po' incerto e lo osservai uscire da casa mia, mentre ascoltavo a malapena mio padre raccontarmi di un televisore che aveva visto in offerta e che sarebbe stato meglio di quello di seconda mano che possedevo al momento.

Non avevo speranza di riuscire a concentrarmi dopo ciò che era accaduto. Cercai di guardare un altro film e di mangiare gli snack che Nate aveva avanzato, ma il mio corpo, rimasto a secco, era ancora teso, e le mie emozioni erano in subbuglio. Più che altro, però, ero preoccupata di avere rovinato la mia amicizia con Nate.

Alla fine cedetti e, mentre mi infilavo a letto, gli mandai un messaggio.

Siamo finiti in una situazione imbarazzante?

Stavo fissando il soffitto al buio quando i Lumineers cominciarono a cantare di nuovo la loro *Ho Hey*, così presi il telefono e vidi che era Nate a chiamarmi. Provai un misto di sollievo e paura mentre rispondevo.

All'altro capo, Nate stava ridendo. «Un po'» disse rispondendo al mio messaggio senza preamboli. «Ma non deve esserci nulla di imbarazzante, soprattutto se è stato d'aiuto.»

Mi rilassai sul letto quando sentii quelle parole. Nonostante fossi ancora leggermente in ansia per tutta quella faccenda, decisi che aveva ragione. Sarebbe stata una situazione imbarazzante solo se le avessimo permesso di essere tale, così risi e risposi: «Non ho paura di non saper baciare, se è quello che mi stai chiedendo».

«Oh, piccola.» La sua voce profonda mi riecheggiò nell'orecchio ed ero piuttosto sicura che le mie pupille si fossero dilatate quando tra le mie gambe si risvegliarono altri fremiti. «Sai baciare. Credimi.»

«Be', di sicuro credo al tuo uccello.»

Sentirlo scoppiare in una risata incredula non fece nulla per placare il fuoco che d'un tratto divampò sulle mie guance. L'avevo detto davvero ad alta voce?

"Zuccherino, non sei più in Kansas."

«Sei arrossita nel dirlo?» domandò Nate. Capii che stava sogghignando.

«Forse» mormorai premendomi una mano fresca sulla guancia infuocata.

La sua risposta fu un altro risolino sexy e grave che mi solleticò dentro. Mentre me ne stavo sdraiata ad ascoltarlo respirare, non riuscivo a credere a quanto il mio umore fosse cambiato nel corso della giornata. Prima mi sentivo fuori dalla realtà, sola, patetica e inesperta. Mi sentivo sconfitta.

Adesso mi sentivo eccitata, viva, e dentro di me si agitava una sensazione di potere che non volevo se ne andasse. L'unico modo che conoscevo per provare di nuovo tutto questo... era chiedere a Nate di aiutarmi. Ma questo avrebbe davvero significato passare il segno, e non sapevo né se lui avrebbe accettato né se io sarei stata disposta a mettere a rischio la nostra amicizia solo per potermi sentire sessualmente emancipata.

«Liv?»

«Sì?»

«Cosa ti passa per la testa? Riesco quasi a sentire i tuoi pensieri stando all'altro capo del telefono.»

Chiusi gli occhi e il battito del mio cuore accelerò mentre mi preparavo a chiederglielo.

«Liv?»

«Ehm...» Il cellulare mi tremò in mano. «Ehm... mi stavo domandando...»

«Sì?»

«Mi stavo domandando...» dissi incurvando le spalle mentre il coraggio mi abbandonava. «Qual è il prossimo passo?»

«Be', stavo pensando che potresti esercitarti a flirtare in una situazione reale.»

All'erta, domandai sottovoce: «Cosa intendi?».

«Sabato sera usciamo a bere qualcosa con gli altri, giusto?»

«Sì. E quindi?» Intuii dove stava andando a parare e non sapevo se la cosa mi piacesse.

«Sabato mattina prima della mia lezione di judo andremo per negozi in cerca di un abito. Indosserai qualcosa di sexy così ti sentirai sexy, poi la sera dimostrerai a te stessa di essere *realmente* sexy flirtando con un ragazzo e facendoti lasciare il suo numero.»

Rimasi in silenzio mentre assimilavo le sue parole, sentendo già le farfalle svolazzare nello stomaco.

«Olivia?»

«Mmh-mmh?»

«Piccola, non hai nulla di cui preoccuparti, te lo assicuro.»

Cercando di essere di nuovo coraggiosa, riposi la mia fiducia in lui. «Okay, mi fido.»

10

Quando Nate alzò un vestitino rosso attillato, scossi la testa sbadigliando.

Lui strinse i denti e lo rimise sulla rastrelliera. «C'è qualcosa che ti piace? E, per favore, potresti svegliarti?»

Eravamo in una boutique di abiti firmati del centro, appena dietro Princes Street, con l'obiettivo di trovare qualcosa di sexy che avrei dovuto indossare quella sera. La ricerca durava ormai da due ore e mezzo, e sebbene stessi ritardando deliberatamente la scelta per torturarlo, purtroppo stavo torturando anche me stessa. Mi misi le mani sui fianchi. «Mi hai fatto alzare alle sette e mezzo di sabato mattina. Sono stanca e annoiata, odio fare shopping. Sono una di quelle donne che non sopportano i camerini, e i manichini mi spaventano a morte. Ho una maglietta con scritto: LO SHOPPING ONLINE È LA MIA SALVEZZA. Chiaro?»

Nate incrociò le braccia sul petto, tenendosi saldo sulle gambe. Indossava un paio di jeans blu scuro, stivali neri, una maglietta bianca aderente, un blazer nero e un cappellino. Aveva un aspetto meraviglioso e *sveglio,* e ovunque andassimo le donne gli gettavano occhiate furtive e piene di desiderio... finché non spostavano l'attenzione su di me e quel desiderio si trasformava in invidia perché davano per scontato che io e lui stessimo insieme.

Devo ammettere che una parte della nostra sessione di shopping era stata piuttosto divertente.

«Credi che a me piaccia stare qui?» domandò Nate in tono brusco e irritato. «Anch'io detesto fare shopping, accidenti.»

Gli feci un sorriso canzonatorio e gli diedi un pugno scherzoso sul braccio. «E allora filiamocela!»

Vedendo apparire una fossetta sul suo viso, capii che si stava sforzando di non ridere per non rovinare la sua espressione tormentata. «Liv, dobbiamo sbrigare questa faccenda» rispose riuscendo a mantenere il controllo.

Io misi il broncio e giunsi le mani. «Ti prego, andiamocene e basta.»

Nate abbassò lo sguardo sulla mia bocca per un istante, poi alzò gli occhi e mi osservò. «Vuoi sentirti sexy stasera?»

Con un sospiro mi accasciai, poi mi guardai intorno e risposi di sì.

«E nel tuo armadio c'è qualcosa che ti faccia sentire almeno leggermente sexy?»

«Solo la biancheria intima» ammisi con un'alzata di spalle.

Lui restò in silenzio, così lo osservai e scoprii che stava sorridendo. «Buono a sapersi. Tuttavia, non credo che tu stessi pianificando di spingerti così in là, quindi vediamo di trovare qualcosa. Ho lezione tra un paio d'ore.»

«Scusate.» Una giovane commessa si avvicinò a noi con un sorriso e mangiandosi Nate con gli occhi, nonostante avesse almeno dieci anni meno di lui. «Avete bisogno di aiuto?»

Nate mi guardò inarcando un sopracciglio e io risposi con un sospiro indulgente prima di voltarmi verso la ragazza. «Sto cercando un vestito. Nulla di *attillato*» dissi in tono eloquente, riportando lo sguardo sul mio amico. «Pancia» gli ricordai per poi girarmi di nuovo verso la commessa. «Avete degli abiti peplo?»

«Eh...» rispose scuotendo il capo. «Abbiamo dei top peplo ma nessun abito.»

«E avete delle gonne a tubo abbinate?»

«Oh, sì. Da questa parte.» Si girò sui tacchi e si allontanò con passo deciso.

Nate mi stava guardando con aria insospettita. «Top peplo? Gonne a tubo?»

«Cosa c'è? Ho detto che odio fare shopping, non che non so vestirmi.»

«Io ti uccido» mi sussurrò all'orecchio mentre seguivamo la ragazza. «Hai menato il can per l'aia per due ore e mezzo.»

Mi bloccai e gli afferrai un braccio per fermarlo. «Tesoro, mi hai fatta svegliare alle sette e mezzo. Di sabato.»

«Mi stai dicendo che queste ultime ore sono state una vendetta?»

Mi strinsi nelle spalle con nonchalance. «Non ho detto nulla di simile.»

«Eccoci» esclamò la commessa. Mi affrettai a raggiungerla per sfuggire al brontolio frustrato di Nate e sentii il calore del suo corpo dietro di me quando arrivai di fronte alla rastrelliera. «Abbiamo tre tipi diversi di top peplo e qui ci sono alcune gonne a tubo che starebbero bene con ciascuno.»

«Perfetto.» Nate mi diede una sonora pacca sul sedere, colpendomi con tanta energia che il rumore si riverberò nel negozio. E mi fece male. Male *sul serio.* «La mia piccola sarà bellissima con questi addosso.»

Io e la commessa, ugualmente stupite, sbattemmo le palpebre, dopodiché lei si scusò e ci lasciò soli. Quando non fu più a portata d'orecchio, voltai lentamente la testa per guardare Nate negli occhi. «E. Quello. Che. Diavolo. Era?»

Lui accarezzò il punto in cui mi aveva colpita come per lenire il dolore. «Vendetta per la vendetta» bisbigliò con un sorriso impenitente. Senza dire altro, afferrò alcuni top della mia misura insieme ad alcune gonne e allungò le braccia verso di me. «Provateli.»

Strappandogli via i vestiti con una mano mentre con l'altra mi massaggiavo il sedere dolorante, sibilai: «Me la pagherai».

Passai i successivi venti minuti a provarmi con indifferenza i vari completi affinché Nate potesse dare il suo parere. Alla fine scegliemmo un top peplo con una profonda scollatura a cuore e una cintura color zaffiro di pelle, da portare su una gonna a tubo nera superaderente che mi arrivava appena sotto il ginocchio e aveva una graziosa pieghettatura sulla parte posteriore. A completare il tutto c'erano un paio di scarpe con il tacco a spillo di pelle scamosciata blu e una pochette abbinata. Nate era molto soddisfatto. Io, d'altra parte, ero troppo occupata a progettare la mia vendetta per riuscire a prestare davvero attenzione.

Fu solo quando arrivammo alla cassa e la commessa ci comunicò il totale che mi voltai verso Nate per domandargli in tono dolce: «Tesoro?».

Lui inarcò un sopracciglio. «Cosa c'è?»

«Ho dimenticato il portafoglio.»

Nate strizzò gli occhi. «Non è vero» rispose indicando la borsa sulla mia spalla. «È lì.»

«Questa è la mia borsa, ma non contiene il portafoglio» mentii.

«Stamattina ti ho vista infilarlo in borsa, amore» mi ricordò a denti stretti.

«Be', adesso non ce l'ho, tesoro» replicai a denti stretti a mia volta.

Ci guardammo in cagnesco per un po'. Fino a quando vinsi.

Senza smettere di fissarmi con aria truce, Nate prese il suo portafoglio e tirò fuori la carta di credito. Mentre la commessa metteva i miei acquisti nei sacchetti, posai una mano sul petto di Nate e gli diedi un dolce bacio sulla guancia, seguendo poi con la bocca il contorno del suo orecchio. «Vendetta» mormorai staccandomi da lui mentre si voltava per guardarmi in faccia. Nei suoi occhi ardeva qualcosa di caldo, e per un momento restai senza fiato. Ignorando il fremito di desiderio che si destò tra le mie gambe quando vidi la sua espressione, sussurrai: «Mi pulsa la chiappa».

Un sorriso incrinò il suo contegno rigido. «D'accordo. Lo considereremo un regalo di compleanno anticipato» disse afferrando i sacchetti e mettendomeli in mano.

«No.» Scossi il capo seguendolo fuori dal negozio. «È una vendetta.»

«Regalo di compleanno» disse girando appena la testa.

«Vendetta» insistetti con fermezza rischiando di inciampare nei miei stessi piedi mentre mi affrettavo per raggiungerlo fuori dal negozio. «Carino, è una delle cose più forti che io abbia mai fatto. Non me la porterai via facendola passare per qualche scusa assurda su un regalo di compleanno. È una vendetta.» Alzai i sacchetti per sottolineare le mie parole.

Nate scosse la testa e sorrise. «Piccola, era una delle cose più forti che tu avessi mai fatto finché non hai confessato che era una delle cose più forti che avessi mai fatto» osservò ridendo della mia espressione ostinata. «Va bene» cedette. «È stata una vendetta.»

Mentre camminavamo lungo Princes Street nel traffico pedonale che aumentava lentamente, restammo in silenzio fino a quando la mia buona educazione ebbe la meglio e dissi sottovoce: «Grazie per il regalo di compleanno anticipato».

Molte donne si voltarono a guardare Nate Sawyer ridere di gusto e mettermi un braccio intorno alle spalle per attirarmi a sé.

Dovetti ammettere che... si stava piuttosto bene lì.

Dopo avermi squadrata dalla testa ai piedi, il buttafuori del Club 39 mormorò un «Buonasera, cara» in tono provocante e si spostò per lasciarmi entrare. Io feci del mio meglio per non arrossire quando vidi il luccichio di apprezzamento nei suoi occhi, ma mi tremavano le gambe mentre ticchettavo sul pavimento di pietra dell'ingresso. Ero un tale fascio di nervi per quella serata che avevo finito per fare tardi e avevo dovuto scrivere a Jo per comunicarle che avrei raggiunto lei, Ellie e i ragazzi direttamente al Club 39. Era il locale in cui un tempo lavoravano sia Jo sia Joss, e spesso ci andavano tutti insieme perché loro conoscevano ancora gran parte dello staff e riuscivamo quasi sempre a trovare un tavolo.

In verità, non era il mio posto preferito per una serata in compagnia. Era buio e affollato, e trovandosi in un seminterrato era un po' claustrofobico. L'arredamento, in freddo stile moderno, era ridotto al minimo e la pista da ballo era grande quanto la mia minuscola cucina. C'era una nota pretenziosa che mi indisponeva, e francamente temevo che lì non sarei riuscita a trovare nessuno con cui avrei potuto voler flirtare così tanto da riuscire a superare l'ultima prova impostami da Nate e farmi lasciare un numero di telefono.

Se il pensiero dell'obiettivo della serata non fosse stato sufficiente a mettermi lo stomaco in subbuglio, ciò che indossavo e le occhiate di ammirazione che gli uomini mi lanciavano ci riuscivano senz'altro.

Nate aveva ragione: mi sentivo sexy vestita così. Il décolleté era in bella mostra, la vita sembrava sottilissima e i fianchi parevano molto formosi. Il top e la gonna sottolineavano tutti gli aspetti positivi del mio corpo, nascondendo quelli negativi. Avevo anche passato molto più tempo del solito a truccarmi, mettendo in risalto gli occhi con un ombretto ben sfumato e dando una forma più piena alla bocca con un lucidalabbra effetto bagnato. Per i capelli non avevo dovuto fare granché dal momento che avevo una bella chioma, che ricadeva sulla schiena in onde scure e sensuali perfettamente intonate alla mise.

Nel complesso mi sentivo molto Marilyn Monroe, ma questo non significava che sapessi gestire una trasformazione da ragazza sobria a mangiauomini.

Ignorai l'attenzione che il mio look stava attirando – cosa che avrebbe fatto infuriare Nate, considerato che invece avrei dovuto sfoderare sorrisi civettuoli – e strinsi la mano intorno alla pochette mentre scrutavo il locale in cerca dei miei amici.

Li individuai in un angolo, già seduti sullo strano cuboide di pelle che avrebbe dovuto essere un divano. Ellie era come sempre chic e sofisticata con un abito rosa chiaro dal taglio semplice e tacchi a spillo color argento e Jo era come sempre sexy e affascinante con un vestito blu elettrico aderente e sandali abbinati con il tacco alto. Erano in compagnia dei loro fidanzati e stavano ridendo di qualcosa che aveva detto Nate, il quale se ne stava con i gomiti appoggiati sulle ginocchia e teneva una birra in mano. Adam indossava un completo firmato che gli stava alla perfezione mentre Cam si era messo un paio di jeans scuri e una maglietta dei Ramones. Nate, invece, aveva optato per una camicia blu elegante e un paio di pantaloni neri.

Erano tutti e tre da bava alla bocca.

Mentre mi avvicinavo al tavolo, mi aspettavo che alzassero la testa, sorridessero e mi salutassero. Invece Ellie, Jo e Cam alzarono sì la testa, ma mi osservarono senza riconoscermi e distolsero lo sguardo. Dopodiché, capendo all'improvviso che quella ragazza ero io, si voltarono nuovamente di scatto verso di me. Adam e Nate fecero altrettanto.

Sul bellissimo volto di Jo apparve un enorme sorriso. «Oddio, Olivia, sei... meravigliosa.»

Essere squadrata in quel modo mi fece sentire a disagio e irrequieta. «Oh, grazie. Mi metto lì.» Ridacchiai goffamente e mi apprestai a raggiungere Ellie per sedermi accanto a lei quando Nate mi afferrò la mano e mi trascinò accanto a sé. Gli sorrisi e fui subito percorsa da un brivido nel notare come mi stava studiando. Alla fine i nostri occhi si incontrarono.

«Hai un'aria maledettamente scopabile.»

Scoppiai a ridere, sforzandomi di non avvampare. «Affascinante come sempre, Nathaniel.»

«Già, ci sai proprio fare con le parole, Nate» concordò Ellie con sarcasmo.

«È peggio di Braden» borbottò Adam.

Nate alzò le spalle e bevve un sorso di birra prima di replicare pigramente: «Dico quello che penso».

Cercando di lasciare che il complimento schietto di Nate incoraggiasse i miei nervi, cominciai a perlustrare il locale con lo sguardo per trovare la mia vittima.

Il mio obiettivo?

Okay, suonava comunque male.

"Ho bisogno di un drink."

«Un altro giro?» dissi indicando i bicchieri dei miei amici.

Adam si alzò all'istante dal piccolo tavolo intorno a cui eravamo ammassati. «Ci penso io. Corona con lime?»

Era quello che prendevo di solito, ma stasera decisi che mi serviva qualcosa di un po' più forte. «Talisker e ginger. Con ghiaccio.»

Mentre lui si dirigeva verso il bancone, sentii gli occhi di Jo su di me.

«Ti senti bene?»

«Sì, appunto. Whisky?»

«Ho solo voglia di qualcosa di diverso stasera.» Distolsi lo sguardo, scrutando di nuovo la folla. Doveva pur esserci un ragazzo che mi facesse sentire qualcosa allo stomaco. Comunque, me ne sarebbe bastato uno che mi facesse venire voglia di mettermi a flirtare.

Fui raggiunta dal profumo della colonia di Nate mentre lui si chinava verso di me per sussurrarmi all'orecchio: «Hai visto qualcuno che ti piace?».

Mi ci volle parecchio autocontrollo per impedire a me stessa di voltarmi verso di lui, squadrarlo con uno sguardo eloquente e mormorare in tono languido: "Oh, sì".

Tuttavia, non ero abbastanza coraggiosa né abbastanza sfrontata per farlo. Forse più tardi, con un po' di whisky nelle vene, avrei avuto più fegato.

«Sto cercando» gli risposi sottovoce. «Sento che sto per vomitare sulle mie scarpe nuove.»

«No, ti prego. So quanto costano.»

Sorrisi e lasciai vagare lo sguardo per il locale. «Proverò a trattenermi, per il tuo bene.»

«Te ne sono grato.»

Nonostante tutti i miei sforzi, non riuscivo a trovare nessuno di interessante, ma in realtà non mi stavo concentrando troppo. Con la coscia di Nate contro la mia e la sua colonia che aleggiava intorno a me, ero distratta dall'enorme consapevolezza della sua presenza. Naturalmente la avvertivo sempre, ma adesso provavo la stessa sensazione di quando ero attratta da qualcuno.

Quell'improvvisa presa di coscienza mi fece irrigidire. "Oh, cielo."

«Cosa c'è?» domandò Nate stringendomi il polso con le dita e facendo sì che tornassi a guardarlo in viso. Eravamo così vicini che probabilmente avrei potuto contare a una a una le ciglia lunghe e folte che incorniciavano i suoi occhi seducenti.

Mentre mi affannavo a cercare un motivo con cui spiegare la tensione che d'un tratto si era impadronita di me, il mio sguardo guizzò verso il bar, dove vidi un ragazzo alto e biondo che assomigliava vagamente a Benjamin. «Trovato» dissi con un cenno del capo in direzione del tizio. Era in piedi a pochi passi dal bancone e beveva un bicchiere di birra ridendo e studiando le ragazze lì intorno insieme a due amici. Non era di una bellezza strabiliante, ma aveva un sorriso attraente e spalle larghe niente male.

«Bene. Adesso vai al bancone e recupera il tuo drink da Adam, poi comincia a flirtare con il ragazzo che hai scelto.»

Con la coda dell'occhio vidi che Jo ci stava osservando con lo sguardo attento mentre Ellie e Cam chiacchieravano ad alta voce al di sopra della musica. Sentendomi avvampare al pensiero che Jo, o chiunque altro, potesse scoprire ciò che stavamo tramando, invece di fare ciò che avrei voluto davvero, cioè chiedere consiglio a Nate su come cominciare a flirtare, mi limitai ad annuire in silenzio e mi alzai.

Sorrisi alle ragazze e le oltrepassai, ignorando le loro espressioni incuriosite. Mi aprii un varco tra la folla, cercando di ancheggiare come faceva Jo quando indossava i tacchi. Il cuore mi batteva così forte che il sangue mi rombava nelle orecchie, ed ero piuttosto certa che se avessi tentato di dire anche solo una parola non mi sarebbe uscito altro che un biascichio esitante e confuso. Con le gambe tremanti raggiunsi Adam, che era vicino all'estremità del bar e nei pressi del mio obiettivo.

«Ehi.» Gli sgusciai accanto e individuai il bicchiere di whisky sul bancone. «È mio?»

«Sì, te lo stavo portando.»

«Non è necessario.» Lo afferrai e lo tracannai tutto d'un fiato. Era talmente forte che gli occhi presero a lacrimarmi, mi battei la mano sul petto e tossicchiai. «Wow!» Il bruciore cominciò ad attenuarsi, lasciando una sensazione piacevole e calda che mi salì fino al petto. Appoggiandomi al bancone senza badare a Adam, che mi stava fissando come se non mi avesse mai vista prima, diedi un colpetto sulla spalla ad Alistair, l'ex collega di Jo e Joss. Lui stava versando una birra, ma si voltò e, riconoscendomi, mi sorrise.

«Olivia, cosa ti preparo?»

«Un altro Talisker e ginger con ghiaccio» risposi sbattendo i soldi sul bancone. «Tieni il resto.»

Alistair prese i soldi con una mano mentre con l'altra porgeva la birra al suo cliente.

«Ehm, stai bene?» domandò Adam con le sopracciglia aggrottate.

«Mai stata meglio» annuii in fretta prima di gettare un'occhiata furtiva al mio obiettivo per assicurarmi che fosse ancora lì.

Sì.

Okay.

Feci un respiro profondo, cercando di placare il tumulto di nervi che si era scatenato nel mio stomaco.

Girando la testa come se mi stessi guardando distrattamente intorno, oltrepassai con lo sguardo il mio obiettivo e poi tornai a fissarlo. Lui si accorse di quel gesto e mi fissò. Nei suoi occhi si accese una scintilla di interesse.

Bene.

Sorrisi e lui contraccambiò.

Meglio.

Diedi le spalle al bancone in modo che il mio décolleté diventasse un punto focale e domandai: «Ti ho visto in biblioteca, giusto?».

Il biondo si allontanò dai suoi amici e venne verso di me, continuando a sorridere mentre mi studiava. Abbassò lo sguardo sul mio seno per qualche istante più di quanto l'educazione avrebbe voluto e poi lo rialzò sul mio viso. «Biblioteca?»

«All'università. Faccio la bibliotecaria lì. Sei uno studente della specialistica, giusto?»

Il suo sorriso si allargò. «No, ma mi piacerebbe esserlo. Non ricordo che ci fossero bibliotecarie come te quando andavo all'università.» Il suo accento inglese era sexy, e lui sembrava proprio interessato.

Forse dopotutto sarei riuscita a superare la prova.

«Ecco qua, Olivia.» Mentre Alistair mi avvicinava il drink, incrociai gli occhi di Adam, che stava guardando prima me e poi il ragazzo come domandandosi se avessi richiesto la sua attenzione oppure no. Per rassicurarlo gli sorrisi, alzai le spalle con aria civettuola e mi voltai lentamente verso il mio obiettivo.

«Quindi ti chiami Olivia?» Aveva appoggiato un gomito sul bancone e adesso eravamo più vicini. Così vicini che persino con i tacchi dovetti spostare la testa all'indietro per guardarlo negli occhi.

«Sì. E tu sei...?»

«Will.» Mi porse la mano, e quando la strinsi non mi dispiacque sentire le sue dita forti intorno alle mie.

Sì, potevo sicuramente farcela.

«Hai l'accento americano?» domandò scrutandomi il viso con aria incuriosita.

«Sì, sono cresciuta negli Stati Uniti, ma mio padre è scozzese, e siamo tornati a vivere qui recentemente.»

«Come ti trovi?»

Feci un ampio sorriso e dissi la verità: «Finora è stato fantastico».

Will chinò la testa e il desiderio sessuale che vidi brillare nei suoi occhi azzurri mi stupì, cosa che non sarebbe dovuta succedere, visto che era quello che speravo, eppure... a essere sincera non mi sentivo molto a mio agio. Non conoscevo questo ragazzo e non sapevo come avrebbe reagito a qualche innocua battuta allusiva. Per alcune persone soltanto una linea sottile separava un atteggiamento provocante da un incoraggiamento sessuale vero e proprio, soprattutto se in realtà erano solo oggetto di un esperimento... e venivano effettivamente incoraggiate. «Sembrerà molto sfacciato e dozzinale, ma te l'ha mai detto nessuno che hai gli occhi più meravigliosi del mondo?»

"Sì, Nate Sawyer. E detto da lui suonava molto meglio."

Abbassai lo sguardo e gli lanciai un'occhiata da sotto le ciglia. «Grazie» mormorai prima di voltare la testa con naturalezza verso i miei amici.

Nate era in piedi accanto al tavolo, ma una bionda piccola, magra e ben proporzionata gli si era praticamente appiccicata addosso. Lui aveva chinato la testa verso il suo orecchio per farsi sentire al di sopra della musica, e così le stava sfiorando la pelle con le labbra.

Fui percorsa da un brivido, mi venne freddo e i nervi nel mio stomaco si polverizzarono.

Non si era nemmeno accorto che stavo andando bene nella prova che mi aveva affidato. C'era una bionda carina con i fianchi stretti e il viso bellissimo schiacciata contro di lui, quindi perché mai avrebbe dovuto notare che cosa stavo facendo *io*? Qualcosa di caldo – e stavolta ero piuttosto sicura che si trattasse di dolore e rabbia – prese a bruciarmi sotto la pelle e distolsi lo sguardo, intercettando quello di Jo. Lei mi fissò per un istante, prima di riprendere a guardare Nate. Quando si girò di nuovo verso di me, vidi la sua espressione preoccupata, per cui le sorrisi come se andasse tutto a meraviglia e mi voltai verso Will.

Si era accigliato.

Ottimo.

«È il tuo ragazzo?» domandò indicando Nate con il mento.

«No» mi affrettai a rassicurarlo. «Quelli sono tutti miei amici.»

Rilassandosi disse: «Allora sei single?».

«Sì.» Talmente single che non c'era nulla di divertente. «Anche tu?»

«Difficile a credersi, ma sì» disse con una risatina leggermente autodenigratoria. La sua risposta mi piacque, così mi rilassai anch'io.

«Cosa fai nella vita, Will?»

«Sono un ingegnere.»

Incuriosita, bevvi un sorso del mio whisky, assaporandolo con calma adesso che mi sentivo più tranquilla. «Racconta.»

E scoprii così che quello era il modo per conquistare il cuore di un uomo. O almeno il cuore di Will. Per i successivi trenta minuti gli domandai di lui, dei suoi interessi, del suo lavoro e dei suoi hobby senza mai smettere di sorridere e di dargli l'impressione che tutto ciò che diceva fosse affascinante.

L'avevo in pugno.

Tuttavia, se non fosse stata una prova, avrei lasciato perdere dieci minuti prima. Continuavo ad aspettare che Will mi chiedesse qualcosa di me, ma lui sembrava felice di godersi la mia attenzione.

Poiché mi stavo annoiando, alzai le spalle con finta riluttanza. «Devo proprio tornare dai miei amici... ma...» "Sii coraggiosa, zuccherino." «Posso... posso avere il tuo numero?»
Will fece un gran sorriso e allungò la mano. «Dammi il tuo cellulare.»
Aprii la pochette, presi il telefono e fui travolta dal sollievo mentre Will scriveva il suo numero. Quando me lo restituì, mise la mano intorno alla mia, mi attirò lentamente a sé e, stringendomi, chinò la testa.
Quando posò la bocca sulla mia, rimasi immobile.
A quel punto mi vennero in mente Nate e la sua bionda, così, in preda alla rabbia, schiusi le labbra.
Will mi baciò, sfiorando dolcemente la mia lingua con la sua.
Non fu brutto. Anzi, dal punto di vista tecnico, baciava bene.
Ma non provai nulla.
Arretrando, gli rivolsi un sorriso abbastanza timido che lui parve gradire, e dissi: «Ti chiamo».
Quando mi lasciò andare, ignorai i sorrisini che mi lanciarono i suoi amici e mi girai per tornare al mio tavolo.
Nate, che non era più in compagnia della bionda, mi stava osservando con un'espressione impenetrabile. Il mio sguardo passò velocemente su di lui, per poi spostarsi sul resto del gruppo. Cam e Adam stavano sghignazzando come due ragazzini, Ellie si stava mordendo il labbro per tenere a freno un sorrisino immaturo e Jo sembrava confusa.
«E quello cos'era?» domandò guardando il mio telefono.
Agitai la mano per minimizzare e feci in modo che il mio tono suonasse divertito e noncurante mentre rispondevo: «Mi sono fatta lasciare il numero di un ragazzo». Posai lo sguardo su Nate, che con un cenno del mento mi invitò silenziosamente a sedermi accanto a lui.
Obbedii e aspettai, ma lui non disse nulla finché gli altri non ebbero cominciato a chiacchierare tra loro. «Ti è piaciuto?» domandò sottovoce fissandomi.
Alzai le spalle. «Ho superato la tua piccola prova.»
I suoi occhi scuri guizzarono verso il bancone: Will era

ancora lì con i suoi amici. Restai in attesa di una reazione, ma quando si girò verso di me il suo volto era inespressivo. «Non ho detto che dovevi baciare uno sconosciuto.»

«No, ma l'ho fatto.»

«A quanto pare, la mia allieva è più brava del previsto.»

Mi strinsi nelle spalle.

Non ci parlammo per il resto della serata, soprattutto – credo – perché ero persa nei miei pensieri. Quando fu ora di andare, come sempre Nate insistette per accompagnarmi a casa. Abbracciai le ragazze e augurai la buonanotte ai ragazzi, poi seguii Nate lungo George Street, con i piedi che cominciavano a dolermi in quelle favolose scarpe con il tacco.

«Allora...» Tentai di suonare allegra. «Pare che anche tu ti sia fatto dare un numero stasera.»

«La bionda.»

Sbuffai. «È questo il suo nome?»

Mi lanciò un'occhiataccia di sottecchi. «È l'unico nome che abbia bisogno di sapere.»

In quel momento dovetti davvero sforzarmi di ricordare perché Nate si comportava così per riuscire a non rimproverargli il suo atteggiamento da stronzo. Dopo avermi lasciata a casa, avrebbe telefonato alla bionda, l'avrebbe raggiunta da qualche parte, se la sarebbe scopata, se ne sarebbe andato e avrebbe cancellato il suo numero dal telefono.

Non era un bel modo di vivere, ma era quello che lui aveva scelto e dovevo rispettare le sue decisioni. Se fosse stato il classico dongiovanni, lo avrei rimproverato fino allo sfinimento, ma adesso ogni volta che pensavo di farlo mi tornava in mente il tatuaggio che aveva sul petto.

Più ci avvicinavamo al mio palazzo, però, più mi sentivo a disagio, e mentre ricordavo il dolore e la rabbia che erano esplosi dentro di me quando l'avevo visto flirtare con la bionda, mi resi conto che forse a turbarmi non erano le sue scelte, ma l'idea che mi lasciasse a casa per andare a letto con una sconosciuta.

Non volevo nemmeno pensarci.

Eppure, quando arrivammo a destinazione, mi ritrovai a chiamarlo sottovoce.

«Sì?» rispose lui, infilandosi le mani nelle tasche dei pantaloni.

Fissando il suo viso meraviglioso, feci appello a tutto il coraggio che mi serviva per fargli la domanda che mi bruciava dentro da quando ci eravamo baciati. Cominciai con: «Il nostro bacio mi è servito».

Lui mi guardò, aspettando in silenzio che arrivassi al punto.

Mi schiarii la gola e colpii mentalmente il nugolo di farfalle che si era alzato in volo nel mio stomaco. «Mi sono sentita meglio» proseguii nel tentativo di spiegarmi. «Mi sono sentita... più sicura.»

«Cosa stai cercando di dirmi, Liv?»

Dov'era un altro whisky quando ne avevo bisogno?

«Ehm.» Mi inumidii le labbra diventate secche all'improvviso. «Voglio che tu... voglio che tu mi insegni... a essere... brava a letto.»

Nate strinse gli occhi e mi domandò con una tranquillità sorprendente: «In teoria o in pratica?».

«In pratica.»

Il silenzio tra noi durò così tanto che adesso le farfalle si stavano moltiplicando a una velocità incredibile. Mortificazione e rimorso si mescolarono mentre cominciavo a sentirmi in colpa per averglielo anche solo domandato, per averlo messo in quella posizione. «Nate...»

«Quanto hai bevuto?»

Un po' offesa da quell'insinuazione, scossi velocemente la testa. «Solo qualche whisky. Non sono ubriaca.» Feci un passo verso di lui con aria contrita. «Senti, scusa se ti ho messo in imbarazzo. Non volevo. Possiamo...»

Nate mi premette un dito sulle labbra e d'un tratto mi zittii. «Sei una delle mie amiche più care, non voglio fare nulla che possa rovinare quello che c'è tra noi.»

Ignorando certe emozioni – e con "ignorando" intendo spingendole nei recessi più profondi e oscuri di me stessa – mi concentrai esclusivamente sul desiderio di uscire dal mio guscio e mi affrettai a rassicurarlo. «Se ti promettessi che non succederà, ci penseresti? È solo che... voglio sapere cosa sto facendo. Se lo saprò, sentirò di essere in grado di avvicinare Benjamin con sicurezza, certa che se accettasse di uscire con me e se poi l'appuntamento ci portasse *lì*, per me non sarebbe così traumatico e stressante. Mi fido di te, Nate. E poi non sarebbe esattamente un sacrificio» aggiunsi con un sorrisino che lui contraccambiò.

«Allora, capiamoci bene: vuoi che io ti scopi per insegnarti a scoparti un altro ragazzo?»

«La fai sembrare una cosa così squallida.»

Con un sospiro, si protese in avanti e mi diede un dolce bacio sulla fronte. «Vai a letto, piccola. Se domani mattina sarai ancora di quest'idea, chiedimelo di nuovo.»

«È stato già abbastanza difficile chiedertelo la prima volta» mormorai sottovoce, voltandomi per aprire il portone.

Nate mi sentì e mi posò una mano sul fianco. Avvertii il calore del suo corpo dietro di me e il suo respiro caldo sul mio orecchio mentre sussurrava: «Sei stata coraggiosa, Liv».

Mi girai verso lui con un piccolo sorriso riconoscente.

«Se si sia trattato di coraggio vero o dovuto all'alcol, immagino che lo scopriremo domani» aggiunse.

Dopodiché sparì, e il vento freddo mi sferzò la pelle, adesso che lui non era più dietro di me a ripararmi. Entrai in fretta, il cuore che palpitava come se migliaia di farfalle fossero volate dal mio stomaco al mio petto, creando scompiglio anche lì.

Quelle farfalle mi tennero compagnia per il tempo infinito che impiegai a prendere sonno.

11

Alla fine mi addormentai e mi svegliai poco dopo mezzogiorno, appena in tempo per farmi una doccia, vestirmi e aspettare che mio padre passasse a prendermi per andare al pranzo domenicale da Elodie e Clark.

Prima di cedere al sonno, tuttavia, avevo avuto diverse ore per riflettere, come mi aveva suggerito Nate.

Ero giunta a una conclusione: volevo arrivare fino in fondo. Sentivo persino di doverlo fare, ma... ciò che non avevo considerato quando avevo fatto quella richiesta a Nate erano i nostri amici. Eravamo un gruppo piuttosto unito, e sebbene fossi certa che io e lui saremmo stati in grado di gestire la faccenda, ero un po' preoccupata per l'impatto che avrebbe potuto avere sulle dinamiche della nostra compagnia. D'altro canto ero anche *molto* preoccupata di essere troppo convinta che io e Nate dovessimo buttarci in questo accordo e che sarebbe andato tutto bene.

Ma volevo *davvero* andare fino in fondo. La verità era che pensavo che la mia sorte non fosse quella di essere una persona insicura, e questo perché in generale non lo ero. Credevo nella mia intelligenza; credevo nel mio buonsenso; credevo di avere una bella personalità, seppur eccentrica; credevo di essere in gamba; credevo di poter fare qualunque cosa mi mettessi in testa. Volevo credere che se non piacevo a qualcuno, allora quel qualcuno non meritava il mio tempo.

Credevo in *me stessa.*

Credevo in tutte le cose che erano scritte dentro di me, ma per qualche motivo, lungo il percorso, avevo smesso di credere nella mia copertina. Non sapevo perché. Tuttavia non pensavo che questo fosse ciò che le stelle avevano in serbo per me, né pensavo di essere mai stata predestinata a essere il tipo di persona che dubita della propria adeguatezza e che permette agli altri di convincerla che in lei c'è qualcosa che non va.

Eppure eccomi qui. Era così che mi sentivo.

Ed ero stanca di lagnarmi, piagnucolare e lamentarmi con me stessa. Avevo osservato la donna giovane e bellissima che era mia madre lottare contro il cancro e perdere la sua battaglia. La vita era breve, troppo breve per passarla a odiare una parte della propria persona senza fare nulla per recuperare la fiducia in se stessi. Troppo breve per non essere *vissuta.*

Il sesso rappresentava una parte enorme della vita e del modo di viverla e sull'argomento mi sentivo impreparata, ma c'era qualcuno in grado di aiutarmi a fare un po' di quella pratica che mi avrebbe consentito di acquisire sicurezza e avvicinarmi di più alla donna che credevo avrei dovuto essere.

Dopo pranzo, quindi, ero intenzionata a chiamare Nate e a rifargli la domanda della sera prima. Non c'era il fuoco del whisky ad alimentare il mio coraggio; adesso c'eravamo solo io e la mia determinazione a diventare una persona che si piaceva... sempre e comunque.

Scoprii però che non avrei dovuto aspettare molto per chiederglielo.

Agli ospiti del pranzo domenicale, infatti, non si era aggiunta solo Dee. In mattinata Nate era passato a casa di Cam e si era guadagnato anche lui un invito. A Elodie la cosa non dispiaceva di sicuro: in casa sua valeva il motto "Più si è, meglio è".

Mi trovavo insieme a Jo nel piccolo patio sul retro della casa dei Nichols a godermi una tiepida giornata di primavera, mentre gli altri erano dentro.

Aspettavo Nate con i nervi a fior di pelle. Pensando al momento in cui avrei dovuto ripetergli la mia richiesta, mi agitai e bevvi d'un fiato un bicchiere d'acqua.

«Stai bene, Liv?»

Gli occhi sbarrati, lanciai uno sguardo a Jo, che mi stava fissando con aria preoccupata.

«Sembri tesa.»

Osservando la sua espressione ansiosa, d'un tratto mi venne voglia di raccontarle tutto, ma le parole mi si bloccarono in gola e il cuore prese a martellare con forza.

«Liv?»

Nonostante la mia determinazione, guardando la mia amica diventai molto insicura. E se quella di imbarcarmi in questa storia con Nate fosse stata davvero una cattiva idea per tutti noi? «Ho un amico» sbottai all'improvviso. «Un collega di lavoro. Mi ha parlato di un dilemma che lo assilla e, sai come sono fatta, voglio sempre avere la risposta giusta.»

Jo si fece pensierosa. «Okay. Di che cosa si tratta?»

«Ha un gruppo di amici. Sono tutti uniti, però c'è una ragazza nel gruppo che gli piace, e l'attrazione è reciproca, ma con quello che entrambi hanno alle spalle non sanno cosa potrebbe succedere se dovesse nascere qualcosa tra loro, e sono preoccupati anche di come ciò potrebbe ripercuotersi sul gruppo.»

Quando finii di parlare, mi irrigidii, cercando di far finta di non avere capito che Jo non si era affatto bevuta la storia del dilemma del collega, e aspettai che lei me lo facesse notare.

«Be'» disse con un sospiro «credo che se al tuo amico piace questa ragazza, allora dovrebbe darsi da fare.»

Improvvisamente sollevata, sentii il mio corpo rilassarsi. Jo non intendeva smascherarmi.

Ottimo.

«Ah, sì?»

Un sorrisino rassicurante le danzò sulle labbra. «Se è davvero convinto e gli sembra che sia giusto, allora deve farlo. Nessuno sa mai dove porterà una relazione. All'inizio ci si butta alla cieca e, a mano a mano che la storia procede e che ci si conosce a vicenda, le cose cominciano a chiarirsi. Quanto al gruppo di amici... be', se sono uniti come dici, allora capiranno. Accetteranno la situazione e riusciranno a gestirla, qualunque cosa accada.»

Trattenni il respiro mentre Jo mi prendeva la mano. Il suo sguardo mi disse che aveva capito il mio sotterfugio e il suo modo confortante di stringermi le dita mi assicurò che avevo il suo sostegno.

In quel momento, be', insomma... le volevo un mondo di bene.

«Eccovi» disse Cam aprendo la portafinestra scorrevole e uscendo sul patio insieme a Nate.

Li salutai con un sorriso, sentendo di nuovo i nervi a fior di pelle nel vedere Nate, e lasciai che lui, Jo e Cam gestissero la conversazione mentre sorseggiavano una Coca gelata.

«Io e Peetie pensavamo di tornare a casa per un weekend lungo tra qualche settimana» disse Cam a Nate. «Potremmo andarci tutti insieme» proseguì indicandoci. «Affittiamo una casa per sei e la condividiamo.»

«Per sei?» domandò Nate con la fronte aggrottata.

«Sì: io, Jo, tu, Liv, Peetie e Lyn. Ah, ovviamente ci sarà anche Cole.»

Nate si girò verso di me. «Che ne dici? Ti va di conoscere i miei genitori?»

Interiormente mi misi a saltellare per la gioia e l'eccitazione alla prospettiva di incontrare la famiglia di Nate, di vedere da dove veniva e di scavare più a fondo nella storia che aveva forgiato l'uomo che conoscevo. Esteriormente, invece, mi limitai a un cenno indifferente del capo e a un sorriso bendisposto. «Perché no?»

«Fantastico.» Jo si diresse verso la portafinestra. «Inizio a cercare qualche casa da affittare.»

Lei e Cam entrarono nella sala da pranzo. Cam rimase ad aspettare che entrassimo anche noi, ma Nate gli fece cenno di no. «Vi raggiungiamo tra poco.»

Significava che voleva parlarmi in privato.

Feci un respiro mentre Jo e Cam sparivano.

Nate rimase in silenzio.

Passò un minuto.

Due.

«Hai intenzione di farlo dire a me?» sbuffai alla fine.

«Dipende.» Sogghignò, ma notai una certa cautela nel suo sguardo, qualcosa che assomigliava all'apprensione. «Cosa devi dire?»

Lanciai un'occhiata alla portafinestra per assicurarmi che fossimo soli prima di rispondere. «Non ero ubriaca ieri sera.»

Non c'era traccia di umorismo sul volto di Nate mentre replicava: «Tu confidi nel fatto che io possa fare questa cosa con te, ma io devo confidare nel fatto che tu non cercherai di trasformarla in qualcosa di più del gesto di un amico che aiuta un'amica».

Okay, in fondo al posto oscuro in cui l'avevo confinata ieri sera c'era una bestiolina chiamata gelosia che aveva alzato la sua orribile testa quando Nate aveva preso il numero di quella ragazza, ma si era trattato solo di un contrattempo che potevo gestire. Sì, ero attratta da Nate e gli volevo bene, ma avevo una folle cotta per Benjamin, non per Nate, e l'obiettivo era Benjamin.

«Sono certa che in qualche modo riuscirò a *non* innamorarmi di te» dissi nel tentativo di alleggerire un po' la conversazione.

Vidi la sua fossetta sinistra apparire e poi sparire. «Sono sicuro che sarà facile per te.»

«Vorrei sottolineare una cosa.»

«Spara.»

«So che sei abituato a fare sesso con chi ti pare, ma io ti sto offrendo la possibilità di farlo senza la *minima* seccatura. Non può essere un grande sacrificio.»

«No» ammise con un sorriso ammiccante. «Non è affatto un sacrificio.» Per un attimo rimase in silenzio a riflettere sulla mia proposta, poi lanciò anche lui un'occhiata alla portafinestra per assicurarsi che fossimo ancora soli. «Va bene, se decidiamo di procedere, farò tutti i controlli e prometto di non scopare con altre donne durante... le nostre lezioni.» Lo vidi accigliarsi e capii di non essere riuscita a evitare di mostrarmi stupita di fronte a quelle parole. «Piccola, se comincerai ad avere una vita sessuale, sii prudente. Io faccio dei test ogni tre mesi, e quando arriverà il momento per te e Benjamin, assicurati che sia pulito prima di iniziare qualsiasi cosa. Dovrei fare gli esami fra alcune settimane, ma li anticiperò per te. Forse dovresti valutare di prendere la pillola.»

Adesso che stavamo discutendo dei particolari, il mio cuore si era unito alla conversazione e vi partecipava *con decisione*. Martellava forte dentro il petto, deciso a farmi sapere che era un po' inquieto. Volevo che si calmasse. «La prendo già, per regolarizzare il... insomma, hai capito.» Non riuscii a trattenere il rossore.

Nate si avvicinò e il suo petto sfiorò il mio. «Non ti starai rimangiando la proposta, vero?»

"Ehm..."

«No» risposi facendo ancora una volta appello al mio coraggio. «Desidero solo chiarire tutto per essere sicura che tu capisca cosa stai per fare. Voglio dire, so di essere stata sfrontata quando ho detto che puoi fare sesso quando ti pare e che non sarebbe stato un sacrificio, ma la verità è che qui non si tratta di un semplice accordo sessuale, ma di te che mi insegni... delle cose.»

Negli occhi di Nate si accese un lampo di ilarità. «Cose?» ripeté sottovoce.

Avvampai. «Sì, cose.»

«Cose?»

Mi guardai intorno per controllare per l'ennesima volta che nessuno ci stesse ascoltando, e quando ne fui certa lo fissai negli occhi, ignorando il brivido di consapevolezza che mi percorse il corpo quando il mio petto sfiorò il suo. «Il modo... il modo di darti piacere» sussurrai piano.

Un lampo di desiderio attraversò lo sguardo di Nate che si abbassava sulla mia bocca. L'atmosfera intorno a noi cambiò. Sentii il seno inturgidirsi e avvertii l'ormai familiare fremito tra le gambe.

Mi si mozzò il fiato.

Lo stesso accadde a Nate.

Mi posò una mano calda sul fianco e me lo strinse con

forza prima di arretrare, permettendo così all'ossigeno di affluire di nuovo ai miei polmoni. «Questo non è il posto adatto per stuzzicarti.» La sua voce era bassa, arrochita dalla... libidine?

Era eccitato quanto me.

Sorpresa, annuii, scostandomi i capelli dal viso. «Sì. Dovremmo... dovremmo rientrare.»

«Prima tu» disse indicando la portafinestra. «Ti raggiungo tra un attimo.»

La mano sulla maniglia, ero sul punto di varcare la soglia quando lo sentii chiamarmi. Mi bloccai di colpo.

«Sì?» Mi girai per lanciargli un'occhiata.

«Cominciamo stasera.» La sua espressione piena di promesse sessuali mi suscitò un brivido. Era come se avessi la schiena nuda e lui me l'avesse sfiorata con un dito. «Vengo da te verso le nove.»

A pranzo ero riuscita a malapena a mangiare.

Adesso erano le nove meno dieci e Nate sarebbe dovuto arrivare tra pochi minuti. Speravo che, non appena avesse messo piede in casa, i miei nervi avrebbero in parte lasciato il posto all'emozione dell'attesa, perché per ora ciò che provavo era solo ansia. Era comunque meglio della paura che sapevo avrei provato se fosse stato Benjamin a dover entrare da quella porta. Con Nate c'era un elemento di sicurezza: lo conoscevo bene e sapevo che non mi avrebbe mai ferita né fatta sentire stupida o brutta o qualsiasi altra cosa negativa. Era il maestro perfetto per guidarmi in questa esperienza perché mi fidavo ciecamente di lui.

Quando ero rincasata, mi ero fatta la doccia e mi ero messa un filo di trucco. Sotto i pantaloni e la camicetta indossavo il mio completo intimo preferito. Era di raso bianco con i bordi di pizzo e faceva un bell'effetto sulla mia pelle olivastra. Speravo che avrebbe distratto Nate dalla mia pancia e dalle cosce flaccide.

"Non usare la parola 'flaccido'" mi ammonii tra me e me, ricordando ciò che mi aveva detto Nate.

Non sapendo bene né come comportarmi né cosa fare, cercai di sistemare le pile di libri e le copie della rivista di recensioni di Nate che erano sparse dappertutto. Mi domandai se avrebbe potuto servirci un po' di musica che creasse atmosfera, così accesi la radio, ma subito dopo decisi che si trattava di una cattiva idea perché non era nel mio stile e Nate, sapendolo, avrebbe capito quanto ero nervosa. Quindi accesi la tv. Cinque minuti dopo stabilii che denotava indifferenza e non volevo nemmeno fargli pensare che ero indifferente.

Ero talmente presa a fare avanti e indietro come un'idiota che quando Nate citofonò inciampai in una catasta di libri. Mi rialzai faticosamente, ma poi scivolai sul parquet per colpa dei calzini che indossavo e andai a sbattere contro il citofono. Se non altro premetti il pulsante giusto. Aprii la porta dell'appartamento e feci un respiro profondo.

Sentendomi sudata, appiccicosa e per nulla attraente, guardai i calzini con la fronte aggrottata e mi domandai perché me li fossi messi. Non erano sexy. Mi chinai per toglierli, ma quello destro non volle saperne di venire via. Lo tirai ripetutamente, maledicendo quella piccola carogna mentre saltellavo su un piede. Ero appena riuscita a sfilarmelo quando picchiai la caviglia sinistra contro il tavolino da caffè, prendendo proprio un nervo, e caddi finendo con la testa sul morbido cuscino del divano.

«Oddio, stai bene?»

Mi tirai indietro i capelli e sbarrai gli occhi, fissando Nate, che adesso era sulla soglia di casa. «Sì» risposi con il fiato corto.

Lui si chiuse la porta alle spalle e mi esaminò, probabilmente in cerca di ferite. «Sei sicura?»

«Certo» dissi in tono allegro, prima di rendermi conto di avere un paio di calzini sudati in mano. Non era certo un'immagine erotica. Li infilai subito sotto il divano e mi alzai così in fretta che barcollai leggermente.

Una risata incurvò gli angoli della sua bocca mentre lui si toglieva il giubbotto di pelle. «Sei ancora convinta di volerlo fare? Non siamo costretti.»

Mi passai una mano tremante tra i capelli. «Sto bene. Davvero.»

Con le braccia conserte e le gambe divaricate, Nate mi scrutò con attenzione. Dopo essere arrivato a qualche conclusione, mi fece un piccolo cenno del capo. «Okay. Sai già da dove vuoi cominciare?»

«Be'...» Mi avvicinai impercettibilmente a lui, trovando un po' di calma nella sua presenza. «Stavo pensando che potremmo procedere per basi, come nel baseball. Abbiamo già conquistato la prima e in un certo senso la seconda...»

Sorridendomi, Nate contrasse la mascella con aria pensierosa. «È una cosa americana. Devi spiegarti bene.»

"Dirlo in termini espliciti? Ehm..."

Cercando disperatamente di non sembrare imbarazzata – era Nate, santo cielo! – feci un altro passo verso di lui. «La prima base prevede che ci baciamo con la lingua. La seconda base prevede che ci tocchiamo, e la terza...»

Indicai il cavallo dei suoi pantaloni.

Stava cercando di non ridere di me, e apprezzai lo sforzo. «Liv, stiamo per fare sesso. Credo che tu debba abituarti a parlarne.»

Sporsi il mento in fuori con determinazione. «Va bene.» "Puoi farcela, sono solo parole." «La seconda base prevede che tu mi tocchi i seni da sopra o da sotto i vestiti e che mi tocchi... tra le gambe.» "Oh, mio Dio, oh, mio Dio." «O che io tocchi te.»

Nate abbassò lo sguardo e lasciò cadere le braccia lungo i fianchi prima di fare un passo verso di me in modo che fossimo a pochi centimetri di distanza. «Che tu tocchi cosa?»

"È solo una parola."

Con le guance arrossate, mi leccai le labbra e dissi: «Il tuo sesso».

Nei suoi occhi si accese un fuoco e notai che il suo respiro si era fatto rapido mentre domandava: «E la terza base?».

«Sesso orale» risposi di getto, stringendo le gambe al pensiero della testa di Nate tra le mie cosce. Non avevo mai fatto né ricevuto sesso orale in vita mia. Era una pratica che mi incuriosiva e mi innervosiva al tempo stesso. Standο alla letteratura e ai film, mi aspettava qualcosa di davvero speciale.

«E immagino quale sia la casa base» disse piegando la testa e mordendosi il labbro inferiore mentre rifletteva sulla cosa. «Mmh, è un programma. Ma credo che la cosa più importante in questo momento sia che tu ti sbarazzi di quello che hai addosso.»

Le mie dita cominciarono a tremare al pensiero di essere completamente nuda davanti a Nate. «Adesso?» squittii.

Lui mi guardò come per dirmi di non essere sciocca. «Dovrai pur stare nuda davanti a quel ragazzo. Come puoi pensare di farlo, se non ci riesci nemmeno con me?»

«Tutta nuda?»

Dopo un attimo di silenzio, Nate mi rivolse uno sguardo paziente e gentile. «Okay, faremo un passo alla volta. Rimani in mutandine e reggiseno.»

Quella richiesta perentoria mi fece rabbrividire, e tuttavia mi trovai a replicare: «Potresti chiedermelo in modo carino, sai?».

Un sorriso gli aleggiò sulle labbra. «Olivia, tesoro, potresti restare solo in mutandine e reggiseno per me, per favore?»

«Era così difficile?» sbuffai sottovoce mentre cominciavo a sbottonarmi velocemente la camicetta.

«È una gara?»

Al terzultimo bottone mi interruppi. «Eh?»

Nate ridacchiò. «Ti stai spogliando per me. Se lo fai di corsa, sembra che sia una seccatura più che un gesto seducente.»

Lasciai cadere le braccia lungo i fianchi e indicai con un cenno il lato opposto dell'appartamento. «Forse dovremmo andare in camera.»

«Se ti fa sentire più a tuo agio.»

Sospirando, mi sforzai di non badare al mio stomaco in tumulto e mi avviai verso la mia stanza. Mi fermai ai piedi del letto e aspettai che Nate varcasse la soglia, dopodiché, in quello che mi parve un atto di coraggio, lo guardai negli occhi e iniziai a slacciarmi lentamente la camicetta. Lui non disse nulla mentre me la sfilavo e la lasciavo scivolare a terra, rimanendo in reggiseno e pantaloni. Non era questa la parte che mi preoccupava, bensì la successiva, ma cercai di ricordarmi tutti i complimenti che Nate mi aveva fatto.

Mi auguravo che pensasse tutte quelle cose carine anche dopo avermi vista senza pantaloni.

Armeggiai un po' con il bottone, ma Nate non fece commenti. Il rumore della cerniera risuonò incredibilmente forte nel silenzio della stanza, e sentii montare la tensione tra noi. Con un respiro profondo mi misi le mani sui fianchi, spinsi giù i pantaloni e, sentendomi improvvisamente insicura mentre me li toglievo, tenni lo sguardo fisso a terra.

Non sapevo cosa fare con le braccia.

«Piccola.» Continuando a tenere gli occhi abbassati, vidi Nate fare un passo verso di me. «Liv, guardami.»

Con le braccia che penzolavano goffamente lungo i fianchi, alzai piano il mento.

L'espressione di Nate mi lasciò senza fiato.

Vi si leggevano chiaramente eccitazione e sincerità mentre mi diceva con la voce bassa e roca: «Sei bellissima».

Imbarazzata, mi coprii istintivamente la pancia con una mano e mi agitai al pensiero di avere le cosce nude. Nate fece tre passi decisi verso di me, costringendomi a piegare leggermente la testa per guardarlo negli occhi. Prese la mano che mi ero posata sulla pancia e me la spostò sul fianco con dolcezza.

«Non nasconderti davanti a me.» Poi chinò la testa e, sfiorandomi la bocca con le labbra, mi sussurrò: «Mai».

Lanciai uno sguardo alla sua maglietta con un sorriso nervoso. «Forse potresti toglierti qualcosa in modo che non mi senta in mare aperto da sola.»

Nate sorrise e fece un passo indietro per sfilarsi la T-shirt con disinvoltura.

Trattenni il respiro.

Era la prima volta che vedevo Nate a torso nudo, e mi stavo mangiando le mani per non aver mai accettato il suo invito a partecipare alle lezioni di judo con lui. Non era altissimo né troppo massiccio, anzi, era piuttosto piccolo, ma ogni centimetro del suo busto era muscolosissimo. Tra judo e allenamenti settimanali in palestra, si prendeva cura del proprio corpo, e io mi stavo gustando il frutto di ogni istante del suo lavoro.

Poi però i miei occhi si posarono sulla A stilizzata appena sotto il suo pettorale sinistro.

"Alana."

Un fantasma nella stanza.

Chinai la testa, fingendo che la vista del tatuaggio non mi avesse turbata, poi lo guardai da sotto le ciglia con un sorriso fintamente malizioso. «Ho visto di peggio.»

Nate scoppiò a ridere e lanciò la maglietta da parte. «Tu sì che sai come compiacere un uomo.»

«Oh, dài, sai benissimo di essere sexy.»

«Ma è bello sentire che *tu* mi vedi così.»

Dissimulando lo stupore per quell'ammissione, ridacchiai e replicai: «Farò in modo di dirtelo spesso, allora».

Avvicinò di nuovo le labbra alla mia bocca. «Grazie.»

Un brivido mi percorse. «E adesso?»

«Vuoi che cominciamo da me o da te?»

Confusa, aggrottai le sopracciglia. «Perché dovremmo cominciare da me? Io so cosa voglio. Qui si tratta di imparare cosa vuoi tu, di imparare a essere brava ad appagarti.»

Nate scosse la testa e un solco gli attraversò la fronte. «Come puoi avere le idee chiare su cosa vuoi se hai fatto sesso soltanto una volta, Liv? Devi essere sicura non solo di sapere come far godere un uomo, ma anche di conoscere cosa piace a te.» Abbassò le mani verso i bottoni dei jeans e cominciò a spogliarsi. Il sangue mi rombava nelle orecchie mentre lo osservavo. «Devi sapere cosa ti eccita e farglielo capire. Se non vuole scoprire come soddisfarti, allora liberati di lui.»

A quel punto lo guardai in faccia e risi, rilassandomi un po'. «Lo terrò a mente.»

«Assicurati di farlo. Il sesso è una strada a doppio senso.»

«Okay.»

«Quindi... cominciamo da me o da te?»

«Ehm...»

«Da te» disse togliendosi i jeans. Ammirai il suo corpo atletico. Era di gran lunga il ragazzo più bello che avessi mai visto dal vero, e stavo per fare sesso con lui.

«È una situazione un po' surreale» mormorai senza pensarci.

«Sta per diventare molto reale» replicò lui con voce profonda e seducente.

«Oddio.»

Nate rise prima di fare un passo avanti, e un brivido delizioso mi percorse la schiena quando mi sfiorò il fianco con le nocche. «Adesso ti toglierò la biancheria» sussurrò così vicino a me che sentii il suo respiro caldo sulle mie labbra. «Sei pronta?»

Ero già stata davanti a lui con indosso la lingerie succinta, e non so come ero riuscita a superare la cosa senza sentirmi un elefante. Anzi, sorprendentemente Nate mi aveva fatta sentire piuttosto... sexy. Annuii senza riuscire a dire nulla e tenni lo sguardo fisso su di lui, mentre le sue dita raggiungevano il gancio del reggiseno.

«Hai davvero gli occhi più meravigliosi che abbia mai visto» bisbigliò slacciando il fermaglio con un gesto esperto e guardandomi con le sue magnifiche iridi castano scuro.

Per poco non feci le fusa, e cominciai ad ansimare quando le sue dita presero ad accarezzarmi le scapole per poi spostarsi lentamente verso le spalline del reggiseno.

Le abbassò descrivendo piccoli cerchi sulla mia pelle. «Sembra seta» sussurrò.

Il reggiseno cadde e Nate osservò i miei seni nudi, che si inturgidirono sotto il suo sguardo, mentre l'aria fredda mi faceva drizzare i capezzoli. «Piccola» disse in tono di apprezzamento, procurandomi un brivido quando con la mano calda mi prese il seno destro e mi passò il pollice sul capezzolo. «Cazzo, sei fantastica.»

Dentro di me si accese una luce che proveniva dai recessi più profondi del mio essere e mi resi conto che Nate l'aveva vista perché, quando i nostri occhi si incontrarono di nuovo, non disse nulla.

«Grazie» riuscii a dire con fatica. "Perché mi fai sentire bella."

Non ebbi bisogno di aggiungerlo ad alta voce, Nate capì.

Premette le labbra sulle mie in un bacio appassionato e intenso, poi mi prese i seni tra le mani e fece scorrere i pollici sui capezzoli turgidi. Boccheggiai quando un calore improvviso si diffuse nel mio basso ventre. Avrei voluto toccare Nate ma ero ancora insicura, così gli accarezzai il petto con un gesto esitante, imparando a familiarizzare con il suo corpo. Era caldo e aveva la pelle liscia, e sfiorando i suoi muscoli sodi e tonici mi accorsi di quanto fosse forte. Fremetti.

Nate interruppe il bacio e io feci una smorfia delusa con le labbra gonfie.

Sorrise maliziosamente mentre si spingeva contro di me e si muoveva, costringendomi ad assecondarlo. Urtai il letto con i polpacci. «Mettiti sul materasso» mi ordinò con la voce roca.

Obbedii, appoggiandomi sui gomiti e aspettando con eccitazione la sua prossima mossa. Abbassai lo sguardo sui suoi boxer neri e mi si mozzò il fiato nel vedere la sua enorme erezione.

"È merito mio."

Un sorriso trionfante mi incurvò le labbra, e quando udii la sua risata grave e compiaciuta il mio stomaco fece una capriola, subito seguita da un'altra nel momento in cui Nate lasciò scivolare le mani lungo le mie cosce e con i pollici afferrò il bordo di pizzo delle mutandine.

Mi paralizzai e lo guardai negli occhi.

«Liv...» Il suo tono era rassicurante.

Annuendo, alzai i fianchi per aiutarlo e non potei fare a meno di arrossire mentre mi sfilava lentamente gli slip e li lasciava cadere a terra.

Mi divorò con lo sguardo, senza fretta. «La lingerie mi piace, ma devo ammettere che non sei mai stata più bella di adesso.»

"Wow, è davvero carino." Se lo avessi detto ad alta voce, avrei potuto rovinare l'atmosfera, quindi, arrossendo di nuovo, gracchiai: «E ora?».

«Sdraiati e fidati di me. Voglio che tu mi dica se qualcosa di ciò che faccio non ti piace e mi faccia capire quando qualcosa di ciò che faccio ti piace davvero.»

Mi abbandonai sul letto con un forte sospiro e osservai Nate mettersi a cavalcioni sopra di me. Fui investita dal calore del suo corpo, e non mi stava nemmeno toccando.

Il profumo della sua colonia mi inebriò, stuzzicando non solo il mio olfatto, ma anche le mie papille gustative. Volevo trovare il punto da cui proveniva, e leccare, succhiare e baciare la sua pelle fino a farlo gemere sotto di me.

A quanto pareva, Nate aveva in mente qualcosa di simile.

Appoggiò le mani sul materasso ai lati della mia testa e si chinò per sfiorarmi ripetutamente la bocca con la sua in un modo provocante e frustrante che mi fece fremere. Proprio quando stavo per lamentarmi in preda all'impazienza, mi baciò con foga. Mossi le labbra sotto le sue e le nostre lingue si accarezzarono così in profondità che capii finalmente il potenziale sessuale del bacio. I baci che avevo dato in passato erano stati meccanici – un po' come quello di Will al Club 39 – e non avevo provato nulla, per cui non mi ero mai resa conto che un bacio con qualcuno da cui si era attratti, un bacio sensuale, era un preludio a ciò che sarebbe seguito.

Presi Nate per un fianco mentre il bacio diventava selvaggio e ansimante; quando il suo membro turgido mi sfiorò il ventre, sospirai di piacere contro la sua bocca. Lui mugolò e lentamente staccò le labbra dalle mie per farmele scivolare sul mento e lungo la mascella. Spostandosi verso il basso, continuò a baciarmi avidamente, e io mi aggrappai a lui, accarezzandogli la schiena muscolosa e facendogli scorrere le mani sulle scapole.

Quando mi afferrò il capezzolo sinistro tra le labbra ardenti, reagii sollevando di scatto i fianchi. «Oh, Dio.» Strinsi le cosce intorno al suo bacino per incitarlo ad avvicinarsi e inarcai la schiena per chiedergli di continuare. Lui leccò e succhiò con forza, strizzandomi l'altro capezzolo tra il pollice e l'indice.

Di colpo mi sentii bagnata tra le gambe.

«Nate» dissi affondandogli le dita nelle spalle. «Oddio...»

Lui alzò la testa. I suoi occhi erano diventati più scuri mentre si muoveva su di me, e adesso che la sua erezione mi premeva tra le cosce c'era solo la stoffa dei boxer a separarmi dal suo membro caldo e pulsante. «Ti piace, Liv?» chiese con la voce velata. «Ti piace che ti succhi forte i capezzoli?»

La sua domanda diretta mi fece arrossire, ma annuii in fretta. «Sì.»

Con un gemito, Nate abbassò di nuovo la testa e prese a leccarmi l'altro capezzolo. Non avevo idea che i miei seni fossero così sensibili. Mentre continuava a succhiare, stuzzicarmi e tormentarmi, sentii la tensione nel basso ventre salire alle stelle.

«Nate...» Respiravo affannosamente e gli tenevo la testa tra le mani, mentre lui con la lingua descriveva cerchi intorno alla mia areola. «Non riesco... non...»

All'improvviso scivolò lungo il mio corpo, tenendomi i seni tra le mani e massaggiandoli mentre lasciava una scia di baci lungo l'addome. Quando la sua lingua raggiunse il mio ombelico fui percorsa da un brivido, e mi irrigidii quando capii quale fosse la sua meta.

Mi accarezzò il ventre con fare rassicurante e mi guardò negli occhi. «Apri le cosce, tesoro.»

Mordendomi il labbro, lo osservai e obbedii, meravigliata e ansiosa al tempo stesso. Nate si sistemò tra le mie gambe e mi fece scorrere la mano lungo l'interno coscia mentre domandava: «Non l'hai mai fatto prima?».

Scossi la testa, troppo eccitata per riuscire a parlare.

Nel suo sguardo balenò un luccichio malizioso. «Non vedo l'ora di scoprire come reagirai.»

Mi baciò lì.

Sussultai. Era bello.

E poi sentii le sue dita scivolare dentro di me e mi lasciai sfuggire un mugolio di delizioso stupore che attirò gli occhi di Nate sul mio volto. Il suo sguardo era intenso e la malizia era svanita, sostituita dalla libidine. Tirò fuori le dita e poi le infilò di nuovo dentro di me. Spinsi i fianchi verso di lui, assecondando i suoi movimenti e cercando di prendere il ritmo.

«Sei fradicia, Liv» gemette. «Sei bagnata e pronta ad accogliermi.»

«Sì» dissi con la voce strozzata inarcandomi. «Oddio, sì.»

Con un gemito di soddisfazione, abbassò la testa e sfilò le dita, ma prima che potessi lamentarmi mi aprì il sesso e per poco non caddi dal letto quando vi posò sopra la lingua.

Descrisse dei cerchi sul clitoride, lo stuzzicò, lo stimolò... e poi lo succhiò.

Io gridai, sentendo l'orgasmo avvicinarsi più in fretta di quanto mi fosse mai successo, mentre lui continuava a leccarmi, spingendomi verso il culmine.

Quando aggiunse il movimento delle dita esplosi, invocando il suo nome e chiudendo gli occhi. Mi dimenai contro la sua bocca abile, stringendo tra le mani il copriletto sotto di me. L'orgasmo mi travolse a ondate, e il mio sesso continuò a pulsare senza sosta contro le sue labbra finché non mi sentii come una bambola di pezza floscia.

Nate risalì lungo il mio corpo, e quando alla fine riuscii ad aprire gli occhi vidi che aveva di nuovo le mani ai lati della mia testa e stava spingendo il bacino verso di me con un sorriso compiaciuto e sfrontato. Mi scrutò con uno sguardo indagatore, sfiorandomi lo zigomo in un gesto affettuoso. «È stato bello, deduco.»

"Bello" non rendeva neanche lontanamente l'idea.

La prima e unica volta in cui avevo fatto sesso non ero venuta. Tuttavia mi procuravo il piacere da sola da quando, a diciotto anni, avevo vinto un vibratore a una lotteria della scuola: orgasmi piacevoli, talvolta addirittura eccellenti.

Nessuno però era stato *sensazionale.*

Fino a ora.

Alzai pigramente le mani e le intrecciai intorno al collo di Nate, sfiorandogli dolcemente il mento con i pollici. «Ti lascerò tenere quell'espressione tronfia sul viso. Te la sei meritata.»

Lui ridacchiò e mi baciò. La sua risata tremò contro le mie labbra in un modo incredibilmente sexy. Sorrisi, ma mentre il bacio diventava appassionato e sentivo il mio sapore sulla sua lingua, le risate svanirono e io gli affondai le dita tra i capelli con decisione.

Interruppi il bacio prima di lui e, ansimando, dissi: «È il tuo turno».

Vidi qualcosa guizzare nei suoi occhi, qualcosa che non capivo del tutto; capivo, però, che Nate era in preda a un forte desiderio. Si sdraiò sulla schiena e incrociò le braccia dietro la testa con aria disinvolta. «Sono tutto tuo.»

Le farfalle ripresero a svolazzare nel mio stomaco. Non erano tante come prima, ma c'erano, e mi incoraggiavano mentre mi preparavo a prendere il membro di un uomo in bocca per la prima volta.

«Non ho mai...»

Nate si addolcì e, allungando la mano per sistemarmi una ciocca dietro le orecchie, disse: «Lo so, Liv, e non sei tenuta a farlo. Mai. Fai solo quello che non ti mette a disagio».

Spostai lo sguardo verso il suo inguine e il suo membro turgido. «Voglio almeno provare.»

«Allora ti guiderò.» In un batter d'occhio si abbassò i boxer e se ne sbarazzò.

Lo fissai a bocca aperta.

Quando avevo perso la verginità, non avevo avuto tempo di studiare il pene del mio partner. Quel cretino si era solo slacciato la cerniera e mi aveva penetrata.

Quello di Nate era ritto verso il suo addome, lungo, grosso e pulsante. Supponevo che fosse notevole. Il pensiero di averlo dentro di me scatenò una nuova ondata di eccitazione, ma mentre immaginavo di prenderlo in bocca cominciai a preoccuparmi.

«Come...?» Guardai Nate con gli occhi sgranati. «Io...»

«Liv?» Lui aggrottò le sopracciglia. «Dillo e basta.»

Risposi di getto, in un modo che la diceva lunga sulla mia eccentricità. «Le dimensioni sono un po' problematiche perché, nonostante la mia tendenza a blaterare, ho la bocca piuttosto piccola, quindi non ci starà tutto dentro e mi verrà un riflesso faringeo che potrebbe provocare un guaio, visto che non so come...»

«Liv...» Nate rischiava di strozzarsi nel tentativo di non ridere. «Fai un respiro profondo.» Chiuse gli occhi e scosse la testa, tenendo i suoi pensieri per sé. Per un attimo temetti che la mia inesperienza potesse avergli fatto perdere la voglia di colpo. Ma quando riaprì le palpebre sorrise, e io interpretai quel gesto e la sua erezione ancora enorme come un buon segno. «Prendimelo in bocca, e mentre succhi afferralo alla base e muovi la mano su e giù. Il segreto è stringere forte ma non troppo e succhiare con decisione. Attenzione ai denti.»

Annuii, sperando di farcela.

«Liv, sul serio, non siamo costr... aaah» sibilò quando lo interruppi prendendolo tra le labbra.

Sulle prime avere il suo sesso in bocca, assaporarlo, sentirlo come se intorno a me ci fosse soltanto lui, come se al mondo non ci fosse altro all'infuori di lui, mi diede una sensazione sconosciuta che mi paralizzò. Era strano. Non avevo mai provato nulla di simile, ed ebbi paura di non essere fatta per questa parte dell'intimità sessuale.

Poi guardai il suo volto da sotto le ciglia.

Si trattava di Nate.

Feci appello a tutto il mio coraggio.

Cominciai a fare quello che mi aveva detto, e intanto lo osservai: le sue guance si arrossarono; il petto si alzava e abbassava in fretta al ritmo del respiro; i pugni si strinsero intorno al copriletto; la bocca si aprì mentre lui ansimava; uno strato di sudore velò la sua pelle; i suoi addominali si contrassero. Ci presi gusto. Non mi aspettavo che fare sesso orale mi avrebbe entusiasmata, ma mi piacque il senso di potere che mi invase al pensiero che ero stata in grado di eccitare Nate così tanto da fargli sospirare il mio nome in preda al piacere.

«Sto per venire» disse affannosamente, infilandomi una mano tra i capelli. Io mi ritrassi appena in tempo per guardarlo raggiungere il culmine, travolto dai brividi.

Quando il suo corpo si rilassò, Nate si passò le mani sul viso e sulla testa, tenendo gli occhi chiusi e nascondendomi la sua reazione.

Aspettai, incerta.

Aprì lentamente gli occhi e mi fissò.

"Allora?"

«Ti è piaciuto?» domandò con la voce roca.

«Sì» sussurrai.

«Bene, perché vorrò di sicuro un bis, prima o poi.» Con uno sbuffo, scosse il capo e fece un ampio sorriso prima di guardarmi. Adesso i suoi occhi brillavano. «*Cazzo,* ragazza.»

Sollevata, risi piano e mi sdraiai sul letto, fissando il soffitto. «Deduco di essermi meritata un voto alto nella prima lezione di seduzione.»

«Come ho già detto... sei un'allieva più brava del previsto.»

Sentii il letto muoversi e quando girai la testa vidi Nate tirarsi su e far scivolare le gambe giù dal materasso.

«Dove vai?»

Mi lanciò un'occhiata da sopra la spalla. «Credo che abbiamo fatto abbastanza per stasera. Non voglio sconvolgerti.»

Mi accigliai, scontenta della piega che aveva preso la situazione. «Non dovrei essere io a deciderlo?»

Nate stava recuperando la sua biancheria intima, ma vidi le sue spalle sussultare mentre rideva. Senza rispondermi uscì dalla camera, le sue natiche muscolose così invitanti che dovetti impedirmi di seguirlo.

Udii lo scroscio dell'acqua in bagno, e qualche minuto dopo lui tornò, lavato e con i boxer addosso. Prese i jeans e cominciò a infilarseli. Quando fu completamente vestito mi guardò, contemplandomi in tutta la mia nudità.

Stranamente non ero in imbarazzo.

Aspettai, domandandomi cosa stesse pensando. Morivo dalla voglia di saperlo. Prima di stasera gliel'avrei chiesto, ma in qualche modo l'intimità che c'era stata tra noi aveva cambiato le cose. Ora, se gli avessi domandato cosa gli passava per la testa, avrei potuto sembrare un'aspirante fidanzata appiccicosa. In quel momento mi pentii di avere deciso di chiedergli aiuto.

Come se avesse percepito i miei pensieri cupi, Nate si avvicinò e si chinò per darmi un dolce bacio sulla bocca. Mi passò le dita tra i capelli mentre arretrava, e mormorò una promessa carnale: «Domani si scopa».

12

Il lunedì avrebbe potuto benissimo essere inghiottito dalla nebbia. Camminavo, parlavo, lavoravo, ma ero avvolta in un velo di euforia che non permetteva a nulla di fare davvero presa su di me. Ero consumata dal pensiero della sera prima, di ciò che Nate mi aveva fatto e che io avevo fatto a lui.

Ero consumata dall'attesa per la serata a venire.

Non mi preoccupai dei vestiti. Quando Nate arrivò, indossavo un altro completo intimo carino, color verde smeraldo, e un accappatoio.

Dopo averlo fatto salire, gli aprii la porta e lo vidi stringere gli occhi per studiare il mio aspetto. Si chiuse l'uscio alle spalle e si tolse la giacca.

«Mi piace spogliarti» disse senza nemmeno salutare, lasciando cadere la giacca sullo sgabello della cucina. «Al tuo Benjamin potrebbe non interessare, ma visto che nel prossimo futuro saremo tu e io a scopare... ricordati che mi piace spogliarti.»

Non sapendo bene cosa pensare di quell'affermazione se non che la gradivo, risposi: «Okay, la prossima volta non mi svestirò».

Nate si morse il labbro inferiore e mi scrutò. «L'obiettivo della lezione di stasera è scoprire cosa ti eccita. Ti piace tenere le redini, ti piace che sia lui a stare al comando, preferisci il controllo assoluto, la sottomissione assoluta oppure una via di mezzo?»

Sperai di aver capito cosa intendeva e che non stesse per confessarmi di avere un debole per le croci di Sant'Andrea e i frustini. Meglio scoprirlo adesso, così avrei potuto darmela a gambe. «Ehm... tu cosa preferisci?»

«Non ho una predilezione fissa» rispose con un'alzata di spalle. «Dipende da dove ci porta l'atmosfera.» Come un predatore, cominciò a venire verso di me e io, con il pensiero fisso sulle pratiche sadomaso, arretrai fino a ritrovarmi contro il muro. Nate premette il suo corpo contro il mio e allungò le mani verso la cintura dell'accappatoio.

«Quando dici "controllo"... non ti riferisci a fruste e catene, vero?»

Lui scoppiò a ridere e scosse la testa. «No, piccola, solo di buone scopate alla vecchia maniera.» Mi slacciò la cintura, così l'accappatoio si aprì, rivelando la mia biancheria. «Te l'ho detto che hai gusti supersexy in fatto di lingerie?»

«È bello che finalmente qualcuno li apprezzi.»

Mi sfilò l'accappatoio, che cadde ai miei piedi, e si soffermò con le dita sulle mie spalle. Tenendo lo sguardo fisso sulle sue mani, mi accarezzò la clavicola mentre brividi di desiderio mi percorrevano il corpo.

Fece scivolare le dita verso il basso, seguendo la curva dei miei seni. La sua carezza mi causò un formicolio di eccitazione che fece indurire i capezzoli, ma lui, invece di assecondare quest'evidente richiesta di attenzione, risalì con le mani lungo il mio petto per poi sfiorarmi dolcemente il collo, e quando raggiunse un certo punto sotto l'orecchio sussultai di impazienza.

Sorrise di fronte alla mia reazione e chinò la testa per sfiorare quel punto con le labbra. Sentii la sua lingua bagnata su di me e fui nuovamente attraversata da un fremito.

«Zona erogena» mi sussurrò all'orecchio, solleticandomi con la bocca per un istante e distribuendo lievi baci sul mio mento. Quando si fermò, indugiando vicino alle mie labbra, mi fissò nel profondo degli occhi. «Dimmi cosa vuoi stasera.»

Sbattei le palpebre, domandandomi cosa intendesse esattamente.

«Non pensarci» mi esortò. «Dimmi solo cosa vuoi.»

Abbassai lo sguardo sulla sua bocca, che pur essendo vicinissima alla mia non lo era abbastanza. Con la voce roca per l'eccitazione, dissi la prima cosa che mi venne in mente: «Voglio averti dentro di me».

Le mie parole gli fecero un certo effetto. Lo capii perché appoggiò le mani al muro ai lati della mia testa e mi premette l'erezione contro l'addome. «Vuoi il mio cazzo, piccola?» mormorò sfiorandomi il labbro inferiore con il suo labbro superiore prima di scostarsi impercettibilmente mentre annuivo. Socchiuse gli occhi e replicò: «Voglio sentirtelo dire».

Era evidente che a Nate piaceva il gergo scurrile. Nelle lezioni precedenti aveva già accennato alla cosa, ma non vi avevo riflettuto davvero. Parlare di ciò che volevamo farci a vicenda lo eccitava.

Stavo imparando a conoscere non solo lui, ma anche me stessa.

Perché parlare di ciò che volevamo farci a vicenda eccitava anche me.

Avvicinai la bocca alla sua e gli diedi un bacio lieve. «Voglio il tuo cazzo dentro di me» dissi con la voce impastata.

«Questo è il momento» – mi baciò teneramente sfiorandomi appena la punta della lingua con la sua – «in cui ti chiederei» – mi baciò di nuovo – «se vuoi farlo con calma o in fretta, se vuoi sesso tranquillo oppure selvaggio» – un altro bacio – «ma stasera faremo con calma.»

«Sì, è passato del tempo dall'ultima volta» concordai con un sospiro felice quando ricominciò a riempirmi il collo di baci.

Scese poi verso il petto, strizzandomi delicatamente i seni con le dita e facendomi scivolare le mani sui fianchi, quindi si mise in ginocchio e io lo fissai, boccheggiando alla prospettiva di ciò che avrebbe fatto mentre mi baciava con dolcezza il ventre prima di arrivare fino al bordo delle mutandine. Quando premette le labbra sulla seta, mugolai, appiattendo i palmi delle mani contro la parete mentre il mio corpo prendeva il comando e le mie gambe si aprivano. Nate continuò a baciarmi sopra la lingerie, tenendomi ferme le cosce con le mani. Era un tormento, una tortura, e cominciai a fremere di nuovo.

Quando sentii la sua lingua spingere la stoffa contro il mio clitoride, mi si mozzò il fiato. «Nate» gemetti affondandogli una mano tra i capelli morbidi. «Ti prego...»

Lui arretrò per togliermi le mutandine. Cercai di aiutarlo, ma mi tremavano le gambe. Dopo avermi sfilato gli slip, mi accarezzò i polpacci e risalì con le mani lungo le cosce. «Hai delle gambe fantastiche» mi disse sottovoce. «Ricordo che una sera stavamo guardando un film e tu indossavi un paio di leggings. Era la prima volta che ti vedevo addosso qualcosa che mettesse in risalto le tue gambe.» Mi baciò la parte interna del ginocchio e mi guardò con un'intensità che mi fece fremere. «Quando le hai allungate per mettere i piedi sul tavolino, non riuscivo a smettere di fissarle. Non potevo credere che avessi sempre nascosto gambe così lunghe e meravigliose. Quella notte le ho sognate, Liv, ho sognato di averle strette intorno alla mia schiena mentre ti sbattevo.»

Dopo quella confessione avvertii una fitta di desiderio. «Oddio... Nate...»

«Sì, piccola» mormorò mentre si metteva la mia gamba destra sulla spalla e mi apriva il sesso. «Ti porterò dritta in paradiso.»

«Paradiso, inferno» ansimai sfregando le mani contro il muro. «Non importa, purché li raggiunga con un orgasmo.»

Lo sbuffo della sua risata sul mio sesso fu una sensazione strana, ma non sgradevole.

Sorrisi.

Poi gridai di sollievo quando Nate fece scivolare la lingua dentro di me, premendomi contemporaneamente il pollice sul clitoride.

Era un vero esperto, per cui venni in fretta e con violenza.

A malapena cosciente, mi abbandonai contro la parete mentre lui si alzava in piedi.

«Accidenti» sussurrai alla fine mentre si spogliava. «La tua bocca dovrebbe essere illegale.»

Mi rispose con un bacio profondo e appassionato che mi

fece barcollare, poi mi tolse il reggiseno e lo lanciò dietro di sé. «Probabilmente in una circostanza diversa ti scoperei contro il muro, ma per farti familiarizzare con la materia è meglio cominciare dal letto.»

«Il muro mi va bene» dissi, ancora in preda all'ebbrezza dell'orgasmo.

Nate scosse la testa e storse le labbra. «Potrebbe essere scomodo per te, Liv. Faremo tutto con calma.» Mi prese dolcemente per mano e io sorrisi come una sciocca mentre attraversavamo nudi la stanza. Nate girò la testa verso di me e colse la mia espressione. «Cosa c'è?»

«Siamo nudi» sogghignai.

Scoppiò in una breve risata e si voltò, attirandomi a sé con forza. Mi mise le mani intorno alla vita e io mi aggrappai alle sue spalle per evitare che quel movimento improvviso mi facesse finire a terra. Lui però si girò velocemente e mi spinse sul letto, cadendovi sopra insieme a me ma puntellandosi sulle braccia per non schiacciarmi.

«Merda» mormorò poi, mettendosi in ginocchio.

«Cosa c'è? Dove vai?»

«Ho i preservativi nel portafoglio. Non ho ancora fatto i controlli.» Scese dal letto prima che avessi il tempo di replicare, e un soffio d'aria fredda mi lambì la pelle mentre lui usciva dalla camera.

Rimasi sdraiata a fissare il soffitto, sentendo la sua bocca vicino al mio orecchio che mormorava piano: "Zona erogena".

Ci eravamo imbarcati in questa faccenda per via della mia inesperienza, ma persino a me – l'inesperta – quella sembrava seduzione vera e propria, più che un tirocinio alla seduzione. Mi morsi un labbro e guardai la porta in attesa che Nate tornasse. Forse mi sbagliavo, forse tutto ciò faceva solo parte del percorso di costruzione della mia fiducia ed esperienza sessuale.

"Quella notte ho sognato le tue gambe, Liv, ho sognato di averle strette intorno alla mia schiena mentre ti sbattevo."

O forse si trattava di una scusa per cedere all'attrazione che c'era sempre stata e che avevamo negato di provare a causa della nostra amicizia?

Nate riapparve sulla soglia e, avvicinandosi al letto a passi lenti, divorò ogni centimetro del mio corpo con gli occhi.

Forse, forse, forse.

Mentre avanzava a gattoni sul materasso verso di me, apriva con i denti la bustina del preservativo e se lo srotolava sull'enorme erezione, io spinsi con decisione i "forse" nel recesso in cui nascondevo tutto ciò che non volevo ammettere. In quel momento non mi importava *perché* lo stessimo facendo, mi importava solo che lo stessimo facendo.

Nate mi sfiorò il petto con una mano e io reagii inarcando la schiena; poi, appena mi sfregò un capezzolo con il pollice, infilandomi l'altra mano tra le gambe, dentro di me esplose una vampata di calore. Quando mi stuzzicò con un dito il clitoride, la sua erezione si fece ancora più imponente, tanto che non riuscivo a smettere di guardarla.

«Adesso» dissi alzando il bacino. «Nate, ti voglio dentro di me. Ti prego.»

Lui gemette al mio invito e con delicatezza mi aprì ulteriormente le gambe prima di mettersi sopra di me. Mi baciò a lungo e intensamente.

Quando il suo membro mi sfiorò, con mia sorpresa mi irrigidii.

L'ultima volta che l'avevo fatto, avevo sofferto.

«Ssh» mi sussurrò a fior di labbra sfiorandomi di nuovo il clitoride con il pollice. «Andrà tutto bene, piccola. Guardami e basta.»

Mi rilassai e lo fissai negli occhi. Poi lui si spinse dentro di me, le mani sul materasso ai lati della mia testa per sorreggersi. Vidi il colore delle sue iridi scurirsi, mentre forzava la resistenza del mio corpo. Strinsi i muscoli intorno a lui e soffocai un lamento. Era fastidioso e, anche se non era doloroso come l'ultima volta, non ero sicura che fosse piacevole.

Lui chiuse le palpebre per un istante. Ansimava e gli tremavano leggermente le braccia.

«Nate?» Gli posai le mani sui fianchi.

«È solo che...» Aprì gli occhi e i miei muscoli interni si contrassero di nuovo in risposta all'ardore che vidi nel suo sguardo. «Sei... fantastica» mormorò. «Così stretta. Sto cercando di fare piano, ma sei davvero fantastica, cazzo.»

Soddisfatta, gli accarezzai la schiena con un gesto rassicurante e mi resi conto che il senso di fastidio stava cominciando a svanire. All'improvviso ero ansiosa di scoprire di più. Istintivamente sollevai i fianchi, come per incitarlo a muoversi. Lui gemette, si ritrasse, ma invece di uscire del tutto da me come credevo avrebbe fatto, mi penetrò con maggiore decisione. Avvertendo una meravigliosa tensione dentro di me, gridai.

Lo fissai, incantata dalla sua espressione, dal misto di brama e dolcezza nel suo sguardo, dalla sua mascella contratta che mi fece capire che si stava sforzando di controllarsi.

E lo stava facendo per me.

I suoi gesti erano lenti e teneri. Mi teneva delicatamente le cosce mentre si muoveva avanti e indietro, avvicinandosi al culmine a ogni spinta.

Mi fissò a sua volta, osservandomi ansimare sotto di lui, guardando i miei seni rimbalzare piano a ogni suo colpo, poi all'improvviso cominciò a spingere con più forza, a un ritmo più veloce. «Liv, godi per me, piccola» mi ordinò con voce gutturale. «Devi godere per me.»

«Sì» gli promisi, sollevando i fianchi verso il suo bacino. La tensione aumentava...

Mi premette il pollice sul clitoride.

Esplosi, urlando. Sbattei le palpebre mentre la parte bassa del mio corpo fremeva in maniera incontrollata contro Nate e lui spingeva forte i fianchi contro i miei e raggiungeva a sua volta il piacere.

Quando smisi di godere, i miei muscoli si rilassarono completamente, e probabilmente mi sciolsi sul materasso. Riuscii a stento a sollevare un braccio per accarezzare la nuca di Nate mentre lui si abbandonava sopra di me e mi affondava la testa nell'incavo del collo.

La felicità mi invase quando sentii il suo petto alzarsi e abbassarsi rapidamente contro il mio e il suo respiro caldo alitare sulla mia pelle. Eravamo entrambi madidi di sudore, ma non mi importava. Era tutto meraviglioso.

«Allora il sesso *vero* è così» sussurrai, impressionata sia da ciò che avevamo fatto sia dal piacere che Nate era riuscito a suscitare nel mio corpo ancora quasi incorrotto.

Lui mi premette le labbra sul collo umido prima di alzare la testa e sollevarsi. I nostri occhi si incontrarono e io ammutolii: qualcosa si stava agitando nel suo sguardo, qualcosa di importante, di intenso forse. Non l'avevo mai visto così serio, così solenne, se non quando parlava di Alana. Mi fissò per un lungo istante e poi... si scostò come se gli avessi detto qualcosa.

«Nate?»

Deglutì faticosamente prima di darmi un bacio veloce e rotolare sul letto accanto a me.

Non riuscivo a dire nulla, non sapevo cosa dire.

Rimasi immobile mentre lui usciva dalla stanza. Udii l'acqua che scorreva in bagno e il rumore dello sciacquone. Dal soggiorno giunsero dei fruscii, poi sentii un tonfo, come di uno stivale sul parquet.

Mi tirai su.

Con uno strattone tolsi il lenzuolo dal letto e me lo avvolsi intorno al corpo.

Quando lo raggiunsi, lui si stava infilando la giacca.

«Nate?»

Mi sorrise, ma c'era un che di falso nella sua espressione, e il mio cuore iniziò subito a battere più velocemente.

«Nate?»

«Io, ehm... ti manderò un messaggio per dirti quando sono di nuovo libero.»

Qualcosa di strano, di pesante e di freddo calò sul mio stomaco, ma cercai di non far trapelare nulla mentre mi dirigevo verso il contenitore di vetro dentro cui tenevo le chiavi. Presi quella di scorta e gliela porsi. «Per rendere le cose più facili. Per le nostre lezioni» sottolineai.

Lui fissò la chiave per un attimo e alla fine, proprio quando la mia mano stava cominciando a tremare, si avvicinò per prenderla. Mi diede un rapido bacio sulla guancia, come se soffermandosi avesse potuto scottarsi.

«'Notte, piccola.»

Mentre lo guardavo uscire in fretta da casa mia, non riuscii a rispondere al suo saluto perché un groppo di apprensione mi serrava la gola.

Ero stata preoccupata per tutto il giorno, nel timore che la sera prima in camera mia fosse successo qualcosa che aveva fatto cambiare idea a Nate sulle nostre lezioni. O peggio, sulla nostra amicizia. Al mattino, vedendo che non mi aveva scritto, mi ero morsa il labbro. Nel pomeriggio, vedendo di nuovo che non mi aveva scritto, avevo sbraitato contro uno studente maleducato che per qualche motivo incolpava me della sua multa da cinquanta sterline, e mentre tornavo a casa dal lavoro, vedendo ancora una volta che Nate non mi aveva scritto, avevo cominciato a disperarmi, convinta di avere seriamente mandato all'aria la nostra amicizia.

La felicità che avrei dovuto provare dopo la nostra lezione e il sollievo da cui avrei dovuto essere stata invasa nello scoprire di aver temuto il sesso senza motivo, visto che mi riusciva facile e naturale, furono sopraffatti dal rammarico dell'assenza prolungata di Nate, che aspettava di uscire alla ribalta.

Avevo ignorato il messaggio di Ellie e non avevo risposto alla telefonata che avevo ricevuto da Jo mentre piluccavo la cena. Mi ero messa una maglietta larghissima che usavo come pigiama quando il clima diventava un po' più caldo e mi ero seduta davanti alla tv senza ascoltare una parola del film che scorreva sullo schermo.

Per questo fui molto stupita di sentire una chiave girare nella toppa e, dopo che la porta si fu aperta, di vedere Nate con in mano un DVD, un blocco e una penna.

Non sapevo cosa pensare.

Mi sorrise – un sorriso vero questa volta – come se la sera prima non fosse successo niente, ed entrò, lasciando cadere le sue cose sul tavolino del soggiorno.

Io avevo i piedi sul divano e le braccia strette intorno alle ginocchia piegate.

Nate gettò uno sguardo alle mie gambe nude mentre si

toglieva la giacca. Quando i nostri occhi si incontrarono, restammo a fissarci.

Si schiarì la gola. «Prima facciamo la lezione, poi ho un film da recensire.»

Una parte di me avrebbe voluto fargli delle domande, chiedergli del suo comportamento strano e incostante, ma una parte più grande aveva paura delle risposte, delle conseguenze. «Qual è il tema della lezione di stasera?»

Si tolse le scarpe con un calcio. «Lavoreremo sulla sicurezza di sé. Su come prendere il controllo.»

E d'un tratto capii di essere furiosa con lui per il modo in cui se n'era andato la sera prima. Davvero furiosa.

La rabbia si impossessò di me, trasformandomi in un'altra persona.

Appoggiai i piedi per terra, allungai una mano e afferrai Nate per la cintura, attirandolo verso di me. «Siediti» gli ordinai con una voce che suonava fredda persino alle mie orecchie.

Il mio tono fece apparire una scintilla di incertezza nei suoi occhi, ma lui obbedì, sedendosi sul divano accanto a me.

Non persi tempo a fare la mia mossa.

Mettendomi a cavalcioni su di lui, gli afferrai i capelli tra le mani e lo baciai con foga. Lui mi abbracciò e, senza la minima difficoltà, riprese il controllo del bacio.

"Bene, niente baci."

Scostandomi, gli posai una mano sul petto per spingerlo dolcemente indietro.

«Be'?» domandò piano con uno sguardo interrogativo. «E adesso?»

In risposta cominciai a slacciargli la cintura e a sbottonargli in fretta i jeans in modo da potergli infilare la mano dentro. Quando strinsi il suo sesso, Nate inspirò sonoramente.

«Ti piace?» gli mormorai a fior di labbra in tono sensuale mentre una parte di me fluttuava fuori da questa scenetta e si domandava chi diavolo credessi di essere.

«Tu cosa ne pensi?» Nate strinse le palpebre e mi accarezzò le cosce per poi afferrare l'orlo della mia maglietta.

Mi scostai da lui e gli tolsi le mani dal mio corpo. Scossi la testa e, schioccando la lingua, dissi: «Vietato toccare».

I suoi occhi si rabbuiarono: la cosa non gli piaceva, era contrariato.

"Bene."

Gli strattonai i jeans e lui alzò i fianchi, aiutandomi a liberare la sua erezione. Non mi presi nemmeno la briga di abbassargli i pantaloni fino in fondo, ma mi sfilai le mutandine e mi spostai per lanciarle via prima di mettermi di nuovo a cavalcioni su di lui.

«Togliti la maglietta» disse in tono deciso. Vedendo che non mi muovevo, mi accarezzò una coscia e la sua espressione si addolcì. «Liv, voglio vederti.»

Mi bloccai e piegai la testa di lato, studiandolo con attenzione. «Davvero?»

Nella mia domanda c'era molto più di quanto avrei voluto.

E in un istante Nate capì tutto. «Ti voglio. Voglio che mi cavalchi e che lo fai selvaggiamente. E poi voglio stare con la mia amica a mangiare qualcosa e a guardare un film. Non andrò da nessuna parte.» Mi strinse più forte. «Adesso togliti la maglietta.»

Le sue parole fecero sbollire a poco a poco la mia rabbia, e io rinsavii e arrossii al pensiero dei miei gesti, delle mie richieste e della mia fredda sicurezza di me. Anche Nate si rilassò, e il suo sguardo si fece compiaciuto quando notò il mio rossore.

Nell'ironico sforzo di nascondere l'imbarazzo che provavo, mi sfilai la maglietta e me la gettai alle spalle. Non ebbi la possibilità di dire né di fare nulla perché Nate mi attirò con forza a sé per succhiarmi un capezzolo.

Inarcai la schiena e, immediatamente travolta dal piacere, sospirai.

Mi stuzzicò per un po', cercando di ammansirmi, ma io ricordavo i suoi insegnamenti. Voleva che imparassi a essere sicura di me in fatto di sesso, e sebbene non intendessi permettere alla rabbia di prendere il sopravvento, intendevo invece sondare di nuovo il terreno.

Come Nate aveva detto, ero un'allieva più brava del previsto.

Mi spinsi verso di lui, schiacciandolo contro il divano. «Mettimelo dentro.»

Gli angoli delle sue labbra si incresparono. «Prendilo.»
E così feci.
La bocca contro la sua, mugolai mentre lui emetteva un sospiro profondo.
Poi cominciai a muovermi.
Tentai di farlo lentamente, con calma, di arrivare al culmine un po' alla volta, ma ero troppo impaziente, troppo bramosa.
Troppo avida.
Troppo inesperta.
Eppure Nate mi lasciò il controllo.
E così esplodemmo entrambi con violenza e decisamente troppo in fretta.
Mi abbandonai contro il suo corpo, mettendogli le braccia intorno alle spalle mentre lui mi cingeva i fianchi e mi attirava a sé. «Direi che sto ancora imparando» ammisi ansimando.
Avvertendo la mia incertezza, Nate mi allontanò dolcemente da sé e con un'espressione sincera mi confessò: «Nessuna donna mi aveva mai preso così selvaggiamente. Credimi, piccola, non ho nulla di cui lamentarmi».
Sorrisi compiaciuta, nonostante la vergogna. «Sul serio?»
Nate sogghignò mentre mi infilava una ciocca di capelli dietro l'orecchio. «Sul serio.»
Fu solo quando mi alzai che l'atmosfera cambiò drasticamente. A Nate sfuggì un'imprecazione.
«Cosa c'è?» chiesi con gli occhi sgranati, lanciando un'occhiata tra le sue gambe per assicurarmi di non avergli fatto male.
«Non abbiamo usato il preservativo» rispose in tono secco.
«Non c'è problema, prendo la pillola.»
Lui aggrottò la fronte e si tirò su le mutande e i jeans. «Liv, ho fatto le analisi ieri, ma non ho ancora avuto i risultati.»
Reagii a quelle parole rimettendomi le mutandine e correndo in bagno a lavarmi. «Sono sicura che non hai niente» esclamai con il cuore che batteva all'impazzata. *Speravo* che non avesse niente. Merda. Chiusi la porta del bagno e mi appoggiai al lavabo, fissando lo specchio davanti a me.

Avevo le guance arrossate e gli occhi che brillavano. Sembravo fottuta. E lo ero. Nella fretta di avere un assaggio di quella che stava chiaramente diventando una dipendenza mi ero dimenticata delle precauzioni.

Ora, se avessi avuto dei figli e avessi fatto loro delle prediche sull'argomento, sarei stata per sempre un'ipocrita.

Mi stramaledissi, ma poi mi resi conto che non era solo colpa mia: anche Nate se n'era dimenticato. Lanciai un'occhiata truce alla porta e feci una smorfia. Avrei potuto ribattere che l'esperto avrebbe dovuto essere lui, ma era una scusa che non funzionava quando avevi ventisei anni e un po' di cervello.

Sentendo il ronzio del televisore, uscii dal bagno e vidi che Nate aveva fatto partire il DVD e si era spostato in cucina a preparare dei panini. D'un tratto mi brontolò lo stomaco.

Lui mi lanciò uno sguardo. «Mi dispiace di essermi dimenticato il preservativo.»

«Me ne sono dimenticata anch'io. Andrà tutto bene, okay?»

«Non mi ero mai dimenticato di usare precauzioni prima di stasera, quindi non dovrebbero esserci problemi. Ma dobbiamo davvero stare più attenti.» Si leccò via dal pollice un po' di formaggio spalmabile e si girò verso il frigorifero per prendere da bere.

Non volevo che anche quella serata si concludesse in modo strano, per cui decisi che sarebbe stato meglio non dire più niente e cambiai argomento. «Cosa guardiamo stasera?»

Nate mi porse il mio panino e io lo ringraziai prima di seguirlo sul divano. Con mia sorpresa, mi si sedette più vicino del solito e appoggiò i piedi sul tavolino, sistemandosi al mio fianco. «Un musical.»

Un boccone del panino mi andò di traverso. «Mi stai prendendo in giro?» chiesi incredula, dopo aver deglutito in fretta.

Sorridendo, Nate scosse la testa. «È un musical satirico.»

«Dovrebbe essere meglio?»

«Speriamo.»

All'inizio lo spettacolo si rivelò abbastanza divertente, ma ben presto peggiorò. Evidentemente annoiato, Nate bevve un sorso di Coca-Cola e con gli occhi incollati allo schermo domandò: «Preferiresti vivere in un musical o in un mondo postapocalittico?».

Sorrisi, sollevata di essere in compagnia del mio amico come sempre, a rispondere alle sue domande strampalate. «Che tipo di mondo postapocalittico?»

«Pensa a *Codice Genesi*.»

«Ostile.»

«Sì.»

«Che tipo di musical?»

La testa appoggiata sul divano, Nate si girò verso di me e mi sorrise. «*Grease* 2.»

Sputai il sorso di Coca che avevo appena bevuto e mi ci volle un minuto per ricompormi e chiedere: «Hai visto *Grease* 2?».

Nate alzò le spalle e si voltò di nuovo verso il televisore. Il suo sorriso era svanito. «Me l'ha fatto guardare Alana.»

Ah. Il fantasma nella stanza.

Gli diedi un colpetto con la spalla e cercai di fargli tornare il buonumore. «Scelgo sicuramente il mondo postapocalittico. Soprattutto se ci sono uomini che assomigliano a Denzel.»

Vidi spuntare la sua fossetta sinistra. «Anch'io scelgo il mondo postapocalittico.»

«Per Mila Kunis, vero?»

«Be', anche, ma soprattutto perché sono contro la violenza.»

Confusa, arricciai il naso. «Non capisco. Si dà il caso che i mondi postapocalittici tendano ad andare di pari passo con la violenza.»

«Sì, ma è molto più probabile che in un mondo postapocalittico io sia uno di quelli che vengono uccisi. Invece se dovessi vivere in *Grease* 2, c'è una probabilità superiore al novantacinque per cento che *io* uccida il primo idiota che si mette a cantare.» Mi guardò con aria assolutamente impassibile. «Sarebbe la vita sbagliata per un pacifista.»

Ridacchiando, annuii. «Vada per il distopico, allora.»

Nate annuì con la testa e, inarcando appena le sopracciglia, chiese: «E tu perché sei contraria a vivere in un musical?».

Scossi la testa mentre la coppia sullo schermo provava a riproporre un famoso musical. «Non sono contraria a vivere in un musical di per sé. È solo che l'idea di vivere in un mondo postapocalittico mi piace di più. Credo che sarei una tipa tosta.»

Non stavo guardando Nate, ma sentii le sue spalle sussultare.

Gli lanciai un'occhiata nient'affatto divertita. «Smetti di ridere di me. Sarei davvero una tipa tosta.»

«Tosta in che senso?»

«Io... io... ehm... Be', sono intelligente. E spiritosa. Sarei la tua partner arguta, stramba e colta mentre tu vai in giro a prendere tutti a calci nel sedere e a stenderli con le tue mosse di judo.»

Nate rise e si arrese. «Okay, potrebbe funzionare.» Mi guardò rapidamente con interesse prima di girarsi di nuovo verso lo schermo. «Ma potresti essere una distrazione.»

Sforzandomi di non far vedere quanto fossi felice di quel complimento, ribattei: «Potrebbe essere un vantaggio per te».

«Sì, se ti coprissi le gambe.»

Gli diedi un colpetto con il ginocchio e lui, con naturalezza, mi posò una mano sulla gamba e l'attirò verso di sé.

«Credo che a qualcuno piacciano le mie gambe» osservai.

Mi accarezzò quasi distrattamente. «Sono fantastiche, piccola.» Prese il blocco che teneva accanto a sé. «Sta degenerando in fretta.»

«Il film?»

«Sì, cos'altro?» mormorò scribacchiando qualcosa. «Qualche commento brillante, mia partner?»

Riflettei fissando lo schermo. «Ci starebbe una battuta sulla disfunzione erettile.»

Nate sbuffò divertito. «Ovvero?»

«Be', la trama e le canzoni cominciano bene, sono una meglio dell'altra, finché a metà film ti rendi conto che la storia non sta andando da nessuna parte, il che si dimostra vero verso la fine della prima parte, quando la trama peggiora, le canzoni ti fanno sanguinare le orecchie e tutta l'attesa...» Alzai una mano e la lasciai cadere pesantemente per chiarire cosa intendessi.

«Di-sfun-zio-ne e-ret-ti-le» disse lentamente Nate prendendo nota. «Altro?» aggiunse, guardandomi con un sorriso.

13

Dopo avere passato il resto della serata a scherzare come ai vecchi tempi, mi sentivo molto più rilassata quando Nate se ne andò. Sebbene non ci fossimo accordati per vederci la sera dopo, non ero preoccupata. Per Nate sembrava tutto a posto, io sapevo che per me era tutto a posto, quindi era tutto a posto.

Spinsi con decisione ogni fastidioso timore nel recesso delle cose che non volevo ammettere.

L'indomani, al lavoro, i miei colleghi fecero commenti sulla mia allegria, e non solo perché il giorno prima avevo avuto la luna insolitamente storta, ma perché ero proprio di *ottimo* umore.

«Se non sapessi che non è così, direi che ha scopato» scherzò Ronan accanto a me al banco delle informazioni.

Per fortuna, l'espressione sbalordita che apparve sul mio viso venne attribuita al fatto che in quel momento c'era davanti a noi uno studente, che adesso si stava sbellicando dalle risate.

«Divertente» sibilai al mio collega dopo che il ragazzo se ne fu andato.

«In effetti lo era» ridacchiò Angus dietro di noi.

«Tu» dissi indicandolo «sei un cattivo capo.»

Rise ancora più di gusto. «Dài, Liv, te ne vai in giro come se tutti scoreggiassero rose e pisciassero champagne. Cosa succede?»

A quelle parole sbattei le palpebre e sicuramente feci una smorfia della serie "Che cavolo dici?". «Scoreggiare e pisciare cosa?» Guardai la mia collega Jill. «Hai sentito?»

Lei si strinse nelle spalle e sorrise. «Ha ragione. È tutta la mattina che auguri a ogni studente una splendida giornata.»

«E allora? Sono educata.»

«Sto solo dicendo...» Ronan mi scrutò con attenzione. «Ieri eri di pessimo umore e adesso sembri in preda a una specie di euforia.»

Li ignorai e mi girai. «Lunedì sera ho avuto una piccola lite con un amico» mentii cercando tuttavia di mantenermi il più vicina possibile alla verità. «Ieri abbiamo chiarito e adesso sono di buonumore.»

«Accidenti, che spiegazione pallosa» mi prese in giro Angus. «Sei una bibliotecaria, Liv. Sei circondata da libri e materiale con cui potresti costruire una storia interessante, eppure rimani ancorata alla realtà.» Schioccò la lingua. «Non ti ho insegnato proprio niente?»

Gli sorrisi dolcemente. «Sì, sto imparando in fretta a essere melodrammatica.»

«Be', è già qualcosa, immagino. "Sarò nel mio ufficio, allora, quando tra cinque minuti un affascinante sconosciuto che assomiglia moltissimo a Ryan Gosling mi incatenerà alla scrivania per farmi cose del tutto inappropriate e sconce nelle prossime due ore."» Angus mi guardò inarcando un sopracciglio. «Non suonava meglio di "Sarò di là a preparare l'elenco dei turni del mese"?»

Scoppiai a ridere. «Ricevuto» dissi con un sospiro contrito. «Dunque, se proprio vuoi saperlo, lunedì sera ho fatto sesso selvaggio e strabiliante con un ragazzo avvenente, ma poi la situazione è diventata imbarazzante ed ero veramente di pessimo umore. Lui però mi ha stupita presentandosi a casa mia ieri sera, e abbiamo fatto di nuovo sesso come due conigli in calore prima di accoccolarci l'uno accanto all'altra a guardare un film. Ecco spiegata la mia allegria di oggi.»

Mi fissarono tutti e tre con un'espressione incredula, dopodiché Angus storse la bocca. «La mia storia su Ryan Gosling era molto meglio.»

Sorrisi e mi girai per servire lo studente che si stava avvicinando alla mia scrivania, mentre Nate e il mio segreto erano rimasti... be', un delizioso segreto.

Più tardi ero ancora di umore fantastico e fui felicissima di trovare mio padre fuori da casa mia con un sacchetto in mano. Non appena lo raggiunsi, quell'uomo grande e grosso si chinò per darmi un bacio sulla guancia.

«Ciao, bimba. Spero che non ti dispiaccia se ho portato qualcosa da mangiare» disse alzando il sacchetto. «Pensavo di prepararti la cena.»

Aprii il portone ed entrammo. «Certo che non mi dispiace. È bello vederti.»

Una volta dentro, papà si mise subito a cucinare e ben presto il mio appartamento profumò di casa. Come ai vecchi tempi, tagliammo le verdure insieme e io mescolai il sugo mentre lui faceva cuocere la pasta. Penserete che non esista un'arte del cuocere la pasta, e invece esiste, a quanto pare. Chiedetelo a mio padre.

Cucinando, chiacchierammo del più e del meno. Lui mi parlò del contratto che aveva appena firmato per lavorare di nuovo con la società di Braden, e io gli raccontai del calzino che avevo trovato la settimana scorsa in un libro in restituzione e dell'altro che avevo trovato in sala consultazione lunedì. Erano calzini sporchi. Per quanto fossi favorevolissima alle stranezze, c'era stranezza e stranezza. Angus aveva una teoria secondo cui tra noi si aggirava uno svitato appassionato di Harry Potter che per qualche motivo aveva scambiato noi assistenti di biblioteca per elfi domestici schiavizzati, e credeva che darci calzini fosse un atto umanitario.

Mi sembrava una teoria piuttosto buona.

Sicuramente migliore della mia, secondo cui una matricola immatura stava nascondendo i suoi calzini sporchi dappertutto per poi, sbellicandosi dalle risate, riprendermi mentre li trovavo e caricare il video su YouTube.

Ci sedemmo sugli sgabelli al bancone della cucina e cominciammo a mangiare. Stavo passando una bella serata, rilassandomi con mio padre, quando la conversazione prese una piega più seria.

«Non ti sei fatta sentire ultimamente» disse scrutandomi con uno sguardo penetrante e indagatore.

Mi strinsi nelle spalle, sentendomi molto in colpa per avere nascosto a mio padre il mio intrallazzo con Nate. «Sono solo stata impegnata.»

«Sapevi che Joss e Braden sono tornati dalla luna di miele?»

Un'altra fitta di senso di colpa. Meraviglioso. «No, non lo sapevo.» Arrotolai uno spaghetto intorno alla forchetta. Non lo sapevo perché ero troppo persa nel mio mondo sessuale ed egoista con Nate Sawyer per potermi interessare di ciò che stava succedendo fuori. Tutto questo doveva finire. «Dovrei chiamare Joss.»

«Questa... assenza... è a causa di Dee?» Mio padre mi guardò dritto negli occhi in cerca di risposte. «Perché credo che dovremmo parlarne. Di me e Dee, intendo.»

La sua espressione e le sue parole mi mozzarono il fiato e il mio battito accelerò. Avevo le mani sudate, mentre facevo un respiro tremante. «Vuoi... vuoi chiederle di sposarti?»

Papà aggrottò la fronte e scosse lievemente la testa. «No, bimba, no. Ma il fatto che tu sia sbiancata al solo pensiero che potessi farlo non è un buon segno.»

«No, papà, Dee mi piace» mi affrettai a rassicurarlo. «Non la conosco bene quanto te, ma quello che so di lei mi piace.»

Lui, non convinto, mi studiò. «Allora perché dai l'impressione di sentirti male all'idea che possa sposarla?»

Giocherellai con la pasta nel piatto e mi strinsi nelle spalle. «È stupido, immaturo... ma penso ancora che appartieni alla mamma.»

Mio padre lasciò cadere rumorosamente la forchetta nel piatto e posò la sua grande mano sulla mia. Alzai lo sguardo su di lui. I suoi occhi brillavano, pieni di emozione, mentre mi diceva con la voce bassa e roca: «Una parte enorme di me apparterrà sempre a tua madre, è così sin da quando l'ho conosciuta. Ciò che c'è tra me e Dee non cambierà mai questo fatto».

«Ed è corretto nei confronti di Dee?» domandai sforzandomi di non piangere.

Lui mi strinse la mano. «Adesso sono un uomo diverso, Olivia. La vita ci cambia, attimo dopo attimo. Quello che ero prima che Yvonne morisse era l'uomo giusto per lei. Quello che sono adesso è l'uomo che spero sia giusto per Dee. Ma la persona più importante della mia vita sei e sarai sempre tu. Devo sapere se sei d'accordo che vada avanti con Dee, e soprattutto mi piacerebbe che la conoscessi meglio.»

Sorrisi con fare scherzoso nonostante avessi gli occhi lucidi di lacrime. «Papà, sono un'adulta, non devi preoccuparti di ciò che penso.»

«Senti» disse scuotendo la testa con un gran sorriso «per il mondo sei un'adulta, ma per me continui a essere la mia bambina. Lo capirai quando avrai dei figli.»

«Allora, se ti fa sentire meglio, voglio che tu sappia che sono contenta per te. Dee ti fa ridere, ti rende felice. Non mi importa di nient'altro.»

«Ti va di vederla? Di passare un po' di tempo da sola con lei? So che a lei piacerebbe.»

A essere sincera, era un'idea a cui avrei dovuto pensare senza che lui me la suggerisse, e mi resi conto che ero concentrata sulle mie insicurezze e i miei problemi da così tanto tempo che ultimamente non ero stata un granché come figlia. «Certo, papà.»

Soddisfatto, lui cambiò argomento e si mise a parlare di Cole e del fatto che lui e Jo stavano pensando di regalargli un cane se avesse superato gli esami alla fine dell'anno scolastico. Una volta Cole aveva detto di avere sempre desiderato un cucciolo e Jo si era sentita in colpa perché non ne aveva mai saputo nulla, così adesso lei e Cam ne stavano discutendo con il proprietario di casa.

Era strano, ma il comportamento di Jo verso Cole mi ricordava quello che mio padre aveva verso di me. Gli feci un sorriso affettuoso, sdilinquendomi e rallegrandomi per Cole, che era stato davvero fortunato ad avere Johanna Walker come madre sostitutiva.

E fu in quel momento di gioia perfetta che Nate entrò in casa mia, usando la chiave che gli avevo dato.

Sfoderava un sorriso sexy che gli si congelò sul viso quando mio padre girò lentamente la testa e alzò un sopracciglio con freddezza nel vederlo comparire. I due si fissarono per un attimo, poi papà, sempre lentamente, girò di nuovo la testa verso di me. Non era contento. «Ha la chiave?»

Quando chiusi la porta alle spalle di mio padre, lasciai finalmente uscire il fiato che stavo trattenendo e mi voltai verso Nate con gli occhi fuori dalle orbite, tra l'inorridito e il divertito. Seduto sul divano, beveva una birra e rideva.

«Non è stato divertente.»

Okay, forse in un certo senso lo era stato. Ma anche no. Avevamo appena trascorso la mezz'ora più imbarazzante che si potesse immaginare, con mio padre che ci aveva fatto un interrogatorio non proprio velato sulla nostra amicizia. La parte più spassosa era stata osservarlo mentre cercava di mettere Nate a disagio. La parte meno spassosa era stata quella in cui avevo mentito spudoratamente sulla natura della mia relazione con Nate.

Il mio amico posò la birra sul tavolo e si alzò, togliendosi le scarpe. «Tuo padre fa davvero paura» commentò, ridendo. Lo osservai con aria interrogativa mentre cominciava a spogliarsi. «Sei sicura che non sia lui il motivo per cui non hai avuto un uomo per sette anni?»

Risi a mia volta, inarcando le sopracciglia: Nate era in piedi di fronte a me senza niente addosso, a parte i boxer, con una notevole erezione. «Perché? È evidente che non lo temi.»

«Io ho una scorza più dura di quella della maggior parte degli uomini.» Si avvicinò e mi prese per mano, trascinandomi verso il bagno.

«La lezione di stasera?» domandai, dato che aveva cominciato senza dire una parola.

Lui chiuse la porta del bagno alle nostre spalle e mi afferrò l'orlo della maglietta per sfilarmela. «Spontaneità. Non c'è niente di più sexy di una donna che vuole sempre scoparti, ovunque tu sia e qualunque cosa tu stia facendo.»

Mi slacciai il reggiseno mentre Nate si occupava dei miei jeans. «Inizio a pensare che queste siano lezioni personalizzate su come soddisfare Nate Sawyer.»

«Non ti rendi conto che tutti gli uomini la pensano così?» mi prese in giro togliendomi i pantaloni e le mutandine.

«Non lo so.» Il cuore mi batteva fortissimo mentre Nate apriva l'acqua della doccia.

«Be', la maggior parte degli uomini che conosco la pensa così. Quindi... stasera... sesso sotto la doccia. Non sono riuscito a farmela prima, così ho pensato che avremmo potuto farla insieme.» Sogghignò e si tolse i boxer.

Io mi passai avidamente la lingua sulle labbra e lo seguii dentro il box. «Sai, ho la sensazione che anche alle donne piacciano gli uomini che vogliono sempre fare sesso con loro, senza preoccuparsi del luogo.»

Nate aveva un sorriso bramoso mentre mi spingeva sotto il getto d'acqua e contro le piastrelle. «È bello sapere che la doccia ti fa questo effetto, piccola. Nel grande disegno delle cose il sesso sotto la doccia è convenzionale. Non vedo l'ora di scoprire come reagirai quando ti scoperò nella biblioteca dell'università.»

Sgranai gli occhi. «Non puoi» sussurrai eccitandomi al solo pensiero. «Sbatto fuori i ragazzini che lo fanno.»

«Ma l'idea ti piace...» Mi sfiorò le labbra con le sue e mi sollevò una gamba. «Ammettilo.»

Prima che potessi rispondere mi penetrò con tanta decisione che avrei picchiato la testa contro il muro se lui non me l'avesse protetta con una mano, prevedendo che avrei inarcato la schiena per il piacere.

«Non importa» mi mormorò all'orecchio in tono sexy. «Prenderò il tuo sesso bagnato come un'ammissione.»

«Sei sicura che non ti dà fastidio se mi fermo qui a dormire?» domandò Nate passandomi un dito lungo la schiena nuda mentre ero sdraiata a pancia in giù sul letto accanto a lui.

Dopo il delizioso sesso nella doccia, mi ero asciugata i capelli mentre Nate si riscaldava un po' di pasta. Quando aveva finito di mangiare, si era dimostrato pronto a proseguire le nostre lezioni: l'avevo capito perché, non appena avevo messo piede fuori dalla stanza, mi aveva sospinta dentro di nuovo. Tre orgasmi dopo, ero completamente appagata e, essendo ormai tardi, non aveva senso che Nate tornasse a casa quando avevo un letto comodo e sufficientemente grande per entrambi.

Il mento appoggiato sulle braccia, stavo fissando la testiera ed ero così rilassata che avrei potuto fare le fusa come una gattina. Voltai la testa per rispondergli e i miei capelli frusciarono sul cuscino. «A questo punto puoi avere tutto quello che desideri.»

Vedendo comparire le fossette sul suo viso, decisi che un giorno avrei proprio dovuto baciarle: erano davvero sexy. «Vuoi davvero che il mio ego si gonfi ancora di più?»

«Mmh, giusta osservazione.»

Ci sorridemmo, dopodiché mi si chiusero gli occhi.

Stavo sonnecchiando quando sentii le labbra di Nate sfiorarmi la spalla nuda. «Liv?»

C'era qualcosa nella sua voce, qualcosa di serio che mi fece svegliare all'istante. Aprii gli occhi, lo scrutai in viso e mi accorsi che la sua espressione era altrettanto seria. Mi si capovolse lo stomaco per l'inquietudine e il sangue mi rombò nelle orecchie, mentre il mio cuore batteva furiosamente. «Sì?»

Lui si girò sulla schiena e, le mani incrociate dietro la testa, si mise a fissare il soffitto. «Sei davvero una delle mie migliori amiche, sai?»

Sentii il battito rallentare un po', mentre un'ondata di calore mi invadeva il petto. Commossa, gli sfiorai l'addome con la punta delle dita in un gesto affettuoso. «Anche tu.»

«Allora fammi una promessa.»

Mi bloccai. «Cioè?»

«Promettimi che qualunque cosa accada, questo... quello che stiamo facendo... non rovinerà il nostro rapporto.»

Non capii il motivo della fitta lacerante che squarciò il calore da cui ero stata pervasa, ma capii perché Nate mi stava facendo quella richiesta. Gli posai la mano sul ventre e la feci scorrere fino alla A tatuata sulla sua pelle. «Te lo prometto.»

Il suo corpo si rilassò, e quando Nate voltò la testa per guardarmi vidi che i suoi occhi erano pieni di tenerezza e gratitudine. Ci sorridemmo un'altra volta e io ignorai la sofferenza causata da quella fitta atroce.

Lui voltò di nuovo la testa e riprese a fissare il soffitto.

Non riuscivo a distogliere lo sguardo dal suo viso, dal taglio deciso della sua mascella, dal suo profilo perfetto, dal suo naso dritto, dalle sue ciglia nere e dalle sue bellissime labbra. Non mi stupiva più il modo in cui il mio corpo fremeva, risvegliandosi, alla sola vista del suo volto meraviglioso. Per ora accantonai quella sensazione, avvertendo che la mente di Nate era altrove, in un luogo un po' più buio del solito.

Con le dita disegnai dei cerchi tutto intorno alla A sul suo petto.

«Nate?»

«Mmh?»

«Quando ti è difficile conviverci, sai che con me puoi parlare, vero?»

Scosse piano la testa. «Sto bene, Liv.»

«Sul serio? Perché dopo che Cole ha citato il tuo tatuaggio sei sembrato un po' sulle tue per qualche giorno.»

Lui mi guardò con la coda dell'occhio e fece un lungo sospiro tremante. «Non so se posso ammetterlo ad alta voce.»

«Ehi, non penserai che potrei mai giudicarti» scherzai cercando di tranquillizzarlo e di ricordargli che di me poteva fidarsi.

Avrei voluto sfiorare con la punta delle dita il sorriso triste che incurvava le sue labbra, ma mi trattenni.

E aspettai.

«Mi sono fatto questo tatuaggio per ricordarmi di Alana ogni singolo giorno» disse alla fine.

«Sì, me l'hai spiegato» risposi sottovoce.

«A volte vorrei non essermelo fatto.» Un'espressione di vergogna si insinuò nei suoi occhi mentre mi guardava, e odiai il fatto che provasse qualcosa di simile. «A volte penso che sarebbe più facile scordarmi di lei la maggior parte dei giorni.»

«È comprensibile, tesoro.»

Nate scosse la testa. «Gliel'ho promesso.»

«Promesso cosa?»

«Che non l'avrei mai abbandonata» confessò con la voce roca. Si schiarì la gola nel tentativo di nascondere l'emozione, ma non ci riuscì. Si portava ancora dietro così tante cose, e lo seppi per certo nel momento in cui aggiunse: «Quando eravamo piccoli la proteggevo da tutto: da quello stronzo del suo patrigno, dai ragazzini che la prendevano in giro perché non aveva molti soldi, dagli incubi, persino dalle storie tristi. Ma non potevo proteggerla dal cancro. Non potevo proteggerla, quindi il minimo che potessi fare era giurarle di non abbandonarla mai».

Un nuovo dolore mi strinse il cuore in una morsa, e io mi protesi per confortare Nate con un bacio sul petto. «Andare avanti con la tua vita non significa dimenticare Alana o abbandonarla.»

Socchiuse gli occhi, per nulla convinto dal mio commento. «Come puoi dire una cosa del genere? Tu più di tutti sai benissimo che non funziona così. Dovrei sentire il desiderio di vedere il tatuaggio allo specchio ogni giorno, Olivia, invece di pentirmi di essermelo fatto.»

Mentre la morsa si serrava ancora di più, la mia voce interiore mi diceva di parlare, di confessare il segreto che serbavo nel mio intimo, la vera ragione che si nascondeva dietro a tutto ciò. Dovevo farlo. Per il mio amico, dovevo farlo. Premetti la guancia sul suo petto e mi sforzai di controllare il respiro. Avevo gli occhi gonfi di lacrime mentre mi costringevo a essere coraggiosa per lui.

«Vuoi sapere il vero motivo per cui ti ho chiesto di aiutarmi?» chiesi in un singulto, cominciando a piangere. Quando avvertì l'umida carezza delle lacrime, Nate si irrigidì.

Si mosse solo per spostare il braccio che aveva dietro la testa e mettermelo intorno alla vita. «Liv?»

Guardandolo con gli occhi velati dal pianto, gli confessai in un sussurro: «Avevo paura di essere arrabbiata con mia madre. Temevo che, nel profondo di me, avrei potuto dare a lei la colpa di non avere mai avuto ciò che tutti avevano: il primo amore, il sesso e il tempo di esplorare l'uno e l'altro. Pensavo...» mi asciugai le lacrime «pensavo che se solo avessi potuto fare qualcosa per rimediare, avrei evitato la possibilità che quel risentimento crescesse. Perché essere arrabbiata con lei per questa ragione mi avrebbe resa la persona peggiore del mondo, e non so se avrei potuto gestire quella parte oscura di me stessa che incolpava una donna buona e generosa fino all'ultimo». Mi asciugai le lacrime e mi sollevai, passandogli teneramente le dita tra i capelli. «Non sei solo, Nate.»

Gli diedi un rassicurante bacio sulle labbra.

E all'improvviso mi ritrovai supina, con le mani bloccate sopra la testa mentre lui, con lo sguardo ardente, si metteva sopra di me. «Nate?» dissi boccheggiando, in reazione a quel movimento repentino.

Mi rispose con un bacio appassionato, selvaggio, quasi disperato, e nel frattempo mi aprì le gambe. Mi lasciò andare un polso solo per prendere un preservativo dal comodino, e quando fu pronto mi tenne di nuovo ferma sul letto.

Cercai di muovere le braccia, ma non ci riuscii e, con grande stupore, mi sentii percorrere da brividi di eccitazione al pensiero di essere completamente alla sua mercé.

Di appartenergli al punto che poteva fare di me ciò che voleva.

Con un gemito di desiderio, mi penetrò, e io non potei fare altro che accoglierlo mentre mi inchiodava al materasso e urlare sempre più forte finché un orgasmo travolgente mi sopraffece. In preda a un meraviglioso piacere, gridai il suo nome.

Dopo aver raggiunto il culmine con altrettanta violenza, Nate, ansimante e fuori controllo, si ritrasse, ma questa volta non si alzò per andare in bagno. Si tolse il preservativo e lo gettò nel cestino accanto al letto, poi mi circondò con le braccia e mi appoggiò la testa nell'incavo del collo, restando stretto a me.

Rimanemmo così per un po', in silenzio, finché il torpore cominciò a cullarmi. Sentendo il richiamo del sonno, Nate mi fece girare sul fianco e, il petto contro la mia schiena, le braccia intorno alla mia vita e le gambe intrecciate alle mie, si abbandonò insieme a me a uno stato temporaneo di pace assoluta.

14

C'era parecchio da imparare da ciò che stava succedendo tra me e Nate, ma sfortunatamente ero decisa a recepire le cose meno importanti. Svegliandomi accanto a lui il mattino seguente, stretta fra le sue braccia e con la meravigliosa sensazione di essere euforicamente piena di vita e al tempo stesso confortevolmente protetta, non mi concessi il tempo di leggere i segnali.

Non appena aprimmo gli occhi, Nate si rese conto che aveva dormito troppo ed entrò in azione in tutta fretta, perché quella mattina presto aveva un servizio fotografico per uno dei licei della città. Scoprii che a quel ragazzo rilassato e affascinante non piaceva arrivare in ritardo. Mi rispose a grugniti mentre correva per la casa cercando di prepararsi. Era piuttosto carino.

Prima di andarsene, mi disse che la sera avrebbe lavorato e che quindi mi avrebbe chiamato per fissare la prossima lezione, ma a differenza di martedì mattina non c'era nulla di strano in lui, per cui pensai che fosse davvero indaffarato e che ci saremmo organizzati più tardi.

Dopodiché mi scrisse un paio di messaggi, ma solo per fare battute sul lavoro, nulla che riguardasse le nostre lezioni. Mi stava bene. Non avevo fretta né sentivo il bisogno immediato di vederlo, o altro.

No.

Ah-ah.

E tuttavia non vedevo l'ora di lasciarmi distrarre dalla cena del venerdì con mio padre e gli altri. Jo aveva scelto il D'Alessandro's perché quella sera c'erano altri due ospiti: Dee e Hannah. Quest'ultima stava incontrando qualche difficoltà nell'indurre Marco a parlarle, per cui avevamo deciso che l'unico modo di capire che cosa stesse succedendo era creare una situazione in cui lei avrebbe potuto vederlo senza dare l'impressione di perseguitarlo.

Non sapevamo se quella sera Marco avrebbe lavorato, ma avevamo deciso che valeva la pena di fare un tentativo.

Mi sedetti a tavola con mio padre, Dee, Jo, Cam, Cole e Hannah e feci del mio meglio per essere presente e partecipe, ma ogni tanto un ricordo dell'ultima settimana mi attraversava la mente e mi perdevo in qualche piccola fantasia su me e Nate, finché uno dei commensali non mi trascinava di nuovo nel mondo reale.

Jo mi stava parlando delle foto del viaggio di nozze di Joss e Braden alle Hawaii quando sentii Hannah irrigidirsi accanto a me. Jo e io la guardammo, seguendo il suo sguardo da coniglio spaventato fino al ragazzo che stava sparecchiando un tavolo nell'angolo, all'altro capo della sala.

La ragazza aveva buon gusto.

Il tipo era un po' giovane per me, naturalmente, ma capivo perché Hannah ne fosse attratta.

«È lui?» domandai sottovoce.

Lei annuì in fretta, passandosi nervosamente la lingua sulle labbra, il che mi stupì, perché la Hannah che conoscevo era disinvolta e sicura di sé. A quanto pareva, da piccola era timida, ma io non riuscivo proprio a immaginarmela così. Non era particolarmente espansiva o vivace, anzi, era piuttosto tranquilla, taciturna e riservata, ma diceva sempre ciò che pensava, e quando lo faceva era uno spasso.

«Vai a parlargli.»

Hannah contrasse la mascella con aria determinata e si alzò. Indossava un paio di jeans attillati e una maglietta aderente che metteva in risalto le sue curve. Era casual ma bellissima. Quel ragazzo non aveva scampo.

Sentendo il bisogno di fare pipì, mi resi conto che mi sarei persa lo spettacolo. «Torno subito» mormorai e mi avviai verso la toilette, cercando di non farmi notare quando mi accorsi che Marco aveva sbarrato gli occhi per lo stupore vedendo Hannah puntare verso di lui.

Mi infilai in bagno di corsa, e quando uscii rimasi nascosta dietro un'alta pianta finta alle spalle di Hannah e Marco. Lanciai un'occhiata al nostro tavolo, sapendo che sarei dovuta tornare a sedermi per lasciare ai ragazzi la loro intimità. D'altra parte, però, volevo bene a Hannah e ci tenevo a essere lì per sistemare quel piccolo idiota nel caso in cui fosse stato sgarbato con lei.

«Ti ho detto che sono stato occupato» disse con un'alzata di spalle. Il suo accento americano mi disorientò per un attimo, ma poi ricordai che Hannah mi aveva detto che veniva da Chicago.

Lei lo fissò con aria sospettosa, sporgendo leggermente il suo adorabile mento appuntito. «Quindi non mi stai evitando?»

Marco si grattò la guancia e gli angoli della sua bocca si incresparono. «No. Perché dovrei?» Lanciò un'occhiata oltre la spalla di Hannah. «A quanto pare, ti sei tenuta occupata. Hai già un nuovo ragazzo?» chiese in tono possessivo.

Hannah lo fissò per un istante, e io rimasi colpita dalla sua calma. Era molto più tranquilla di quanto sarei stata io, soprattutto se alla sua età mi fossi trovata di fronte a un ragazzo sexy come Marco. Era alto più di un metro e ottanta e aveva un fisico atletico. Il mix di origini africane, americane e italiane si rifletteva meravigliosamente nel color caramello della sua pelle, negli zigomi alti, nel profilo deciso del mento e nella bocca sensuale. Gli occhi verde acqua facevano uno straordinario contrasto con la carnagione e le ciglia scure, e il suo atteggiamento pacato ma intenso non faceva che renderlo ancora più attraente. Avevo la sensazione che Hannah si fosse innamorata di un ragazzo molto riflessivo.

«Quello è Cole» rispose lei alla fine e, piegando la testa di lato, gli rivolse un sorriso indagatore e al tempo stesso sfrontato con cui gli fece capire che credeva che le sue parole tradissero gelosia. «È un amico di famiglia. Perché? Ti darebbe fastidio se fosse il mio ragazzo?»

Marco aggrottò la fronte. «No, Hannah, puoi fare quello che vuoi.»

Devo ammettere che lei fu brava a nascondere la delusione. «Be', quello che voglio è passare un po' di tempo con il mio buon amico Marco, ma è stato difficile trovarlo ultimamente.»

Stavolta fu lui a fissarla, e colsi il momento in cui crollò sotto lo sguardo dei grandi occhi vellutati di Hannah. Scosse la testa come se non riuscisse a credere che stava cedendo. «Martedì sera sono libero. Potremmo vederci.»

«Okay. Fac...»

«È maleducazione origliare, sai» mi sussurrò una voce familiare.

Stupita – non sapevo se in senso positivo o negativo – mi voltai di colpo e alzai lo sguardo, probabilmente con l'aria un po' inebetita. «Benjamin» boccheggiai, con il cuore che lentamente mi scivolava giù per la gola per tornare al proprio posto nel petto.

I suoi occhi meravigliosi si illuminarono come se fosse contento che sapessi il suo nome. «Ehi, ci si rivede» disse con un sorriso infilandosi le mani in tasca.

«Oh, ciao.» Lanciai un'occhiata a Hannah e vidi che stava tornando al nostro tavolo, dopo avere lanciato un'occhiata dietro di sé con la fronte aggrottata. A quanto pareva, un tizio italiano alto e di bell'aspetto stava rimproverando Marco sottovoce. «Ehm» mi voltai di nuovo verso Benjamin «la conosco» spiegai indicando la ragazza. «È Hannah. Mi stavo solo assicurando che fosse tutto a posto.» Mi strinsi nelle spalle, imbarazzata. «E forse stavo un po' origliando.»

Con mio sollievo, Benjamin rise e all'improvviso mi accorsi che avevo parlato con lui senza farfugliare. La cosa mi fece sorridere, e il mio sorriso indusse Benjamin ad abbassare lo sguardo sulla mia bocca.

Alla vista del luccichio di interesse che si accese nei suoi occhi deglutii faticosamente e, cercando di apparire scherzosa, dissi: «Ti piace il D'Alessandro's, deduco».

«È il mio ristorante italiano preferito in città.»

«Anche il mio» dissi e lanciai un'occhiata dietro le sue spalle nel tentativo di sbirciare nell'altra sala. «Sei con la tua famiglia?»

D'un tratto Benjamin sembrò a disagio. «Ehm, no. Un primo appuntamento. Ti ho vista e ho pensato di venire a salutarti.»

Onestamente, provai una certa delusione nel sentire le parole "primo appuntamento", ma sapere che aveva lasciato la sua compagna per venire a parlare con me attenuò quella sensazione. «Direi che l'appuntamento sta andando bene.»

Benjamin si chinò verso di me e mi sussurrò in tono fintamente inorridito: «Ha ordinato un'insalata».

Lo guardai a bocca aperta, *realmente* inorridita. «Al D'Alessandro's?»

«Insalata e acqua. Guardarla è angosciante.»

Mi sfuggì un risolino. «Ci credo!»

Benjamin ridacchiò a propria volta, perlustrandomi il viso con lo sguardo in un modo piacevole ma che, al tempo stesso, lasciava intendere che lo stavo spiazzando. E non c'era da meravigliarsene: era la prima volta che riusciva a fare conversazione con me. «Bene» disse con aria riluttante «sarà meglio che torni al tavolo. Le ho detto che sarei andato in bagno.»

«Okay» ribattei con un sorriso stupido. «Probabilmente ci vedremo in biblioteca.»

«Senz'altro» mormorò con voce sexy. Mentre lo osservavo allontanarsi, il mio sorriso si allargò.

Quando Benjamin non fu più in vista, tornai al tavolo pervasa da palpiti caldi. Era andata bene, molto bene. Le mie lezioni con Nate stavano dando i loro frutti!

"Nate."

Mi accigliai all'istante mentre i palpiti svanivano e mi lasciavo cadere pesantemente sulla sedia.

«Chi era quello?» domandò Jo.

Mi fissavano tutti con grande interesse.

Persino mio padre.

«Un ragazzo della biblioteca.»

Papà piegò la testa di lato con uno sguardo curioso. «Un collega?»

«No, uno specializzando. È gentile.»

«Uno specializzando» ripeté lui con aria pensierosa. «Un tipo intelligente, allora.» Mi rivolse un sorriso sfacciato. «È evidente che gli interessi, tesoro. Lui ti piace?»

Avvertii una sgradevole stretta allo stomaco mentre riflettevo sulle parole del papà. In effetti Benjamin era sembrato interessato: aveva lasciato la sua compagna al tavolo per venire a parlarmi. Questo significava...? Se l'avessi visto di nuovo... cosa sarebbe successo?

E... oddiosanto...

... cosa volevo che succedesse?

"Nate."

Mi strinsi nelle spalle, respirando a fatica. «Non lo conosco bene.»

Mi sentivo le gambe pesanti mentre salivo i gradini fino alla porta del mio appartamento. Per fortuna, ero arrivata alla fine della cena tempestando Hannah di domande e ridendo mentre lei ribatteva alle prese in giro di Cole.

Poi, però, quand'ero rimasta sola e mi ero avviata verso casa, il mal di testa che per tutto il tempo era rimasto latente mi aveva assalito con una fitta in mezzo agli occhi. Mi massaggiai la zona dolorante e desiderai di non avere il cervello così pieno di romanticherie e confusione.

Alcune linee erano sfocate, altre erano state addirittura superate. C'erano un sacco di linee, e nessuna di esse aveva una solida consistenza.

Maledette lezioni.

Sospirai forte ed entrai in casa, bloccandomi di colpo nel vedere Nate seduto sul bracciolo del divano con le braccia conserte e le caviglie incrociate.

Oddio, era bellissimo.

Il mio cuore stava già battendo all'impazzata senza che lui avesse nemmeno aperto bocca.

Chiusi la porta dietro di me e mi ci appoggiai. I nostri

sguardi si incontrarono e rimasero avvinti. «Nuova lezione?» chiesi con la voce roca e piena di desiderio.

Nate si raddrizzò in tutta la sua altezza. «Lezione di stasera: prendere l'iniziativa.»

Senza dire una parola, mi tolsi la giacca e cominciai a spogliarmi.

Negli occhi di Nate si accese una scintilla, mentre lui veniva lentamente verso di me. «Bella iniziativa.»

15

I Lumineers stavano cantando. Di solito era una buona cosa, ma la sera prima era stata fisicamente impegnativa e adesso, come ogni sabato, avrei voluto stare a letto fino a tardi.

Il corpo caldo di Nate era premuto contro il mio fianco, mentre io ero sdraiata a pancia in giù con la testa affondata nel cuscino. Sentii Nate muoversi, svegliato dalla mia suoneria.

«Piccola» disse sfregandomi piano la schiena «il tuo telefono.»

La bocca contro il guanciale, borbottai qualcosa di sconclusionato.

Quando non sentii più il delizioso calore di Nate, borbottai un'altra volta. Lui rotolò di nuovo accanto a me, mi baciò la spalla e posò il telefono sul cuscino vicino al mio orecchio. Sussultando per il volume altissimo della suoneria, sollevai la testa e cercai a tentoni il cellulare. «Sì» risposi assonnata senza nemmeno controllare chi stesse chiamando.

«Ehi, come va?» rispose la voce roca di Joss.

Un po' più sveglia, mi tirai su puntellandomi su un gomito e mi godetti la sensazione delle dita di Nate che mi accarezzavano la schiena. «Sono felice di sentirti, Joss. Come stai? E il viaggio di nozze?»

«È stato fantastico. Sai com'è Braden» disse con una risata bassa e intima. «Ci siamo divertiti.»

Lanciai un'occhiata a Nate che se ne stava sdraiato a guardarmi, sexy come non mai con la barba incolta. Finalmente capivo cosa significava quella risata bassa e intima. «È stato bello?»

«Meraviglioso. Non posso che consigliare a chiunque di andare alle Hawaii. Se non fosse stato per gli sciroccati a cui... be', ecco... voglio bene, non sarei mai tornata a casa. A proposito, Ellie e Adam stanno cercando casa e ne stanno prendendo in considerazione una nella mia via. Els ha detto che vorrebbe vederla un'altra volta, quindi oggi pomeriggio la accompagno, dopodiché avevamo pensato di tornare qui da me a bere qualcosa. So che Jo non riuscirà a esserci perché lavora, ma speravo che ti andasse di passare un po' di tempo con noi.»

«Ci sarò. A che ora?»

«Mezzogiorno.»

Aggrottai la fronte. «Mmh, che ore sono adesso?»

«Le dieci me...» cominciò a rispondere Nate, ma io lo interruppi subito con una sberla sulla bocca. Lo fulminai con lo sguardo mentre sentivo le sue labbra incresparsi sotto la mia mano. I suoi occhi brillavano divertiti.

«Cos'è stato?» domandò Joss incuriosita.

L'ultima cosa di cui avevo bisogno era che i miei amici scoprissero la mia tresca con Nate, perché l'ultima cosa di cui avevo bisogno erano ramanzine preoccupate. «La radio. La mia sveglia.»

«Allora immagino di non doverti dire che sono le dieci meno un quarto. Che strana ora per puntare la sveglia.»

«È sabato» risposi in fretta, agitata. «Di sabato dormo un po' di più e, ehm, sai, svegliarmi alle nove e mezzo mi sembra troppo presto ma alle dieci mi sembra troppo tardi, quindi...» Premetti con maggior forza la mano sulla bocca di Nate mentre lui rideva sempre di più per le mie farneticazioni poco credibili.

«Quindi sei strana» concluse Joss al mio posto. «Lo sapevo già. A presto.» Non appena lei riattaccò, tolsi la mano dalla bocca di Nate per dargli un pugno sul braccio.

«Ehi, vuoi che ci scoprano?»

La sua risata finì in uno sbuffo. «Non me ne importa un accidenti» disse massaggiandosi il braccio.

«Bugiardo» ribattei dandogli uno spintone scherzoso. «Se io non voglio farmi riempire la testa di commenti ansiosi della serie "Ooh, credi che sia una buona idea?", so per certo che non lo vuoi nemmeno tu.»

Per tutta risposta lui si tirò su a sedere, afferrandomi le mani e costringendomi a sdraiarmi sulla schiena. Poi, con un sorriso sfrontato e seducente, mi aprì le gambe con le sue.

«Cosa...?»

Fui interrotta dalla sua bocca imperiosa e mi trovai abbandonata sul letto mentre lui continuava a baciarmi fino a farmi arrendere completamente. Quando spostò le labbra, scendendo lungo il mento e disseminandomi il collo di lievi baci che mi diedero i brividi, riuscii a recuperare la voce. «Cosa stai facendo? Ho poco più di due ore per farmi la doccia, vestirmi e andare da Joss.»

«Mmh.» Nate scese più in basso, liberandomi un polso per afferrarmi un seno e portarselo alle labbra. Sospirai, inarcando involontariamente la schiena mentre mi leccava il capezzolo. «Anch'io ho judo tra qualche ora. Faremo in fretta.» Mi guardò sorridendomi da sotto le ciglia, con un'espressione sensuale e maliziosa, e mi fece scivolare la mano tra le gambe. «Promesso.»

Sensazioni deliziose mi attraversarono il corpo. «Uhm...»

Poi Nate si alzò di colpo, lasciandomi lì con la schiena inarcata. «Dove diavolo stai andando?» ringhiai.

La sua risata calda mi colpì al basso ventre. «Non preoccuparti, torno subito. Sto solo cercando un paio di collant» rispose frugando nel mio comò.

«Non ne ho» dissi confusa. «Ho solo delle autoreggenti in fondo al cassetto della biancheria intima.»

«Meglio ancora.»

«Non voglio nemmeno sapere perché le stai cercando.»

Ignorandomi, Nate trovò le calze e tornò sul letto. Con un'efficienza e un'abilità che mi colsero completamente di sorpresa, legò un'estremità della calza intorno ai miei polsi e l'altra alle sbarre della testiera.

Manette fai da te.

Provai a tirare e sentii le calze allungarsi ma senza allentarsi. «Che storia è questa?»

Nate non sorrideva più mentre si metteva sopra di me. «Quando ti ho immobilizzata sul letto l'altra sera... ti sei bagnata così tanto, piccola, che mi eccito al solo pensiero.» La sua voce divenne più profonda e i suoi occhi si scurirono. «Sei andata in visibilio.»

Arrossii nel ricordare quanto mi fosse piaciuto che Nate potesse fare quello che voleva con me e che le mie mani non fossero libere di fermarlo. Era stata una sensazione stupefacente, ma non pensavo che l'avrei provata con qualunque uomo. Mi ero concessa di lasciarmi stuzzicare dall'idea di essere prigioniera di Nate, mi ero concessa quella fantasia perché... mi fidavo di lui. Dietro la fantasia c'era la consapevolezza che mi avrebbe fatto solo cose che gradivo, che adoravo, e che non mi avrebbe mai fatto del male.

Tuttavia non mi ero resa conto di aver lasciato intendere così chiaramente ciò che sentivo.

Diedi uno strattone alle calze e cominciai ad ansimare sempre di più. «E adesso?»

Nate mi accarezzò le cosce e le prese tra le mani, portandosi le mie gambe intorno ai fianchi prima di premere il suo sesso caldo e turgido contro il mio. «Adesso sei completamente alla mia mercé... e ti scoperò fino a farti perdere i sensi.»

Fissando la cucina smantellata, mi domandai se Ellie e Adam fossero pazzi.

«Ragazzi, qui c'è parecchio lavoro da fare» mormorai osservando i cavi penzolanti e la chiazza di umidità nell'angolo in basso a sinistra della stanza.

Ellie lanciò a me e a Joss un'occhiata rammaricata. «L'ha detto anche Adam, ma volevo vederlo un'altra volta.» Accarezzò la parete. «Adoro questi palazzi.»

«Sai che se rivuoi l'appartamento, io e Braden non abbiamo alcun problema a cercarne un altro» propose Joss.

Se avesse proposto di affogare un gatto, avrebbe suscitato la stessa reazione. «No, Joss! Quell'appartamento è speciale per voi.»

«Lo è anche per voi.»

«Non così tanto.» Ellie scosse la testa con un gran sospiro. «Andiamocene. Stare qui è deprimente.»

Lasciammo l'appartamento di Dublin Street, ed Ellie si voltò a guardarlo con gli occhi pieni di desiderio mentre percorrevamo la salita che portava a casa di Joss. «Si tratterebbe di una ristrutturazione davvero impegnativa, e non ne abbiamo il tempo.»

«E prosciugherebbe le vostre finanze» aggiunse Joss. «C'erano macchie di umidità e l'impianto elettrico è da sistemare, Els. Sarebbe davvero uno stress enorme.»

«Hai ragione, hai ragione, lo so» borbottò Ellie con espressione imbronciata mentre Joss ci faceva entrare in casa.

Le strofinai il braccio con un gesto rassicurante. «Troverete un altro appartamento.»

Braden stava lavorando al Fire, la sua discoteca, quindi avevamo la casa tutta per noi. In vista della nostra venuta, Joss aveva già preparato alcuni snack e comprato il preparato per i cocktail. Ridemmo e scherzammo in cucina, sorseggiando mojito e mangiando minuscoli sandwich.

«Allora, hai intenzione di deliziarci con i dettagli sulla tua luna di miele o no?» domandai a Joss con un gran sorriso.

Lei sogghignò. «In presenza della sorellina di Braden? No. Dirò soltanto che siamo stati benissimo, e che Braden ha ringhiato contro un tizio solo.»

«Ringhiato?» ripetei con una risata.

«Sì, mi stava fissando le tette, e intendo proprio fissando, mentre Braden era accanto a me» raccontò arricciando il naso e scuotendo la testa. «Pensavo che a mio marito sarebbe scoppiata una vena.»

Ridemmo tutte, ma la mia allegria svanì di colpo per lasciare posto all'ansia quando improvvisamente Joss mi lanciò un sorriso malizioso. «Allora, Ellie mi ha detto che mentre ero via ti sei trasformata in una mangiauomini al Club 39. Ti sei fatta dare il numero di telefono di un ragazzo?»

Sbuffai, cercando di non far capire che il cuore mi martellava nel petto e che stavo cominciando a sudare. Mentire era orribile, odioso, e giustificarmi dicendo a me stessa che non stavo mentendo ma solo omettendo era solo un'enorme cazzata. Stavo raccontando una bugia alle mie amiche e la cosa non mi piaceva. «Mangiauomini? Era solo un numero di telefono.»

«Non ti avevo mai vista così interessata a qualcuno prima.» Ellie guardò Joss con gli occhi sgranati. «Avresti dovuto vedere come flirtava alla grande con quel tipo. A proposito» disse guardandomi con aria interrogativa «ti andrebbe di uscire con un ragazzo che conosce Adam?»

Il martellio del mio cuore divenne più simile a una debole palpitazione. «Avete parlato di me?»

«Solo dopo quella sera al locale. Pensavamo che volessi assestarti prima di cominciare a uscire con qualcuno, per questo non abbiamo mai detto niente. Ma sabato ci è sembrato di capire che ti piacerebbe frequentare un uomo. E Dougie è adorabile.»

«Doogie?»

«Douglas. Dougie.»

«Il nome è affascinante» sbuffai.

Joss rise. «Mi fa pensare a "Doogie Howser".»

«Già.» Sghignazzai come un'adolescente.

Ellie ci osservò con le sopracciglia aggrottate. «Ehm? Chi?»

«Era una serie televisiva americana.»

«Di cosa parlava?»

«Di un ragazzino prodigio che fa il medico.»

Ellie ci gettò un'occhiata indulgente. «Dougie non è un ragazzino. È un architetto molto simpatico e bello.»

«Non farti sentire da Adam.»

«Dico sul serio, Liv. Per favore, considera la possibilità di uscire con lui.»

«Non mi piacciono gli appuntamenti al buio.»

Mi scrutò con attenzione. «Hai telefonato al ragazzo che ti ha lasciato il numero?»

Oh-oh. Come potevo dirle che non volevo uscire con questo Doogie perché ero troppo impegnata ad andare a letto con Nate? Mi scervellai per trovare una scusa plausibile, e il silenzio sempre più teso che era sceso nella stanza non faceva che aumentare il mio nervosismo. Cercai Joss con lo sguardo in cerca di aiuto, dal momento che era la regina del non fare nulla che non volesse e dell'infischiarsene se gli altri non gradivano le sue spiegazioni, ma vidi il suo volto assumere un colorito malsano.

«Joss, stai bene?» dissi chinandomi verso di lei e posandole una mano sul braccio.

Lei strinse le labbra e si girò verso il lavello. Ellie osservava la cognata con un'espressione preoccupata.

Dopo un attimo Joss fece un respiro. «Vi sembrano buoni questi mojito?» domandò con voce flebile.

«Sì.»

Lei rabbrividì e fece un altro respiro.

«Ehm...» Arretrai prudentemente. «Stai per vomitare?»

Fece una smorfia. «No, non sto per vomitare.»

«Ecco, prendi» intervenne Ellie spingendo un piatto di sandwich verso di lei. «Non hai mangiato quasi nulla stamattina.»

«Ellie, se non mi togli quel piatto da davanti mangerò *te*.»

«Credo che stia per vomitare» mormorai trascinando indietro Ellie.

«Smettila di dire "vomitare"» sbraitò Joss.

Guardai Ellie con un sopracciglio inarcato. «Qualcuno, qui, è acido quando sta male.»

«Già» concordò Els. «L'anno scorso, quando si è presa la gastroenterite, sibilava contro chiunque le si avvicinasse.»

«Ehi, sono qui» disse Joss risentita gettandoci uno sguardo minaccioso. Con quei suoi occhi grigi da gatta, sapeva benissimo come fulminare con lo sguardo.

«E noi vorremmo che restassi lì se stai per rimettere.»

Ellie ridacchiò, ma Joss non la imitò.

«Per tua fortuna mi piaci, Olivia Holloway.»

Le feci un sorriso e risposi in tono eloquente: «Oh, ma certo».

Lei alzò lo sguardo verso di me. «Non posso essere acida quando tu sei adorabile.»

«E il mio piano geniale funziona.»

Joss sbuffò e subito dopo si premette una mano sulla bocca.

Aspettammo mentre inspirava a fondo e poi, finalmente, si voltava verso di noi. «Sto bene.» Si diresse verso il tavolo nell'angolo e si sedette su una sedia. «Questi mojito non vanno affatto bene per me.»

Senza bisogno di sentirselo chiedere, Ellie versò a Joss un bicchiere d'acqua, dopodiché la raggiungemmo entrambe al tavolo. Con mio disappunto, la prima cosa che Ellie disse fu: «Allora? Dougie? È un sì?».

«No, io...» Mi strinsi nelle spalle, decidendo di confessare una parte della verità. «C'è un ragazzo in biblioteca che mi piace.»

Ellie sorrise e i suoi occhi chiari si illuminarono di curiosità. «Aha. È un tuo collega?»

«È uno studente. Uno specializzando.» Il mio tono diceva: "Non voglio parlarne" e, sorprendentemente, Ellie lasciò perdere.

Invece di farmi un interrogatorio su di lui, domandò: «Come va il lavoro?».

«Bene. Sarà difficile avere una promozione, ma l'atmosfera è gradevole e vado d'accordo con i colleghi. Credo che non me ne andrò tanto presto. E tu?»

«Ho quasi finito il dottorato e l'università sta valutando se offrirmi un contratto di un anno per tenere dei corsi. Sono rimasti colpiti da me e dalla mia tesi, così ieri mi hanno convocata per dirmi che mi stanno prendendo in considerazione.»

Ellie era una studiosa di storia dell'arte. Non ne capivo molto, ma sapevo che sognava una carriera accademica, come quella del suo patrigno, Clark, quindi quella era una notizia fantastica.

«Non me l'avevi detto» commentò Joss sottovoce, sbocconcellando un sandwich.

Ellie si strinse nelle spalle con modestia. «Non ero sicura di volerlo dire, nel caso in cui finisse tutto in niente.»

«Non succederà, Els» dichiarò Joss con decisione. «Sono orgogliosa di te.»

«Anch'io.»

«Grazie» disse Ellie con un sorriso riconoscente.

«Significa che probabilmente mi consulterò con te sul materiale di ricerca per la biblioteca.»

«Sì. Magari mentre sono lì potrai farmi vedere Mr Biblioteca.»

Annuii e bevvi un generoso sorso di mojito. Perché quando pensavo a Benjamin non sentivo più le farfalle né mi emozionavo all'idea di ciò che sarebbe potuto succedere?

16

Ero felice.
Veramente, pacificamente felice.
E non avevo alcuna intenzione di analizzare la situazione.
Facendolo avrei sicuramente distrutto la felicità.
Sdraiata con la testa su un cuscino e le gambe distese su quelle di Nate, lo sbirciai con la coda dell'occhio mentre guardava un film e mi accarezzava distrattamente la caviglia.
La nostra relazione sessuale si era intensificata nelle ultime due settimane, e quasi tutte le mie inibizioni erano sparite. Il sesso con lui era facile. Non mi sentivo in imbarazzo né mi preoccupavo costantemente di fare qualcosa di sbagliato.
Benché mi sentissi più sicura di me stessa, continuavo a evitare Benjamin. Ero immersa in un mondo di sesso, risate e svago con Nate. Il tempo che passavamo insieme adesso era inframmezzato dal sesso.
Sesso fantastico.
Non andavamo mai a casa sua – non l'avevo mai nemmeno vista – perché lui diceva di preferire il mio appartamento, quindi usava spesso la chiave che gli avevo dato. Oggi ero stata particolarmente contenta di rientrare e trovarlo sul divano a mangiare patatine e a guardare la tv. Ero appena tornata dalla cena con Dee che papà mi aveva suggerito di organizzare qualche settimana prima, e fino a quando non avevo visto Nate mi ero sentita un po' vulnerabile.

Mi ero chinata per baciargli la tempia e fargli capire che ero contenta di vederlo, dopodiché ero andata a cambiarmi, indossando una camicia da notte che mi aveva comprato lui. Quando ero tornata in soggiorno, mi aveva guardato e aveva battuto la mano sul divano accanto a sé. Mi ero seduta, lasciando che mi avvolgesse in un abbraccio.

«Allora?» domandò poi, dandomi un bacio tra i capelli.

«È stato... È andata bene. Abbiamo parlato della mamma. È un argomento che mi sfinisce sempre.»

Mi coccolò per un po'. Fu meraviglioso.

Il suo cellulare vibrò sul tavolo e io spostai le gambe in modo che potesse prenderlo. Sfiorò lo schermo con il dito e aggrottò le sopracciglia nel leggere il messaggio che aveva appena ricevuto.

«Tutto a posto?»

«È Cam» mormorò. «Credo che stia cominciando a insospettirsi e a domandarsi perché sono sempre occupato.»

«Digli solo che sei occupato a darti da fare. Non deve sapere con chi.»

«Mi sono dato da fare parecchio ultimamente, avrà sicuramente capito che si tratta di una donna sola e vorrà sapere chi è. Nemmeno io posso trovarmi una partner sessuale nuova tutti i giorni.»

«Noi non facciamo sesso tutti i giorni.»

«Quasi.»

Mi strinsi nelle spalle, ammettendo che era vero. «Okay, ma stiamo cercando di concentrare anni di esperienza in qualche settimana.»

Nate sorrise e d'un tratto mi afferrò le caviglie, facendomi sdraiare sul divano prima di mettersi sopra di me. «Lo so, è davvero estenuante» mi prese in giro. «Sono veramente stufo.»

Era talmente stufo che mi strappò di dosso la camicia da notte e si sedette sui talloni per togliersi la maglietta e slacciarsi i jeans. Quando mi sfilò le mutandine e le lanciò dietro di sé, le mie cosce fremettero di eccitazione.

Ben presto nell'appartamento risuonarono i miei mugolii imploranti mentre Nate mi affondava la testa tra le gambe

e mi portava al culmine con la lingua. Avevo quasi perso la capacità di pensare lucidamente, quando all'improvviso mi afferrò i polpacci e si mise le mie gambe sopra le spalle.
Questa era nuova.
Le sue labbra sfiorarono le mie. «Così mi sentirai fino in fondo, piccola. Tieniti forte.»
«Nate!» gridai sentendo ogni centimetro del suo membro mentre lui si muoveva avanti e indietro.
Aveva ragione. Mi penetrò nel punto migliore e la pressione dentro di me aumentò, aumentò, aumentò...
«Ahh!» urlai stringendomi una coscia con la mano e serrando i denti per il dolore.
«Cosa c'è? Cosa c'è?» Il panico nella voce, Nate si fermò. «Liv?»
«Ho un crampo alla gamba» piagnucolai.
Arretrò immediatamente. Il suo respiro ansimante sembrava rimbombare in quella piccola stanza. «Quale?»
«La sinistra» riuscii a rispondere in preda a un orribile fastidio.
Mi fece scorrere la mano lungo la gamba e individuò il muscolo contratto dietro la coscia. Affondai le dita nei cuscini mentre cominciava a massaggiarmelo.
Dopo un po' il crampo iniziò ad attenuarsi e Nate, accorgendosi che la tensione stava diminuendo, scoppiò a ridere facendo sussultare il divano.
Mi sentii subito mortificata.
Mi era venuto un crampo alla gamba mentre facevamo sesso spinto.
Non era bello. Non era sexy.
Mi schiaffeggiai il viso, arrossendo. «Oddio.»
Nate rise ancora di più.
Mi vergognavo così tanto che ero sul punto di piangere. Mi tirai su a sedere, abbassai la testa e allontanai Nate con uno spintone.
«Liv.» Smise di ridere e allungò una mano per afferrarmi, ma io lo respinsi più bruscamente, cercando di passargli sopra per allontanarmi. «Olivia.»
«Vattene.» Gli diedi una gomitata nello stomaco, ma lui

lottò con maggiore decisione. Era più forte di me. In un intreccio di membra in movimento, finii sdraiata a pancia in giù, il lato sinistro del viso premuto contro il divano e le mani bloccate sopra la testa.

Nate mi diede un bacio sulla guancia. «Vuoi calmarti, per favore?»

«Mi sento umiliata» sussurrai chiudendo gli occhi.

Sentii il petto di Nate sulla mia schiena, mentre lui appoggiava il mento sulla mia spalla e avvicinava le labbra alle mie. «Perché dovresti sentirti umiliata? Cazzo, Liv, sono solo io.»

Provai ad alzare le spalle, ma senza grande successo, dato il suo peso. «Ho avuto un crampo alla gamba... mentre facevamo sesso.»

«Piccola» una punta di umorismo si insinuò nella sua voce «ti prego di non farmi ridere perché sento che ridere non è una buona idea in questo momento.»

Lanciai un'occhiata di sbieco alla sua bocca. «Avresti ragione.»

«È stato divertente però» disse dandomi un altro bacio sulla guancia. «E non divertente in un modo che dovrebbe farti sentire umiliata. Divertente e basta. La Liv che conosco sa ridere di sé.»

Premetti il viso sul cuscino come se potesse in qualche modo nascondermi. «Credo di non essere ancora sicura di me in questo campo.»

«Cosa? Pensi che per un piccolo crampo alla gamba non ti desideri più?»

Abbozzai un'altra alzata di spalle.

A quel punto non sentii più il peso di Nate su di me perché lui si tirò su e mi afferrò i fianchi, sollevandomi con uno strattone e costringendomi a puntellarmi sulle ginocchia piegate per rimanere in equilibrio. Mi appoggiai sui gomiti e, senza fiato, girai la testa per guardarlo. «Cosa stai facendo?»

Mi accarezzò il sedere con un'espressione scura e intensa negli occhi mentre mi apriva le gambe. Senza dire una parola scivolò dentro di me.

Boccheggiai, osservandolo chiudere gli occhi come se stesse assaporando la sensazione che gli davo. Arretrò e mi penetrò con più energia. Mi lasciai sfuggire un urlo e lo guardai aprire gli occhi mentre la sua presa sui miei fianchi diventava quasi dolorosa. «Ti sembra che non ti voglia?» domandò a denti stretti.

Mi spinsi contro di lui, pregandolo in silenzio di continuare. «No.» Scossi la testa e inarcai la schiena quando mi penetrò di nuovo, e cominciò a scoparmi fino a farmi dimenticare l'umiliazione.

La testa mi cadde in avanti e le mie grida si mescolarono ai gemiti di Nate, che si muoveva avanti e indietro, con foga crescente. Quando d'un tratto rallentò, ritardando l'orgasmo che stava per travolgermi, mi girai di nuovo a guardarlo da sotto la cascata di capelli scompigliati. «Perché?» mugolai.

«Voglio sentirti» rispose con la voce roca facendomi scivolare la mano sulla pelle umida dell'addome. Quella pressione mi indusse ad alzare il busto contro il suo petto per consentirgli di penetrarmi da un'altra angolazione.

«Nate.» Sospirai di piacere e appoggiai la testa alla sua spalla.

Lui mi prese teneramente un seno nella mano destra mentre con l'altra scendeva lungo il mio ventre, solleticandolo. Quando mi premette le dita sul clitoride, i miei fianchi reagirono sussultando, e mentre si occupava di me con la mano, continuò a occuparsi di me anche con il suo membro.

Mi mossi contro di lui, adeguandomi al ritmo della sua sensuale tortura, scivolando su e giù sul suo sesso in preda a sensazioni che mi facevano perdere il controllo. Portai un braccio dietro di me e gli affondai le dita nella schiena mentre mi reggevo a lui con tutte le mie forze.

«Siamo io e te» ansimò, penetrandomi più velocemente e più forte. «Non provare a scappare. Non da me.»

«Okay» risposi scuotendo la testa contro la sua spalla. «Okay.»

Smise di stuzzicarmi il clitoride e disse: «Promettimelo».

«Nate, non fermarti, non fermarti» sussurrai in fretta. «Ti prego, ci sono. Ci sono quasi.»

Si insinuò dentro di me e si bloccò.

«Nate!» gemetti afferrandogli i fianchi. «Per favore!»

«Promettimelo. Dimmi che non scapperai.» Mi morse l'orecchio, facendomi quasi male. «Dimmi che non scapperai mai da me. E poi implorami di scoparti.»

Il mio cervello era troppo occupato ad attivare i neuroni perché potessi fare domande. «Non scapperò mai da te» ansimai, abbassando il sedere sulle sue cosce. «Adesso ti prego, per favore, scopami. Fammi godere.»

Improvvisamente mi trovai supina, il petto di Nate contro la schiena. I suoi grugniti animaleschi mi riempivano le orecchie mentre lui continuava a penetrarmi, spingendomi contro il divano e verso un orgasmo sbalorditivo.

Il grido con cui esplosi riecheggiò in tutto l'appartamento, soffocato solo in parte dall'urlo roco di Nate, al quale bastò che il mio sesso si serrasse intorno al suo per raggiungere il piacere.

17

Il sabato successivo ero stretta insieme a Jo sotto un ombrello in attesa che Ellie e Joss uscissero dalla casa in Scotland Street. L'agente immobiliare, Ryan, un ex collega di Jo dei tempi in cui lavorava all'agenzia di Braden, la Douglas Carmichael & Co, iniziò a parlare con Ellie mentre Jo mi prendeva sottobraccio.

Adam ed Ellie avevano trovato un posto di loro gradimento, uno spazioso appartamento georgiano con pavimenti di legno a listoni, soffitti alti e dettagli d'epoca. I lavori necessari erano puramente estetici. A Adam piaceva moltissimo. Ellie se n'era addirittura innamorata e voleva la nostra opinione.

Che fu un sonoro "sì" da parte di tutte e tre.

Quando Ryan se ne andò, Ellie ci guardò con un sorriso elettrizzato. «Sono così contenta che vi piaccia. Vi sono davvero grata per essere venute a vederla.» Cominciò a scendere le scale e Joss si affrettò a raggiungerla con l'ombrello mentre noi le seguivamo. «Soprattutto a te, Liv.» Girò la testa per rivolgermi un sorriso curioso. «Sei stata così occupata ultimamente.»

Contraccambiai il sorriso, sperando di non sembrare lievemente sorpresa e allarmata.

Jo mi strinse il braccio contro il suo fianco. «È strano» mormorò in modo che potessi sentire solo io «ma anche Nate è stato occupato ultimamente.»

Mi sforzai di non reagire, per cui riuscii a non dire nulla. Non volendo mentire spudoratamente, non mi restava altro che stare zitta come se il fatto non mi riguardasse. A dire la verità eravamo alla quinta settimana di lezioni – potevamo ancora definirle così? – e stavo cominciando a non vedere l'ora di parlare con qualcuno di ciò che stava succedendo tra me e lui. Jo era più esperta di me in fatto di relazioni e di uomini in generale, e adesso ero arrivata a un punto in cui avevo così bisogno di consigli che mi domandavo se avrei dovuto lasciare che quel bisogno facesse passare in secondo piano tutti i motivi per cui *non* mi ero rivolta a lei.

Ci fermammo di colpo sul marciapiede quando il telefono di Joss prese a squillare. Lei frugò nella borsa e ci rivolse un sorriso di scuse mentre rispondeva.

Osservarla fu sconcertante. Sconcertante perché nei suoi occhi apparve qualcosa che non capivo, ma che non mi piaceva per niente. Impallidì, ringraziando con un mormorio chiunque ci fosse all'altro capo, e restò a fissare il vuoto con il telefono a mezz'aria.

«Joss?» domandò Ellie scrollandola dolcemente. Aveva avuto la stessa impressione mia e di Jo.

C'era davvero qualcosa che non andava.

«Joss, cosa succede?»

All'improvviso lei sbatté le palpebre e ci guardò con gli occhi vitrei per la paura. «Devo andare.»

«Joss?» Ellie fece un passo verso di lei, che aveva cominciato ad arretrare. «Jocelyn?»

«Devo andare.»

«Dove?»

«È solo che...» Si portò una mano alla fronte, diventando sempre più pallida «devo andare.»

«Mi stai facendo paura, davvero. Cosa c'è?»

«Ellie!» sbottò Joss. Poi però si addolcì, incontrando lo sguardo della cognata. «Ho soltanto... bisogno di stare da sola per un po'.»

Dopo un attimo di riflessione Ellie annuì. In silenzio, osservammo Joss girarsi sui tacchi e allontanarsi lentamente con le braccia strette al petto e la testa china.

Io, Ellie e Jo ci scambiammo occhiate preoccupate. «Che diavolo è successo?» domandai, sentendo lo stomaco contrarsi per l'inquietudine.

Senza rispondere, Ellie tirò fuori il cellulare con le mani che tremavano, sfiorò lo schermo con il dito diverse volte e cominciò a scrivere in fretta.

«E adesso cosa stai facendo?» chiese Jo guardandola, prima di girare la testa nella direzione in cui la nostra amica se n'era andata.

«Scrivo a Braden per informarlo.»

Mi rannicchiai di più contro Jo per confortarla. «Qualcuno sa quale avrebbe potuto essere l'argomento della telefonata?»

«Non ne ho idea.» Ellie si circondò la vita con le braccia, rischiando nel frattempo di colpire un passante con l'ombrello. Era inconsapevole della presenza di chiunque in quel momento, e il suo panico mi metteva sempre più a disagio. «Però era da parecchio che non vedevo Joss chiudersi così. Non è affatto un buon segno.»

«Joss starà bene, vedrai» mi rassicurò mio padre stringendomi al suo fianco in un abbraccio.

Dopo avere scritto a Braden, Ellie aveva preso un taxi per tornare a casa da Adam, mentre io e Jo ne avevamo preso un altro per andare a casa di Jo. Quando eravamo arrivate, i ragazzi erano tornati da judo e avevamo raccontato loro quello che era successo a Joss. Nessuno aveva idea di cosa potesse significare.

Soltanto dopo, mentre eravamo seduti in soggiorno, mi ero resa conto che per la prima volta dopo due settimane io e Nate eravamo nella stessa stanza con i nostri amici. Avevo provato una strana sensazione, stavolta, perché dopo aver passato gli ultimi mesi a osservare quattro coppie di innamorati, mi sembrava che quello che c'era tra me e Nate non fosse tanto diverso. Non solo facevamo sesso *da sballo,* ma ci frequentavamo, parlavamo delle nostre preoccupazioni, ridevamo... ci coccolavamo. Nate scherzava, mi prendeva in giro e mi rubava sempre il telefono per scattarmi foto a caso.

Ci volevamo bene.
Molto.
Nascondere ciò che evidentemente c'era tra noi dietro la scusa delle lezioni di educazione sessuale e mantenere il segreto cominciava a essere una vera tortura. Soprattutto perché conoscevo Nate.
Non aveva superato il bisogno di vedere tutti i giorni la A sul suo petto riflessa nello specchio e io non sapevo se ci sarebbe mai riuscito. Stava diventando sempre più evidente che rischiavo di rimanere ferita.
Eppure, per qualche motivo, non ero abbastanza abile da tirarmi fuori da quella situazione.
Quel pomeriggio avevo sentito alcune volte il suo sguardo su di me, il che mi aveva messa in imbarazzo e a disagio, come se Nate potesse guardarmi dentro e vedere esattamente cosa stavo pensando.
"Zuccherino, se sapesse cosa stai pensando taglierebbe la corda in un lampo."
Così, quando mio padre mi aveva chiamata per invitarmi a cena da lui, avevo accettato al volo, andandomene di corsa da casa di Jo e Cam senza quasi salutare Nate.
Papà aveva preparato pollo marinato, patate e insalata. Ero seduta sullo sgabello accanto a lui e piluccavo il cibo, mentre lui mi rassicurava dopo che gli avevo raccontato di Joss.
Reagii alle sue parole scuotendo la testa. «Non l'hai vista in faccia. Sembrava... sconvolta.»
«Braden l'ha trovata, vero?»
«Sì. Els ha scritto che l'ha trovata al castello, proprio dove pensava che sarebbe andata.»
«Dobbiamo solo aspettare di sentirli.»
Annuii ma continuai a rigirare il cibo nel piatto, senza smettere di pensare a Joss e Nate.
«Sei dimagrita» commentò papà. «Mangia.»
Questo era un altro dei vantaggi di fare sesso costante e attivo: avevo davvero perso qualche chilo e mi si erano persino un po' rassodati i muscoli. Ma non potevo certo spiegarne la ragione a mio padre. Avvampai al solo pensiero. «Ho moltissimo da fare e poco tempo per mangiare.»

Papà inarcò un sopracciglio con aria incuriosita. «Ho notato che da qualche settimana sei un po' distante. È il lavoro a tenerti occupata?»

«Sì, il lavoro... e, sai, qualche voltai do una mano a Nate con le sue recensioni.»

Con la coda dell'occhio lo vidi fare una smorfia. «Sono sicuro che è pagato per scriverle da solo.»

«È un mio amico, papà» lo ammonii.

«Non posso farci niente. Ha ventotto anni e non è ancora cresciuto, accidenti. Se ne va in giro a scattare foto, si diverte con i videogiochi, guarda film e si porta a letto qualsiasi cosa si muova. Questo non è un uomo, Olivia, è un ragazzino, ed è fonte di guai. Non mi piace che ti ronzi intorno.»

«Ehi, basta!» esclamai, sbattendo rumorosamente la forchetta sul piatto.

Mio padre fissò con stupore il mio viso rabbioso e arrossato.

«Non lo conosci» dissi senza dargli il tempo di replicare. «Non sai niente di lui.»

«Allora illuminami. Cosa trovi di meritevole del tuo rispetto e del tuo tempo in questo ragazzo?»

«È un buon amico. Un amico fedele, premuroso e compassionevole.»

«Come? Perché? Cos'ha fatto?»

Incrociando le braccia sul petto, mi appoggiai allo schienale e osservai il magnifico bovindo affacciato su Heriot Row. Non riuscii a guardare mio padre negli occhi mentre ammettevo: «Il giorno del Ringraziamento ti ho mentito: ti ho detto che stavo bene, ma non era vero». Sentii l'atmosfera intorno a mio padre farsi pesante, mentre lui si irrigidiva. «Dopo che ci siamo salutati, sono tornata a casa e ho avuto un crollo. Avevo preparato il tacchino, le patate e il resto, ma ho fatto bruciare tutto e ho cominciato a perdere la testa. Voglio dire... a perdere *davvero* la testa. Per fortuna, Nate passava dalle mie parti e mi ha trovata nel pieno della crisi. Mi è stato vicino mentre gli piangevo addosso per la mamma.» Mi arrischiai a lanciare un'occhiata a mio padre e vidi che la sua mascella era rigida e i suoi occhi lucidi di tristezza. «Nate è stato davvero al mio fianco, papà. E ha capito. Mi ha capita. Ha perso l'amore della sua vita quando aveva diciotto anni.» La mia voce si incrinò sulle parole "amore della sua vita". «È morta di cancro.»

«Oddio.» Papà chinò la testa e si passò una mano sul viso come sfinito da quella notizia.

«Erano migliori amici sin dall'infanzia e, a quanto pare, lei era davvero speciale. Da allora Nate non è più lo stesso. Non dirlo a nessuno, papà. Lui non ne parla mai.»

Mio padre mi guardò con uno sguardo penetrante. «C'è qualcosa tra voi?»

Sentii il battito accelerare e le gambe tremare mentre abbassavo lo sguardo. Non riuscivo a mentire a mio padre. Non ci riuscivo proprio. «Non abbiamo una relazione, se è quello che mi stai chiedendo.»

«Oh, bimba» gemette come se stesse soffrendo. «Spero che tu sappia cosa stai facendo.»

Inspiegabilmente sentii i miei occhi riempirsi di lacrime, così distolsi lo sguardo e presi in mano la forchetta, rimettendomi a giocherellare con il cibo. «Non raccontare nulla in giro. Nessuno ne sa niente.»

«E a chi dovrei raccontarlo?»

Feci un debole sorriso senza smettere di guardare il piatto. «Ti ho deluso?»

«No.» Posò la mano sulla mia per placare i miei movimenti nervosi. «Ma la mia ragazza si merita di più di ciò che state facendo voi due. Ti meriti di cominciare a costruire una vita con qualcuno. *Tu* meriti di essere il grande amore di qualcuno.»

Non so come, ma riuscii a non piangere. Feci un sorriso radioso a mio padre, spingendo tutta la negatività nel recesso profondo e oscuro che stava dentro di me. «Che tu ci creda o no, Nate mi ha portata cento passi avanti in quella direzione.»

«Non capisco.»

«Non è necessario, papà. Sappi solo che sto meglio di quanto mi capitasse da moltissimo tempo.»

Mi studiò per un attimo. «Okay, ne sono contento, tesoro.»

Lo squillo del mio telefono interruppe la nostra schietta conversazione. Vedendo apparire il viso di Jo sul display, presi subito il cellulare: probabilmente mi stava chiamando per via di Joss. «Ciao.»

«Ho appena sentito Ellie» disse senza preamboli.

«E?»

«Joss è incinta.»

Mi paralizzai, aggrottando la fronte mentre guardavo mio padre. «Non è una buona notizia?»

Jo fece un gran sospiro. «Credo che abbia risvegliato alcuni fantasmi, Liv.»

Capii e chiusi gli occhi, immedesimandomi nei suoi sentimenti. «La sua famiglia?»

«Sì.» Stavolta il sospiro di Jo fu tremante. «Ellie dice che Braden è piuttosto arrabbiato per la reazione di Joss. Questo dovrebbe essere uno dei giorni più felici della vita di un uomo.»

Mi dispiaceva moltissimo per loro. «Si sono appena sposati. Dovrebbe essere un periodo meraviglioso.»

«Sì. A ogni modo, sapevo che eri preoccupata, quindi ho pensato di dirtelo.»

«Grazie, Jo, ci sentiamo più tardi.»

Dopo aver riattaccato, mi voltai verso mio padre, che stava aspettando. «Joss è incinta.»

Lui sembrò confuso, proprio come me all'inizio. «E non è una bella cosa?»

«A quanto pare si sono riaperte alcune vecchie ferite molto dolorose... che hanno a che vedere con la sua famiglia.»

«A volte succede. Basta... qualcosa... di scatenante, e ti trovi a rivivere tutto.»

Era una cosa che noi due potevamo capire perfettamente. «Spero solo che riesca a superare questo momento.»

«Ci riuscirà» disse lui con sicurezza. «Braden è la sua famiglia e Joss lotterà per lui.»

Potevo solo augurarmi che mio padre, con il suo ottimismo, avesse ragione, perché se c'erano persone che si meritavano di essere felici erano proprio Joss e Braden Carmichael.

18

La gita a Longniddry non sarebbe potuta capitare in un momento migliore. Per Joss significava avere una scusa valida per essere asociale, visto che più della metà del gruppo con cui usciva era andata fuori città per il fine settimana, e per me significava poter sperare in un po' della chiarezza che tanto desideravo.

Passare del tempo con la famiglia di Nate, in un contesto completamente diverso, mi avrebbe anche consentito di vedere lui sotto una luce diversa. Questo implicava anche che avremmo dovuto stare insieme senza fare sconcerie, e sinceramente credevo che una pausa mi servisse. Non perché la volessi davvero, ma perché mi auguravo che essere libera dal sortilegio sessuale che lui mi aveva lanciato mi avrebbe dato il coraggio di finire ciò che avevamo iniziato.

Sì, avevo davvero bisogno di finire.

Dal momento che Peetie aveva un'auto, lui e Lyn sarebbero venuti insieme, mentre Nate ne aveva noleggiata una per me, Cam, Jo e Cole. Ci eravamo presi il venerdì libero dal lavoro, e Cole aveva avuto il permesso di non andare a scuola per un giorno. Ci mettemmo in viaggio subito dopo mezzogiorno, con Nate alla guida, Cam sul sedile del passeggero e Jo schiacciata tra me e Cole. Quando raggiungemmo la via principale di Longniddry con i suoi cottage, i fiori e il pub in stile tradizionale, non vedevo l'ora di scendere dalla macchina. Avevo abbassato il finestrino e sentivo il profumo del mare.

Ci addentrammo in un quartiere ben tenuto e Nate si fermò davanti a una casa bianca con il tetto rosso. L'auto di Peetie era già parcheggiata nel vialetto. A detta di Nate, la casa che avevamo preso in affitto si trovava poche vie dietro quella dei genitori di Cam.

«Nate non ha tenuto in considerazione le dimensioni del mio posteriore quando ha noleggiato questo... coso.» Scendendo feci una smorfia, con il lato destro della coscia e del sedere doloranti dopo essere stati schiacciati contro la portiera per tutto il tempo.

Nate uscì a sua volta dall'auto e mi fece un ampio sorriso. «È una Nissan perché le nostre finanze sono limitate.»

Inarcai un sopracciglio. «Finanze limitate? Il mio sedere dice che ci sono cose economiche e cose scadenti» dissi massaggiandomi la schiena indolenzita.

«Il problema non era il tuo sedere» borbottò Cole strofinandosi il fianco sinistro. «Ma il borsone che non ci stava nel bagagliaio.»

Fissammo tutti Jo che, dopo avere armeggiato sul sedile posteriore, trascinò fuori un enorme borsone da viaggio e girò la testa per lanciarci un'occhiata. «Cosa c'è? Non sapevo come sarebbe stato il tempo, così mi sono dovuta portare un assortimento di vestiti.»

«Spiegalo al mio sedere.»

Nate sbuffò e mi guidò verso il bagagliaio. «Ti ho detto che mi piace il fatto che viaggi leggera?» disse con un sorriso mentre tirava fuori il mio zaino.

«Sono solo due notti.» Feci capolino oltre l'auto e vidi Cam che aiutava Jo con il borsone. «Hai sentito? *Due* notti.»

Lei mi scoccò uno sguardo torvo. «Sentite, zio Mick mi ha dato un aumento e può darsi che mi sia fatta prendere un po' la mano con l'acquisto di nuovi vestiti. Mi sono lasciata travolgere da un eccessivo entusiasmo mentre preparavo la valigia.» Guardò Cam con aria contrita. «Scusa.»

Lui si affrettò a darle un bacio sulle labbra per tranquillizzarla. «Non scusarti con me, piccola. Non me ne frega niente. Portati pure quello che vuoi.» Mi lanciò un sorriso canzonatorio. «Non sono io a dovermi schiacciare sul sedile posteriore con voi.»

«Davanti!» gridai, forse più forte del necessario.

Mi fissarono tutti come se fossi pazza.

«Davanti» ripetei. «Per il viaggio di ritorno.» Non ricevendo risposta, sbuffai: «La regola è che la prima persona che dice "davanti" si accaparra il diritto di stare sul sedile del passeggero».

Cam aggrottò la fronte. «Ah, questa regola non esiste da noi, mi dispiace.»

Lo guardai stringendo gli occhi. «Ma a quanto pare ne esiste una tacita e misogina per cui gli uomini più vecchi del gruppo possono sedersi davanti, vero?»

Cam lanciò un'occhiata scherzosa a Jo. «Dovevi proprio diventare amica di una femminista?»

«Sei stato tu a rintracciarla su Facebook» borbottò lei.

«Che bello. Mi sento amata, ragazzi, mi sento proprio amata.» Li oltrepassai dando una spinta a Cam. «Io mi siedo davanti.»

«No.»

«Ah, no?» Mi fermai e mi voltai a guardare Nate, che aveva tirato fuori tutte le borse dal bagagliaio e stava chiudendo la macchina. «Nate?»

Lui mi guardò distrattamente ma si bloccò nel vedere il sorrisino compiaciuto sulle mie labbra. «Sì?» domandò con circospezione.

«Chi si siederà accanto a te nel viaggio si ritorno? Cam o... io?» "Se non scegli me dimenticherò che hai un pene."

Nate recepì il messaggio e rivolse a Cam uno sguardo di scuse mentre si dirigeva verso la casa. «Mi dispiace amico. Ha detto "davanti".»

Trionfante, seguii Nate e mentre varcavamo la soglia lui mi sussurrò nell'orecchio: «Manipolazione sessuale... questa non te l'ho insegnata io, eh?».

Sgranando gli occhi, lo osservai con finta innocenza ed entrai. «Non so proprio di cosa tu stia parlando.»

Mi diede una scherzosa pacca sul sedere e io mi voltai,

ridacchiandogli in faccia mentre lui mi sorrideva. A quel punto sentimmo qualcuno schiarirsi la gola, così ci fermammo di colpo e, girandoci, trovammo Peetie e Lyn sulla porta del soggiorno. Lo sguardo curioso di lei passava da me a Nate, mentre il volto impenetrabile di lui era fisso sul suo migliore amico.

Maledicendomi per non essere stata più cauta, finsi che quel momento di intimità tra me e Nate non fosse nulla e corsi ad abbracciare Lyn e Peetie.

Cole, Jo e Cam entrarono dopo di noi, e per fortuna l'"incidente" venne dimenticato mentre ci guardavamo intorno in quella casa accogliente e sceglievamo le camere. Ce n'erano quattro, quindi Jo e Cam e Lyn e Peetie presero le due matrimoniali, Nate e Cole la doppia e io la doppia più piccola. Quando Cole sparì nella stanza per lasciarvi la sua borsa, Nate lanciò un'occhiata eloquente prima alla loro camera e poi alla mia, assumendo una ridicola espressione imbronciata.

"Niente sesso per te" mimai con le labbra.

«Ah, be', questo significa niente sesso anche per te.» Ma non lo mimò con le labbra: lo disse ad alta voce.

Strabuzzai gli occhi mentre lui rideva e si rifugiava di corsa in camera sua per sottrarsi alla mia collera.

Stava cercando di farci scoprire?

Il pub sulla via principale di Longniddry era un locale tipico: mattoni a vista, un enorme camino al centro della sala, tavoli in legno massello che avevano visto il passare degli anni, sedie abbinate e panche di legno rivestite di tessuto rosso lungo il perimetro della stanza. Occupammo uno dei tavoli più grandi con una finestra in stile Tudor alle nostre spalle, e io mi ritrovai felicemente seduta su una panca tra Nate e Cole. A capotavola c'era il padre di Nate, Nathan, che era una versione invecchiata del figlio: stessi capelli folti e ribelli, un tempo scuri e ora brizzolati, stessi occhi scuri e scintillanti, stessa pelle olivastra, stesse fossette, stessa corporatura. Stesso fascino complessivo e stessa bellezza virile. Di fronte a Nate sedeva sua madre, Sylvie. Era ancora molto attraente, per cui immaginai che quando aveva la mia età doveva essere stata uno schianto. Piccola di statura e snella, aveva i capelli scuri e lunghi, gli occhi di un azzurro brillante e i lineamenti delicati.

Rimasi un po' stupita dal comportamento di Nate con i suoi genitori. Quando entrammo nel locale e loro due si alzarono per salutarci, Nate strinse sua madre tra le braccia sollevandola da terra. Poi abbracciò forte suo padre e, mentre si staccavano l'uno dall'altro, i due si sorrisero con aria felice guardandosi negli occhi. Nate ci presentò e Cam fece altrettanto con i suoi genitori, Helena e Anderson, prima che Peetie ci presentasse ai suoi zii, Rose e Jim, che l'avevano cresciuto dal momento che la loro nipote, rimasta incinta troppo giovane, aveva deciso di darlo in adozione.

Quando fummo seduti, capii che Nate era incredibilmente legato ai suoi genitori. Non immaginavo che fosse così. Certo, sapevo che voleva bene a sua madre e a suo padre e che tra loro non c'erano problemi, ma considerando che andava a trovarli molto raramente... be', non sapevo che cosa pensavo in realtà. Semplicemente non credevo che fossero intimi, ma era evidente che mi sbagliavo.

I genitori di Nate furono gentilissimi con me e mi fecero molte domande. Suo padre, in particolare, era forse ancora più affascinante di lui. Eravamo talmente tanti al tavolo che era difficile portare avanti una sola conversazione, così iniziammo a parlare a gruppetti. Io, dal canto mio, ero contenta di poter scoprire qualcosa in più su Nate.

«Aveva uno spazzolino da denti che si portava dietro dappertutto» rivelò Nathan mentre Sylvie rideva.

«Uno spazzolino da denti?»

«Non riesco a credere che tu le stia raccontando la storia dello spazzolino» si lamentò Nate.

Nathan lo ignorò, sorridendo diabolicamente e in un modo così simile a Nate che rimasi incantata. «Sai, la maggior parte dei bambini sceglie una coperta o un orsacchiotto. Lui invece si era scelto uno spazzolino da denti, e non quello che usava, ma un semplice spazzolino che, piangendo, aveva implorato sua madre di comprargli al supermercato.»

Stavo per soffocare dalle risate, adesso. «Uno spazzolino?» ripetei lanciando un'occhiata a Nate, che fingeva di non ascoltare, e domandandomi come facesse un uomo a essere così sexy e al tempo stesso così adorabile.

«Aveva l'impugnatura gialla con sopra una faccina sorridente» proseguì Nathan. «Se lo portava ovunque, persino a letto, e si addormentava stringendolo nella manina. Abbiamo le prove fotografiche.»

Risi di nuovo e Nate si voltò verso di me, scuotendo la testa. «Lui *crede* di avere le prove fotografiche.»

Sylvie boccheggiò. «Mi auguro che tu non abbia fatto nulla con quelle fotografie, Nathaniel Sawyer, altrimenti sei spacciato.»

Nathan salvò il figlio rivolgendosi a me. «Nate mi ha detto che tuo padre è scozzese.»

«Sì, è originario di Paisley.»

«Ti ha fatto visitare la Scozia?»

«Abbastanza. Alcuni anni fa mi ha portata al Nord, oltre Inverness se non mi sbaglio. Da quando ci siamo trasferiti qui siamo stati in un paio di posti. Nelle Highlands occidentali per esempio. Ah, siccome volevo vedere dov'era nato Robert Burns, mio padre mi ha portata a sud, ad Alloway, e poi siamo andati fino al confine, a Gretna Green. Io leggo molto, e così avevo scoperto che si tratta del paese dove si rifugiavano le ereditiere rapite e le giovani coppie inglesi a cui era proibito sposarsi: lì infatti le leggi scozzesi sul matrimonio permettevano loro di convolare a nozze senza il consenso dei genitori. Ci tenevo a vedere quel posto, mi sembrava piuttosto interessante.»

«Fai la bibliotecaria, vero?» mi domandò Sylvie con un sorriso.

In quel momento arrivarono le nostre ordinazioni, per cui le risposi dopo che mi fu servita un'abbondante porzione di pesce e patatine, che avrebbe solo contribuito a far aumentare lo strato adiposo della mia pancia. «Sì, all'università.»

«Hai un fidanzato, Olivia?» chiese Nathan con un lampo malizioso negli occhi.

Cercando di non sentirmi a disagio per la domanda e per

la gamba di Nate che sentii irrigidirsi contro la mia, scossi in fretta la testa e presi un boccone di cibo per avere la scusa per non rispondere.

«Sei una ragazza bellissima» osservò Nathan con le sopracciglia aggrottate, apparentemente sconcertato. «Non c'è nessuno?»

«Olivia è esigente» mi soccorse Nate. «Ed è giusto così.»

«Be', la perfezione non esiste. A volte bisogna prendere quello che c'è. Non è vero, tesoro?» Sylvie guardò il marito con una strizzata d'occhi canzonatoria, e d'un tratto capii da chi Nate aveva ereditato la capacità di ammiccare in maniera così favolosa.

Nathan rivolse uno sguardo divertito alla moglie e si girò di nuovo verso di me. «Sylvie ha ragione. Finirai per vivere una vita di solitudine se aspetti la perfezione.»

Stavo per ridere di quel benevolo, e tuttavia eccessivamente personale, interessamento per la mia vita amorosa che Nathan e Sylvie dimostravano solo mezz'ora dopo avermi conosciuta, quando Nate disse sottovoce: «Liv è perfetta. Si merita la perfezione, non si accontenterà di nulla che sia da meno».

Avrebbe potuto essere un'osservazione divertente, dolce, scherzosa, ma c'era un'intensità nel modo in cui l'aveva fatta che ci lasciò tutti interdetti. Nathan e Sylvie studiarono il figlio con curiosità prima di spostare l'attenzione su di me. Io, le guance in fiamme, chinai la testa e mi domandai se saremmo riusciti a superare il fine settimana senza che Nate facesse scoprire agli altri il nostro segreto.

Ero arrabbiata con lui, e non per i suoi piccoli passi falsi qua e là.

Ero arrabbiata perché quello che aveva appena detto era assolutamente meraviglioso. Quando lo guardai, una fitta di dolore e piacere mi trafisse il cuore. Il sangue mi si scaldò nelle vene e strinsi i pugni. Nate mi stava facendo innamorare di lui.

Questo non faceva parte dell'accordo.

Nel tentativo di arginare la cosa, mi voltai verso Cole e cominciai a chiacchierare con lui, ritrovandomi così a parlare con il padre di Cam, Andy. Era un uomo tranquillo, riservato, che andava d'accordissimo con il fratellino di Jo. Non appena dimostrai di essere interessata alla storia locale, Andy si aprì, trasformandosi in un'autentica fonte di informazioni. Ne fui contenta, perché fu una distrazione.

La cena proseguì e, complici le conversazioni che si sovrapponevano e la birra che cominciava a fare effetto, finimmo per parlare a voce sempre più alta. Presto mi fu chiaro che Nate, Cam, Peetie e le loro famiglie erano molto uniti. C'erano legami di cui mi ero già accorta stando con i ragazzi, ma osservarli insieme ai loro genitori rese evidente che quei legami erano solidi. Erano per sempre. Non sapevo se il fatto che fossero tutti figli unici giocasse qualche ruolo, ma di certo giocava un ruolo nella loro amicizia.

Io non avevo mai provato nulla di simile. Avevo avuto mia madre, che a sua volta aveva alcuni amici intimi. Poi era arrivato mio padre e non avevo avuto bisogno di altro che di lui e della mamma. Per un motivo o per l'altro non avevo mai avuto un'amicizia profonda come quella che c'era tra i ragazzi. Non c'erano mai state riunioni di famiglia, sebbene ci fosse costantemente gente che andava e veniva da casa nostra visto che la mamma aiutava sempre qualcuno e papà faceva sempre un favore a qualcun altro.

Tuttavia non avevo mai pensato che avrei sentito l'esigenza di qualcosa di simile finché non mi ero trasferita a Edimburgo ed ero stata accolta nella vita di queste persone affettuose e semplici. Avevano fatto lo stesso con Joss, e Joss aveva fatto lo stesso con me, arrivando addirittura a chiedermi di farle da damigella al suo matrimonio.

In quel momento, mentre Nathan, Andy e Jim si dividevano il conto, decisi che al ritorno da Longniddry sarei andata a trovare la mia amica. Lei c'era stata per me, e io dovevo esserci per lei.

Nel complesso la cena mi aveva lasciata stranamente malinconica, quindi fu un sollievo che i ragazzi fossero così su di giri. A tavola avevano bevuto qualche birra e, dopo avere augurato la buonanotte alle loro famiglie, ci avevano portate a casa, dove avevano preso altre birre dal frigorifero.

Due ore più tardi si stavano godendo il relax della vacanza ed erano leggermente ubriachi. Dopo che Peetie aveva annunciato che né Cam né Nate avrebbero mai avuto la speranza di metterlo KO con una mossa di judo, i due avevano guardato il fisico massiccio dell'amico giocatore di rugby e avevano accettato la sfida. Avrei dovuto fermarli. Qualcuno si sarebbe fatto male, ma dal momento che Jo e Lyn se ne stavano sedute a ridere in un angolo senza fare nulla per i loro uomini, decisi che nemmeno io sarei intervenuta a favore di Nate.

Andai in cucina e trovai Cole che preparava qualche snack.

«Ehi» dissi dandogli una spintarella mentre mi avvicinavo a lui. «Sei stato assunto come addetto al catering?»

Sorrise. «Ho pensato che avrei fatto meglio a svignarmela.»

«Sei un ragazzino intelligente» commentai prendendo una manciata di arachidi. «Mi sorprende che tu non abbia ancora chiesto a qualcuno di noi di portarti una birra di nascosto.»

A quelle parole Cole si irrigidì e io mi maledissi per essere stata così idiota.

«È una cosa che non mi interessa molto, a essere sincero.»

Ma certo, aveva un genitore alcolizzato.

"Brava, Olivia."

«Scus...»

«Mentre Cam sbatte la testa di Peetie sul tappeto, *io* vorrei mangiare qualcosa» disse Nate entrando in cucina. Con gli occhi un po' più vivaci del solito a causa dell'alcol e le guance arrossate, spostò lo sguardo da me agli snack, costeggiò il tavolo e si spinse contro il mio fianco mentre si allungava per prendere una ciotola di patatine. Con l'altra mano mi accarezzò il sedere.

Mi irrigidii e lanciai un'occhiata a Cole, che stava fissando il mio didietro. Alzò la testa verso di me, colse la mia espressione e si accigliò.

"Merda."

Nate sorrise a entrambi, del tutto inconsapevole di essere

stato scoperto. Uscì dalla cucina tranquillamente, lasciando me e Cole a guardarci negli occhi.

D'un tratto quella situazione mi fece sentire un'adolescente.

Esausta, abbassai lo sguardo e feci un profondo sospiro. «Vado a dormire.»

Quella notte, sdraiata a letto, osservai il soffitto ascoltando le risate che giungevano dal piano di sotto. I rumori e l'inquietudine mi impedivano di rilassarmi e impiegai parecchio tempo a prendere sonno. Alla fine mi convinsi che Cole non avrebbe raccontato a nessuno ciò che aveva visto. Quella carezza non dimostrava nulla se non che Nate non riusciva a trattenersi dal flirtare con una donna che sapeva essere libera.

Vero?

19

Il giorno dopo splendeva un sole meraviglioso, con grande gioia di Cam, Jo e Cole, i quali avevano deciso di fare un picnic sulla spiaggia con i genitori di Cam e il loro cane. Mi sembrava un programma fantastico, ma visto che Lyn avrebbe trascorso la giornata con Peetie e i suoi zii, Nate mi aveva chiesto di stare insieme a lui, Nathan e Sylvie.

Era una scelta difficile: starmene tutto il giorno a spassarmela su una spiaggia o scoprire di più su Nate?

Okay, in realtà non era una scelta davvero difficile, ma per orgoglio fingerò di averci riflettuto sopra per più di dieci secondi.

Inoltre non vedevo l'ora di allontanarmi dallo sguardo acuto di Cole. La mattina, mentre facevamo colazione insieme, aveva continuato a osservare me e Nate con attenzione in cerca – immagino – di segnali che dimostrassero che stavamo combinando qualcosa.

Fu un sollievo quando mi trovai nel patio sul retro della casa dei genitori di Nate. La giornata era cominciata bene. Nate mi aveva fatto i complimenti per come mi ero vestita – avevo scelto un maxiabito che sottolineava le mie forme con il quale, prima delle nostre lezioni, non mi sarei mai sentita a mio agio – e mentre eravamo fermi a un semaforo mi aveva baciata dolcemente per la prima volta dopo quella che sembrava un'eternità. In realtà era passato solo qualche giorno dal nostro ultimo bacio sulla bocca. Dal momento che i genitori di Nate vivevano dall'altra parte del paese, avevamo preso l'auto, e Sylvie e Nathan erano usciti a salutarci mentre accostavamo davanti al loro bellissimo cottage. A quanto pareva, Nate era cresciuto in un posto davvero delizioso.

Sorseggiando una limonata, risi mentre Nate e suo padre si prendevano in giro, e scambiai qualche sorriso con Sylvie. Mi sentivo davvero a casa.

«Ho visto una foto di te con un cane» dissi a Nate con un sorriso interrogativo. Nell'ingresso ero passata davanti alla fotografia di lui da bambino con un cucciolo di Labrador. «Non mi hai mai detto che avevi un cane.»

Nathan ridacchiò, mentre Nate borbottava.

«Mi sono persa qualcosa?» dissi con un sorriso.

«Il cane» rispose Nathan ridendo prima di ricomporsi per poter continuare «si chiamava Duke e lo abbiamo tenuto solo per circa quattordici mesi, perché a quel punto mio figlio aveva deciso che Duke valeva più come merce di scambio che come animale di famiglia.»

«Oddio.» Nate borbottò di nuovo e mi fulminò con lo sguardo. «Dovevi proprio chiedere del cane?»

Sylvie stava quasi per piangere dalle risate.

La mia curiosità aumentò e ridacchiai. «Cos'hai fatto?»

«Fatto?» Nathan si appoggiò allo schienale della sedia e scosse la testa guardando il figlio. «Be', assillava da mesi me e sua madre perché voleva una tavola da surf, e noi continuavamo a dire no perché non eravamo tranquilli all'idea che uscisse in mare senza una persona esperta. Un giorno è andato in spiaggia con Cam e i suoi genitori, e gli abbiamo lasciato portare Duke con sé. Lena e Andy lo hanno perso di vista di vista per qualche minuto e lui ne ha approfittato per risolvere la situazione a suo favore.»

Nate aveva un'espressione afflitta.

«Ha incontrato alcuni surfisti, si è messo a chiacchierare con loro e alla fine ha domandato se avessero mai considerato di barattare una delle loro tavole.»

Sgranai gli occhi, inorridita. «Nate, non l'hai fatto davvero.»

«Avevo undici anni» ribatté lui con una smorfia.

«Appunto, quindi sapevi esattamente cosa stavi facendo» commentò Sylvie asciugandosi gli occhi.

«Come puoi ben immaginare» proseguì Nathan «uno dei surfisti ha detto che gli avrebbe ceduto la sua tavola in cambio di Duke.»

«E tu gli hai dato Duke? Poi te lo sei fatto restituire?»

«No» rispose Nathan scrollando la testa. «Quando Andy si è accorto di ciò che era accaduto, è tornato a cercare i surfisti, ma loro se n'erano andati. Per un po' sono tornato anch'io alla spiaggia tutti i fine settimana, ma non li ho mai rivisti.»

Feci un verso di disapprovazione. «Che insensibile, Nate.»

«Ehi» disse lui puntandomi un dito contro. «Non sono un perfetto stronzo. Più tardi quella sera mi sono reso conto che era stata un'idea stupidissima e mi sono sentito in colpa.»

«In colpa?» Nathan si schiarì la gola. «Hai pianto fino a consumarti gli occhi.»

Strinsi le labbra, cercando di non ridere.

Nate si accigliò. «Lacrime virili. Lacrime virili di rammarico.»

«Immagino che prendere un altro cane fosse fuori discussione» lo presi in giro.

Sylvie ridacchiò. «Avevamo paura di scoprire con cosa l'avrebbe scambiato.»

Nate ignorò le nostre risate e, battendosi le mani sulle ginocchia, si alzò. «Bene, se avete finito di torturarmi, mostrerò a Liv la prigione in cui mi avete tenuto per diciotto anni.» Mi afferrò la mano, facendomi alzare, e io ammiccai con aria complice ai suoi genitori mentre mi lasciavo condurre dentro casa.

Con "prigione" Nate si riferiva alla sua camera. E non era una prigione, ma solo la tipica camera di un adolescente: poster di gruppi indie sulle pareti, libri e fumetti sparpagliati qua e là. Lanciai una rapida occhiata ai muri blu scuro e alla trapunta dello stesso colore sul letto matrimoniale e mi concentrai sulle fotografie. Era chiaro che a Nate piaceva scattarne sin da quando era piccolo. C'erano alcune bellissime vedute di Longniddry e della spiaggia, ma la maggior parte degli scatti ritraeva i suoi genitori e i suoi amici. Con un sorriso osservai versioni più giovani di lui, Cam e Peetie che si divertivano, soprattutto in riva al mare.

Mentre passavo da una foto all'altra, mi accorsi che in quasi tutte appariva una ragazza, e il mio cuore si mise a battere forte quando Nate si appoggiò in silenzio alla porta e mi lasciò guardare finché ne avevo voglia. Alla fine la mia attenzione fu catturata dall'unica foto incorniciata. Era sul comodino. Mi sedetti sul letto e, mentre la prendevo, una fitta di dolore mi attraversò il petto.

Si trattava sempre della stessa ragazza.

Era seduta su un muretto di mattoni, con i capelli biondo rame che le svolazzavano dietro le spalle, e stringeva le palpebre per ripararsi gli occhi dal sole sorridendo alla macchina fotografica. Era piccola, pallida e magra, aveva i lineamenti delicati e un bellissimo sorriso. Indossava un abito estivo bianco e sembrava davvero l'angelo che Nate aveva descritto.

In qualche modo riuscii a trovare la voce. «Alana?»

Poiché Nate non rispose, alzai lo sguardo dalla fotografia che tenevo tra le mani. Lui annuì e fece un passo dentro la stanza. «Alana.»

Rimisi la foto al suo posto e sussurrai: «Era meravigliosa, Nate». Ed ero sincera.

«Ho scattato quella foto solo qualche settimana prima che scoprissimo del linfoma.»

Sforzandomi di trovare qualcosa da dire, domandai sottovoce: «La sua famiglia vive ancora qui?».

«Sì» rispose avvicinandosi. Mi si sedette accanto e fissò la parete di fronte a noi, dov'erano appese parecchie foto della ragazza. Mi cadde lo sguardo su una in particolare, che doveva essere stata scattata da qualcun altro. Un Nate adolescente e allampanato, ancora ragazzino ma non meno bello di adesso, era dietro Alana e le cingeva i fianchi. Lei aveva la schiena appoggiata contro di lui e con le mani gli teneva le braccia, stringendole a sé. Sorridevano entrambi. Sembravano così felici, così innocenti.

Non avevano idea di ciò che il futuro aveva in serbo per loro.

Soffocando le lacrime, distolsi in fretta lo sguardo dalla fotografia, incapace di liberarmi del bruciore che mi infiammava il petto.

«Sì, i suoi genitori vivono ancora qui, ma non ho nessun rapporto con loro.»

«Perché?»

Nate si strinse nelle spalle con aria cupa e socchiuse gli occhi mentre rifletteva. «Ho passato gran parte della nostra infanzia a offrire ad Alana un posto sicuro e lontano dal suo patrigno.»

«La picchiava?»

«No, altrimenti saremmo riusciti a fare qualcosa. Erano abusi emotivi e verbali. Costanti. Si comportava nello stesso modo con la madre di Alana, e lei non si opponeva. Quando ad Alana è stato diagnosticato il linfoma, ha smesso e ha preso le distanze, ma ormai il danno era fatto. Alana era silenziosa e insicura, e non riusciva a difendersi. Ero sempre io a combattere le sue battaglie. Lui si comportava in quel modo con lei, e sua madre glielo permetteva. Potrei dire che Alana era una persona remissiva, ma il coraggio che ha dimostrato in punto di morte... È stata coraggiosa nel modo che conta davvero. Quando è morta, i suoi genitori hanno cessato di esistere per me.»

Gli massaggiai le spalle per confortarlo. «Alana è stata fortunata ad averti.»

Nate sorrise dolcemente, perso chissà dove. «C'era un posto sulla spiaggia, vicino al circolo di golf, dove ci incontravamo quando era giù di morale per via del suo patrigno. Ci sedevamo lì, e basta.» Si strinse nelle spalle. «In perfetto silenzio. Lei non aveva bisogno che le dicessi niente, aveva solo bisogno di avermi accanto. Con lei sentivo di servire a qualcosa.»

Sentendo spuntare di nuovo le lacrime, non riuscii a dire nulla.

Quando Nate mi guardò e vide i miei occhi lucidi, capì che mi stavo sforzando di non piangere e la sua espressione si intenerì. «Non ho mai fatto l'amore con lei» mi disse con la voce roca.

Ero così stupita che la tensione svanì di colpo dal mio viso e Nate ridacchiò senza allegria. «Eravamo entrambi vergini. Riesci a crederci?»

«Tu vergine? No» risposi sinceramente.

«La madre di Alana era una cattolica devota, e Alana non credeva nel sesso prima del matrimonio.»

«È un principio davvero raro al giorno d'oggi.»

Gli angoli della sua bocca si incresparono. «Alana era una ragazza rara.»

«Un angelo.»

«Sì, un angelo.» Adesso il suo sorriso divenne un po' impudente. «Non del tutto però. Ci davamo parecchio da fare, ma non l'ho mai spinta verso qualcosa di più. Desideravo solo ciò che lei voleva darmi. Poi si è ammalata. È stato tre mesi dopo la sua morte che Peetie e Cam hanno deciso che mi ero crogiolato abbastanza nel mio dolore. Mi hanno portato in città e mi hanno fatto ubriacare, così sono finito a casa di una studentessa francese che era qui con un programma di scambio e ci sono andato a letto. È stato molto semplice. Non c'erano sentimenti. Non c'era nulla.» Il suo sguardo si fece intenso e i suoi occhi mi esplorarono il viso. «E per me funziona, Liv.»

Ebbi l'impressione che stesse cercando di dirmi qualcosa di importante, e così la crepa che si era aperta nel mio petto si allargò fino a diventare un vero e proprio squarcio sopra il mio cuore. Cercando di nascondere quanto, seppur involontariamente, mi avesse ferita, sorrisi e dissi: «Così come funziona avere amiche incompetenti che ti ingaggiano per ricevere un aiuto a base di sesso libero e facile».

"Il sesso non è mai libero, zuccherino."

Sussultai tra me e me.

Nate mi gettò un'occhiata impenetrabile, che lentamente si trasformò in un sorriso.

«A proposito...» dissi mordendomi nervosamente il labbro. «Credo che grazie alla tua palpatina di ieri sera Cole sappia che tra noi c'è qualcosa.»

«Cosa?» domandò aggrottando la fronte, confuso.

«Quando sei venuto in cucina a prendere da mangiare mi hai toccato il sedere, e Cole ha visto tutto.»

Spianò la fronte. «Aah, sono sicuro che Cole non ha dato peso alla cosa. Sa che sono un dongiovanni.»

In effetti ero arrivata alla stessa conclusione, ma sentirlo dire da lui – l'allusione al fatto che non ero più speciale di una donna qualsiasi che poteva rimorchiare in un locale – fu come una frustata sulla ferita che mi aveva aperto nel petto. E il dolore rabbioso che suscitò mi fece parlare senza pensare. O meglio, mi fece usare un certo tono senza pensare. «Ti vede spesso flirtare con altre donne?»

Mi lanciò uno sguardo vacuo. «La domanda suona sospettosamente come l'accusa di una fidanzata gelosa.» Si alzò dal letto e si diresse verso la porta.

Lo sguardo vacuo e la disinvoltura con cui mi snobbò accesero un tale fuoco di rabbia dentro di me che scattai in piedi.

«Non compiacerti» sbraitai passandogli davanti di corsa e scendendo i gradini due alla volta.

Sylvie mi vide puntare verso il bagno, dove speravo di prendermi un minuto per ricompormi. Preoccupata per l'espressione minacciosa che mi lesse in viso, mi domandò se stessi bene e io, sentendo Nate scendere le scale, mi affrettai a rassicurarla.

Per il resto della giornata l'atmosfera tra me e Nate fu tesa. Con i suoi genitori ridevo e scherzavo, ma evitavo i suoi occhi e gli rivolgevo la parola solo quando la conversazione mi costringeva a farlo.

Dopo cena chiacchierammo per ore finché divenne buio, e fu a quel punto che la situazione si fece ancora più imbarazzante.

Nathan mi sorrise, rilassato e apparentemente soddisfatto. «È proprio bello vedere Nate con una ragazza adorabile come te, Olivia.»

«Papà, Liv è solo un'amica» precisò Nate con una nota di rimprovero nella voce che mi ferì e che mise chiaramente a disagio i suoi genitori.

Nathan lo fulminò con lo sguardo. Credevo che l'avrebbe redarguito per la sua maleducazione, ma poi si addolcì in viso e prese la sua birra. Quando sembrava che il discorso fosse chiuso, Nathan bevve un sorso e disse piano: «Non sono cieco».

"Che vergogna."

Nate decise che dovevamo andarcene, e in fretta.

Salutai i suoi genitori con un abbraccio e desiderai di poter restare con loro, lasciando che Nate tornasse a casa da solo. Aveva una famiglia così bella, così felice, e sapevo che ne era consapevole. Purtroppo, però, questo alimentò la mia crescente mancanza di comprensione. Visto che aveva due genitori che si amavano e lo amavano, visto che aveva davanti agli occhi quello che si poteva fare... perché non desiderava la stessa cosa per sé? Alana lo stava ossessionando, impedendogli di andare avanti, ma lui le stava permettendo di farlo. Stava attivamente usando il suo spettro come scudo contro...

Be'...

... di me.

Durante il tragitto in macchina mi rifiutai fermamente di guardare Nate e tenni la guancia premuta contro il finestrino freddo sul lato del passeggero. Osservai la spruzzata di stelle che brillava nel cielo scuro e feci del mio meglio per controllare il mio respiro in modo da non sembrare nervosa come mi sentivo. Io e Nate non avevamo mai discusso prima. Almeno non seriamente.

Con mia sorpresa, non imboccammo la strada che ci avrebbe riportati a casa. Nate continuò a guidare lungo vie che non conoscevo per poi, alla fine, svoltare in un parcheggio buio e vuoto circondato dall'erba alta delle dune di sabbia. Udivo le onde frangersi a riva al di là delle dune.

Quando si fermò, mi voltai di malavoglia verso di lui. «Cosa stai facendo?»

Mi osservò con circospezione. «Prima hai detto che volevi andare in spiaggia.»

«Ma non c'è l'alta marea?»

«A quest'ora è bassa.» Scese dall'auto senza aspettare la mia risposta.

Scesi anch'io e l'aria fredda e salmastra mi fece rabbrividire. Lo seguii con lo sguardo mentre si dirigeva verso le dune, ma non mi mossi. Rimasi turbata nel vedere le sue spalle incurvate e, quando si voltò, la luce della luna illuminò qualcosa che assomigliava alla sconfitta nei suoi occhi. Odiavo che si sentisse così. Non importava quanto fossi arrabbiata con lui.

«Nate, cosa c'è?»

Facendo un profondo respiro, scosse la testa e affondò le mani nelle tasche dei jeans mentre volgeva lo sguardo in lontananza.

«Nate?»

Il cuore mi batteva fortissimo.

«Sento che lo sto deludendo.»

Mi irrigidii. «Chi?»

Tornò a posare gli occhi su di me. «Mio padre.»

«Perché?»

«Lui non scopa in giro, Liv. È sempre stato un uomo fedele, leale. Sa come tratto le donne, e non gli piace.»

«Come *tratti* le donne? Non fai nulla di orribile con loro, Nate. Ti limiti ad averne parecchie. E poi...» strinsi le mani dietro la schiena sforzandomi di tenere a freno il dolore «non prometti mai nulla a nessuna di loro.»

«Smettila» sussurrò con la voce roca. «Ne ho ferite molte infischiandomene di quello che succedeva dopo che me le ero scopate. Non fingiamo che io sia qualcosa che non sono.»

Mi si accese il sangue nelle vene. «Se non ti piace quello che fai, smettila. Non stai deludendo tuo padre, Nate. Lui ti vuole bene ed è orgoglioso di te. È evidente per chiunque passi del tempo con voi due. Vuole solo che tu vada avanti. E sai una cosa?» dissi alzando le mani. «Forse ha ragione. Forse è ora che ti lasci alle spalle Alana e volti pagina. Che ti trovi una brava ragazza, che ti sistemi.»

Non avrei dovuto dirlo.

Nate increspò le labbra e mi guardò con disprezzo. «E poi? Mi trovo una brava ragazza e tu finalmente puoi scoparti l'ignaro Benjamin... Mr Biblioteca?»

Poiché questo lato di lui non mi piaceva neanche un po',

gli lanciai un'occhiataccia e incrociai le braccia sul petto appoggiandomi al cofano dell'auto. «Direi che sono pronta. Mi hai istruita bene. Le tue lezioni sono servite. Sono piuttosto scopabile adesso, vero? Credo che lui gradirà.»

Ebbi appena il tempo di vedere un lampo di rabbia accendersi nei suoi occhi prima che Nate mi saltasse addosso. Le sue mani mi tenevano la nuca mentre lui mi attirava a sé e premeva le labbra sulle mie. Mi baciò selvaggiamente, con violenza, dandomi piccoli morsi, e io feci altrettanto.

Ansimando forte, mi fece sdraiare sul cofano e si insinuò tra le mie gambe. Sollevandomi il vestito, si chinò su di me, gli occhi scuri come la notte, e io inarcai la schiena, alzandomi verso la sua bocca mentre lui mi abbassava le spalline del vestito e del reggiseno per permettere alle labbra di raggiungere i miei seni nudi. Mi fece scorrere una mano lungo la coscia e insinuò le dita sotto i miei slip spingendomele dentro.

Gridai mentre lui, trovandomi bagnata e pronta, imprecava con la voce roca.

E poi fu tutto disperato.

Le mie mutandine sparirono e Nate si abbassò velocemente la cerniera. Mi afferrò per i fianchi e mi fece spostare sul cofano in modo da affondare il suo sesso nel mio. Prese a muoversi avanti e indietro, alimentando la mia eccitazione, e ciò che ci circondava non contava più. Non mi importava di essere all'aperto, non mi importava di essere sul cofano di un'auto. Mi importava solo che Nate mi desiderasse. A quel pensiero, mentre lui mi penetrava con colpi decisi, i miei muscoli interni si contrassero, facendolo esplodere.

Si rilassò su di me e restammo entrambi sdraiati sul cofano, il suo respiro tiepido sul mio collo, le mie gambe avvinghiate intorno ai suoi fianchi. Sentivo i tonfi del suo cuore contro il mio. La pelle della sua schiena era umida e calda sotto le mie mani. Presi tutto ciò che mi dava.

Lo presi e lo tenni stretto per un po'.

E Nate mi lasciò fare.

Perché probabilmente sapeva che di lì a poco mi avrebbe tolto tutto.

20

Nate fu tenero, quasi contrito, dopo il sesso selvaggio sull'auto. Mi resi conto solo più tardi che mentre scopavamo non aveva detto una parola. Non era da lui. Di solito diceva qualcosa di piccante, di spinto, di stimolante. Il fatto che fosse rimasto zitto mi portò a concludere che era arrabbiato e smarrito come me, troppo preso ad allontanare la confusione... in preda solo al bisogno di stabilire un legame, di non pensare, soprattutto di non parlare. O, perlomeno, questo era ciò che volevo credere.

Nel tragitto fino a casa non parlammo, ma di tanto in tanto sentivo il suo sguardo su di me. Era indagatore. Quando arrivammo, lo lasciai in compagnia dei nostri amici mentre io andavo a letto. Jo mi seguì al piano di sopra, preoccupata. La convinsi che stavo bene, ma con il mio cuscino non riuscii a fare altrettanto. Probabilmente furono le lacrime di cui lo inzuppai durante la notte a tradirmi.

La mattina successiva fui sul punto di cedere a qualcun altro il posto sul sedile del passeggero nel viaggio di ritorno, ma sapevo che così avrei destato sospetti, dopo che avevo fatto tanto per accaparrarmelo. Tuttavia ero taciturna, e Jo se ne accorse. Mi mandò un messaggio dal sedile posteriore dicendomi che era in pensiero per me.

Stavo crollando.

Desideravo davvero raccontarle tutto.

Eppure mantenni il silenzio e fui contenta quando Nate

mi lasciò davanti a casa e potei sottrarmi agli sguardi interrogativi degli altri.

Lui non si fece vivo per il resto della giornata e continuò a tacere per tutto il lunedì. Uscii dal lavoro, rivivendo ogni cosa nella mia mente nel tentativo di trovare un senso all'accaduto, di capire come avevo potuto permettere a me stessa di innamorarmi.

Poiché non ci riuscii, cercai di distrarmi...

«Liv?» Joss era in piedi sulla soglia, stupita.

Il suo aspetto mi fece aggrottare le sopracciglia. Aveva le occhiaie, la sua pelle olivastra aveva un pallore malsano, e nel complesso non sembrava una donna incinta in buona salute.

Prima che potesse inventarsi una scusa per non farmi entrare, mi infilai in casa sua. «Braden è qui?» domandai girando la testa verso di lei, mentre mi dirigevo con decisione verso la cucina.

«No, è al lavoro.»

Joss comparve sulla porta mentre cominciavo a preparare il caffè. La squadrai dalla testa ai piedi. «Devi curarti di più.»

Lei si infilò una ciocca ribelle nella coda di cavallo. «Sono stata occupata. Adesso ho un'agente letteraria di New York che mi rappresenta.»

Mi bloccai, con il cucchiaino di zucchero sopra la tazza. «Il tuo libro le è piaciuto?»

«Sì, le è piaciuto.»

Entusiasta, feci un ampio sorriso. «Joss, è meraviglioso.»

Lei sorrise a sua volta, ma solo con la bocca. Gli occhi no. «Già.»

Mi cadde lo sguardo sul suo ventre. «Allora, cos...?»

«Crede che dovrei cominciare a lavorare a un altro libro» mi interruppe quasi freneticamente.

Sapevo riconoscere una manovra diversiva, e questa gliela lasciai passare, anche se solo per un po'. Dopo aver preparato il caffè e messo qualche biscotto su un piatto, portai tutto in soggiorno e mi accomodai sul divano mentre Joss si rannicchiava su una poltrona. Le sue parole erano frettolose, trafelate, così prive della solita calma che mi sentii invadere da un senso di inquietudine. Era evidente che era disposta a raccontarmi dei suoi libri fino allo sfinimento pur di evitare le domande sulla gravidanza.

Alla fine, proprio quando stavo per fermarla e andare al sodo, udimmo la porta d'ingresso aprirsi. Joss si irrigidì come se fosse una fragile lastra di vetro priva di supporto in balìa di un vento impetuoso.

Il mio cuore cominciò a battere forte per lei, che si mordicchiava il labbro inferiore tenendo gli occhi fissi sulla porta del soggiorno mentre un passo pesante si avvicinava. La figura imponente di Braden riempì tutto il vano. I suoi occhi erano stanchi e la sua espressione triste. «Liv.» Alzò il mento per salutarmi prima di spostare lo sguardo su Joss. Quando la vide, strinse gli occhi. «Hai dormito oggi?»

«Non ci sono riuscita» rispose lei scuotendo la testa.

Seccato, Braden disse: «Devi dormire». Senza aggiungere una parola, si girò e, cercando di togliersi la cravatta, sparì.

La tensione che c'era tra i due era palpabile. «Joss» sussurrai. «Cosa stai facendo?»

«No, ti prego.»

Rimasi in silenzio, senza sapere bene cosa dire né come aiutarla. Qualche attimo dopo, Braden passò davanti al soggiorno annunciando: «Ho ancora una riunione con Adam». Dopodiché la porta d'ingresso si chiuse alle sue spalle.

Joss sussultò e la vidi deglutire per non piangere.

«Oh, tesoro.» Feci per alzarmi e andare ad abbracciarla, ma lei alzò una mano per tenermi lontana.

Aveva gli occhi lucidi di lacrime. «Se mi abbracci non la smetterò più di piangere. E ho bisogno di non piangere.»

Rimasi al mio posto.

«Non è colpa mia» mi assicurò. «Stavolta non mi sono chiusa in me stessa. È solo che è una situazione così difficile per me, e ho rovinato tutto. Gli ho rovinato questo momento.»

«È lui a non parlarti?»

«Mi parla» rispose in tono secco «ma è come se sopportasse a fatica di stare nella stessa stanza in cui sono io. Non mi ha nemmeno chiesto come mi sento adesso che lo shock iniziale è passato. Non vuole sapere niente. Non vuole che lo tocchi...»

«Mi dispiace, Joss.»

«Non si era mai comportato così. Credo di aver buttato tutto all'aria.» Fece una risata isterica e scoppiò immediatamente in singhiozzi forti e convulsi.

Non potei fare a meno di abbracciarla.

La feci raggomitolare contro di me e la tenni stretta finché ebbe pianto tutte le sue lacrime.

Quando il suo corpo smise di sussultare, udii il lieve sibilo del suo respiro e mi resi conto che si era addormentata addosso a me. Non potevo muovermi né osavo farlo.

Un quarto d'ora dopo, la porta d'ingresso si aprì e Braden venne a grandi passi in soggiorno, con l'aria di chi faceva sul serio. Evidentemente aveva deciso di non vedersi con Adam. Non so con quale obiettivo fosse tornato – se per fare una sfuriata a Joss o per cercare di colmare la distanza tra loro – ma lo incenerii all'istante con lo sguardo e lo zittii.

«Ha pianto fino a addormentarsi» bisbigliai.

Vidi la sua mascella pulsare mentre la guardava. «Non piange spesso» disse piano.

Per qualche motivo quell'osservazione fece venire voglia *a me* di piangere. Il dolore della mia amica parve insinuarsi nel mio intimo. «Devi perdonarla.»

«Non è questo il punto» disse con la voce roca e gli occhi incollati sul viso addormentato di Joss. «Non sono arrabbiato. Sono solo deluso.»

«È peggio.»

Braden si passò una mano tra i capelli. «Si tratta di nostro figlio, Liv. I problemi tra noi due posso gestirli, ma qui si tratta di nostro figlio. Joss dovrebbe essere felice.»

«Sai che non è così facile. Non hai nemmeno idea di cosa stia succedendo nella sua testa perché non vuoi rivolgerle la parola» sibilai, consapevole che non avrei dovuto prendermela con lui. Ero ancora scossa dal crollo di Joss.

Braden mi gettò uno sguardo che avrebbe sicuramente intimidito una donna meno coraggiosa di me. Okay, chi volevo prendere in giro? Ero intimidita eccome. «Hai finito?»

Non risposi, pensando che in quel momento un commento strafottente non sarebbe stato accolto bene.

Senza dire altro, Braden mi si avvicinò e io mi irrigidii, chiedendomi cosa stesse per fare. Con cautela si chinò e sollevò Joss come se non pesasse nulla. Lei si svegliò per un tempo sufficiente a mettergli le braccia intorno al collo e ad accoccolarsi contro il suo petto.

Mentre li guardavo mi si serrò la gola. Dovevano risolvere questa faccenda. Erano la coppia perfetta. Se non riuscivano a superare i loro problemi, che possibilità c'erano per tutti gli altri?

Mi alzai in fretta, dando una stretta affettuosa a Braden sul braccio prima di andarmene. Speravo ardentemente che quando Joss si fosse svegliata i due avrebbero cominciato a comunicare.

Stare con loro non aveva minimamente attenuato la mia sofferenza, e così, poiché non volevo rimanere da sola, andai da mio padre. Come ai vecchi tempi, preparò la cena per me e restammo insieme a guardare la televisione, facendoci semplicemente compagnia. Papà sapeva che c'era qualcosa che non andava, ma per una volta non domandò nulla. Era soltanto lì per me, come sempre.

Non tornai a casa. Se Nate avesse usato la mia chiave, non l'avrei saputo.

Nelle ultime settimane evitare Benjamin era diventata una sfida. La prima volta mi ero chiusa nei bagni del personale, la seconda mi ero rintanata dietro gli scaffali, passando dall'uno all'altro man mano che lui si spostava, e l'ultima volta mi ero addirittura infilata tra i cappotti appesi all'appendiabiti dietro il banco delle informazioni, il primo nascondiglio che ero riuscita a raggiungere quando avevo visto Benjamin apparire sulla porta d'ingresso della biblioteca.

Pregando che ci fosse via libera, ero uscita da sotto i cappotti per ritrovarmi osservata da occhi curiosi.

"Che diavolo stavi facendo?" aveva domandato Angus.

Non essendo sicura che esistesse una spiegazione plausibile, avevo sbattuto le palpebre. "C'era un'ape."

Lui mi aveva fissata per un attimo prima di girarsi di colpo e dirigersi risolutamente in amministrazione senza aggiungere altro.

Il giorno dopo la mia visita a casa di Joss e Braden, senza averlo deciso smisi di evitare Benjamin, non so se per via delle circostanze o del senso di disagio che c'era tra me e Nate.

Ero al banco delle informazioni a sfogliare un libro tra una richiesta di aiuto degli studenti e l'altra, quando vidi un'ombra su di me. Alzai lo sguardo e mi trovai davanti una Ellie sorridente.

«Com'è andato il fine settimana fuori porta?» domandò in tono allegro.

«Ciao.» Le feci un gran sorriso, poi mi voltai verso Jill. «Posso prendermi cinque minuti?»

«Certo.» Sorrise prima a me e poi a Ellie. «Buongiorno Miss Carmichael. Ho sentito che tra poco diventerà la dottoressa Carmichael.»

Ellie arrossì mentre giravo intorno al banco per raggiungerla. «Sì, manca poco. Mi sembra strano però.»

«È favoloso.» La attirai in un abbraccio prima di condurla verso un divano libero vicino alla scala principale. «Cosa ci fai qui?»

«Sono venuta a ringraziarti» disse voltandosi verso di me con gli occhi che brillavano. «Ho saputo che ieri sera sei passata da Joss e Braden.»

«Sì. E allora?»

Ellie scosse la testa. «Gli ultimi giorni sono stati terribili. Non sopportavo di stare nella stessa stanza con loro e non sapevo con chi dei due essere arrabbiata, così ho deciso di essere triste per entrambi, cosa che non è stata per niente utile.» Mi fece un sorriso imbarazzato. «Ora la smetto di blaterare e vado al sodo. Non so cosa tu abbia detto o fatto, ma li hai aiutati. Adam mi ha appena chiamata per dirmi che l'umore di Braden è migliorato parecchio. Io ho telefonato a Joss e anche lei sembra stare bene. Adesso vado a trovarla.»

«Sono felice» risposi, travolta dal sollievo. «Ma non ho fatto niente.»

Ellie si strinse nelle spalle. «Braden ha parlato di te a Adam, quindi qualcosa devi aver fatto.»

«Penso che fossero sul punto di sistemare le cose da soli. Mi sono semplicemente trovata nel posto giusto al momento giusto. Joss e Braden non possono rimanere arrabbiati a lungo.»

A quanto pareva mi sbagliavo, visto che Ellie scoppiò a ridere. «Oddio, avresti dovuto vederli quando hanno rotto. Quei due possono restare arrabbiati eccome, e di brutto. Era questo a preoccuparmi. A ogni modo, adesso non importa. È tutto risolto e Joss ha manifestato un leggero entusiasmo per la gravidanza, quindi ne approfitterò. Diventerò zia!» squittì come se se ne fosse resa conto soltanto adesso.

Risi e, quando mi guardai intorno, mi accorsi che alcuni studenti ci stavano osservando con aria perplessa. Uno di loro catturò la mia attenzione e il riso mi morì sulle labbra mentre lui cominciava a farsi strada attraverso l'atrio, venendo verso di me.

«Liv?» fece Ellie.

«Olivia.» Benjamin si fermò, sovrastandoci. Schiuse le labbra in un sorriso amichevole e meraviglioso, che rivolse prima a me, poi a Ellie e poi di nuovo a me. «Non ti vedo da un po'.»

Non avevo modo di evitarlo.

E, per la prima volta dopo settimane, non ero sicura che avrei dovuto farlo. Mi alzai ed Ellie fece altrettanto. «Ciao. Benjamin, questa è la mia amica Ellie. Ellie, lui è Benjamin.»

«Chiamami pure Ben.» Mi sorrise di nuovo prima di voltarsi per stringere la mano a Ellie. Sentii sul viso il calore della bruciante curiosità della mia amica.

«Sei stata in vacanza?» domandò lui concentrandosi esclusivamente su di me, un gesto davvero carino considerando che Ellie era una bionda alta e bellissima.

«No. Evidentemente non ci siamo mai incrociati» mentii.

«Peccato» mormorò. «Ma sono felice di vederti adesso.»

«Anch'io» risposi con un sorriso.

Ci fissammo per un istante di troppo.

Ben si schiarì la voce. «Immagino che sia meglio che vada» disse riluttante.

«Sai» intervenne Ellie «sabato sera saremo con i nostri amici al Club 39. Magari ci si vede là.»

Dal guizzo negli occhi di Ben intuii che aveva capito. «Sì, magari» disse con un ampio sorriso.

Non appena se ne fu andato mi girai verso Ellie. «Che storia è questa?»

«Do solo una spinta a un corteggiamento che sta procedendo lentamente come quello tra me e Adam. Non voglio che tu debba aspettare cinque anni, Liv.» Mi diede alcuni colpetti sulla spalla. «Non è divertente.»

La notizia che tra Joss e Braden era tutto a posto e l'evidente interessamento di Ben nei miei confronti mi rallegrarono un po' la giornata, aiutandomi a seppellire il dolore e l'incertezza sempre più penosi che provavo per la situazione con Nate.

Era quindi comprensibile che, rientrata dal lavoro quella sera, non sapessi come reagire nel trovare Nate seduto sul mio divano a bere il mio caffè e a guardare la mia televisione.

So come reagì il mio corpo.

Gli piaceva la figura magra e muscolosa sul mio divano, come gli piacevano la barba ispida sul suo viso meraviglioso e il luccichio nei suoi bellissimi occhi scuri.

So come reagì il mio cuore.

Adorava il fatto che Nate fosse nel mio soggiorno ad aspettarmi.

«Ehi.»

Si chinò in avanti e prese il telecomando per spegnere il televisore. «Sono passato ieri sera ma non sei tornata.»

«Mi sono fermata da mio padre.»

La tensione che irrigidiva le sue spalle parve sciogliersi. «Stai bene?»

«Sì.»

Si grattò la mascella con un'espressione interrogativa. «Abbiamo incasinato tutto nel weekend?»

Avvicinandomi a lui, feci un profondo sospiro. «Non lo so. Secondo te?»

Nate si alzò e mi venne incontro. Mi posò una mano sul fianco e mi attirò a sé. Ero spacciata. «Credo che sia stato un fine settimana strano e che dovremmo dimenticarlo.»

"Che diavolo significa? Scoprilo!"

«Okay» acconsentii, odiando me stessa ma amando la sensazione delle sue labbra che sussurravano sul mio viso.

Avvertii il suo respiro caldo sull'orecchio mentre le sue mani si stringevano a pugno sulla mia maglietta. «Mi sembra di non entrarti dentro da una vita.»

Mi protesi in avanti. «È solo qualche sera» gli ricordai sottovoce.

«Appunto.» Baciò la mia zona erogena sotto l'orecchio. «Una vita, cazzo.»

All'inizio fu impetuoso, selvaggio, appassionato. Gli permisi di baciarmi, di spogliarmi, di condurmi in camera, di accarezzare ogni parte del mio corpo.

A un certo punto diventò dolce.

Gli permisi di insinuarsi dentro di me e di prendermi con calma, in modo bellissimo. Chiusi gli occhi.

«No» disse con voce roca afferrandomi la coscia da dietro per penetrarmi, con colpi profondi e lenti, da un'altra angolatura. «Guardami. Voglio che mi guardi.»

Così gli permisi di guardarmi in viso mentre facevamo l'amore, fino a quando, con le lacrime agli occhi, raggiunsi il culmine.

Gli permisi di spingere da parte la mia insicurezza.

Gli permisi di tornare.

Nate esplose con violenza, la sua presa su di me quasi dolorosa mentre buttava la testa all'indietro e gemeva. Quando i suoi fianchi smisero di sussultare contro i miei, piombò in un silenzio strano. Era all'erta. I nostri occhi si incontrarono, e dentro i miei Nate vide qualcosa che lo fece allontanare come se fossi in fiamme.

Si tolse in fretta il preservativo, lo gettò nel cestino e iniziò immediatamente a tirarsi su i jeans.

C'era proprio qualcosa che non andava.

«Non ti fermi?»

Non rispose e le sue spalle si tesero di nuovo. Mentre si

rimetteva la camicia, aspettai. Senza voltarsi verso di me, si passò una mano sul viso, poi finalmente mi guardò.

Mi tirai su a sedere con il cuore che batteva all'impazzata e dovetti reprimere un'ondata di nausea.

«Voglio chiudere, Liv. Non posso più andare avanti.»

Era come se la mia cassa toracica si stesse stringendo intorno ai polmoni. «Tu...» Scossi la testa. «Prima facciamo l'amore e poi... mi dici che vuoi chiudere?»

«Ecco perché.» Strinse forte la mascella. «Fare l'amore? Non si è mai trattato di questo.»

In preda alla rabbia, scesi dal letto e presi una camicia da notte per non sentirmi vulnerabile. Me la infilai e mi girai di colpo, le mani sui fianchi. «Perché sei venuto qui stasera se avevi intenzione di chiudere?»

«Perché non ero sicuro che fosse necessario... ma dopo quello che...» La sua voce si affievolì mentre indicava il letto con aria smarrita.

Fissai il materasso, sul quale solo qualche minuto prima Nate era stato così tenero. «Ti stavo solo seguendo.»

«Non farlo» sbraitò. «Non guardarmi con quegli occhi feriti e non parlarmi con quel tono affranto. Avevamo concordato che sarebbe stato solo sesso. Me l'avevi promesso.» Il suo sguardo si addolcì e divenne quasi supplichevole. «Avevi promesso che non avremmo rovinato quello che c'era tra noi.»

«Vuoi che mantenga quella promessa? Nate, non mentire a te stesso! Nelle ultime sei settimane abbiamo avuto una relazione, e sono stanca di fingere che non sia così. Passi qui la maggior parte delle tue serate e non si tratta solo di sesso. Si tratta di amicizia, di affetto e di tenerezza.» Non volevo piangere, ma mi bruciavano gli occhi. «Insieme ridiamo e ci capiamo. Cosa c'è di male?»

«Non riesco a credere alle mie orecchie» sussurrò con la voce roca e l'aria tradita. Aghi di ghiaccio trafissero la mia pelle ardente, e un sudore freddo mi fece rabbrividire.

«Te l'ho ripetuto un sacco di volte che non voglio niente del genere e tu te ne stavi seduta lì a mormorare che eri d'accordo e a farmi le tue fottute promesse, mentre per tutto il tempo mi stavi manipolando!» concluse con una veemenza che mi fece sussultare.

Stava tremando.

Non l'avevo mai visto in tali condizioni.

Poiché non dissi nulla, si voltò per andarsene.

Fu allora che trovai la voce. «Non sono stata io a chiederti di fermarti a dormire dopo che avevamo fatto sesso. *Tu* l'hai fatto. Non sono stata io a chiederti di venire qui quasi tutte le sere. *Tu* l'hai fatto. Non sono stata io a coccolarti sul divano. *Tu* l'hai fatto. Non sono stata io a chiederti di venire a casa mia a conoscere i miei genitori. *Tu* l'hai fatto.»

Nate si fermò, la mascella contratta, e fissò il tappeto,

Di colpo mi resi conto che stavo per perderlo per sempre.

Non riuscivo a respirare e mani invisibili stavano aprendo uno squarcio dentro di me. Accecata dalle lacrime, ansimando gli dissi: «Se mi guardo indietro, sono convinta che tu sapessi che c'era di più tra noi. Ci sono stati momenti in cui ti ho sentito allontanarti e ho pensato che questa cosa tra noi fosse finita, chiusa. Ma poi tornavi sempre. Perché?».

Stavolta, quando i nostri sguardi si incontrarono, riconobbi la paura nei suoi occhi.

«Liv, no.»

«No? Perché?»

«Perché...» ringhiò con cattiveria «se continui, sarò costretto a dire cose che non voglio.»

Indignata, storsi la bocca. «Dille e basta. Forza. Dille! Sono adulta.»

«Non rendere tutto difficile.»

«Ci hai già pensato tu con le tue maledette contraddizioni, quindi dille e basta!»

«Va bene. Non ti amo. Non posso amarti e non lo farò, e tu lo sapevi, quindi non fare la vittima.»

Scoppiai in una risata dura, nascondendo il dolore causato dalle sue parole, e in quel momento lo odiai profondamente. «La settimana scorsa pensavo che fossi la persona migliore che avessi mai conosciuto. La settimana scorsa ti amavo come non avevo mai amato nessuno.» Provai un sollievo amaro nell'ammetterlo finalmente davanti a entrambi. «Mi hai insegnato a essere di nuovo coraggiosa, Nate.» Mi asciugai le lacrime con il cuore che si inceppava dolorosamente mentre lui mi fissava negli occhi con uno sguardo infuocato. «Come può un simile codardo insegnare a qualcuno a essere coraggioso?»

Trasalì.

Bene.

«Sai cos'altro mi hai insegnato?»

Non rispose.

«Mi hai insegnato a credere sempre in me stessa. Mi hai insegnato che valgo di più di ciò che vedo nello specchio. Quindi oggi, mentre cerchi di impartirmi la lezione opposta, io ti mando al diavolo.» Con un sorriso triste mi leccai via le lacrime salate dalle labbra. «Merito di essere amata. O tutto o niente.»

Probabilmente aveva capito dove volevo arrivare, visto che sul suo viso balenò un'espressione di disagio. Fece un passo verso di me. «Liv, non ti ho mai promesso nulla, lo sai.»

«Smettila di fare il finto tonto. Sei dentro questa storia con me da settimane! Non si trattava di un'avventura qualsiasi, Nate. Si trattava di me!»

«Mi avevi promesso...»

Sfinita, arretrai. «Hai ragione, te l'avevo promesso. Ma non mi aspettavo che il tuo comportamento rendesse i confini così indistinti. Il *nostro* comportamento li ha resi indistinti. Io almeno riesco ad ammetterlo. Ma se tu lo ammetti, dovrai anche ammettere di essere stato stronzo ed egoista, e non credo che lo farai.»

«Ti sbagli» borbottò rabbiosamente. «Lo ammetto. Pensavo che potessimo essere migliori amici e fare sesso. Non ha funzionato. E ho continuato a tornare e a peggiorare la situazione perché non volevo perdere la tua amicizia. Mi dispiace, ma mi conosci. Sai che non voglio relazioni. Ne sei consapevole. Non rinfacciarmelo. Sii solo... mia amica.»

Lo guardai con un'espressione incredula. «Ti ho appena detto che mi sono innamorata di te.»

Cominciai a singhiozzare più forte mentre lui trasaliva di nuovo.

«Ti aspetti che riesca ancora a stare in tua presenza adesso?»

«Liv, non farlo.»

«Devo. Mi dispiace. Per la mia salute mentale, devo farlo. Se esci da quella porta, Nate... se esci da quella porta, non tornare *mai più*.»

Vidi la sua mascella pulsare. «Non dici sul serio.»

«Oh, su» risposi tristemente. «Mi hai appena detto che non mi ami e che non mi amerai mai. Dubito che sentirai la mia mancanza.»

La sua voce era davvero addolorata quando, sussurrando, mi implorò: «Olivia, no».

Quel dolore così evidente mi fece bloccare. La speranza era che, al di là della confusione, della rabbia e dell'incertezza, Nate mi volesse davvero bene... e che fosse solo spaventato. Così gli diedi un'ultima possibilità di essere coraggioso.

«Ti amo, Nate. Tu mi ami?»

Capii che era finita quando vidi le lacrime luccicare nei suoi occhi. «Non ho mai voluto farti del male, piccola.» La sua voce era piena di emozione.

Le mie lacrime cominciarono a scorrere più in fretta. «Immagino che questo fosse un addio.»

21

Mi trovai nuovamente coinvolta in una sfida di sguardi con l'uccellino fuori dalla mia finestra. Non sapevo di che specie fosse, ma era piccolissimo. Un qualche tipo di cincia probabilmente. Aveva le piume marroni, il collo bianco e una bellissima cresta nera come la pece. Negli ultimi giorni eravamo rimasti a fissarci per più di una volta.

Avevo deciso che si trattava di un maschio e l'avevo chiamato Bob.

«Ehi, Bob» sussurrai con il mento appoggiato allo schienale del divano. Si era messo sul davanzale della mia finestra e muoveva il collo con piccoli scatti decisi per guardare prima me e poi il mondo esterno. «Fa male anche oggi.»

Lui si fermò e piegò la testa verso di me.

«Proprio così. Ti sei già stufato di me?»

Piegò la testa dall'altra parte.

«Lo prendo come un sì. Non preoccuparti.» Feci un sospiro e sentii le mie labbra tremare. «Anch'io sono stufa di me stessa.»

Quella terribile sera in cui Nate se n'era andato da casa mia per l'ultima volta, ero caduta in preda a una specie di isteria. Non riuscivo a smettere di piangere, e per quanto mi sforzassi di stringermi le braccia intorno al corpo non riuscivo a placare il dolore.

Era un tipo particolare di dolore, che ben conoscevo.

Il dolore della perdita.

In qualche modo, a un certo punto, forse molto prima che la nostra relazione sessuale avesse inizio, Nate si era insinuato dentro di me, arrivando a scorrermi nel sangue e a introdursi nel mio respiro. Era diventato parte integrante di una vita che non vedevo l'ora di vivere ogni giorno, e la consapevolezza che non avrei più udito la sua risata, che non avrei più avuto le sue labbra sulle mie né mi sarei più sentita completa guardandolo negli occhi era insostenibile per il mio corpo, che reagì come se qualcuno gli avesse strappato un arto o rimosso un organo vitale. Avevo provato qualcosa di simile quando avevo perso mia madre, ma con Nate era diverso perché lui aveva deciso di lasciarmi. Questo aggiunse una sofferenza diversa al dolore, una sorta di bruciore, come se mi fossi fatta un taglio con la carta sul cuore.

«Ti sembra melodrammatico, Bob?» sussurrai con gli occhi asciutti dopo che negli ultimi giorni avevo pianto così tante lacrime da riempire un oceano.

Bob distolse lo sguardo come se fosse annoiato.

«Sì, è perché non sei mai stato innamorato. Lascia perdere, sarebbe come infilarti in un tritacarne.»

La crisi di pianto di quella prima notte era stata così violenta che il giorno dopo avevo dovuto darmi malata al lavoro. Il giovedì ero riuscita a riprendermi abbastanza da rientrare, ma i miei colleghi avevano capito subito che era successo qualcosa di serio. Ero taciturna, non imbronciata, ma solo impegnata a tenere il dolore sotto chiave. Non appena avevo finito di lavorare, ero andata subito a casa, ignorando i messaggi di Jo e una chiamata di Joss. Quando mi aveva telefonato mio padre, avevo risposto. Non ero riuscita convincerlo che stavo bene, ma l'avevo almeno persuaso a non starmi addosso. Il venerdì era stato più o meno uguale. Il sabato ero rimasta in casa tutto il giorno, prendendomi solo il tempo di rispondere al messaggio di Ellie sull'appuntamento al locale per quella sera. Non ero comunque dell'umore di andarci, ma sapere che poteva esserci Ben mi mandava completamente nel panico. Avevo detto a Ellie che stavo male e che non sarei uscita.

Jo mi aveva telefonato e io l'avevo ignorata di nuovo. Alla fine, mi aveva mandato un messaggio.

Se non rispondi vengo lì. Cam ha parlato con Nate
e pensa che voi due abbiate litigato. Stai bene? xoxo.

Avevo fatto un respiro lacrimoso e le avevo risposto.

Ti spiego poi. Non sto bene, sono a letto. xoxo.

Okay. Fammi sapere se hai bisogno di qualcosa. xoxo.

Non l'avevo fatto.

Ero rimasta sul divano per il resto della serata fino alla tarda mattinata di domenica.

Quando mio padre mi aveva telefonato per chiedermi se sarei andata a pranzo dai Nichols, avevo accampato delle scuse, e lui aveva iniziato a preoccuparsi un po' di più.

Non avevo capito quanto fosse effettivamente preoccupato fino a quando il rumore di una chiave che girava nella toppa mi fece distogliere di colpo l'attenzione dall'uccellino Bob.

Il cuore mi balzò in gola. Per un attimo la fugace speranza che potesse essere Nate mi paralizzò.

La vista del volto ansioso di Jo fu come un enorme chiodo arrugginito che fece scoppiare la mia mongolfiera.

«Cosa...?» Mi interruppi quando, dietro Jo, vidi entrare Ellie e Joss.

Jo agitò la chiave che teneva in mano. «Lo zio Mick mi ha chiamata dicendo che era in pensiero per te, così mi ha dato la sua chiave di scorta.»

«Non dovreste essere a pranzo?» Con una mano mi tirai la camicia da notte sulle ginocchia e con l'altra mi ravviai i capelli stopposi. Ero un disastro. Il mio appartamento era un disastro. C'erano confezioni vuote di cibo sparse su tutto il bancone della cucina, piatti sporchi sul tavolino, briciole sul parquet e un odore di stantio che poteva venire solo da un essere umano che aveva vissuto nello stesso spazio per troppo tempo.

Togliendosi la giacca, tutte e tre studiarono prima la casa poi me, e aggrottarono contemporaneamente la fronte.

«Cominciamo dalle cose più importanti.» Jo iniziò subito a sistemare il disordine che avevo creato e io la osservai, sbattendo le palpebre come una stupida mentre Ellie la aiutava e Joss andava in cucina per accendere il bollitore.

Cinque minuti dopo l'aspetto della casa era leggermente migliorato, sebbene fosse comunque necessaria una pulizia radicale. Jo si sedette sul divano accanto a me mentre Ellie si toglieva le scarpe e si rannicchiava al suo fianco. Joss posò un vassoio con tè, caffè e biscotti sul tavolo e si accomodò sulla poltrona.

Mi fissarono tutte, in attesa.

Scoppiai subito a piangere.

Forse non avevo completamente esaurito le lacrime.

Gli occhi lucidi, Jo mi spostò le gambe da parte con delicatezza in modo da attirarmi a sé per abbracciarmi. «Puzzo come una capra» singhiozzai. «Mi dispiace tantissimo!»

«Ssh» disse accarezzandomi la schiena per consolarmi.

Dopo un po' le mie lacrime si placarono e quando mi limitai a tirare su con il naso, Jo mi lasciò andare e mi sistemò teneramente alcune ciocche di capelli sporchi dietro le orecchie.

«Ti va di dirci cosa sta succedendo?»

Abbassai lo sguardo. «Credo che lo sappiate.»

Jo sospirò. «Nate.»

Alzai gli occhi su di lei e subito dopo guardai Ellie e Joss, entrambe preoccupate. «È cominciato come un favore...»

Dopo aver raccontato loro tutta la storia, mi abbandonai sfinita contro il divano e fissai il soffitto. «Ho la sensazione che se mi muovessi, mi uscirebbero le viscere. Odio sentirmi così. Odio Nate perché è per colpa sua che mi sento così.»

«Liv» disse Joss chinandosi in avanti con i gomiti sulle ginocchia «vorrei poterti dire che cambierà idea, perché sembra che stia passando ciò che ho passato io, ma non posso farlo. Non so cosa prova per te né come sono andate le cose tra voi. So però che se non avessi amato Braden così follemente non avrei cambiato idea. Non l'avrei proprio fatto. Quindi, non essendo sicura al cento per cento che Nate sia pazzo di te come io lo sono di Braden, il mio consiglio è di voltare pagina. So che probabilmente adesso vorresti darmi un pugno, ma non posso farci niente, sento che questo è il miglior suggerimento che riesco a darti.»

Gli occhi di Ellie erano pieni di sincerità e solidarietà. «Sono d'accordo anch'io, tesoro. Credo che, per quanto possa essere doloroso, dovrai cominciare a superare la cosa.»

Mi voltai verso Jo, ma lei non mi stava guardando. Continuava a sorseggiare silenziosamente il suo tè.

Troppo silenziosamente.

«Jo? Tu cosa ne pensi?»

«Quello che dicono le ragazze è vero» rispose.

«Jo?»

Facendo un grande sospiro, Jo mi guardò negli occhi. «Io e Cam sospettavamo di voi due da settimane. Vi ho visti insieme: c'era... c'è qualcosa di speciale.» Mi rivolse un sorriso quasi dispiaciuto. «Mi piacerebbe credere che ci sia una possibilità per voi. Non lo so... forse dovresti solo dargli il tempo di sentire la tua mancanza.»

Ellie sogghignò, rivolta a Joss. «Braden non aveva un piano simile?»

«Sì» rispose Joss alzando gli occhi al cielo.

«E ha funzionato?» domandò Jo.

«Be'... sì... ma...»

«Ma Joss ha ragione» sussurrai. «Nate potrebbe sentire la mia mancanza all'inizio, ma non troppo a lungo. Mi vuole bene, non mi ama. Ha detto che non mi ama.»

«Quindi...?» Gli occhi di Jo si velarono di delusione.

Alzai le spalle e le lacrime minacciarono di sgorgare di nuovo. «Immagino che dovrò fasciarmi il cuore in una benda... Devo trovare il modo di voltare pagina.»

Musicoterapia. Il mio primo tentativo per voltare pagina.

Creando una playlist sul mio iPod Nano, decisi che i ruggiti musicali inneggianti all'indipendenza di Kelly Clarkson, Pink, Aretha Franklin e altre donne che si rifiutavano di lasciarsi abbattere da una storia d'amore sfortunata potessero essere il modo migliore per raggiungere il mio scopo.

Per andare al lavoro quel lunedì, mi impegnai al massimo con capelli e trucco e indossai i miei jeans attillati preferiti e una camicia di seta viola. Faceva parte della terapia: se volevo sentirmi bene dentro, dovevo cominciare dall'esterno.

Poiché quella mattina avrei dovuto dividermi tra l'ufficio e la sistemazione dei libri in sala consultazione, andai da Angus per chiedergli un favore.

Lui guardò il mio iPod con la fronte aggrottata. «Vorresti fare cosa?»

«Solo stamattina. Quando sarò al banco delle informazioni nel pomeriggio ovviamente mi toglierò gli auricolari.»

Angus mi scrutò in viso prima di strapparmi di mano l'iPod in maniera tutt'altro che delicata. «Cosa stai ascoltando?» Sfiorò rapidamente lo schermo con il pollice e, mentre passava in rassegna le canzoni, capì e i suoi lineamenti si addolcirono. Quando mi guardò, i suoi occhi azzurri erano preoccupati. Mi restituì il lettore. «Okay, solo per stamattina.»

«Te ne sono grata.»

Mi voltai e stavo per infilarmi gli auricolari quando Angus mi chiamò. Mi girai di nuovo verso di lui. «Si tratta di qualcuno che conosco?» mi domandò.

Il mio cuore sobbalzò nel petto. «Si tratta di Nate.»

E dal momento che Angus sapeva quanto fossi legata al mio amico, non mi stupii quando impallidì e sussurrò: «Mi dispiace, tesoro».

Feci un sorriso triste. «Sei un capo fantastico. Lo sai, vero?»

«Il migliore del mondo» concordò sottovoce.

Poco dopo, con Pink che mi cantava nelle orecchie *So What,* ero china in fondo alla sala consultazione a riporre sugli scaffali volumi nuovi e a toglierne altri che non venivano più usati. Sforzandomi con tutta me stessa di non cantare ad alta voce, mi concentrai sul lavoro e mi impegnai a far attecchire dentro di me le sagge parole delle vocalist.

Probabilmente fu per questo che non vidi nessuno avvicinarsi e che quando una mano mi strinse la spalla mi spaventai al punto che mi cedettero le ginocchia. Udii la fine del mio grido mentre, nel bel mezzo della caduta, mi strappavo via gli auricolari.

Con il sedere per terra, alzai lo sguardo verso il responsabile di quello spavento.

In piedi davanti a me c'era Ben, che stava facendo di tutto per non ridere. «Olivia» disse porgendomi una mano, le spalle che sussultavano per l'ilarità «mi dispiace moltissimo. Ti aiuto.»

Avendo ormai di gran lunga superato la fase in cui mi sentivo mortificata per questo genere di cose, lasciai che mi aiutasse ad alzarmi. «Tutto a posto» lo rassicurai, dandomi qualche pacca sui jeans per togliere la polvere. «In genere non abbiamo il permesso di ascoltare la musica e adesso so perché.»

«Mi dispiace» ribatté con un ampio sorriso.

Contraccambiai con un sorriso stanco. «Non è vero, ma nemmeno io sarei dispiaciuta. È stato divertente.»

Senza smettere di sorridere e con un luccichio nei meravigliosi occhi verdi, Ben spostò la bretella del suo zaino e mi fissò. Fino a non molto tempo prima, essere l'oggetto della sua attenzione avrebbe fatto svolazzare un nugolo di farfalle nel mio stomaco, così fu con delusione che scoprii... *niente.* Non provavo assolutamente niente nel guardarlo.

Incurvai le spalle.

«Sono andato in quel locale sabato, ma non ho visto né te né la tua amica.»

«Scusa, ero malata.»

«Ah» disse aggrottando le sopracciglia. «Spero che tu stia meglio.»

Era davvero gentile. Supergentile. E carinissimo.

«Sì, grazie.»

Lanciò nervosamente un'occhiata dietro di sé e poi si voltò di nuovo, facendo un passo avanti. «Senti, mi piacerebbe moltissimo uscire a cena qualche volta. Con te.» Sorrise, tutto decisione e bellezza. «Posso avere il tuo numero?»

Non era possibile. Avevo rotto con Nate solo da una settimana... se si poteva parlare di rottura. Il mio cuore era a pezzi. Chiaramente tutte le mie pulsioni sessuali si erano dileguate insieme a Nate. E... be'... con la musicoterapia avevo appena cominciato. Dovevo darle un po' di tempo per iniziare a funzionare.

Non potevo uscire con un uomo.
Non potevo proprio.
«Sì» risposi annuendo e sorridendo mentre lui tirava fuori il cellulare in modo che potessi dettargli il mio numero.
Una versione in miniatura di me stessa mi diede un grande schiaffo in faccia. "Qual è il tuo problema?" gridò. Ma io la ignorai e guardai Ben negli occhi, pregando che le farfalle che un tempo sentivo svolazzare per lui tornassero.

22

La musicoterapia non funzionò.
Come se non l'avessi saputo.
Diedi tutta la colpa al mio appartamento.
Il lunedì, al rientro dal lavoro, aprii la porta di casa e rimasi lì in piedi a guardarmi intorno nella stanza. Tutto mi ricordava Nate. Il divano su cui nell'ultimo anno avevamo trascorso ore e ore insieme, e su cui avevamo anche fatto del sesso davvero fantastico... oddio, no, del sesso da esperienza extracorporea. Più di una volta. Più di alcune volte a dire il vero. Poi c'era la cucina, dove avevamo cenato e chiacchierato. E sì... avevamo battezzato anche il bancone. E la parete accanto alla porta. E la parete accanto alla finestra. E la doccia. E la mia camera.
C'era sempre lui. Ovunque.
Soffrivo. La mia sofferenza era così grande e desideravo Nate così tanto che mi facevano male persino le gengive e i denti. Chiusi la porta con un calcio e mi appoggiai al battente. L'unica speranza era che questa sensazione passasse. Alla fine avrei dovuto ricominciare a funzionare come un normale essere umano, giusto?
In caso contrario avrei dovuto iniziare a cercarmi una nuova casa. Eppure il pensiero di lasciare il posto che custodiva tutti i miei ricordi di lui...
Avevo bisogno di vederlo.
Presi il telefono dalla borsa con le mani tremanti e pas-

sai il pollice sullo schermo. Avevo volutamente evitato di farlo da quando avevamo rotto.

Smisi di respirare mentre aprivo la galleria fotografica sul cellulare e cominciavo a farla scorrere. L'ultima fotografia che avevo scattato a Nate lo ritraeva sorridente mentre guidava l'auto a noleggio verso casa dei suoi genitori prima che le cose prendessero una piega strana. Quella successiva era di noi due. Eravamo sdraiati a letto, e Nate, con gli occhi socchiusi, lanciava un sorriso sexy alla macchina fotografica che io tenevo in alto sopra di noi. Avevo la testa appoggiata sulla sua spalla e avevo un'aria felice. Quella successiva era anche peggio, visto che ci stavamo baciando.

Fu come una coltellata allo stomaco.

Passai oltre velocemente.

C'era uno scatto di lui con la testa affondata nel cuscino per nascondersi da me. E poi c'erano parecchie foto mie, perché bastava mettere una macchina fotografica vicino a Nate e si poteva stare certi che ne avrebbe abusato.

Fui assalita dalla rabbia.

Il mio cellulare volò attraverso la stanza e si frantumò contro la parete in fondo. Mi lasciai scivolare contro la porta, portandomi le ginocchia al petto mentre piangevo a dirotto pensando a tutti i miei sforzi di voltare pagina.

«Allora uscirai con lui?» mi domandò Ellie con aria indifferente mentre eravamo riunite in camera di Hannah.

La settimana era passata come se lo spirito di una lumaca ne avesse assunto il controllo. Una lumaca particolarmente viscida che lasciava la sua scia ovunque.

Non era stata una bella settimana.

Dopo aver distrutto il telefono, me n'ero rapidamente procurata uno sostitutivo. Avevo mantenuto il mio vecchio numero con tutti i miei dati... sperando cosa? Che Nate chiamasse? Ah, Nate non aveva ancora chiamato.

Ben, però, l'aveva fatto. Mi aveva telefonato martedì sera per dirmi che lo aspettava una settimana molto piena ma che voleva sapere se sarei stata libera a cena il lunedì successivo. Avevo detto di sì, perché sinceramente mi auguravo che accadesse una specie di miracolo in grado di far tornare il mio entusiasmo e la mia passione per la vita. Se uno scozzese alto e bello non fosse riuscito a farlo, allora ero davvero fregata.

Finalmente era arrivata di nuovo la domenica e stavolta avevo raccolto il coraggio per affrontare i miei amici – inclusi i ragazzi, che davo per scontato fossero a conoscenza di tutto ciò che era successo tra me e Nate – e unirmi a loro per pranzo. Come era diventata consuetudine nelle ultime domeniche, eravamo sparite in camera di Hannah mentre Elodie e Clark cucinavano e i ragazzi chiacchieravano.

Avevo appena raccontato loro della telefonata di Ben.

«Sì, ho accettato.»

«È fantastico» commentò Joss. «Credo che ti aiuterà.»

«Già. Basta parlare di me, però.» Decisi di spostare la conversazione altrove, e con lo sguardo inchiodai Hannah al letto su cui stava oziando. «Come sta Marco?»

Non credo di sbagliarmi quando dico che mi parve di sentirla ringhiare.

Guardai Ellie in cerca di aiuto. «La prendo come una risposta negativa?»

Ellie diede qualche colpetto sulla gamba della sorella. «Sta facendo il prezioso.»

«Non sta facendo il prezioso. Non vuole proprio farsi acchiappare» borbottò Hannah. «Anzi, vuole. No, non vuole.»

«Qualcuna di voi ha capito?» domandò Jo arricciando il naso in un'espressione confusa.

Hannah ci passò in rassegna con lo sguardo. «Ci sono momenti in cui penso che voglia di più, ma a ogni passo che faccio lui si allontana. Se continua così, perderò la verginità dopo i quarant'anni.»

«Ne dubito» sbuffò Ellie.

«Non la perderò con nessuno che non sia lui» tagliò corto Hannah, serissima.

Ellie osservò il suo contegno e strinse gli occhi. «Aspetterai di avere almeno diciotto anni.»

Hannah reagì con un *pfff*. «Oh, sì, sono sicura che tu hai aspettato la maggiore età.»

«Sì, infatti.»
«Sul serio?» chiese Hannah, apparentemente stupita.
«Sì, sul serio. È successo la sera della festa per il mio diciottesimo compleanno.»
«Con Liam?»
«Chi è Liam?» domandai incuriosita.
«Il mio ragazzo dell'epoca. Ci frequentavamo da qualche settimana. Credevo che mi avrebbe aiutata a lasciarmi alle spalle Adam» rispose lei con un sorriso afflitto. «Non avevo pianificato di andare a letto con Liam quella sera, anche se sapevo che lui voleva farlo. Ho sorpreso Adam sul retro dell'hotel con una delle ragazze del catering. Ero così ferita che sono rientrata, ho afferrato Liam per mano e me ne sono andata con lui dalla festa, dopodiché abbiamo preso una stanza. Credevo che mi sarebbe stato utile, ma non è stato così. Voglio dire, non è andata male.» Ellie si strinse nelle spalle e si incupì. «Ma non fu ciò che avrebbe dovuto essere. Avrei dovuto farlo con qualcuno che amavo, qualcuno di cui mi fidavo. Liam finì per tradirmi con una delle mie cosiddette migliori amiche.»
«Accidenti» disse Hannah avvilita. «È terribile, Els. Mi dispiace.»
«Io avevo sedici anni» intervenne Jo d'un tratto. Sorrise, e non si trattava di un sorriso felice. «Lui ne aveva diciannove, era uno studente e veniva da una famiglia benestante. Era la prima volta che qualcuno provava a prendersi cura di me, comprandomi bei regali e persino pagandomi l'affitto se mi capitava di essere in difficoltà. Quando mi sono concessa a lui, ero convinta di essere innamorata. Ma le cose si sono messe male perché per me mia madre e Cole venivano sempre prima di lui. Mi ha mollata.» Scosse la testa, le labbra increspate per il disprezzo. «Sapeva che l'avrebbe fatto, ma è venuto comunque a letto con me quella sera. Non appena abbiamo finito, e intendo proprio *non appena* abbiamo finito, si è alzato dal letto e mi ha scaricata mentre si rivestiva.»
Quella situazione piuttosto familiare mi fece sussultare.
«Jo» sussurrò Hannah «è tremendo.»

Jo le sorrise. «Non dispiacerti, Hannah. Adesso sto con Cameron e questo compensa alla grande ciò che è successo con John e con tutti gli idioti che sono venuti dopo di lui.»

La curiosità adolescenziale di Hannah non era ancora appagata, così il suo sguardo si spostò su Joss. «E tu, Joss?»

Lei scrollò la testa. «Ero decisamente troppo giovane, Hannah.» La fissammo tutte con un'espressione che chiedeva qualcosa di più di quella risposta vaga. Joss sbuffò e ammise: «Okay, è successo qualche mese dopo la morte dei miei genitori».

Ellie restò a bocca aperta. «Ma avevi solo quattordici anni.»

Provai un analogo shock. Quando avevo quattordici anni appendevo poster di ragazzi attraenti al soffitto e immaginavo di mettere su famiglia con loro in una vera casa dei sogni di Barbie e di organizzare feste favolose e baciarli dolcemente. Non mi ero ancora risvegliata sessualmente.

Scorgendo un'ombra in fondo agli occhi di Joss, capii che era perfettamente consapevole dell'innocenza che aveva perso facendo sesso troppo presto.

«Almeno è stato con qualcuno che ti piaceva?» chiese Hannah con dolcezza nell'evidente speranza che ci fosse un po' di felicità a rischiarare il passato di Joss.

«No, Hannah. Andava a scuola nella città vicina. Ci siamo conosciuti a una festa e ci siamo ubriacati. Il resto è storia, una storia a cui non dovrai mai permettere di ripetersi.»

«Tranquilla, non lo permetterò» promise Hannah.

Dopo un attimo di silenzio, gli occhi della sorella di Ellie si posarono su di me.

Aspettavo quel momento, per cui feci un sospiro enorme. «Be', io almeno avevo diciannove anni quando ho commesso il mio errore. A essere sincera non c'è niente di romantico. Ero stufa di essere vergine, così mi sono ubriacata a una festa universitaria e ho perso la verginità con un ragazzo altrettanto ubriaco più grande di me. Non c'è stata alcuna delicatezza. Non c'è stato nulla. Mi ha fatto male. E una volta finito, lui è rotolato fuori dal letto e mi ha lasciata lì.»

Adesso Hannah sembrava traumatizzata. «Nessuna di voi ha un bel racconto di come ha perso la verginità?»

La guardammo dispiaciute.

«Bene, ora è deciso: non lo farò se non con qualcuno che amo.»

Ci scambiammo tutte un'occhiata. «Almeno ne è uscito qualcosa di buono» dissi sorridendo.

La risata delle mie amiche fu interrotta da qualcuno che bussava alla porta. Una frazione di secondo dopo la testa di Braden fece capolino in camera. «Allora, cosa succede qui?»

«Vestiti...» rispose in fretta Ellie. «Stiamo parlando di vestiti.»

Per il bene di Hannah, annuimmo tutte. Avevo saputo da Ellie che l'ultima cosa di cui sua sorella aveva bisogno era che Braden e Adam scoprissero che c'era un ragazzo che le piaceva, perché avrebbero finito per renderle la vita un inferno con la loro iperprotettività.

Braden non parve convinto, ma sembrava troppo preso da altri pensieri per preoccuparsi di ciò che stavamo combinando. Entrò in camera con un sorrisino sulle labbra e raggiunse Joss, che era seduta sul bordo della specchiera di Hannah. Si chinò per darle un dolce bacio sulla bocca, e nel frattempo le accarezzò il ventre. «Come stai?» mormorò fissandola nel profondo degli occhi.

Mi si strinse il cuore, ma stavolta in modo positivo. Era la prima volta che avevo l'occasione di vederli insieme dopo gli ultimi terribili momenti in casa loro.

Avevo parlato con Joss e sapevo che provava un misto di eccitazione e titubanza riguardo alla maternità e che era riuscita a spiegare a Braden ciò che le passava per la testa. Alla fine avevano trovato un'intesa, erano tornati in carreggiata, ed era bello vederli.

«Sto bene» rispose lei sottovoce con un sorriso sghembo. «Non devi continuare a chiedermelo, tesoro. Sai che mi farò sentire se avrò qualche problema.»

Braden le accarezzò di nuovo il ventre.

«Puoi smettere anche di fare quel gesto» disse con uno sbuffo divertito. «Non ho ancora la pancia.» Guardò dietro di lui, scrutandoci con un'espressione allegra. «Non vede l'ora che abbia la pancia.»

«Come mai?» chiese Ellie perplessa.

In risposta a quella domanda Joss arrossì mentre Braden fece un risolino profondo e intimo, dal quale intuimmo che, qualunque fosse il motivo del suo desiderio, non voleva condividerlo con un gruppo di persone di cui faceva parte anche sua sorella.

Ellie sembrava sul punto di sentirsi male. «Okay, non mi interessa minimamente saperlo.»

Braden fece un altro risolino e si voltò verso di noi, cingendo le spalle di Joss con il braccio. «Jocelyn vi ha detto che la sua agente ha trovato un editore interessato al suo libro?»

«No!» esclamò Jo in preda all'entusiasmo. «È meraviglioso!»

Joss si sentì a disagio, modesta com'era. «Hanno letto i primi tre capitoli e hanno risposto chiedendomi di mandare il resto del libro. Non significa nulla.»

Dovetti dissentire. «Significa parecchio. Peccato che tu non possa bere, perché questo è un buon motivo per ubriacarsi, cazzo!» Gettai un'occhiata a Hannah. «Scusa.»

«Per aver detto "cazzo" e perché non posso sbronzarmi con voi?»

Ellie sbuffò. «Sono davvero felice che la mamma non sia in questa stanza.»

Dagli altoparlanti giungeva la voce di una donna italiana che cantava una canzone vivace e allegra mentre il cameriere versava del vino rosso nei bicchieri davanti a me e Ben. Avevamo deciso di vederci al D'Alessandro's poiché piaceva moltissimo a entrambi e offriva un'atmosfera familiare che, da quel che immaginavo, entrambi speravamo potesse essere d'aiuto in caso di un eventuale nervosismo da primo appuntamento.

Ben indossava una camicia viola e un paio di pantaloni eleganti. Era bellissimo. Mi resi conto che non l'avevo mai visto vestito di nero... e ci feci caso solo perché era il colore preferito di Nate. Nero o rosso scuro. Nate stava bene con entrambi.

«Devo ammettere» disse Ben mentre il cameriere si allontanava «che erano mesi che volevo chiederti di uscire.»

«Davvero?» domandai incredula per poi rimproverarmi subito quando nella mia testa sentii Nate schioccare la lingua per quella mancanza di sicurezza. «Voglio dire... davvero?» ripetei optando però per un tono noncurante.

La cosa lo fece sorridere. «Sì, davvero. Ma... non sembravi molto interessata prima...»

«Al lavoro sono sempre molto concentrata» mentii. «A volte non capisco nemmeno che qualcuno sta flirtando con me perché ho la testa altrove.»

Ben annuì come se capisse. «Vero. Eri diversa quando ci siamo incontrati qui.»

Risposi con un sorriso e abbassai lo sguardo verso il piatto perché non mi veniva in mente niente da dire.

«Sembri distratta.»

«No» mentii di nuovo.

«Pensavo che forse l'altro motivo per cui eri restia potesse essere che c'era qualcun altro.»

Mi irrigidii e alzai gli occhi per guardarlo in faccia. «Sì, c'era.»

«Fino a quanto tempo fa?»

Gli feci un sorriso ironico e triste. «Non era così che volevo cominciare il nostro appuntamento, ma hai ragione... sono distratta. Sono appena uscita da una storia. Una storia molto seria, e non so se sono pronta a... voglio dire, so che dovrei esserlo. E tu dovresti sapere che mi piaci, davvero, è solo che...»

«Olivia.» Si protese in avanti e prese la mia mano tremante nella sua con uno sguardo sincero in quei meravigliosi occhi verdi. «Lo capisco. Ci sono passato anch'io.» Si riappoggiò allo schienale con un sorriso paziente. «Godiamoci questa cena insieme. Dimentica la faccenda dell'appuntamento. Siamo solo due persone che si godono del buon cibo e una chiacchierata.»

Così facemmo, e poi, dopo che ciascuno ebbe pagato per sé (insistetti, visto che non era un appuntamento), Ben mi accompagnò fino all'angolo di casa mia. Sul marciapiede, mi diede un bacio sulla guancia e disse: «Mi piaci, Olivia. Quando ti sentirai pronta... dammi un colpo di telefono».

23

Rimasi seduta a guardare i titoli di coda che scorrevano sullo schermo. In sala le luci si erano già riaccese e gli altri spettatori si stavano alzando per uscire dal cinema.

Avevo scelto una commedia perché risate false e falsità in generale un po' mi aiutavano.

Erano passate tre settimane dall'ultima volta in cui avevo visto Nate, e non l'avevo ancora sentito. Mi aveva decisamente presa in parola quando gli avevo detto di non tornare mai più. Le mie amiche, a eccezione di Jo, riuscivano bene nell'intento di non menzionarlo, sebbene la sua assenza quando uscivamo a bere qualcosa fosse percepita da tutti. La cosa mi faceva stare malissimo. Nate era amico di Cam, Adam e Braden, e adesso ogni volta che c'ero io non potevano stare tutti insieme. Non che Nate avesse intenzione di unirsi, a quanto pareva. Secondo Jo, almeno. Di tanto in tanto, con fare indifferente, la mia amica lasciava cadere qualche informazione nelle nostre conversazioni. Cam era preoccupato per Nate. Di recente non l'aveva visto molto se non alle lezioni di judo. Durante l'ultima Nate era così carico, ai limiti dell'aggressività, che il loro insegnante l'aveva mandato via consigliandogli di liberarsi di qualunque cosa lo tormentasse con una camminata.

Non volevo sapere cose del genere. Sarebbe stato molto più facile per me fingere che Nate non provasse alcun sentimento per la fine del nostro rapporto. Ma Jo voleva che sapessi. Credeva che significasse qualcosa, credeva che ci fosse ancora qualche possibilità.

Non riusciva proprio a capire.

«Ehi, il film è finito» disse una voce bellicosa.

Alzai lo sguardo verso il giovane addetto alla sala. «Sì, e allora?»

«E allora... adesso te ne devi andare» rispose irritato.

Mi alzai lentamente. «Ami molto il tuo lavoro, eh?»

Il suo sguardo avrebbe domato la morte. Afferrai la borsa e me andai.

Mentre entravo nell'atrio del Cineworld, mi scostai i capelli dal viso. Ero venuta all'Omni Centre in fondo a Leith Walk di venerdì sera perché rimanere a casa a ricordare tutti i venerdì sera passati con Nate a guardare film non era un buon modo di dimenticarlo.

«Liv!»

Prima di raggiungere le scale girai la testa e vidi Cole davanti alla biglietteria con un gruppo di amici. Era molto alto, per cui non fu difficile individuarlo. Mi sorrise, mormorò qualcosa a un amico e mi raggiunse. Dovetti piegare la testa all'indietro per riuscire a guardarlo negli occhi.

«Ehi» dissi sorridendo a mia volta. «Stai bene?»

Si strinse nelle spalle. «Sto andando a vedere un film con gli amici.» Mi studiò con un'occhiata. «Tutto a posto?»

«Sì, sto tornando a casa.»

«Sei venuta da sola?»

«Non è vietato andare al cinema da soli, sai?»

Cole strinse gli occhi a fessura. «Giusto.» Guardò rapidamente dietro di sé per poi concentrarsi di nuovo su di me. «Andiamo a casa nostra. Jo e Cam sono rimasti lì, potremmo vederci un film tutti insieme.»

«Cole, no, vai dai tuoi amici.»

«Nah, va bene così. Vogliono vedere un film che ho già visto. Jo ha comprato quelle minibrioche al cioccolato che ti fanno impazzire...»

«Mi conosci troppo bene» gemetti.

Mi fece un grande sorriso. «Allora andiamo.»

Forse sarebbe stato bello non tornare subito in un appartamento vuoto.

«Okay.»

Ci avviammo verso le scale. «Ehi, Cole!» Voltandoci, vedemmo una ragazza bionda e carina allontanarsi dal gruppo e guardarci con aria interrogativa. «Dove vai?»

«È carina» mormorai sottovoce. «Sicuro di volertene andare?»

«Non è il mio tipo» mormorò lui facendo spallucce.

«Le ragazze carine non ti piacciono?»

«Questa è piuttosto fastidiosa.»

«Cooole?» mugolò la bionda in tono incredibilmente irritante.

«Ah, sì, adesso capisco.»

Lui rise e guardò i suoi amici. «Ci si vede, ragazzi, okay?»

Uno di loro si girò e i suoi occhi guizzarono su di me spalancandosi. «Cazzo, Cole, ti scopi quella?»

Cole lo incenerì con lo sguardo. «Del, perché non ti giri e cominci a parlare col culo? Così almeno perdoneremo le stronzate che ti vengono fuori.»

Mentre i loro amici ridevano, spintonando e prendendo in giro Del, Cole mi afferrò il gomito e mi condusse giù per le scale.

Quasi mi strozzai nel tentativo di non ridere. «So che dovrei ammonirti per essere stato scurrile, ma... stai diventando così simile a Cam! È troppo divertente.»

Il mio apprezzamento gli piacque. Cercò di nasconderlo, ma vidi il suo collo arrossarsi per la soddisfazione e la sua bocca incresparsi leggermente. Capivo perché: Cam era l'eroe che era arrivato all'improvviso e aveva salvato lui e sua sorella da una vita orribile. Cam era tutto ciò che Cole desiderava essere.

Restammo in silenzio per un po' mentre camminavamo fianco a fianco lungo Leith Walk, fino a quando ripensai alla bella biondina che aveva fissato Cole senza nascondere di essere affascinata da lui. «Allora, se non ti piace la bionda piagnucolosa, c'è qualcun'altra che ti interessa?»

Cole arrossì ma, lo sguardo fisso a terra, mi stupì dicendo: «Una ragazza c'è, ma sono troppo giovane per lei. E credo che comunque le piaccia un altro».

Una fitta di profondo affetto mi colpì il cuore. «Amico, tu sì che sai come far aumentare l'autostima di una donna.»

Lui sorrise, ma i suoi occhi erano indagatori quando finalmente trovò il coraggio di guardarmi. «Ho sentito una conversazione tra Jo e Cam. So di te e Nate e di quello che ha fatto. Gli ho detto che non voglio passare il mio tempo né con gli idioti né con gli stronzi e che, visto che lui è entrambe le cose, con Nate ho chiuso.»

Per qualche folle ragione mi dispiaceva per Nate. «Cole, apprezzo la tua fedeltà, sul serio, ma Nate è un tuo amico. Ti vuole bene. Non allontanarlo da te per causa mia.»

«Ma ti ha ferita.»

«Sì, e sono arrabbiata con lui. Ma non ha ferito te, quindi non avercela con lui, ti prego.»

Cole tacque per un momento, poi disse: «Credo che non se la passi tanto bene. Ha un aspetto di merda ultimamente».

Finsi di non aver sentito. «Sei stato di nuovo scurrile... te ne rendi conto, vero?»

Si strinse nelle spalle.

«Okay, lascerò i rimproveri a Jo. Passiamo a qualcosa di meno deprimente. Come va la scuola?»

«Credi che sia un argomento meno deprimente?»

«Non può essere così terribile.»

Si strinse nelle spalle un'altra volta.

«Okay, cosa ne dici di parlare di arte?»

Cole si illuminò. «Per il mio diciottesimo compleanno mi farò un tatuaggio. Sto disegnando un sacco di soggetti diversi.»

«Ah, sì? Quindi stai ancora pensando di diventare un tatuatore?»

«Sì, non te l'ha detto Jo?»

«Detto cosa?»

«Il cugino di un amico di Adam ha un negozio di tatuaggi a Leith. Durante l'estate potrò andare da lui per un paio di giorni alla settimana. Quando avrò finito la scuola, potrebbe esserci la possibilità di un apprendistato da lui. Se gli piacerò, si intende. Mi ha detto di conservare tutti i miei disegni e di crearmi una specie di portfolio.»

«È fantastico. Wow, sei molto più organizzato sul tuo futuro di quanto lo fossi io quando avevo quindici anni.»

«Dillo a Jo. Vuole che prima vada all'università» borbottò lui.

«Forse dovresti farlo.»

«Vedremo. Nonostante quello che pensa Jo, ho ancora tempo.»

«Vuole solo che tu abbia la possibilità di scegliere nella vita, Cole.»

«Sì» disse e il suo sguardo si addolcì. «Lo so.»

Parlando di scuola, film e libri, la nostra camminata risultò breve. Cole era un ragazzino piuttosto taciturno quasi con tutti, ed era bello far parte della cerchia di amici e familiari con cui era disposto a confidarsi.

Arrivati a casa di Jo e Cam, Cole aprì la porta. «Sono tornato!»

«Siamo in cucina!» esclamò Jo.

Cole fece una smorfia. «Io di là non ci vado. A volte quando credono di essere da soli diventano tutti... affettuosi.»

Ridacchiai piano e lo seguii in soggiorno, ma lui si fermò bruscamente. Era così alto che fui costretta a spostarmi di fianco a lui per vedere oltre la sua schiena.

Se un autobus avesse sfondato la parete e si fosse schiantato contro di me, l'impatto non sarebbe stato meno violento di quello provocato dalla vista di Nate seduto sul divano. I nostri occhi si incontrarono e Nate si alzò lentamente. Dopo aver fissato il vuoto per un momento, in preda alla confusione, posai lo sguardo su di lui. Aveva la barba di qualche giorno e le occhiaie, e il suo aspetto era esausto e trasandato. Non era affatto da lui.

«Scusa, Liv» disse Cole sottovoce. «Non sapevo che sarebbe venuto qui.»

«Nessun problema.»

«Come...?» Nate fece un passo verso di me e io istintivamente ne feci uno indietro. Si fermò, deglutendo a fatica mentre mi studiava quasi avidamente. «Come stai?»

Prima che potessi formulare una risposta a quella domanda cretina, udimmo un forte tacchettio giungere dall'ingresso e avvicinarsi, intensificandosi. Mi voltai e strinsi gli occhi a fessura, mentre una rossa alta che indossava una canottiera scollata, jeans attillati e sandali con tacco di quindici centimetri entrava ancheggiando in soggiorno. «Il bagno è meraviglioso.» Mi fece un sorriso educato prima di raggiungere Nate, fargli scivolare un braccio sodo intorno alla vita e premere i seni contro di lui. «I tuoi amici hanno un appartamento davvero carino.»

Un calore mai provato prima mi invase, nel mio petto divampò un incendio, e le fiamme mi lambirono la gola, impedendomi di dire alcunché. Rimasi semplicemente lì a fulminarli con lo sguardo, consumata da una gelosia impotente e dal dolore.

«Liv?» Nell'udire la voce di Jo mi voltai e la vidi in piedi sulla soglia, a bocca aperta per lo stupore. «Cosa...?»

«Stavo per andarmene.» La interruppi e la spinsi da parte, ignorando la sua voce preoccupata che urlava il mio nome mentre sbattevo la porta di casa e mi precipitavo verso le scale. Sentii la porta aprirsi dietro di me, ma non mi fermai, mossa dal bisogno disperato di raggiungere un posto tranquillo in cui avrei potuto riflettere, inveire e mandare Nate Sawyer all'inferno.

«Olivia!»

"Oddio."

«Olivia, fermati» ringhiò Nate alle mie spalle. Era vicino. Troppo vicino.

Mi afferrò per un braccio e mi trascinò indietro, costringendomi a fermarmi, così mi voltai per fronteggiarlo.

Era lì, a pochi passi da me, e ansimava. Sembrava nel panico. «Liv, non andartene.»

Con uno strattone liberai il braccio dalla sua presa e sentii immediatamente lo spettro delle sue dita che mi stringevano ancora. «Torna dentro, Nate.» Lo guardai con un'espressione di puro disprezzo. «Avrei dovuto saperlo che nulla ti avrebbe fatto rimanere giù di morale troppo a lungo.»

Con mia sorpresa, i suoi occhi si indurirono riempiendosi di quella che avrei quasi definito indignazione.

Che razza di motivo aveva per essere indignato?

«Da che pulpito viene la predica» disse rabbiosamente scendendo un altro gradino e avvicinandosi ancora di più a me. «Ho sentito che hai avuto il tuo Mr Biblioteca.» Mi squadrò dalla testa ai piedi. «Suppongo che tu te lo sia scopato per bene e che lui si stia godendo i frutti delle mie lezioni.»

Un pugno allo stomaco avrebbe avuto lo stesso effetto, e probabilmente sarebbe stato molto meno doloroso.

Quando mi guardò in faccia, Nate trasalì e si passò una mano tra i capelli troppo lunghi, stringendo le dita a pugno. «Merda, Liv, scusa» sussurrò con la voce roca. «Non volevo dire una cosa simile.»

Mi voltai per andarmene, ma la sua mano mi bloccò un'altra volta. «Mollami» sibilai.

Invece Nate mi attirò a sé. Il suo profumo familiare e la sensazione del suo corpo mi fecero male. «Dimmi solo che stai bene.»

Mi rilassai nella speranza che così mi avrebbe lasciato andare. «Sto bene» risposi sottovoce. «Torna dalla tua ragazza, Nate.»

Lui strinse la dita intorno al mio braccio. «Non è la mia ragazza.»

Scossi il capo. «Non parlavo della rossa. Parlavo del fantasma tatuato sul tuo cuore.»

Le mie parole gli fecero allentare la presa.

Abbassando le palpebre in modo da non dover vedere l'espressione tormentata sul suo volto, mi voltai e scesi le scale, uscendo dalla sua vita.

24

Rivedere Nate fu come riaprire una ferita non rimarginata. Dopo essermene andata da casa di Jo e Cam, dovetti ricominciare con gli impacchi di ghiaccio.

Ecco perché la telefonata che ricevetti da Ben la settimana successiva mentre ero a cena con mio padre e Dee fu una piacevole distrazione.

«So che non ci conosciamo *così* bene, ma fingerò egoisticamente che non sia vero per chiederti un favore enorme.»

Divertita, appoggiai un gomito sul bancone della cucina di mio padre e mi rilassai, immergendomi nella conversazione. «Che genere di favore?»

«Non so come, ma mia sorella è riuscita a incastrarmi, e sabato dovrò fare da baby-sitter a mia nipote Zoe. Sia chiaro, io la adoro, ma ha otto anni ed è una vera femminuccia, e quando le ho domandato cosa le sarebbe piaciuto fare mi ha risposto che voleva andare al cinema a vedere il film musicale di una reginetta del pop della Disney. Zoe è abituata a ottenere ciò che vuole, quindi dovrà andarci davvero. Speravo che mi avresti fatto la cortesia di venire con me, così da non farmi sembrare un tipo losco che va a vedere un film della Disney, ma...»

«Vuoi che ci dividiamo gli obblighi genitoriali?»

«Esattamente.»

Scoppiai a ridere. «A quanto pare, avrai un grosso debito con me.»

«Quindi verrai?»
«Certo. Come favore, non come appuntamento.»
«Non come appuntamento, sono d'accordissimo. Niente uccide il romanticismo più di un musical per ragazzine fanatiche del pop.»
Dopo aver discusso brevemente dei dettagli di ora e luogo, riagganciai. Mio padre mi fissò con l'aria incuriosita.
«Cosa c'è?»
«Sei sicura che sia una buona idea?»
«Siamo solo amici» lo rassicurai.
«Questa l'ho già sentita.»
«Mick» lo ammonì Dee, fulminandolo con un'occhiataccia al posto mio.
Mio padre fece una smorfia. «Mi dispiace, tesoro, ma è l'espressione che hai in questo momento a dirmi che uscire con un altro uomo non è una buona idea. Poi, sai» proseguì giocherellando con la forchetta nel piatto ed evitando il mio sguardo «Jo mi ha raccontato che Nate non se la passa per niente bene. Dice che è ridotto a uno straccio. A quanto pare ha cercato di contattarti.»
Strinsi gli occhi. «Credevo che Nate non ti piacesse.»
«Sì, fino a quando non mi hai confidato tutte quelle cose su di lui.»
«Papà...»
«Era molto giovane quando ha perso quella ragazza» mi interruppe lui allontanando il piatto e chinandosi verso di me con fare cospiratorio. «Non riesco a immaginare quanto debba essere difficile affrontare la perdita di una donna che si ama quando si è così giovani, ma capisco che ci si possa ritrovare del tutto paralizzati. Nate non ha avuto la possibilità di accumulare abbastanza esperienza da imparare a mettere la perdita in prospettiva. O la paura della perdita. Potrebbe solo avere bisogno di tempo.»
La comprensione e l'empatia dimostrate da mio padre non mi stupirono. Con il cuore ferito, posai una mano sopra la sua. «Papà, anche se Nate cambiasse idea domani e mi dicesse di voler dare un'opportunità alla nostra storia... direi di no.»

«Pensavo che lo amassi.»

«Sì, sono innamoratissima di Nate, ma lui non concederà mai a se stesso di amarmi come ha amato Alana. Lei è stata il suo grande amore, e io voglio essere il grande amore di qualcuno, papà. Credo di meritarmi che l'uomo che amo mi ami nella stessa misura.»

Il sabato pomeriggio mi incontrai con Ben e la sua adorabile nipotina davanti all'Omni Centre. Zoe era così eccitata che non riusciva a stare ferma, e Ben parve davvero sollevato di vedermi. Aveva un solco inciso sulla fronte che, come scoprii ben presto, era dovuto all'avere ascoltato Zoe parlare ininterrottamente della sua dolorosa decisione di declassare una boy band famosa in tutto il mondo allo status di suo secondo gruppo preferito a favore di un gruppo nuovo e più fico che era appena schizzato in vetta alle classifiche.

Poiché fino ai tredici anni avevo vissuto anch'io la fase delle boy band, ero un'esperta in materia, per cui, entrando al cinema con Zoe, la ascoltai con attenzione. Mentre lei meditava sul tipo di caramelle che voleva comprare, Ben mi diede una stretta alle spalle e mi sussurrò all'orecchio un "grazie" che mi scatenò un brivido.

Sorrisi, confortata al pensiero che forse, solo forse, dopotutto sarei riuscita a dimenticare Nate.

Il film fu effettivamente terribile come io e Ben ci aspettavamo, ma a Zoe piacque da impazzire, tanto che mentre uscivamo dal cinema non faceva che ridacchiare e cantare. Con l'innocenza dell'infanzia, la bambina prese per mano sia me sia suo zio, trasformandoci nel ritratto della famiglia perfetta.

Fu parecchio imbarazzante per me, visto che io e Ben non ci conoscevamo ancora molto bene, ma quando scorsi il suo sorriso malizioso capii che lui non era per niente imbarazzato. Anzi, ebbi la sensazione che si stesse divertendo. Il mio lato sospettoso si domandò se non si fosse trattato di uno stratagemma sin dall'inizio. Che il buon vecchio Ben si fosse un tantino stancato di aspettare che lo chiamassi per un appuntamento e avesse deciso di accelerare le cose?

Strinsi la mano di Zoe e guardai Ben scuotendo la testa mentre ci avviavamo a piedi verso un McDonald's, dove avevamo promesso a Zoe che avremmo pranzato.

«Usare tua nipote per trasformare questa uscita in un appuntamento?» sussurrai non troppo piano al di sopra della voce di Zoe che cantava.

Ben rise. «Non ho fatto nulla di simile.»

«Oh, sì che l'hai fatto» risposi alzando gli occhi al cielo. «Sapevi che una situazione così deliziosa mi avrebbe fatta sciogliere.»

Ben rise di nuovo buttando la testa all'indietro, e così Zoe alzò lo sguardo verso di noi e domandò: «Che succede?».

Prima che potessi bofonchiare una spiegazione, una voce molto familiare mi paralizzò.

«Olivia?»

Ci bloccammo, tutti ancora mano nella mano, e osservammo Nate, che si era fermato sul marciapiede davanti a noi. I passanti, irritati, spingevano per oltrepassarci e ci giravano intorno mentre noi restavamo lì a fissarci. Osservai la sua barba incolta, i suoi capelli scompigliati pigiati sotto un cappellino e le occhiaie che segnavano ancora il suo viso come l'ultima volta che ci eravamo visti. Il mio cuore fece una dolorosa capriola, che divenne ancora più dolorosa quando Nate sbiancò mentre elaborava l'immagine di me insieme a Benjamin e Zoe.

«Ben, lui è Nate. Nate, lui è Ben e lei è sua nipote, Zoe.»

«Ciao!» cinguettò Zoe.

In un'altra occasione, trovandosi davanti una ragazzina così adorabile, Nate, l'ammaliatore nato, avrebbe sfoderato le sue fossette e le avrebbe risposto. Ma gli stava succedendo qualcosa mentre guardava me, Ben, Zoe e le nostre mani strette le une nelle altre. C'era un che di simile all'orrore nella sua espressione.

«Nate?» mormorai facendo un passo verso di lui.

«Io, ehm, io...» I suoi occhi incontrarono i miei e il suo petto prese ad alzarsi e abbassarsi al ritmo del suo respiro ansimante. «Io...» Alzò una mano tremante.

«Nate?»

«Scusate.» Ci superò e percorse a grandi passi il marciapiede come se avesse alle calcagna un branco di segugi infernali.

Rimasi a fissarlo, odiando il fatto di essere preoccupata per lui e domandandomi cosa gli fosse successo.

«Be', immagino che ci sia qualcosa sotto» osservò Ben sottovoce.

«Forse.»

«Ti va di parlarmene?»

Sbirciai Zoe che, confusa, girava la testa da me a lui, osservandoci. «A essere sincera no.»

«Okay, ne hai tutto il diritto. Ma cosa ne dici se ci lasciamo alle spalle qualunque cosa sia appena accaduta e andiamo da McDonald's a mangiarci un po' di cibo conservato? Dopodiché ti convincerò ad accompagnarmi al matrimonio di mia cugina. Come appuntamento.»

Sbalordita, non riuscii a fare altro che guardarlo.

La risata entusiasta di Zoe e lo strattone che diede alla mia mano mi riscossero. «Dài, di' di sì! Io faccio la damigella che porta i fiori. Devi vedere il mio vestito.»

Scoccai un'occhiataccia a Ben mentre lui sorrideva divertito. «Sei un genio del male.»

Non sapevo cos'avesse pensato Nate quando mi aveva vista con Ben e Zoe, ma sapevo che voleva parlarne. Lo sapevo perché aveva cominciato a telefonarmi. Adesso dovevo mettere *costantemente* del ghiaccio sulla ferita che lui mi aveva procurato.

Mi aveva chiamata quella sera stessa. Poiché non avevo risposto, mi aveva mandato un SMS chiedendomi di richiamarlo. Il giorno dopo mi aveva telefonato ancora e mi aveva lasciato un messaggio in segreteria che mi ero rifiutata di ascoltare. Mi aveva richiamata il giorno successivo, ed era stato così che avevo iniziato ad avere la mia dose giornaliera di Nate.

Mi ero dovuta trattenere moltissime volte. Avrei voluto rispondere. Avrei voluto rispondere perché era evidente che gli dispiaceva avermi fatta soffrire. Me ne rendevo conto, lo capivo. Tuttavia, questo non cambiava le cose, non cambiava il fatto che stare in sua presenza era troppo doloroso.

Così avevo deciso di andare con Ben al matrimonio il sabato successivo.

Le voci dei Proclaimers, che a quanto pareva erano un ingrediente fondamentale di qualsiasi matrimonio scozzese, riempivano con le loro promesse il tendone sotto il quale si svolgeva il ricevimento mentre io ero accoccolata accanto a Ben al nostro tavolo. Gli avevo detto un'infinità di volte di andare a unirsi alla sua famiglia, ma lui aveva risposto che lo scopo di portare una sconosciuta al matrimonio era avere una scusa per non doverlo fare.

Mi dimostrò sempre di più di essere simpatico e affascinante, e che sarei stata una vera idiota a non dargli una possibilità.

«Vuoi qualcos'altro da bere?» domandò dando un colpetto al mio bicchiere di champagne quasi vuoto.

Scossi la testa con un'espressione afflitta. «All'ultimo matrimonio a cui sono stata mi sono ubriacata vergognosamente e ho finito per dire cose di cui mi sono pentita.»

«Allora voglio proprio farti ubriacare» disse con un sorriso malizioso.

Scoppiai a ridere. «No che non lo vuoi.»

«Be'... quali sono le cose che ti sei pentita di aver detto?»

«Non si tratta esattamente delle cose che ho detto, ma del risultato che ho ottenuto dicendole.»

«Ovvero?»

«Un cuore infranto.» Sussultai subito dopo aver pronunciato quelle parole. «Oddio, Ben, scusa. Sono la peggior compagna di matrimonio della storia.»

Mi rivolse un sorriso comprensivo. «Sai come potresti rimediare?»

«Come?»

«Raccontami di lui. Di Nate.» Ci azzeccò. «Cos'è successo? Potrebbe esserti d'aiuto.»

Scossi la testa. «Non vuoi davvero sentire questa storia.»

«E se cominciassi io?»

Ovviamente la curiosità ebbe la meglio. Volevo sapere

del grande amore che gli aveva spezzato il cuore. Proprio mentre stavo per accettare, mi squillò il telefono. Con un sorriso di scuse, presi la pochette e tirai fuori il cellulare.

Quando vidi chi mi stava chiamando, mi venne la pelle d'oca.

Nate.

Sapeva che avevo un appuntamento? Era per questo che mi stava telefonando? Arrabbiata per il suo continuo intromettersi nella mia vita, rimisi il telefono nella borsa.

Ben lo indicò. «Era lui?»

«Come hai fatto a indovinare?»

«Perché sono piuttosto sicuro di avere anch'io quello sguardo ogni volta che la mia ex prova a contattarmi.»

«Quale sguardo?»

«Lo sguardo da "Se potessi farti a brandelli con gli incisivi lo farei, perché non esci dalla mia vita, brutta stronza?" oppure, nel tuo caso, "brutto stronzo".»

Feci una risata triste. «Ci sei andato vicino. È più... Insomma, continuo a cercare di tornare a essere la persona che ero prima di lui, e ogni volta che qualcuno pronuncia il suo nome o che lui mi chiama mi accorgo che probabilmente non sarò mai più quella persona perché... lui faceva parte della Liv che ero allora.»

Restammo in silenzio per un attimo.

Alla fine Ben mi prese la mano e mi passò il pollice sulle nocche. «Un giorno ti sveglierai e lui non sarà più il tuo primo pensiero.»

«Me lo giuri?»

«Te lo giuro.»

Il mio telefono suonò di nuovo, spezzando l'atmosfera dolce che si era creata tra noi. Con un borbottio frustrato, presi la borsa, pronta a spegnere quel maledetto aggeggio, ma vidi che stavolta si trattava di Jo.

Per qualche ragione avvertii uno sgradevole vuoto allo stomaco.

«Scusa» dissi a Ben. «È una mia amica. Sarà meglio che risponda.»

«Certo.»

«Jo?» domandai portandomi il telefono all'orecchio.
«Liv.» Sembrava affannata. «Liv, Nate ha provato a telefonarti. È successa una cosa.»
«Cosa?» chiesi andando subito nel panico. «Sta bene?»
«È... suo padre: è stato portato d'urgenza all'ospedale.»

Presi un taxi per andarmene dal matrimonio il più in fretta possibile, ma impiegai comunque quasi un'ora da quando Jo mi aveva chiamata per arrivare all'ospedale. Per tutto il tempo pregai e implorai qualunque essere divino potesse esistere in questo mondo di aiutare Nathan. Jo aveva detto che pensavano avesse avuto un attacco cardiaco.

Lanciai i soldi della corsa al tassista e mi catapultai fuori dalla vettura, raggiungendo al volo l'ingresso principale dell'ospedale.

"Per favore, per favore, fa' che Nathan stia bene. Per favore."

Era davvero un brav'uomo.

"E Nate non può sopportare altre perdite."

Mentre mi precipitavo al banco delle informazioni per chiedere di Nathan, udii la voce di suo figlio chiamare il mio nome, così mi fermai e la seguii con lo sguardo. Nate, pallido e tirato, era in mezzo alla sala d'attesa affollata.

Mi diressi verso di lui, studiandolo. La barba era sparita, ma gli occhi erano ancora cerchiati, e adesso la sua bocca era serrata per la preoccupazione. Seduti dietro di lui c'erano Sylvie, Cam, Cole e Jo. Sylvie stava facendo a pezzi un fazzoletto di carta mentre fissava la porta di fronte a sé con gli occhi sbarrati. Mi ricordava un animale impaurito.

«Nate...» Mi fermai davanti a lui con fare esitante perché non sapevo se avrei dovuto abbracciarlo oppure no, anche se desideravo farlo. «Si sa qualcosa?»

Scosse la testa, gli occhi cupi. «L'hanno portato in sala operatoria. Non è ancora uscito nessuno.» Cedendo, feci un ultimo passo verso di lui e lo strinsi a me.

Nate si abbandonò all'istante, mi circondò la vita con le sue braccia forti e mi posò la testa sul collo.

Restammo così per un po'.

«La famiglia di Nathaniel Sawyer?» chiamò un medico.

Nate e sua madre si alzarono in fretta dalle loro sedie e lo raggiunsero di corsa. Lanciai un'occhiata a Jo, Cam e Cole prima di guardare Peetie e Lyn, che erano arrivati poco dopo di me. Aspettavamo da ore, e adesso avevamo tutti la stessa espressione.

Speranzosa.

Disperatamente speranzosa.

Quando udii i singhiozzi di Sylvie, i miei polmoni smisero di funzionare e, in preda al terrore, osservai Nate attirarla tra le sue braccia. Cam, gli occhi infossati dal dolore, si avvicinò all'amico e gli appoggiò una mano sulla spalla. Nate gli rivolse un sorriso appena abbozzato e scosse la testa.

Cam si afflosciò, come per il sollievo, e i miei polmoni si rimisero in moto. Tornò da noi, passandosi una mano tremante tra i capelli. «Nathan ha superato l'intervento. È stabile.»

«*Toc, toc.*» Feci capolino nella camera d'ospedale con un enorme sorriso.

Nei giorni scorsi avevo lasciato che Nate restasse con sua madre e suo padre, ma il lunedì uscii in fretta dal lavoro per andare a trovare Nathan nell'orario di visita.

Era in camera da solo a guardare la televisione. Sbatté le palpebre per lo stupore quando mi vide, e poi aprì le labbra in un grande sorriso mentre entravo. Avendo avuto a che fare con una persona molto malata, ero una campionessa nel dominare la reazione al tributo fisico che la malattia poteva richiedere. Nathan sembrava molto più piccolo in quel letto d'ospedale. Le sue guance erano tese e intorno alla sua bocca c'era qualche ruga in più rispetto all'ultima volta che l'avevo visto.

«A cosa devo questo piacere?» domandò mentre si tirava su a sedere facendo attenzione ai fili che lo collegavano ad alcuni monitor accanto al letto.

Posando sul comodino i fiori che gli avevo portato, presi una sedia. «Ero preoccupata.»

«*Pfff*» minimizzò agitando la mano. «Cos'è una piccola coronaropatia?»

Lo fulminai con lo sguardo.
«Già, anche Sylvie non l'ha trovato divertente.»
Le mie labbra si incresparono. «Non mi faccia ridere. Sto cercando di essere severa.»
«Severa?» Sbuffò. «Severa? Prenderò farmaci per il resto dei miei giorni e dovrò eliminare i miei cibi preferiti. Tutta la mia vita sarà severa d'ora in poi. Non mi serve che anche una bella ragazza sia severa con me.»
«Bene» concordai. «Non sarò severa.» Mi guardai intorno, confusa. «Dov'è Sylvie?»
«Oh, l'ho mandata a casa. È davvero a pezzi. Non voleva proprio saperne di lasciarmi qui da solo.» Schioccò la lingua. «Ho dovuto chiamare il mio medico per farla andare via in modo che potesse riposare un po'. Ne pagherò le conseguenze.»
«Sono pronta a scommetterci» risi.
«Nate è sceso a prendere un caffè, se ti stavi chiedendo...»
Il mio sguardo era penetrante quando i nostri occhi si incontrarono. «Lei lo sa, vero?»
«Non avete fatto esattamente un ottimo lavoro per nascondere ciò che c'era tra voi quando siete venuti a trovarci. Mi rattrista però sapere che non ha funzionato... Il che mi porta inevitabilmente a chiederti: cosa ci fai qui?»
«A una persona non è concesso di essere in pensiero per un'altra persona?» risposi in tono bellicoso.
«Sì, certo. Sei gentile, credo che probabilmente tu fossi in pensiero per me e lo apprezzo, ma credo che più di tutto fossi in pensiero per mio figlio. E allora siamo in due.» Aggrottò la fronte con aria preoccupata. «Gli manchi.»
«Anche lui mi manca» confessai piano.
Qualcuno dietro di me si schiarì la gola.
Voltandomi, vidi Nate sulla soglia, intento a mescolare il caffè. Il peso del suo sguardo mi inchiodò alla sedia.
«Nate» dissi trovando finalmente la voce. «Volevo solo vedere come stava Nathan. Sarà meglio che vada.» Mi alzai.
«Sciocchezze.» Nathan mi fermò, facendomi segno di sedermi. «C'è ancora mezz'ora. Accomodati. Chiacchieriamo.» Guardò suo figlio. «Siediti.»

Sembrava che Nate si stesse sforzando di non ridere mentre con indifferenza si sedeva accanto a me.

Il mio sguardo fu istintivamente calamitato dalle sue gambe lunghe e rilassate. Un fremito mi travolse inaspettatamente mentre alzavo lo sguardo sulle sue mani che continuavano a mescolare il caffè. Aveva mani bellissime, virili, dita forti e aggraziate, irruvidite dal lavoro e dal judo. Avevo sempre trovato che quel mix di morbidezza e ruvidità fosse meraviglioso. E la maglietta che indossava metteva in risalto i suoi avambracci vigorosi. Distolsi in fretta lo sguardo dalla vena in rilievo che correva lungo il suo braccio muscoloso. L'avevo leccata in tutta la sua lunghezza.

Per evitare di collassare, mi affrettai a spostare l'attenzione su Nathan.

Mi stava guardando con un sorrisino compiaciuto.

Ottimo. Anche da malato, Nathan era in grado di punzecchiare il prossimo.

«Allora, come stai, Olivia? Nate ha detto che frequenti qualcuno.» Il suo tono adesso era di disapprovazione.

«Non frequento nessuno» ribattei irritata. Tecnicamente non mi stavo vedendo con Ben. Non ancora.

Nate raddrizzò la schiena. «Ah, no?»

Gli lanciai un'occhiata, prima di rivolgermi a suo padre. «Si è trattato solo di un paio di appuntamenti.»

Nathan aggrottò la fronte. «Il che significa frequentare qualcuno.» Guardò il figlio. «Tu cosa ne pensi?»

«Sono d'accordo» rispose lui conciso. «E sembra proprio una cosa seria.»

Cominciando a sentirmi a disagio, sospirai. «Non potremmo parlare d'altro?»

«Perché? Non c'è nulla che sia altrettanto interessante.»

Gemetti. Non ero *minimamente* pronta a combattere una battaglia contro due Sawyer. «Bene, allora devo proprio andare. Nathan, sono davvero felice di sapere che si rimetterà.» Mi chinai e gli diedi un bacio sulla guancia, ignorando la sua espressione sconcertata.

Senza guardare Nate, uscii in fretta dalla stanza.

«Olivia, aspetta» esclamò Nate mentre mi precipitavo lungo il corridoio.

Non aspettai.

Fu per questo che mi trovai bloccata dalla sua presa decisa e trascinata senza troppe cerimonie nel ripostiglio buio degli addetti alle pulizie.

«Cosa stai facendo?» sibilai sentendo il suo respiro contro la mia guancia mentre mi spingeva con la schiena contro la porta.

Per tutta risposta mi baciò.

Ero così sbalordita che sulle prime non riuscii a muovermi, ma presto la bocca calda e suadente di Nate fece svanire lo stupore. Forse perché il bacio non fu aggressivo né violento, bensì dolce, bramoso. Le mie labbra reagirono e finii per ricambiare.

Nate arretrò per primo, ansimando forte e sfiorandomi la guancia con il naso, le sue mani due morse d'acciaio intorno ai miei bicipiti. Inalò il mio profumo. Ero circondata da lui. La sua forza familiare, il suo odore, il suo sapore sulla mia lingua, persino la sensazione della sua guancia leggermente ispida sulla mia.

Chiusi gli occhi, sull'orlo delle lacrime.

Forse mi sbagliavo. Forse perdere Nate non era la cosa più dolorosa che potesse succedermi. Mentre me ne stavo lì tra le sue braccia, consapevole che non sarebbe mai stato davvero mio, mi accorsi che, più che la perdita, era il desiderio a fare male.

«Sei la prima persona a cui ho pensato» mi disse con la voce roca. Le sue parole vibrarono contro il mio orecchio, scatenando un brivido involontario. «L'unica che volessi qui con me.»

Dopo aver deglutito per liberarmi del groppo infuocato di lacrime trattenute che mi stava soffocando, sussurrai: «Mi dispiace di aver ignorato la tua telefonata».

«Non dispiacerti. Sei venuta. Il resto non conta.»

Avendo bisogno di un po' di distanza, di una pausa dall'intensità che c'era tra noi, me ne uscii con: «Credo che ci sia un inappropriato gioco di parole in quello che hai appena detto».

Le labbra contro la mia pelle, Nate rise prima di staccarsi da me. «Cazzo, mi sei mancata, Liv.»

«Nate.» Lo respinsi dolcemente finché non recepì il messaggio. Tolse le mani dalle mie braccia, facendomi sentire spoglia. «Sono contenta che tuo padre si rimetterà, ma devo andare.»

«Liv, ti prego...»

«Ben mi sta aspettando» mentii d'impulso. All'improvviso fui colta dalla paura che telefonandomi in continuazione e confessandomi di sentire la mia mancanza, Nate stesse portando il nostro rapporto in una certa direzione. E non sapendo se sarei stata abbastanza forte da fare la cosa giusta, stabilii che non gli avrei dato la possibilità di mandarmi nel pallone. «Ho un appuntamento con lui.»

Rimase in silenzio per un attimo.

E poi...

«Dobbiamo parlare.»

«No. Per niente.» Cercai a tentoni la maniglia e riuscii a sgusciare fuori. Lui non mi seguì.

Doveva avere capito che era inutile.

25

A quanto pareva, per Nate le cose non stavano affatto così.

Non avrei dovuto stupirmi di trovarlo a casa mia ad aspettarmi quando rientrai dal lavoro quella sera. Sbattei la porta dietro di me e, tendendo la mano, dissi: «Rivoglio la mia chiave».

Nate si era alzato appena ero entrata, e adesso stava venendo lentamente verso di me con uno sguardo scherzoso. Quando vidi il modo in cui le sue fossette fecero capolino, il mio viso si raggrinzì in una smorfia come se fossi una bambina di cinque anni sul punto di fare i capricci. Non avevo bisogno che fosse bello e affascinante in questo momento! Non avevo affatto bisogno delle fossette.

«L'ho inghiottita.»

«No, non l'hai inghiottita. Se l'avessi fatto, avrei trovato un cadavere in casa.»

Nate si fermò con un sopracciglio aggrottato. «Dovrei essere preoccupato perché *non* sei triste all'idea?»

Allargai le narici. Lo sapevo: era venuto per sedurmi. Dovevo sbatterlo fuori!

«Dammi la chiave.»

Nate fece spallucce. «Non posso.»

«Devi» sbuffai indignata. «È la *mia* chiave.»

«Perché stiamo parlando ancora della chiave?»

«Abbiamo a malapena cominciato a parlare della chiave.» Spostai il piede destro indietro mentre Nate veniva avanti, abbassando le palpebre in modo sexy. Era il suo sguardo da predatore. «Nate...»

«Ti amo.»

Mi paralizzai. Quelle parole – due pugni che mi squarciarono il petto – mi lasciarono a bocca aperta.

Lui approfittò del mio sbalordimento. Si fermò a pochi centimetri da me, senza toccarmi, anche se non era necessario che lo facesse. Il calore del suo corpo lambiva la mia pelle.

«La mia vita è stata un inferno senza di te» confessò con la voce roca e un'espressione cupa. «Credevo che ce l'avrei fatta. Credevo di riuscire a mentire a entrambi. Ma la settimana scorsa, quando ti ho incontrata per strada con quel tizio e la ragazzina... ho intravisto il futuro. Fino a quel preciso istante non mi ero reso conto che allontanarmi da te, da noi, significava dover stare a guardare mentre ti fidanzavi con qualcun altro, mentre avevi dei figli con qualcun altro.» Chiuse gli occhi come se stesse soffrendo. «Mi ha ferito profondamente vederti giocare alla famiglia felice con quel ragazzo. Cristo, Liv, non riuscivo a respirare.»

Non potevo cedere, non era abbastanza.

Scuotendo la testa, mi spostai per evitare che potesse bloccarmi nell'angolo. «Nate, devi andartene.»

Invece di obbedire, mi studiò attentamente. «Non sei ancora pronta a sentirtelo dire» concluse. «Ma voglio che tu sappia che combatterò per te. Non commetterò di nuovo l'errore di andarmene via. L'unico uomo del tuo futuro sono io, Liv. Gli unici bambini del tuo futuro sono i miei.» Nate aprì la porta d'ingresso, si frugò nella tasca, tirò fuori la mia chiave e me la porse. La presi con esitazione, confusa da quel gesto. «Non ho bisogno di irrompere nella tua vita così. Hai messo una porta chiusa tra noi e capisco le tue ragioni, ma io rimarrò dietro quella porta e ti tormenterò senza tregua.» Fece un sorriso sghembo. «Fino a quando non mi riaprirai.» La sua espressione cambiò, come se una nuvola nera fosse arrivata inaspettatamente. «Ti avverto, però, apri la porta a quel Ben... e comincerò a combattere in maniera sleale.»

Prima che potessi replicare, Nate sgusciò fuori, lasciandomi divisa in due.

Una parte di me moriva dalla voglia di chiamarlo per dirgli di tornare, per assaporare quelle due paroline che erano uscite dalle sue labbra. Assaporarle senza sosta.

La parte più grande di me, tuttavia, sapeva che non era abbastanza. Sarà stato egoistico, ma non volevo semplicemente che Nate mi amasse. Volevo che mi amasse nel modo in cui io amavo lui. Volevo vivere quel genere di amore così profondo da durare per l'eternità.

Il genere di amore che Nate aveva provato per Alana.

Non so cosa mi aspettassi. Nate aveva sempre avuto un approccio così rilassato nei confronti della vita che non ero sicura che avrebbe davvero lottato per me. Sinceramente, in un certo senso speravo che non lo facesse, perché così sarebbe stato più facile per me continuare a dire di no.

Il giorno dopo la sua breve visita a casa mia, però, al lavoro ricevetti un cesto pieno di cioccolatini del mio negozio preferito, accompagnato da un biglietto di Nate:

Abbiamo un appuntamento con il cioccolato fuso nel nostro futuro... Te lo spalmerò addosso e lo leccherò a sazietà fino a quando tu... Dunque, come lo chiamano i francesi? La petite mort. *Ti amo.*
Nate.

Non solo non si era fatto scrupoli a scrivermi una cosa del genere sul bigliettino che l'addetto alle consegne poteva vedere, ma mi costrinse ad affrontare i miei colleghi, che me lo strapparono di mano prima che potessi fermarli.

Angus me lo restituì sogghignando. «Ha usato un'espressione francese per dire "orgasmo". Che classe. Io dico che devi tenertelo stretto.»

«Ha parlato di orgasmo in un regalo di scuse» dissi sottolineando l'ovvio. «Questa la chiami classe?»

«No, ma è supersexy» intervenne Jill guardandomi con la fronte aggrottata. «Torna con lui, oca che non sei altro. Sai quanti uomini ci sono a questo mondo che fanno cose simili?» domandò picchiettando sul quel cesto di delizie divinamente incartato. «Non molti.»

Passai il resto della giornata a guardare di traverso i cioccolatini.

Il giorno dopo, al lavoro arrivò una grossa scatola avvolta nella carta da regalo, e la portai nella sala del personale per aprirla in privato. Naturalmente Jill, non appena la vide, informò Angus, che a sua volta informò Ronan, e la privacy svanì. Erano tutti alle mie spalle mentre toglievo il fiocco di raso nero e aprivo la confezione color rosa chiaro. Sotto strati di velina trovai un meraviglioso e costosissimo corpetto nero di pizzo e raso, un paio di mutandine a vita alta abbinate e calze di seta. Il tutto accompagnato da un biglietto:

Bellissima, sexy, sensuale. Anche la biancheria intima è carina. Spero che un giorno la indosserai per me, ma se non lo farai spero almeno che quando la metterai, guardandoti allo specchio, vedrai quello che io vedo in te. Ti amo. Nate.

A quel punto mi chiusi a piangere in bagno, mandando Nate Sawyer all'inferno e sperando che il giorno dopo non ci sarebbe stato nessun altro regalo, altrimenti mi sarei trovata ancora più vicina ad aprire quella maledetta porta. In uno stupido tentativo di sconfiggere Nate con una manovra più astuta della sua, quella sera chiamai Benjamin e ci mettemmo d'accordo per bere un caffè insieme l'indomani dopo il lavoro nel suo bar preferito, non lontano dalla biblioteca. Speravo che la sua presenza mi ricordasse che la vita non iniziava né finiva con Nate e che *potevo* voltare pagina. *Potevo, potevo, potevo, potevo.*

Il giorno dopo stavo presidiando il banco delle informazioni quando il ragazzo della sicurezza venne a consegnarmi un altro pacco. Stavolta si trattava di un pacchettino con una busta. Con il cuore che martellava, ignorai Wendy, che stava lavorando accanto a me, e lo aprii.

Un DVD Blu-ray del *Mago di Oz*.

Mi si gonfiarono gli occhi di lacrime e mi sentii stranamente nervosa mentre armeggiavo con la busta. Facendo un respiro profondo, cominciai a leggere la lettera scritta a mano da Nate.

Cara Liv,

è giunta l'ora di portare il tuo film preferito in questo secolo, anche se si tratta del Mago di Oz.

E giusto perché tu lo sappia: se tu fossi un film, saresti Il padrino: *potrei guardarti in continuazione, senza smettere mai perché... ecco, sei il mio film preferito.*

Mi manchi.

Mi mancano i nostri 'preferiresti' e le tue risposte spassose. Mi manca la tua risata. Mi manca il modo in cui mi sento quando ti faccio ridere: come se avessi appena vinto qualcosa di molto importante. Mi manca lo starmene semplicemente seduto con te, con la consapevolezza che ci capiamo alla perfezione anche rimanendo in silenzio. Mi manca il tuo non giudicare mai nessuno. È una qualità davvero rara, Liv. E mi manca guardare quanto sei premurosa con tutti. Mi manca poterti telefonare e parlare con te di stupidaggini qualsiasi o di cose importanti.

Mi manca la mia migliore amica.

Mi manchi tu.

Ti amo.

Nate.

Tremando, tirai fuori il telefono dalla tasca nella speranza che Angus capisse che dovevo fare una chiamata personale e che dovevo farla subito.

Jo sembrava affannata. «Ehi, Liv, posso richiamarti? Sto incollando la carta da parati e devo metterla sulla parete piuttosto in fretta.»

«Be', sarò rapida. Di' a Nate di smettere di mandarmi regali. Abbiamo chiuso.»

Restò zitta per un momento. «Non puoi dirglielo tu?»

«No, lui è... Non posso stare in sua presenza. Per favore digli di piantarla e basta. Ti prego.»

«Liv, il motivo per cui non vuoi vederlo è che gli vuoi bene, e quando sei con lui ti senti meno ferita e più propensa a dargli una possibilità. E non credo che sia una brutta cosa.»

«Ti sbagli» ribattei con arroganza. «Ho voltato pagina. Dopo il lavoro mi vedo con Ben al Black Medicine per un caffè.»

«Quello in Nicolson Street?» domandò improvvisamente Jo.

«Sì. Credo che potrei persino proporre di portare le cose al livello successivo.»

«Spero per Ben che tu non stia solo cercando di far infuriare Nate, perché sembra essere davvero un bravo ragazzo e non si merita di essere preso in giro.» Jo sospirò. «Devo andare.»

Riagganciò, chiaramente seccata, e quello bastò a farmi sentire uno schifo.

Circa cinque ore dopo il senso di colpa per averla delusa sarebbe diminuito...

«Che diavolo ci fai qui?» sibilai alzando gli occhi verso Nate.

Era in piedi tra me e Ben con la mano sullo schienale della mia sedia, e vidi l'espressione dura dei suoi occhi prima che la nascondesse per voltarsi verso il mio compagno con un sorriso amichevole. «Sono Nate. Ci siamo già visti di sfuggita» disse porgendo la mano a Ben.

In fondo al Black Medicine, un piccolo locale strambo e molto grazioso con arredi in legno intagliato a mano che non avrebbero stonato sul set di un film del *Signore degli Anelli,* stavo giusto raccontando a Ben le mie angosce per Nate quando il bellissimo bastardo era apparso all'improvviso come per magia.

Ma sapevo che non si trattava di magia.

Jo gli aveva rivelato dove mi trovavo.

L'avrei uccisa.

Ben sbatté le palpebre, evidentemente stupito quanto me di vedere Nate. Osservò la mano che gli stava porgendo e si protese lentamente in avanti per afferrarla. «Piacere di conoscerti» rispose Ben in tono tranquillo. Dalla sua espressione sembrava che lo stesse soppesando.

«Allora...» Nate schioccò la lingua. «Dovrò chiederti di andartene. Ho bisogno di parlare con Liv.»

La sua audacia mi lasciò a bocca aperta. «Sei fuori di testa?»

Quando si voltò di nuovo verso di me, l'espressione dura

era ricomparsa e mi resi rapidamente conto che in realtà si trattava di irritazione. *Lui* era irritato con me? Mi stava prendendo in giro? «Io e te abbiamo una questione in sospeso» rispose piano. «Non credo che sia corretto coinvolgere anche Benny.»

Ben si schiarì la gola. «Fatta eccezione per il soprannome sdegnoso, ha ragione.» Ben si spostò, tirando fuori il portafoglio. Lo fissai inorridita mentre metteva una banconota da cinque sterline sul tavolo per pagare il suo caffè.

«Te ne stai andando sul serio?» sibilai.

Lui increspò le labbra come se non avesse altra scelta se non quella di accettare. «Hai appena passato un quarto d'ora a raccontarmi di tutti i modi che questo ragazzo ha usato nell'ultima settimana per cercare di convincerti che è innamorato di te. Credo che tu debba discuterne con lui, non con me.» Mi rivolse un sorriso benevolo prima di ammonire Nate con lo sguardo, dopodiché i suoi occhi verdi tornarono a posarsi su di me. «Chiamami più tardi per farmi sapere se è tutto a posto.»

Strinsi gli occhi. «Non parlo con i traditori.»

Ben rise e scosse la testa. «Chiamami e basta.» E con quelle parole mi lasciò.

Nate non si prese la briga di osservarlo mentre se ne andava. Si affrettò a occupare la sedia che Ben aveva liberato e la spostò così vicina a me che le nostre gambe si toccarono. Spinsi indietro la mia sedia, preparandomi ad andarmene. Nate allungò di colpo il braccio e mi afferrò il polso con la mano. «Liv, ti prego.»

I nostri occhi si scontrarono in una guerra tra la mia e la sua volontà, e purtroppo la mia fu seriamente indebolita dal calore implorante del suo sguardo. Con un sospiro, liberai dolcemente la mano dalla sua presa e mi spostai di nuovo verso il tavolo, assicurandomi però che non ci toccassimo più. «Hai cinque minuti.»

Nate scrutò il mio viso per un momento, come se ne stesse catalogando ogni tratto, e c'era qualcosa di così vulnerabile e aperto nel suo volto che il mio cuore iniziò immediatamente a battere all'impazzata. Si protese in avanti e disse a bassa voce: «Quella sera a casa di Cam... la ragazza con i capelli rossi».

Trasalii e cancellai qualsiasi espressione dal mio viso.

Non volevo certo parlare del fatto che, mentre il mio cuore si stava spezzando, Nate era là fuori a dimenticarmi dandoci dentro con altre donne.

«Non sono stato a letto con lei» si affrettò ad assicurarmi in tono quasi disperato. «Liv, dopo di te non sono stato con nessun'altra.»

Sbuffando, bevvi un sorso del mio caffè con indifferenza sebbene quella conversazione mi stesse lasciando tutt'altro che indifferente. «Va bene» mormorai sarcastica, posando la tazza sul piattino.

«Non ti mentirei mai su una cosa simile.»

Nel sentire il suo tono duro e indignato, alzai lo sguardo e vidi che era arrabbiato, così inarcai un sopracciglio. «Sei arrabbiato perché non ti credo? Sul serio, Nate? Ti ho chiesto a bruciapelo se fossi innamorato di me, tu hai risposto di no e adesso dopo qualche settimana hai cambiato idea. E ti domandi perché io faccia fatica a credere a una sola parola di quello che dici?»

Per un momento pensai che non avrebbe aperto bocca. Nel chiaro tentativo di tenere la sua insofferenza sotto controllo, Nate fece un profondo sospiro prima di parlare. «Quella è stata l'unica volta in cui ti ho mentito. Più che altro stavo mentendo a me stesso. Non volevo innamorarmi di te. Lo sai meglio di chiunque altro. Ma è successo. E sono abbastanza uomo da ammettere che me la sono fatta sotto. E me la faccio ancora sotto.» Mi appoggiò delicatamente la mano sul ginocchio mentre i suoi occhi scavavano nei miei. «Non c'è stata nessun'altra dopo di te perché non voglio nessun'altra. Mi hai rovinato, non provo più interesse per nessuna donna.» Fece scorrere con delicatezza la mano lungo la mia coscia, e purtroppo quel tocco bastò a scatenare centinaia di ricordi di carezze sensuali. Un'espressione bramosa doveva essersi accesa nei miei occhi, perché vidi Nate stringere i suoi quando la scorse. «Mi manchi, piccola. Mi manca tutto di te.» Le sue dita cominciarono a descrivere dei cerchi sulla mia gamba e io mi sentii in trappola, incapace di muovermi mentre il mio corpo, pervaso dai ricordi, cominciava a vibrare. Gli occhi di Nate si riempirono di ardore, diventando più scuri mentre scendevano lungo la mia figura per poi risalire fino alle mie labbra. «Mi manca la tua bocca» confessò con voce roca. «Mi manca la tua lingua. Mi manca la sensazione che provo quando la muovi contro la mia, quando lambisce la mia pelle.» Si protese ancora di più verso di me in modo che non potessi vedere altro all'infuori di lui né sentire altro odore che non fosse il suo. «Mi manca la tua bocca intorno al mio sesso.»

Restai senza fiato, e il sangue mi rombava nelle orecchie mentre le sue parole mi lanciavano un incantesimo sessuale.

Le sue dita continuavano a disegnare pigramente i loro motivi sulla mia coscia. «Mi mancano i tuoi seni, Liv, e la sensazione e il sapore dei tuoi capezzoli. Mi manca il modo in cui si inturgidiscono per me, per il mio pollice, per la mia lingua... e mi manca vedere che ti basta avere le mie mani sulle tette per ritrovarti fradicia.» A quel pensiero gemette e strinse improvvisamente la mano sulla mia gamba. «Mi manca tutto questo. Mi manca sentirti bagnata, calda e stretta mentre ti penetro. Mi mancano le tue unghie quando le affondi nella mia schiena, le tue cosce che mi stringono forte, i tuoi occhi nei miei.»

Probabilmente mugolai.

Gli occhi di Nate si illuminarono. «Sentirti gridare il mio nome mentre godi con il mio sesso dentro di te: questo mi manca più di tutto.»

Senza fiato, con le guance arrossate e il respiro irregolare, lo fissai negli occhi. Non riuscivo a credere che mi avesse detto tutte quelle cose in pubblico. Non riuscivo a credere alla reazione del mio corpo.

Distese la mano sulla mia coscia. «Se te la infilassi tra le gambe adesso, ti troverei bagnata, vero? Ti troverei bagnata tanto quanto io sono eccitato.»

Trattenni il respiro, cercando di diradare la nebbia di desiderio che avvolgeva il mio cervello.

Non so né come né dove, ma trovai la forza di spingere

via la mano di Nate dalla mia gamba. Tremando, mi allungai per prendere la borsa. «Il sesso... non è amore.»

«Per l'amor di Dio, lo so.» Nate mi afferrò il polso, fermandomi. «Non andartene, Liv. Se te ne vai adesso... la tua sarà solo inutile testardaggine.»

Travolta dalla rabbia, diedi uno strattone per liberare la mano. «Tu mi hai lasciata» ringhiai. «Mi hai trattata nello stesso modo in cui tratti le tue scopate casuali, e all'improvviso perché hai deciso che no, aspetta, mi ami, io dovrei tornare di corsa da te?» Mi alzai e spostai la sedia indietro con tanta decisione che fece un gran rumore. «Le tue parole sono belle sul momento, ma in fin dei conti non significano un cazzo. Non mi fido a lasciare i tuoi stessi sentimenti nelle tue mani, Nate. Perché mai dovrei affidarti i miei?»

Prima che avesse il tempo di dire una sola parola, corsi fuori, la gola strozzata dalle lacrime che trattenni per tutto il tragitto fino a casa. C'era voluta un'enorme determinazione per voltare le spalle a Nate. Una determinazione che non sapevo nemmeno di avere.

26

Anche se avevo avuto l'impressione che Ben mi avesse lasciata andare al massacro, ero tuttavia lusingata dal fatto che fosse abbastanza preoccupato da volere che lo chiamassi una volta rincasata. Quando però lo feci, le sue parole mi stupirono.
«Siete una di quelle coppie» disse sottovoce.
«Quali coppie?» ribattei irritata.
«Quelle coppie che sono coppie anche quando non sono coppie.»
«Sei stato con noi per cinque secondi» ribattei.
«Sì, e mi è bastato per capire che tra te e Nate non è finita. Tra voi ci sono ancora questioni in sospeso, e fino a quando non saprai se hai intenzione di tornare con lui oppure no, credo che avrò meno probabilità di rimanere ferito se me ne starò alla larga dal fuoco incrociato. Senti, tu mi piaci davvero, Olivia, quindi se mi sto sbagliando e deciderai che Nate non fa per te, chiamami.»
Dopodiché riagganciò.

Passai i giorni successivi a fremere di rabbia nei confronti di Nate. Non solo per il danno emotivo che mi aveva provocato, ma anche perché da quando mi aveva sedotta con le sue parole in quell'angolo buio del Black Medicine, il mio corpo era teso come una corda di violino talmente attorcigliata da essere sul punto di spezzarsi. Il mio vibratore riusciva a malapena ad attenuare la tensione.

"Stronzo."

Le uniche buone notizie che ricevetti quella settimana furono che, come mi accennò distrattamente Jo, Nathan era stato dimesso dall'ospedale e si stava riprendendo bene, e che Elodie e Clark avrebbero dato una festa a casa loro per la gravidanza di Joss. Jo sospettava che Joss avesse acconsentito solo per dimostrare a tutti che era felice. Io non ne ero così sicura. Credevo che l'unica persona di cui importasse davvero a Joss fosse Braden e, da quel che avevo visto, lui era contento e non dubitava che anche lei lo fosse. Più che altro pensavo che avessero accettato di far organizzare quella festa a Elodie solo perché sapevano che ci teneva.

L'altra buona notizia – ed ero sicura che fosse tale – era che Nate aveva smesso di telefonare. Adesso era sabato ed era ora di andare alla festa, e dalla nostra conversazione al bar lui non si era fatto più sentire, il che era positivo. Significava che avevo ragione.

Nate non mi amava.

Si era arreso con facilità.

Non mi amava.

Era un bene.

"Sì, sei convincente, zuccherino."

Okay, basti dire che non ero propriamente di ottimo umore quando arrivai da Elodie e Clark sabato sera. Nemmeno i palloncini rosa e azzurri, le tutine decorative su cui erano stampate frasi divertenti, la gigantesca torta bianca con glassa rosa e azzurra, lo champagne ghiacciato e gli stuzzichini dall'aspetto delizioso riuscirono a farmi sentire meno abbattuta.

Ma finsi il contrario, o almeno ci provai...

«Stai meglio» osservò Joss venendo verso di me mentre mi sistemavo in un angolo del soggiorno affollato con una coppa di champagne. Lei, dal canto suo, aveva in mano un bicchiere d'acqua.

«Anche tu.»

Ed era vero. Aveva un'aria riposata e felice.

«Mi sento bene» disse con un sorrisino sulle labbra mentre lanciava uno sguardo al marito dall'altra parte della stanza.

Braden stava parlando con qualcuno che non conoscevo, ma i suoi occhi continuavano a guizzare verso Joss. «Braden è un po' iperprotettivo al momento, cosa che credevo avrei trovato irritante.» Sogghignò. «In realtà non è così. Rimarresti a bocca aperta se sapessi cosa è disposto a fare per soddisfarmi.»

La guardai con la coda dell'occhio. «Stai usando la gravidanza per estorcere favori irragionevoli a tuo marito?»

«Non definirei irragionevole farlo alzare alle due del mattino per mandarlo alla ricerca di un supermercato aperto ventiquattr'ore su ventiquattro che venda gelato Häagen-Dasz al cioccolato e burro d'arachidi.»

Gli occhi mi schizzarono fuori dalle orbite. «Dimmi che non l'hai fatto davvero.»

Joss rise. «No.» Bevve un sorso d'acqua e nel suo sguardo si accese un lampo malizioso. «Ma lo farò.»

Scoppiai a ridere, attirando gli sguardi di molti presenti, e uno di quegli sguardi mi fece rimanere di sasso.

Era arrivato Nate. E aveva un bell'aspetto: si era tagliato leggermente i capelli e sfoggiava una barba di qualche giorno. Indossava una maglietta rosso scuro e un paio di jeans neri. Niente di speciale, eppure riusciva a essere così affascinante che veniva voglia di mangiarlo. Odiavo davvero questo lato di lui.

Qualche istante dopo che i nostri occhi si furono incontrati attraverso il soggiorno, la sua espressione divenne impenetrabile. Si girò in fretta verso Cam e Jo.

Cosa? Strinsi gli occhi in preda a un'indignazione furibonda. *Lui* stava fingendo che *io* non esistessi?

Joss inspirò sonoramente, come rendendosi conto di avere commesso uno sbaglio. «Ci siamo dimenticati di dirti che sarebbe venuto anche Nate?»

Sforzandomi di controllare la rabbia, mi voltai verso Joss assumendo a mia volta un'espressione impenetrabile. «È un vostro amico. Non posso aspettarmi che non gli rivolgiate la parola.»

«Eppure... è strano. Avrei dovuto dirtelo.»

«Non c'è problema. Ci stiamo ignorando.» Deglutii per

liberarmi del nodo che avevo in gola. «Non c'è motivo per cui non possiamo goderci entrambi la felicità dei nostri amici senza che uno di noi voglia conficcare una forchetta nell'occhio dell'altro!» dissi in tono brusco tracannando d'un fiato tutto lo champagne.

Joss mi fissò per un istante. «Okay, allora. Ti lascio alle tue... riflessioni violente.»

E sparì prima che potessi scusarmi per il mio comportamento assurdo.

«Cazzo» borbottai.

«Incantevole.»

Mi girai e mi trovai davanti Ellie, che aveva gli occhi sgranati e un sorriso sulle labbra. «Ehi, Els, scusa se mi sono fatta sfuggire un'imprecazione. Mi sono dimenticata di lasciare fuori dalla porta il mio risentimento e Joss ne ha subito le conseguenze.»

Ellie minimizzò agitando la mano. «Oh, a Joss non importa. Ne sa qualcosa anche lei, ma al momento è in una piccola bolla di felicità che le permette di scansare tutta la tristezza del mondo.»

«Non avrebbe dovuto essere costretta a scansare la mia tristezza. La mia tristezza sarebbe dovuta rimanere fuori dalla porta insieme al mio risentimento.»

Ellie fece un passo avanti con un'espressione cospiratrice ma comprensiva. «Quindi sei ancora giù?»

Mi limitai a guardarla sbattendo le palpebre.

«Lo prendo come un sì.» E senza dire altro si allontanò.

«Oddio» mormorai sottovoce rendendomi conto che con il mio atteggiamento stavo riuscendo ad allontanare i miei amici. «Sono la cugina che puzza di pipì.»

Così fui più che felice quando vidi mio padre farsi strada verso di me. Tuttavia, non appena scorsi il suo volto severo, la felicità fu subito sostituita dalla preoccupazione.

«Che succede?» domandai piano mentre lui mi prendeva dolcemente per il gomito.

«Devo parlarti» rispose con la voce roca.

Disorientata e inquieta, mi lasciai condurre fuori dal soggiorno e fino in cima alle scale. Con mia sorpresa, mio padre aprì la porta della camera di Hannah e mi fece segno di entrare prima di lui.

Lanciandogli un'occhiata interrogativa mentre gli passavo davanti, entrai, ma mi fermai di colpo quando mi resi conto che nella stanza, di spalle, c'era Nate. Mi girai di colpo con gli occhi sgranati per chiedere spiegazioni a mio padre, ma la porta si stava già chiudendo rumorosamente dietro di me.

A bocca aperta, mi girai di nuovo e vidi Nate che mi guardava con la fronte aggrottata.

«Non sei Cam» osservò a bassa voce.

«Dici?» sbraitai. «Ci hanno incastrati. Mio padre mi ha portata qui con l'inganno.»

Lui inarcò un sopracciglio e uno sguardo divertito luccicò nei suoi occhi scuri. «Mick è coinvolto in questa faccenda? Da quando è passato dalla mia parte?»

Sapevo esattamente quando mio padre era passato dalla parte del cattivo, ed era tutta colpa mia. Piccola idiota. «Prima che ti trasformassi in uno stronzo fatto e finito ho commesso l'errore di convincerlo che eri un bravo ragazzo. Purtroppo quello che gli ho detto sembra aver prevalso sul fatto che smetti di essere un bravo ragazzo quando c'è di mezzo il tuo uccello.»

Invece di offendersi, Nate rise. «Ricordo che non molto tempo fa saresti arrossita dalla testa ai piedi nel dire una cosa del genere.»

«Ricordo che non molto tempo fa pensavo che non esistesse nessuno come te.»

Quella frase fece spegnere all'istante tutta la sua allegria. Ci fissammo in un silenzio teso per un momento, fino a quando Nate scosse tristemente la testa. «Odio essere la persona che ti ha fatto questo. La Liv di cui mi sono innamorato è la donna più premurosa, compassionevole e comprensiva che abbia mai conosciuto. E a causa mia non c'è più.»

Sebbene non pensassi che la sua intenzione fosse quella di dirmi una cattiveria, la sua osservazione mi ferì e non riuscii a nascondere le lacrime che mi salirono agli occhi.

Poiché quell'orribile sensazione alla gola stava per soffocarmi, mi girai e mi diressi verso la porta.

Udii Nate muoversi velocemente dietro di me mentre la aprivo, e d'un tratto avvertii il suo calore contro la mia schiena. Mise una mano al di sopra della mia testa e la premette contro la porta per richiuderla. Mi immobilizzai mentre si spingeva contro di me, il suo corpo vigoroso così dolorosamente familiare.

«So che pensi che mi sia arreso, piccola» mi sussurrò nell'orecchio e io chiusi gli occhi per difendermi da ciò che il contatto con lui stava scatenando dentro di me. «Ma non è così. Ti sto solo dando il tempo di ritrovare la Liv di prima.»

Arrivò in fretta... la consapevolezza che non avrei mai voltato pagina se Nate avesse continuato a farmi sperare in una riconciliazione. Avevo bisogno che chiudessimo definitivamente, ma volevo gustarmelo ancora una volta, così mi voltai tra le sue braccia, gli presi la nuca con la mano e lo attirai verso la mia bocca. Avevo dimenticato cosa fosse in grado farmi il suo sapore, così mi ritrovai disorientata per un momento e mi abbandonai a quella sensazione. Nate mi abbracciò, attirandomi verso di sé e stringendomi mentre contraccambiava il bacio, con disperazione e violenza, quasi. L'intensità passionale delle nostre labbra era come una droga euforizzante che cominciava a fare effetto.

All'improvviso mi ritrovai schiacciata contro la porta con Nate che percorreva tutto il mio corpo con le mani come se non sapesse scegliere da dove iniziare a toccarmi. Quando mi afferrò la coscia da dietro e mi sollevò la gamba, portandola intorno alla sua vita in modo che la sua erezione premesse contro di me, fui percorsa da una violenta ondata di eccitazione. Gemetti con le labbra contro le sue e la sua presa diventò dolorosa.

Fu un bene, perché quella lieve fitta di dolore si fece strada fino alla mia coscienza, consentendomi non so come di trovare la forza di staccarmi da lui.

Spingendo con decisione le mani contro il suo petto, lo costrinsi ad arretrare, e lui mi lasciò.

Gli accarezzai teneramente la nuca e poi gli passai una

mano sul mento prima di sfiorargli il labbro inferiore con il pollice. Quando il mio respiro cominciò a tornare regolare, distolsi lo sguardo dalla sua bocca per fissarlo negli occhi, che adesso erano infuocati. Le lacrime tornarono e Nate divenne una macchia indistinta mentre sussurravo: «Smetti di aspettare, Nate. Sei perdonato, okay. Ti capisco, e non sono arrabbiata con te. Davvero. Perché non è colpa tua. Sono solo furibonda per questa situazione e me la sono presa con te.»

Confuso, Nate aggrottò la fronte. «Liv, io non...» Scosse la testa, strizzandomi il fianco in un gesto interrogativo.

Così gli spiegai.

«Voglio un amore come quello di mio padre con mia madre. Voglio l'amore che c'è tra Joss e Braden, tra Jo e Cam, tra Ellie e Adam.» Le lacrime presero a sgorgare liberamente prima che potessi bloccarle. «Ma tu l'hai già avuto con Alana.»

Nate si staccò di scatto da me, come se gli avessi sparato.

«Potrà sembrare egoistico e infantile, ma è ciò che sento. Voglio essere il grande amore di qualcuno. Non posso essere un ripiego. E non posso assolutamente essere un ripiego per te.» Cercai a tastoni la maniglia e la girai. «Mi dispiace, Nate, sul serio, ma non posso passare il resto della vita ad amare un uomo che non può amarmi nello stesso modo.» Aprii la porta, cercando di ignorare il dolore che vidi nei suoi occhi. «Quindi smettila. Fallo per entrambi, ti prego.»

Non gli diedi la possibilità di parlare perché ero una codarda e non volevo sentire nella sua voce la sofferenza che avevo già visto nei suoi occhi. Così me ne andai, correndo giù per le scale e fuori di casa prima che qualcuno potesse fermare la mia ritirata.

Più tardi quella sera lasciai che mio padre entrasse in casa mia, ma lo guardai in cagnesco tutto il tempo. Lui scrutò il mio volto, osservando i miei occhi e il mio naso gonfi, e io vidi un'espressione colpevole balenare nel suo sguardo.

«Pensavo che fosse una buona idea» disse sottovoce avvolgendomi subito in un enorme abbraccio.

Mi aggrappai a lui con tutte le forze. Papà abbracciava proprio bene. «Lo so» risposi tirando su con il naso, il viso premuto contro il suo ampio petto.

Lui mi strinse ancora di più e mi diede un bacio sulla testa. «Nate non aveva un bell'aspetto quando è sceso al piano di sotto.»

Mi irrigidii e lo strinsi a mia volta. «Papà, no.»

«Voglio solo assicurarmi che tu non stia buttando via qualcosa di buono per testardaggine.»

«Mi sembra di sentire lui.»

«Forse ha ragione.»

Arretrando, guardai mio padre negli occhi con una calma che non ero certa di provare. «Non può amarmi come voglio. Sarebbe disastroso per entrambi.»

L'espressione di papà si addolcì. «Bimba, non gli stai dando la possibilità di dimostrarti che hai torto.»

«Tu non sai come parla di Alana, non lo sai» sussurrai bruscamente.

A quel punto mio padre non disse altro. Mi strinse un'ultima volta e si mise ad armeggiare in cucina, preparando una cioccolata calda e uno spuntino di tarda sera.

Rimase con me finché non mi addormentai, e la mattina dopo mi svegliai al sicuro nel mio letto con le coperte ben rimboccate.

Il cuscino era umido di lacrime.

27

Determinata a convincere tutti che stavo bene, passai i dieci giorni successivi a fingere che fosse così. Mi alzavo, mi vestivo, andavo al lavoro, sorridevo quando dovevo, ridevo quando bisognava farlo, ero seria quando era appropriato esserlo, e speravo con tutta me stessa che la messinscena funzionasse. La verità era che senza Nate continuavo a sentirmi smarrita e che ero spaventata e arrabbiata con me stessa. L'idea che non avrei mai più trovato la strada per tornare a essere la persona di prima mi terrorizzava. Era come se avessi perso un braccio o una gamba e non fossi ancora riuscita ad accettare né la cosa né il modo radicale in cui sarebbe cambiata la mia vita d'ora in poi.

Facendo credere a tutti che stavo bene, invece, mi sentivo meno codarda e piagnucolosa.

Forse sarebbe stato più semplice se Nate avesse desistito come gli avevo chiesto di fare.

Ma lui non smetteva di chiamarmi.

Lo ignorai e, oltre a lui, ignorai anche Jo. Più o meno. Le parlavo al telefono, come facevo con tutti i miei amici e familiari, ma dopo che mi avevano incastrata (e sapevo che quel giorno avevano preso tutti parte al piano per lasciarmi sola con Nate) temevo che potessero rifarlo. Così evitavo di passare del tempo con loro.

Quattro giorni dopo la festa, dopo aver svoltato un angolo e imboccato Jamaica Lane, avevo visto Nate seduto sulla scala d'ingresso del mio palazzo, la testa china e lo sguardo fisso a terra. Ero fuggita prima che potesse vedermi ed ero andata da mio padre, l'unica persona che ero sicura che non avrebbe più cercato di giocarmi un brutto tiro.

Sebbene ostentassi indifferenza, la rabbia stava cominciando a montare di nuovo. Perché Nate non poteva semplicemente lasciare le cose così come stavano? Aveva sentito le mie ragioni e non poteva metterle in discussione.

Fortunatamente, dopo sette giorni che lo evitavo, lui parve afferrare il concetto e smisi di ricevere telefonate. Tutto tacque per qualche giorno, mentre io cercavo di fare ordine nella mia testa. Mi buttai a capofitto nel lavoro e feci molte ore di straordinari visto che la biblioteca era strapiena di studenti che si preparavano per gli esami. Ben venne in sala consultazione e chiacchierammo amabilmente, ma non gli dissi che non avevo scelto Nate. Non glielo dissi perché il fatto di non avere scelto Nate non significava che stessi scegliendo lui.

Stavo scegliendo me stessa.

E avevo bisogno di pace e tranquillità, lontana da qualunque altra possibile pena d'amore.

Poiché non avevo un gran daffare, mi ero messa a sistemare la posta al banco delle informazioni deserto, e nel frattempo il mio cervello si stava sforzando di ignorare qualsiasi pensiero che riconducesse a Nate. Avevo tutta una vita al di fuori di lui. Concentrarmi su questo avrebbe dovuto essere una passeggiata.

O almeno così si potrebbe pensare.

«Olivia» disse Angus correndo verso di me con una pila di raccoglitori tra le braccia «puoi farmi un favore?»

«Qualsiasi cosa» risposi in tono lievemente disperato, non vedendo l'ora di distrarmi.

Mi rivolse uno sguardo preoccupato ma non fece commenti. «C'è una di quelle... "situazioni" in una sala per disabili. La cinque. Puoi occupartene tu, per favore? Io sono oberato di lavoro.» Alzò i raccoglitori a mo' di spiegazione.

Feci una smorfia. «Un'altra volta.» Scossi la testa, girando intorno al banco delle informazioni. «Perché non riescono a tenerselo nelle mutande?»

Angus borbottò qualcosa e si allontanò.

Preparandomi psicologicamente, raddrizzai le spalle e salii le scale in fretta, facendomi largo tra la folla di studenti indaffarati finché non raggiunsi il primo piano. Si potrebbe pensare che durante il periodo degli esami questi ragazzi dovessero avere in mente cose più urgenti, ma no, il sesso era un argomento sempre sul tavolo.

In questo caso, letteralmente.

Trattenendo il respiro, aprii con decisione la porta della sala numero cinque ed entrai.

Andai a sbattere contro un muro invisibile, e il mio corpo si irrigidì nel vedere Nate appoggiato al tavolo, le braccia conserte e le caviglie incrociate in un atteggiamento disinvolto.

Il rumore della porta che si chiuse alle mie spalle mi fece riscuotere dallo stupore.

«Cosa ci fai qui?» domandai stringendo i pugni lungo i fianchi.

«Angus mi ha dato una mano.»

"Traditore!" «Oh, è senza dubbio eliminato dalla lista dei regali di Natale» dissi furiosamente.

Le labbra di Nate si incresparono. «Non fare nulla di drastico. Sono stato piuttosto convincente. Il poveraccio non ha potuto sottrarsi.»

«Oh, ne sono certa.» Probabilmente Angus si era sciolto davanti allo sguardo caldo di Nate. «Ora, se non ti dispiace, devi andartene.» Indicai la porta, cercando di non fargli capire che stavo tremando. Era come se non lo vedessi da cent'anni, e non mi piaceva il fremito che il solo fatto di trovarmi in sua presenza mi aveva risvegliato nello stomaco.

«Non posso. Devo prima spiegarti una cosa.» Si alzò e, scioccandomi, iniziò a togliersi la maglietta.

«Cosa stai facendo?» domandai bruscamente. Feci per fermarlo, ma poi intravidi il suo tatuaggio.

Il mio cuore cominciò a battere fortissimo.

Senza smettere di guardarmi negli occhi, Nate lasciò cadere la maglietta sul tavolo. «Ho fatto cambiare il tatuaggio qualche settimana fa. Quello che hai detto quando abbiamo rotto... mi è entrato dentro, Liv. Ho avuto parecchio tempo per pensare, per riflettere. Per voltare pagina. E questo...» indicò il tatuaggio «... volevo parlartene, volevo spiegarti cosa significa sin dal giorno che me lo sono fatto.»

Ora la A stilizzata sul suo petto faceva parte dalla parola DOMANI.

Il nodo che mi si formò in gola era grosso come un pallone.

Nate fece un passo verso di me. Il suo sguardo era intenso, duro, e con la voce bassa e roca per l'emozione, disse: «Prima di te c'era Alana. Non posso cambiare questo fatto, Liv, e non voglio farlo. È stata il mio primo amore. Con lei si è trattato di un tipo di amore più semplice, dell'amore tra due bambini». Mi scrutò in viso, come se cercasse di sondare la mia reazione, ma ero sbalordita. Continuò a parlare sottovoce. «Ho sempre pensato che la ragione per cui mantenevo una certa distanza dalle donne fosse che sapevo che non sarei mai stato in grado di amare nessuna come ho amato lei. Mi sbagliavo. Mi tenevo a distanza perché avevo paura di trovare un amore come quello tra i miei genitori, e perché avevo paura di ciò che avrei sofferto se l'avessi perduto.» Fece un altro passo verso di me. Il mio respiro era sempre più affannoso. «Non volevo innamorarmi di te, ma è successo. Me ne sono accorto la prima sera che abbiamo fatto l'amore. Ho cercato di allontanarmi perché non mi ero mai sentito così smarrito eppure così completo come quella sera guardandoti negli occhi mentre mi muovevo dentro di te. Credevo che avrei dovuto andarmene... ma non riuscivo a starti lontano.» Sorrise. «Mi sono trovato totalmente schiavo di te dopo la prima volta che ti ho assaporata. Mi dispiace moltissimo di averti fatto soffrire tanto. Mi dispiace di essere stato egoista. Mi dispiace di averti fatto dubitare di ciò che sapevi esserci tra noi sin dall'inizio. Perché c'è da quando ci siamo conosciuti, Liv. Le lezioni di sesso hanno semplicemente fatto emergere tutto. Da quando ci siamo incontrati, preferisco la tua compagnia a quella di chiunque altro. Con te rido di più, con te mi sento più me stesso. Ti confido tutto di me, del vero me. Quando qualcosa va male, oppure bene, o quando sento una battuta divertente o vedo qualcosa di bizzarro, sei la prima persona con cui voglio parlarne. Aggiungi a tutto ciò il miglior sesso in assoluto di tutta la mia vita, e non c'è da stupirsi che io non abbia scampo.» La sua voce si fece ancora più profonda mentre muoveva un ultimo passo verso di me. «Ti desidero in ogni momento, Olivia. Le ultime settimane sono state una tortura senza di te. E nonostante tutto quello che puoi pensare, ti giuro che non c'è stata nessun'altra. Come potrebbe mai esserci?»

Non mi resi conto che stavo piangendo fino a quando Nate mi prese il viso tra le mani per fermare le mie lacrime con il pollice.

«Alana è stato il mio primo amore e non la dimenticherò mai. È parte di me e lo sarà sempre. Ma so che è ora di guardare avanti, è ora di cominciare a vivere nel domani. Tu sei il mio domani, Liv. Sei l'amore della mia vita.»

Mi sfuggì un singhiozzo prima che potessi trattenerlo e Nate mi attirò a sé, posando la fronte sulla mia mentre mi accarezzava le braccia per consolarmi.

«Ti prego, Liv. Dimmi cosa devo fare per essere sicuro che mi credi.»

Deglutii, cercando di placare il dolore nel petto che stava causando i singhiozzi. Feci un respiro profondo, abbassai lo sguardo sul suo nuovo tatuaggio e lo sfiorai.

"Domani."

Spostai la testa all'indietro e, con gli occhi gonfi di lacrime, gli sorrisi. «Hai già fatto ciò che serviva.»

Nate mi passò le braccia intorno alla vita e chinò la testa per sussurrarmi a fior di labbra: «Ti amo da impazzire».

Il mio cuore sussultò e io, pervasa da una sensazione di puro sollievo, chiusi gli occhi. «Ti amo anch'io.»

Mi baciò.

Appassionatamente.

E io mi aggrappai a lui con tutte le forze.

Incespicando, ci spostammo contro il tavolo mentre ci baciavamo come se fosse la nostra ultima occasione di farlo. Dopo essersi voltato, Nate mi fece sedere sul tavolo senza staccarsi da me e io gli allacciai le gambe intorno ai fianchi, incitandolo ad avvicinarsi. Gli affondai le dita nella schiena muscolosa mentre lui mi prendeva per il bacino. Gli succhiai la lingua, e per tutta risposta sentii la sua erezione insinuarsi con insistenza tra le mie cosce.

Il suono di una forte risata che proveniva da fuori ci raggiunse, e io mi allontanai di colpo da lui scuotendo la testa con aria sbalordita. «Non possiamo» ansimai. «Non qui. Sai quanti studenti hanno fatto cose proibite su questo tavolo?»

Gli occhi che brillavano di desiderio e le guance arrossate, sulle prime Nate guardò il tavolo su cui ero seduta con aria perplessa, ma quando alla fine alzò la testa, il suo sguardo era speranzoso. «Abito a cinque minuti a piedi da qui.»

Travolta dallo stupore, sorrisi lentamente. «Non ho mai visto casa tua.»

Un'espressione tenera gli addolcì il viso mentre mi spostava una ciocca di capelli dietro l'orecchio. «Mi piacerebbe molto fartela vedere adesso, piccola.»

Mi morsi il labbro e riflettei, ma non troppo. «Angus mi deve delle ferie. Sono certa che non avrà nulla in contrario se mi prendo mezza giornata.»

La mano di Nate era calda e forte nella mia, e dal momento che i suoi passi divoravano il terreno, se non volevo che mi strappasse il braccio non potevo fare altro che corrergli dietro.

Dopo che Angus, sogghignando con l'aria di chi la sa lunga, mi aveva concesso senza problemi mezza giornata libera, Nate mi aveva presa per mano e mi aveva trascinata fuori dalla biblioteca. Senza dire una parola mi aveva guidata con sé attraverso il Meadows e nella zona di Marchmont.

Adesso mi stava portando su per le scale del suo palazzo a una velocità vertiginosa. Quando arrivammo al secondo piano, senza mai lasciarmi andare tirò fuori la chiave dalla tasca, aprì la porta nera e lucida con una mano sola e mi strattonò dentro.

Prima che potessi vedere alcunché, mi si parò davanti, sbatté la porta alle mie spalle, e un attimo dopo, mentre la sua bocca aderiva alla mia, mi spinse contro il muro.

Presi fuoco piuttosto in fretta.

Nel sentire la sua barba ispida sulla mia guancia, la sua lingua che stuzzicava la mia, i suoi capelli morbidi tra le mie dita mentre li afferravo nel tentativo di fondermi con lui, fui assalita dal desiderio. Nate si staccò da me per togliersi la maglietta e poi fece altrettanto con la mia.

Alzai le braccia per aiutarlo e ben presto mi ritrovai mezza svestita.

Nel giro di pochi istanti fu il turno del reggiseno.

Mi sfuggì un gemito di piacere quando Nate mi prese un capezzolo in bocca e lo succhiò mentre mi strofinava l'altro tra pollice e indice. Chiusi gli occhi, inarcando la schiena e premendo la sua testa contro il mio petto in preda a un puro piacere sessuale.

«Mi sei mancato tantissimo» dissi ansimando mentre l'eccitazione si impadroniva di me.

Le mie parole gli fecero alzare la testa e lo indussero a baciarmi sulla bocca e da lì scendere, per depositarmi una scia di baci voluttuosi sul collo. Quando avvertii la punta delle sue dita sul mio sesso, sussultai, stupita e felice. Mi stuzzicò attraverso i pantaloni e io mugolai il suo nome, spingendo i fianchi verso la sua mano.

«Per poco non mi è venuto un colpo la prima volta che mi hai chiesto di darti quelle lezioni...» disse Nate all'improvviso con la voce incrinata dal desiderio «quando mi hai chiesto di scoparti.» Gemette e appoggiò la testa nell'incavo del mio collo mentre continuava a stuzzicarmi con le dita. «Ho dovuto fare appello a tutta la mia forza di volontà per non prenderti per mano, trascinarti in camera e scoparti finché non fossimo morti entrambi per lo sfinimento.»

«Sul serio?» ansimai facendo scivolare le mani lungo la sua schiena calda e nuda per prendergli i fianchi e attirarlo verso di me.

«Sul serio.» Alzò la testa, mi guardò negli occhi e io rischiai di venire quando vidi la sua espressione. Mi voleva. Cioè, mi voleva davvero. «Era la scusa che aspettavo da nove mesi.»

I nostri respiri pesanti si mescolarono per un momento

pieno di eccitazione, dopodiché lo baciai. Lo baciai con tutto l'amore di cui ero capace. Ci staccammo, boccheggiando un po', mentre gli prendevo il viso tra le mani e abbandonavo ogni difesa. I miei occhi erano finestre sulla mia anima, e riconobbi il momento in cui Nate se ne accorse perché strinse la presa sul mio fianco. «Nessuno prima di te» sussurrai con le labbra che tremavano per l'emozione «mi aveva mai fatta sentire la persona che ho sempre voluto essere. Tu mi fai sentire bellissima, Nate, sempre e comunque. Nessun altro l'aveva mai fatto. Nessuno.»

«Ne sono felice» mormorò con la labbra sulle mie. «Non solo perché meriti di sentirti così... ma anche perché questo ti rende mia.»

«Nate...» Il tono possessivo e sensuale della sua voce mi scatenò un brivido.

«Stanotte lo urlerai per me.» Mi sfiorò dolcemente la bocca con le labbra mentre armeggiava con la cerniera dei miei pantaloni. «Urlerai che sei mia.» Mi infilò una mano nei calzoni, poi sentii le sue dita scostare le mie mutandine e insinuarsi con delicatezza dentro di me.

Inarcai la schiena, sospirando. «Ti voglio dentro» lo implorai. «Mi è mancato averti dentro di me.»

«Ma sono dentro di te» rispose scherzosamente mentre aggiungeva un altro dito.

Quel senso di pienezza mi fece gemere ma, nonostante il piacere, non era abbastanza. «No... voglio il tuo sesso. Voglio il tuo sesso dentro di me. E lo voglio fino in fondo. Più in fondo che si può, Nate.»

Premette la bocca sulla mia, il suo bacio impetuoso quanto i suoi movimenti mentre mi abbassava pantaloni e slip fino a farli cadere per terra. Ci staccammo il tempo necessario per sfilarmi le scarpe e liberarmi di pantaloni e mutandine. Il modo in cui Nate reagì quando mi vide contro il muro, nuda e tremante alla prospettiva di ciò che sarebbe successo, scatenò dentro di me una libidine indecente.

«Cazzo.» Si fermò con le mani sulla cerniera dei jeans e mi squadrò dalla testa ai piedi. «Sai di essere sexy da morire in questo momento?»

La sua espressione sensuale mi eccitò al punto che stavo per prendere fuoco. Ne avevo abbastanza di essere guardata. Volevo essere scopata. «Nate, sbrigati.»

Contemplandomi con lo sguardo ardente, Nate si tirò giù lentamente la cerniera mentre il suo petto si alzava e si abbassava in fretta. «Dillo ancora. Dillo mentre sei lì con le gambe aperte ad aspettarmi.»

Avvampai, ma l'imbarazzo fu annullato dal desiderio. Ero bagnatissima. «Cosa vuoi che dica?»

Nate piegò la bocca in un sorriso. «Lo sai, piccola.»

Oscenità. Gli piaceva il sesso accompagnato da oscenità.

Chi volevo prendere in giro? Lo *adoravamo* entrambi.

La schiena contro il muro e i seni turgidi, aprii le gambe. Le narici di Nate fremettero. «Adesso voglio il tuo cazzo grosso e duro dentro di me e voglio che mi scopi contro questa parete fino a quando non avremo più fiato.»

Ebbi a malapena il tempo di vedere i suoi addominali bassi sussultare in risposta alle mie parole, prima che Nate mi fosse addosso. Mi baciò selvaggiamente, spingendosi contro di me e abbassandosi i jeans e le mutande per liberare il pene. Poi mi afferrò le gambe, mi sollevò contro il muro e mi sistemò nella giusta posizione.

Mi penetrò.

Con decisione.

Fino in fondo.

Gridammo entrambi mentre il mio sesso si stringeva intorno al suo. Gli circondai le spalle con le braccia, mettendogli le gambe intorno alla vita e aggrappandomi a lui con tutte le forze mentre si muoveva dentro di me.

«Sei fradicia» disse con un sonoro respiro. «Sei così bagnata per me, piccola. Amo sentirti così calda e bagnata.»

«Solo per te» gli assicurai boccheggiando. Lui reagì penetrandomi con più decisione, più in fretta.

Gridai invocando Dio e il cielo mentre quell'attrito deliziosamente rude creava la giusta pressione dentro di me.

E poi all'improvviso mi sentii sollevare e ricaddi contro Nate che mi trascinò con sé a terra. Rimanendo dentro di me mi fece sdraiare supina, alzò di più la mia gamba destra e spinse delicatamente quella sinistra per potermi penetrare meglio. I suoi occhi ardevano dentro i miei mentre si muoveva sopra di me in questa nuova posizione che gli permetteva di arrivare più in fondo.

La pressione dentro di me aumentò.

«Nate!» gridai, incapace di muovermi sotto la sua solida presa. La tensione crebbe, rendendo l'orgasmo sempre più vicino...

«Così» ansimò con gli occhi fissi nei miei. «Lascia che ti prenda così, piccola.»

«Sto per venire.» Graffiai il parquet con le unghie. «Sto per venire.»

D'un tratto i suoi movimenti rallentarono e la pressione divenne costante.

«No!» ansimai freneticamente, allungando un braccio per toccarlo. «Non fermarti.»

Mi guardò con un lampo nello sguardo. «Di' che sei mia.»

«Cosa?»

«Dimmi che sei mia.»

Che diavolo stava facendo?

«Nate, non fermarti, ci sono quasi.»

Lui fece ondeggiare i fianchi, stuzzicandomi. «Dimmi che sei mia.»

«Certo che sono tua» sbottai. «Adesso, scopami, cazzo!»

Sorrise, ma fu subito travolto dal desiderio crescente a mano a mano che ricominciava a possedermi. Il mio respiro diventava sempre più affannoso sotto le sue stoccate sempre più veloci.

«Oddio!» Sbattei le mani sul pavimento. «Oddio, oddio! Nate!»

La pressione esplose e l'orgasmo fu così travolgente che mi si oscurò la vista. La parte inferiore del mio corpo fu percorsa dai brividi mentre Nate si muoveva dentro di me. I miei muscoli interni si contrassero intorno al suo pene, e lui raggiunse il culmine con un grido liberatorio anziché con il solito gemito. I suoi fianchi sussultarono contro i miei, scossi da violenti fremiti, mentre l'orgasmo si diffondeva dentro di lui e scatenava in me piccoli sussulti di piacere.

Nate si puntellò sugli avambracci, e mentre ci fissavamo in uno stato di shock estatico i suoi occhi erano sgranati.

Era stato di sicuro... il miglior sesso di tutta la mia vita.

Lasciando lentamente la presa sulle mie gambe, Nate si sdraiò a terra accanto a me e restammo supini con le teste appoggiate l'una all'altra, i corpi lucidi di sudore, ad ansimare forte osservando il soffitto candido.

«Allora» disse Nate, una volta recuperato il controllo del respiro «questa è casa mia.»

«Il muro mi piace» ribattei sorridendo. «E hai proprio un bel soffitto.»

Girammo la testa per guardarci e scoppiammo a ridere.

Stavo ancora ridacchiando quando Nate si rannicchiò contro di me e mi passò le dita tra i capelli mentre gli accarezzavo dolcemente la schiena. «Vuoi vedere il resto?»

Finsi di pensarci su per un attimo, poi domandai: «Com'è fatta la testiera del tuo letto?».

Mi rispose con un sorriso lento e malizioso. «Mi stai chiedendo di legarti?»

Annuii. «In qualsiasi modo ti venga in mente.»

La sua espressione si intenerì. «Posso sicuramente farlo» sussurrò chinandosi per darmi un lieve bacio sulle labbra.

28

Era una tiepida sera di primavera, e una leggera brezza mi lambiva le braccia nude mentre mi dirigevo a grandi passi verso il Club 39 sulle mie scarpe con il tacco a spillo. Incrociai due ragazzi e sentii i loro sguardi su di me. Sbirciandoli con la coda dell'occhio, vidi che stavano fissando le mie gambe con aria di apprezzamento.

Qualche mese prima sarei riuscita a convincermi che non le stavano affatto apprezzando, ma solo fissando, sconcertati da quella ragazza grassa che aveva osato mettersi un vestito. Adesso sapevo che non era così. Avevo delle belle gambe e le esibivo.

Ma non per loro.

No, le esibivo unicamente per Nate Sawyer.

"Sono felice per te, zuccherino."

Sorrisi tra me e me. Sì, credo che mia madre sarebbe stata davvero contenta.

Avevo appena raggiunto la coda di persone che entravano al Club 39 quando il mio telefono squillò. Lo tirai fuori dalla pochette nera con la fibbia color rubino che si abbinava all'abito scarlatto che indossavo, e quando vidi il nome di mio padre sul display risposi subito.

«Ciao, bimba. Io e Dee ci stavamo domandando se ti andasse di fare un salto da noi con Nate per una birra.»

«Mi piacerebbe, papà, ma che ne dici se facciamo domani sera? Mi vedo con Nate e gli altri al locale.»

«Nessun problema. Domani va bene. Nate è lì con te? Volevo chiedergli se ha parlato con il suo amico giornalista per l'articolo sulla ditta.»

Sorrisi guardando le mie scarpe: erano color rosso scuro, scamosciate, meravigliose. Avevo scelto quella mise con cura per Nate, il ragazzo con cui stavo ufficialmente da appena una settimana. Mio padre stava già cercando di estorcergli dei favori. «No, ci incontriamo dentro, potrai chiederglielo domani.»

«Okay, tesoro.» Rimase in silenzio per un attimo e io avanzai, scendendo le scale verso il seminterrato. «Quindi va tutto bene?»

«Alla grande.»

«Sono contento per te. Tua madre sarebbe stata contentissima.»

Sentii gli occhi riempirsi di lacrime. «Sai, stavo pensando esattamente la stessa cosa.»

«Be'...» D'un tratto la voce di mio padre si arrochì, e capii che si era fatto prendere dall'emozione. «Ti lascio andare. Divertiti.»

«Ciao, papà.»

Infilai il cellulare nella pochette e riflettei sul fatto che mi sentivo fisicamente benissimo. Per la prima volta dopo un'eternità mi sembrava di riuscire a respirare liberamente. Sebbene una volta avessi confessato a Nate di avere paura di nutrire, magari in fondo all'anima, una specie di risentimento nei confronti di mia madre, adesso sapevo che non era vero. Credo che in realtà temessi di deluderla, ed ero consapevole che l'unica cosa che avrei mai potuto fare per deludere mia madre era non essere felice.

Era incredibile il sollievo che la felicità poteva dare.

I frammenti della mia vita stavano andando al loro posto. Avevo un lavoro che amavo, amici che adoravo, una famiglia sostitutiva di cui non potevo fare a meno, finalmente mi piacevo *in tutto e per tutto* ed ero innamorata di un uomo bellissimo che mi amava nella stessa misura, cosa che Nate si era impegnato a dimostrarmi per tutta la settimana.

Gran parte di quella dimostrazione era stata fisica, e

giuro su Dio che avevo perso due chili per tutta quell'attività. Non che mi dispiacesse.

Quando mi vide, il buttafuori del Club 39 mi fece un sorriso avido e mi salutò con un cenno della testa mentre io gli passavo davanti, sorridendo. Ma non a lui, bensì a Nate. Dopo che Angus mi aveva chiesto di fermarmi al lavoro un po' di più quella sera, avevo telefonato a Nate per dirgli di non venire a prendermi e che ci saremmo visti al locale. Ciò significava che avrei avuto l'occasione di fare un'entrata in scena speciale per lui, ma mi garantiva anche che saremmo usciti invece di lasciarci distrarre l'uno dall'altra in camera da letto. Era la prima uscita da coppia con il nostro gruppo di amici, ed era importante. Ci sarebbe stata persino Joss, anche se non poteva bere.

"Vieni anche tu?" le avevo domandato in tono stupito quando mi aveva telefonato per confermare l'orario.

"Certo. Nate Sawyer messo in riga da una donna. Voglio proprio vederlo con i miei occhi."

"Non sono stata io a metterlo in riga" avevo ribattuto.

"Olivia, da quando lo conosco non fa che scoparsi qualsiasi cosa si muova. Fin dalla sera in cui ci hanno presentati ho desiderato solo che arrivasse una donna che gli facesse perdere la testa. Niente al mondo potrà impedirmi di vederlo sbavare per te."

Poiché non volevo deluderla rivelandole che Nate non era il tipo da sbavare, avevo semplicemente riso.

Una volta entrata nel locale, scorsi i miei amici seduti intorno a un tavolo e mi diressi verso di loro. Il battito del mio cuore cominciò ad accelerare quando vidi Nate ridere di qualcosa che Cam gli stava dicendo. Come se avesse avvertito la mia presenza, lui si voltò lentamente. Non l'avevo mai visto così vicino allo sbavare come in quel momento.

Si alzò e girò intorno al tavolo per venirmi incontro.

Il mio sorriso di saluto si perse subito nel suo bacio appassionato mentre lui mi circondava la vita con un braccio vigoroso e mi attirava a sé. Ricambiai il bacio, accarezzandogli piano la nuca. Quando alla fine le nostre labbra si staccarono, inarcai un sopracciglio. «Che accoglienza.»

Gli occhi socchiusi, Nate fissava la mia bocca. «Che vestito.»
«Il tuo colore preferito.»
«Sulla mia persona preferita.»
Sorrisi e gli diedi un altro bacio veloce. «Non sarà meglio che ci sediamo se vogliamo evitare di dare spettacolo?»
«O forse potremmo andare a casa tua» suggerì lui accarezzandomi il fianco.
Nonostante il brivido di piacere che mi percorse al solo pensiero, gli misi una mano sul petto e arretrai. «Credo che possiamo permetterci di prenderci una pausa di qualche ora dalla camera da letto per stare un po' con i nostri amici.»
«Un'ora.»
«Tre.»
«Un'ora e mezzo.»
Mi strinsi nelle spalle ridacchiando. «Okay, due.»
«Due ore.» Mi diede un altro bacio fugace e lasciò andare il mio fianco per prendermi la mano. Mentre mi guidava verso il tavolo, dove avrei preso posto accanto a lui, sentii gli occhi dei nostri amici inchiodati su di noi.
Mi sedetti e guardai Ellie, Jo, Joss, Braden, Adam e Cam, mordendomi il labbro per trattenere una risata. Fissavano Nate come se non l'avessero mai visto prima.
«Miracolo! Il dongiovanni si è convertito!» sussurrò Joss con gli occhi sgranati.
Ridacchiai e diedi un colpetto con la spalla a Nate, che la stava fulminando con lo sguardo.
«Davvero» sorrise Ellie. «Penso di non averci mai creduto finché non l'ho visto con i miei occhi. Nate ama Olivia.»
Lo sguardo di Nate divenne ancora più truce, ma le ragazze parvero non accorgersene.
«Lo sapevo» disse Joss con un sorriso compiaciuto. «Sapevo che Olivia gli piaceva da impazzire da sempre.»
«Sono solo felice che Nate abbia finalmente trovato pane per i suoi denti.» Joss lo guardò con un ghigno soddisfatto.
«Ha dovuto conoscere parecchie donne prima di trovarla» aggiunse Ellie. «Era ora.»
«Uomini» borbottò Nate a denti stretti «tenete a bada le vostre donne.»

Mentre Braden, Cam e Adam ridevano, godendosi il disagio dell'amico, cercai di nascondere quanto fossi divertita, anche se non fu affatto facile: era davvero uno spasso vedere una persona rilassata come Nate innervosirsi per quelle battute.

Quando Joss aprì la bocca, chiaramente pronta a proseguire con le punzecchiature, Nate la fulminò con lo sguardo. «Non c'è alcun bisogno di continuare a ricordare a Liv il mio... animato passato con le donne, quindi potremmo smetterla e parlare di qualcos'altro, per favore?»

Gli altri si scambiarono occhiatine allegre ma obbedirono, e così cominciammo a discutere dei lavori che Joss e Braden stavano facendo nel loro appartamento, in quella che un tempo era la camera di Ellie. La stavano trasformando nella stanza del bambino, e una volta scoperto se fosse maschio o femmina, Jo, papà e Dee avrebbero dato una mano a decorarla.

«Vado a prendere un altro giro» disse Nate voltandosi verso di me. «Ti va di accompagnarmi?»

Gli dissi di sì e avanzai insieme a lui tra la folla fino al bancone. Mentre aspettavamo le ordinazioni, mi protesi e gli presi una mano tra le mie. «Sai che non m'importa delle avventure che hai avuto in passato, vero?»

Quando mi guardò, vidi la sua mascella pulsare. «È solo che non c'è bisogno che gli altri te le ricordino.»

«Perché ti dà così fastidio?»

Sembrava sinceramente sorpreso dalla mia domanda, come se per qualche motivo la risposta dovesse essere ovvia. «Mi ci sono volute settimane per convincerti che quello che provavo era vero, Liv, non mi serve che il mio passato rovini di nuovo le cose tra noi.»

Wow. Nate aveva paura di perdermi?

Stringendomi a lui, scossi lentamente la testa. «Nate, quelle donne non hanno mai significato nulla per te. Non mi hanno mai preoccupata.»

«Ne sei sicura?»

«Sì. Tutta la mia insicurezza riguardava Alana, ma l'ho superata, okay? Ti amo e sono qui con te. Non andrò da nessuna parte.»

I suoi occhi si scurirono, riempiendosi di ardore e di qualcos'altro che non avevo mai visto prima. «Promettimelo» disse in tono severo.

Fui colta dalla preoccupazione nel rendermi conto che la nostra separazione aveva fatto sorgere in Nate più demoni di quanti credessi. All'improvviso mi accorsi che nell'ultima settimana avevo lasciato che dissipasse tutta la mia incertezza riguardo alla profondità del suo amore per me, quando invece avrei dovuto impegnarmi come lui per dimostrargli che adesso, sapendo che mi amava, non avrei permesso a nient'altro di interferire con il nostro rapporto.

Gli sfiorai l'orecchio con le labbra. «Andiamo a casa mia.»

Nate arretrò, con aria interrogativa.

«Ho una promessa da fare» spiegai con un sorriso impudente.

Il bagliore che si accese nei suoi occhi mi disse che aveva capito, e in un attimo stavamo raggiungendo l'uscita. Scrissi un messaggio a Jo per informarla che io e Nate ce ne stavamo andando, dopodiché percorremmo la strada fino a Jamaica Lane in fretta e senza parlare.

Nel letto del mio appartamento, dove era cominciato tutto, feci lentamente l'amore con Nate, promettendogli con tutta me stessa che il "domani" che avevamo trovato insieme... be'... sarebbe stato *per sempre.*

EPILOGO

«Apprezzo davvero che mi facciate compagnia.» Ellie ci rivolse un sorriso riconoscente mentre posava un vassoio di bibite e snack in mezzo agli scatoloni. «Adam non sopporta la confusione e il disordine, così gli ho promesso che avrei sistemato tutto alla perfezione prima che venissimo a vivere qui.»

Me ne stavo in piedi con un soprammobile avvolto nella carta di giornale in mano mentre Joss e Jo frugavano tra le scatole. «Puoi smettere di ringraziarci» la rassicurai. «Ti aiutiamo volentieri. Hai parecchie cose a cui pensare. Nuova casa, nuovo lavoro, preparativi per il matrimonio.» Aggrottai la fronte, appoggiando il soprammobile per prendere da bere. «Ultimamente ti ho detto che sei pazza?»

Erano passate alcune settimane dalla nostra serata fuori con il gruppo di amici, ed Ellie e Adam avevano finalmente avuto le chiavi della loro nuova casa in Scotland Street. Allo stress del trasloco si aggiungeva quello dei preparativi per il matrimonio, che si sarebbe tenuto di lì a nove mesi.

Ellie rise. «Be', pensavo che avrei avuto l'aiuto di una certa amica, che però ha pensato bene di farsi mettere incinta dal mio iperprotettivo fratellone, il quale, potrei aggiungere, ha fatto fatica a lasciarla uscire di casa perché potesse darmi una mano con gli scatoloni.»

Joss alzò lo sguardo. «Sì, mi sono fatta mettere incinta di proposito per non doverti aiutare a sollevare pesi o a scegliere il bouquet.»

«A proposito di sollevare pesi» disse Jo accigliandosi «dov'è Cole?»

Guardai la porta. «Credo che sia uscito. Vuoi che lo richiami all'ordine?»

«Sì» rispose con un sospiro. «Corrompilo con del cibo, se necessario.»

«Non devi costringerlo ad aiutarmi» sorrise Ellie come se capisse il ragazzino.

«Perché?» D'un tratto Hannah apparve nell'ingresso con uno scatolone tra le braccia. «Hai costretto me ad aiutare, e se io non posso scappare, allora nemmeno Cole può farlo.»

«Vado a prenderlo» borbottai passando dall'enorme soggiorno all'ingresso ampio e spazioso. Mentre mi avvicinavo alla porta che era stata lasciata aperta per facilitare il nostro viavai, sentii la voce di Cole e subito dopo una voce femminile più bassa. Rallentai, raggiungendo l'entrata senza far rumore.

Quando lo vidi davanti ai gradini d'ingresso insieme a una rossa minuta, sgranai gli occhi. A sorprendermi non fu vederlo parlare con una ragazza, ma il suo linguaggio del corpo. Le ronzava intorno come se volesse proteggerla, e il modo in cui le sorrideva...

La ragazza rise di qualunque cosa Cole le stesse mormorando, e io mi morsi il labbro quando scorsi il luccichio che si accese negli occhi di lui. Continuarono a parlare sottovoce, intimamente, e decisi che non mi sarei intromessa. Con passo felpato tornai in soggiorno.

Jo alzò la testa dallo scatolone di cui si stava occupando. «Dov'è?»

Sogghignai. «Sta flirtando alla grande con una bella rossa. Non intendo affatto interromperlo.»

Le sopracciglia le schizzarono all'attaccatura dei capelli. «Davvero?»

«Sì. E a giudicare da quello che ho visto, se fossi in te d'ora in poi mi aspetterei di trovarmi una ragazza in giro per casa.»

Hannah fece un sorrisino compiaciuto. «Ottimo. Ora ho delle munizioni.»

Ellie le diede una gomitata. «Sii carina.»

«Perché? Lui mi prende sempre in giro. Finalmente ho anch'io qualcosa con cui torturarlo.»

Scuotemmo tutte la testa e continuammo a svuotare gli scatoloni.

Venti minuti dopo, Cole entrò in casa con uno sguardo torvo e cupo che guastava la bellezza del suo viso. Jo, preoccupata, inarcò un sopracciglio. «Ehi, bimbo, tutto bene?»

Lui borbottò e si diresse verso uno scatolone.

Scambiai un'occhiata con sua sorella prima di farmi coraggio e domandare: «Cos'è successo con la ragazza? La rossa?».

Cole sussultò come se gli avessi sparato. Senza guardarmi, mormorò: «È dovuta andare via».

«Hai il suo numero, almeno?»

Alzò la testa e mi incenerì con gli occhi verdi che ardevano di rabbia. «Tu che ne pensi?» Dopodiché se ne andò come una furia dalla stanza, ignorando Jo che gli gridava di scusarsi per la sua maleducazione.

«Tranquilla» dissi scuotendo il capo. «Lascialo perdere.»

Prima che Jo potesse rispondere, il mio telefono squillò, e vedere il volto di Nate sul display mi risollevò l'umore. «Devo rispondere.» Uscii in fretta dal soggiorno e mi diressi verso la cucina vuota mentre lo salutavo con un: «Ciao, tesoro».

«Ciao.» La sua voce calda e profonda mi confortò. «Avete quasi finito da Ellie?»

«Purtroppo no. Rimarrò qui ancora qualche ora.»

«Okay. Io e Cam staremo fuori per un po' allora.»

«Sai, potrebbe essere una buona idea se faceste un salto qui a prendere Cole.»

«Si annoia, vero?» rise Nate.

«È turbato. Credo che sia successo qualcosa con una ragazza, quindi ovviamente non vuole parlarne con noi.»

«Arriviamo subito.»

Mi sciolsi. «Per ringraziarti stasera verrò a letto con te.»

Lui rise piano. «Non vieni a letto con me tutte le sere?»

«Sì, ma stasera farò qualsiasi cosa tu voglia.»

«Qualsiasi?»
«Assolutamente sì.»
«Ricordami di essere gentile più spesso se questa è la ricompensa.»
Con un sorriso un po' sciocco appoggiai la schiena contro il muro, il corpo di gelatina al solo pensiero di Nate. «Okay, ma non essere troppo gentile. Mi piace quando sei cattivo.»
«Ma esiste davvero gente che parla così?» La voce di Hannah mi fece tornare di colpo alla realtà, così mi staccai subito dalla parete e vidi che mi stava rivolgendo un ampio sorriso canzonatorio.
Arrossii e sentii Nate ridere all'altro capo del telefono. «Non è divertente» dissi bruscamente.
«Oh, è divertente eccome, piccola» ribatté ridacchiando. «A presto.»
Riagganciammo e lanciai un'occhiataccia a Hannah. «Avresti potuto dirmelo che eri qui.»
Nei suoi occhi si accese un bagliore spietato. «Avrei potuto, ma così non avrei sentito la tua deliziosa conversazione.»
Strinsi gli occhi a fessura, pronta ad andarmene. «Un giorno, Hannah Nichols, incontrerai un ragazzo che ti renderà talmente sdolcinata che finirai per fare e dire cose che non avevi mai immaginato, e allora chi sarà a ridere?»
Il bel sorriso di Hannah si allargò. «Spero che rideremo tutti.»
«Hai sempre una buona risposta per tutto, eh?»
«Mi piace pensare che sia così.»
Ridacchiando, le misi le braccia intorno alle spalle e la trascinai con me. «Forza, abbiamo una casa da sistemare.»

Diciotto mesi dopo

Lanciai un'occhiata alla porta del bagno, pensando a ciò che avevo lasciato dentro.
Okay.
Dovevo dirlo a Nate.
Dopo un attimo feci un profondo sospiro. Passai lo sguardo da lui al film che stava guardando, per poi tornare a lui.

Forza.

«Cosa guardi?»

Ero proprio una codarda!

Nate mi osservò. «Lo stesso film che sto guardando con te da mezz'ora. Stai bene?»

"Diglielo."

Alzai le spalle. «Mi ero completamente persa. Scusa.»

Nate parve accettare la mia stranezza, si voltò di nuovo verso il televisore e restammo seduti a guardare il film in un silenzio amichevole. O meglio, lui lo guardò. Io ero seduta in preda all'agitazione.

Poco più di un anno prima Nate aveva lasciato la sua casa a Marchmont per trasferirsi nel mio appartamento in Jamaica Lane. Il giorno in cui mi aveva mostrato il tatuaggio che si era fatto disegnare da Cole ci eravamo lasciati tutto alle spalle. Mio padre, Jo, Cam e i genitori di Nate erano particolarmente contenti per noi. Oserei dire addirittura che Nathan e Sylvie provavano gratitudine nei miei confronti. Ma non erano loro a dover essere riconoscenti.

Sebbene non fosse perfetto – ma chi lo era dopotutto? – Nate si era impegnato al massimo per convincermi che era totalmente e profondamente innamorato di me. Non c'era bisogno di tutto quell'impegno. Ero seria quando avevo detto che il tatuaggio e le sue parole erano bastati a dimostrarlo. Da quel momento in poi, avevamo ripreso le nostre solite e bellissime abitudini, tra cui c'era anche quella di Nate di passare parecchio tempo a casa mia. Credo che se non avessimo avuto paura di metterci reciprocamente troppa fretta, lui si sarebbe trasferito subito da me, ma avevamo affrontato l'argomento solo sei mesi dopo l'inizio della nostra relazione.

Non eravamo i soli a essere felici del trasferimento: i nostri genitori ne erano felicissimi. La mia insistenza e lo spavento per l'attacco di cuore di Nathan fecero sì che io e Nate andassimo a trovare i suoi a Longniddry il più spesso possibile. Succedeva almeno una volta al mese e ci fermavamo a dormire da loro. Nathan e Sylvie stravedevano per me. Quanto a mio padre, be', sarebbe sempre stato iperprotettivo, ma mi stava meno addosso da quando Nate si era trasferito da me, soprattutto considerato che Nate aveva messo in chiaro che adesso il compito di essere iperprotettivo era *suo*. E accidenti, lo svolgeva proprio bene.

Non avevo nemmeno intenzione di fingere che mi desse fastidio.

Ero una donna indipendente, capace e forte... ma, per la miseria, adoravo quando Nate si preoccupava per me e diventava possessivo, perché di solito questi momenti si concludevano con il sesso.

Sesso che... ci aveva portati alla situazione attuale.

Fissavo il suo bellissimo profilo senza rendermene conto. La luce dello schermo tremolava sui suoi tratti mentre lui guardava l'evasione da un carcere.

«Cosa preferiresti?» domandò all'improvviso. «Vivere in un carcere di massima sicurezza o intrappolata a Jurassic Park?»

Piegando la testa di lato, soppesai la domanda. «Ho una buona posizione sociale in questo carcere?»

«No, sei una qualunque.»

Feci un sospiro teatrale come se si trattasse di una decisione difficile. «Allora immagino che dovrò scegliere Jurassic Park.»

Nate sorrise senza staccare gli occhi dal televisore. «Perché?»

«Be', tanto per cominciare potrei respirare sempre aria fresca, e anche se dovessi diventare la preda di qualcuno, il mio predatore sarà un animale che agisce per istinto, non perché è uno psicopatico.»

La sua risata calda e intensa riempì l'appartamento e il mio cuore. «Bella risposta, piccola. Come sempre.»

«E tu?»

Lui si strinse nelle spalle con indifferenza. «Se tu sei a Jurassic Park, allora sceglierò anch'io Jurassic Park.»

C'erano momenti, come questo, in cui mi sentivo completamente e assolutamente sopraffatta da quello che provavo per lui. «Ti amo tantissimo... lo sai, vero?»

Nate girò la testa e, con un'espressione adorante, disse: «Ti amo anch'io, tesoro».

Ci sorridemmo e ci voltammo di nuovo verso il film.

La gioia perfetta di quell'attimo fu spezzata dal muto rimprovero dell'oggetto che avevo lasciato in bagno.

Deglutii faticosamente. «Allora... cosa preferiresti? Tre locali a New Town o quattro locali più in periferia?»

A quella domanda inaspettata vidi la confusione nel suo sguardo. «Perché dovremmo voler scegliere l'uno o l'altro? Questa casa ci piace un sacco.»

Il cuore cominciò a battere velocissimo, e sono sicura che Nate riusciva a vedere la vena del mio collo pulsare. «Okay.» Feci un respiro tremante. «Sarò più esplicita. Cosa preferiresti? Un maschio... o una femmina?»

Si bloccò, paralizzato.

«Nate?»

Lentamente si girò per guardarmi, gli occhi spalancati che mi interrogavano in silenzio.

Mi morsi il labbro e annuii.

Quando vide il mio gesto di conferma, fece il sorriso più bello che gli avessi mai visto.

Fui travolta dal sollievo e dall'eccitazione. Non so perché diavolo mi fossi preoccupata tanto. In passato Nate aveva già messo in chiaro che voleva ciò che ci stava succedendo.

Mi spostai per mettermi a cavalcioni su di lui. Mi abbracciò scrutandomi con gli occhi scuri sbalorditi. «Sei incinta?»

Abbassai la testa e gli sussurrai a fior di labbra: «Congratulazioni, papà».

La sua risata gioiosa riempì la casa, e io ridacchiai di sollievo mentre Nate mi prendeva in braccio e mi portava con rapidità e decisione in camera da letto. Di solito quando era in vena di festeggiare mi buttava sul materasso e si sdraiava sopra di me, ma stasera risi tra me e me quando mi adagiò con delicatezza come se fossi fragile.

Lo guardai sorridendo e chiesi sottovoce: «Ci andrai piano?».

«Dentro di te c'è nostro figlio. Dovrò stare attento a quello che faccio adesso.»

«Non quando si tratta di sesso, spero» dissi afferrando i bottoni dei suoi jeans.

Nate si fermò, le mani ai lati della mia testa.

Il mio cuore smise di battere quando vidi l'espressione seria che assunse improvvisamente. «Cosa c'è?»

«Avevo un piano» mi disse a bassa voce. «Avrei aspettato il nostro secondo anniversario, ti avrei portata in Arizona a trovare i tuoi vecchi amici e a visitare la tomba di tua madre perché le raccontassi di noi, e al ritorno ti avrei chiesto di sposarmi.»

Un dolore meraviglioso mi si diffuse nel petto. «Nate...»

«Ma con il bambino... forse dovremmo fidanzarci adesso.»

Feci un sorriso enorme. «Okay.»

Spianò la fronte. «"Okay" significa "sì"?»

Scoppiai a ridere. «Sì.»

Poi si accigliò di nuovo. «Merda. Non è stato il modo più romantico del mondo ti chiederti di sposarmi, vero?»

Lisciandogli le sopracciglia con la punta delle dita, lo rassicurai. «Per me lo è stato.»

Mi sorrise guardandomi negli occhi e posandomi una mano sul ventre. «Non mi sarei mai aspettato di trovarmi qui.»

«Nemmeno io» sussurrai.

«Ma sono davvero molto contento che qualcuno là fuori abbia pensato che fosse qui che meritavo di essere.»

Passandogli le dita tra i capelli, con dolcezza gli feci chinare la testa per avvicinare le sue labbra alle mie. «Al nostro "domani", tesoro.»

Nate mi diede un bacio appassionato, abbracciandomi e stringendomi con forza a sé. Era decisamente d'accordo.

RINGRAZIAMENTI

Sapevo che Olivia avrebbe dovuto essere una bibliotecaria sin da quando ho introdotto per la prima volta lei e Nate nella tribù improvvisata di Joss e Braden. Non solo perché, negli anni in cui non scrivevo ancora, avevo sempre immaginato di lavorare felicemente in una biblioteca, ma anche perché Tammy Blackwell ha insistito. Okay, so che stavi solo scherzando, Tammy, ma la cosa mi è rimasta in testa. Quindi grazie per aver ispirato la scelta della carriera di Olivia, e per avermi aiutata a comprendere il mondo dei bibliotecari.

Grazie a Paul Gorman della biblioteca centrale dell'Università di Edimburgo per avere trovato il tempo, nonostante tutti i suoi impegni, di mostrarmi la biblioteca dal punto di vista di un bibliotecario. Paul, non solo mi hai fornito tutte le preziose informazioni tecniche necessarie a far sembrare che Olivia lavorasse davvero in una biblioteca, ma mi hai anche stupita facendomi notare quanto gli studenti universitari possano essere sfrontati. Ti avevo detto che ne avrei parlato nel mio libro.

Il mio grazie più sentito alla mia eccezionale agente, Lauren Abramo. I tuoi incoraggiamenti sono sempre sinceri. Ogni volta che vedo una tua e-mail nella posta in arrivo faccio un grande sorriso. Lavori sodo ogni giorno, e io te ne sono grata ogni giorno. Sei una vera forza, amica mia.

Alla mia editor Kerry Donovan, un fantastilione di grazie. La tua fiducia in questi personaggi, in questa serie e in me è sbalorditiva. Non saprai mai quanto significa per me. Adoro lavorare alla creazione di questo mondo con te, e spero che avremo l'occasione di crearne molti altri in futuro!

Un enorme grazie alla mia addetta stampa Erin Galloway e a ogni singola persona della New American Library che ha lavorato duramente per vedere questo libro stampato e nelle mani delle lettrici.

Grazie anche alle mie editor Claire Pelly e Hana Osman e all'addetta stampa Katie Sheldrake, della Michael Joseph (Penguin UK), per il vostro gran lavoro.

Devo inoltre dire un grazie gigantesco a Nina Wegscheider e al suo team alla Ullstein per il loro incredibile entusiasmo per la serie. È stato davvero stupefacente vedere le lettrici tedesche innamorarsi dei miei personaggi. Nina, ti ringrazio per tutti i tuoi aggiornamenti sull'entusiasmo del pubblico.

Come sempre (e per sempre), grazie a tutti i miei familiari e amici, che sopportano la mia distrazione, le mie sparizioni in mondi inventati e la mia incapacità di rispondere a un messaggio se non dopo una quantità di tempo davvero imbarazzante.

E infine, alle mie lettrici, grazie per avere accolto questa serie. Fate di ogni giorno un buon giorno.

Mondadori Libri S.p.A.

Questo volume è stato stampato
presso ELCOGRAF S.p.A.
Stabilimento - Cles (TN)

Stampato in Italia - Printed in Italy